T0203421

Contemporánea

Francis Scott Fitzgerald (1896-1940) nació en Minnesota, Estados Unidos. Es uno de los más destacados representantes, junto a William Faulkner, Ernest Hemingway y John Dos Passos, de la Generación Perdida. Inició su carrera literaria con *A este lado del Paraíso* (1920), obra que le proporcionó un éxito inmediato. En 1922 publicó *Cuentos de la era del jazz*, colección de relatos donde se satirizan diversos aspectos de la vida norteamericana. *El gran Gatsby*, *Suave es la noche* y *Hermosos y malditos* son las tres grandes obras que lo encumbraron como uno de los mejores autores estadounidenses del siglo xx. Con carácter póstumo se publicó *El jactancioso*, colección de ensayos de signo autobiográfico y *El último magnate*, una novela inacabada que editó y terminó Edmund Wilson a partir de las notas del autor.

Francis Scott Fitzgerald

Suave es la noche

Traducción de
Rafael Ruiz de la Cuesta

DEBOLS!LLO

Papel certificado por el Forest Stewardship Council®

MIXTO
Papel procedente de
fuentes responsables
FSC® C117695

Penguin
Random House
Grupo Editorial

Título original: *Tender is the Night*

Primera edición en Debolsillo: noviembre de 2015
Octava reimpresión: noviembre de 2022

© 1933, 1934, Charles Scribner's Sons; 1948, 1951, F. Scott Fitzgerald Lanahan
© 2015, Penguin Random House Grupo Editorial, S.A.U.
Travessera de Gràcia, 47-49. 08021 Barcelona
© 1993, Rafael Ruiz de la Cuesta, por la traducción
Diseño de la cubierta: Penguin Random House Grupo Editorial
Fotografía de la cubierta: © Getty Images
Fotografía de la autor: © Akg-Images

Printed in Spain – Impreso en España

ISBN: 978-84-663-3126-5
Depósito legal: B-21.426-2015

Impreso en Prodigitalk, S. L.

P 3 3 1 2 6 A

Nota de los editores

La historia editorial de *Tender is the Night* ilustraría por sí misma un extenso capítulo de la teoría de la transmisión textual.

El libro fue publicado originariamente en Nueva York en 1934 por Charles Scribner's Sons. En 1951 apareció una versión revisada a cargo de Malcolm Cowley en la que el prestigioso crítico incorporaba ciertas modificaciones que el propio Fitzgerald había comenzado a hacer en un ejemplar de la novela publicada. La idea básica de Fitzgerald consistía en reconstruir la novela en orden cronológico, colocando los llamados capítulos en *flashback* (del I al X del Libro Segundo) al comienzo.

Lo malo es que el propio autor terminó por desestimar su proyecto y que Cowley se extralimitó en sus correcciones. El libro, sin embargo, fue profusamente leído en esa versión. Desde hace algunos años la crítica más seria ha considerado las modificaciones de la edición «revisada» como ajenas al espíritu de Fitzgerald. La edición que ahora proponemos a nuestros lectores restituye el texto de la de Scribner's y devuelve a la novela la frescura de un relato que no siempre ha sido comprendido como merecía.

¡Ya estoy contigo! Suave es la noche...
... Pero aquí no hay luz,
Salvo la que del cielo trae la brisa
Entre tinieblas de verdor y caminos
          [de musgo tortuosos.

JOHN KEATS, «Oda a un ruiseñor»

Para Gerald y Sara
Muchas fiestas

Libro Primero

I

En la apacible costa de la Riviera francesa, a mitad de camino aproximadamente entre Marsella y la frontera con Italia, se alza orgulloso un gran hotel de color rosado. Unas amables palmeras refrescan su fachada ruborosa y ante él se extiende una playa corta y deslumbrante. Últimamente se ha convertido en lugar de veraneo de gente distinguida y de buen tono, pero hace una década se quedaba casi desierto una vez que su clientela inglesa regresaba al norte al llegar abril. Hoy día se amontonan los chalés en los alrededores, pero en la época en que comienza esta historia sólo se podían ver las cúpulas de una docena de villas vetustas pudriéndose como nenúfares entre los frondosos pinares que se extienden desde el Hôtel des Étrangers, propiedad de Gausse, hasta Cannes, a ocho kilómetros de distancia.

El hotel y la brillante alfombra tostada que era su playa formaban un todo. Al amanecer, la imagen lejana de Cannes, el rosa y el crema de las viejas fortificaciones y los Alpes púrpuras lindantes con Italia se reflejaban en el agua tremulosos entre los rizos y anillos que enviaban hacia la superficie las plantas marinas en las zonas claras de poca profundidad. Antes de las ocho bajó a la playa un hombre envuelto en un albornoz azul y, tras largos preliminares dándose aplicaciones del agua helada y emitiendo una serie de gruñidos y jadeos, avanzó torpemente en el mar durante un minuto. Cuando se fue, la playa y la ensenada quedaron en calma por una hora. Unos barcos mercantes se arrastraban por el horizonte con rumbo oeste, se oía gritar a los ayudantes de camarero en el patio del hotel, y el rocío se secaba en los pinos. Una hora más tarde, empezaron a sonar las bocinas de los automóviles que bajaban por la tortuosa carretera que va a lo largo de la cordillera inferior de los Maures, que separa el litoral de la auténtica Francia provenzal.

A dos kilómetros del mar, en un punto en que los pinos dejan paso a los álamos polvorientos, hay un apeadero de ferrocarril aislado desde el cual una mañana de junio de 1925 una victoria condujo a una mujer y a su hija hasta el hotel de Gausse. La madre tenía un rostro de lindas facciones, ya algo marchito, que pronto iba a estar tocado de manchitas rosáceas; su expresión era a la vez serena y despierta, de una manera que resultaba agradable. Sin embargo, la mirada se desviaba rápidamente hacia la hija, que tenía algo mágico en sus palmas rosadas y sus mejillas iluminadas por un tierno fulgor, tan emocionante como el color sonrojado que toman los niños pequeños tras ser bañados con agua fría al anochecer. Su hermosa frente se abombaba suavemente hasta una línea en que el cabello, que la bordeaba como un escudo heráldico, rompía en caracoles, ondas y volutas de un color rubio ceniza y dorado. Tenía los ojos grandes, expresivos, claros y húmedos, y el color resplandeciente de sus mejillas era auténtico, afloraba a la superficie impulsado por su corazón joven y fuerte. Su cuerpo vacilaba delicadamente en el último límite de la infancia: tenía cerca de dieciocho años y estaba casi desarrollada del todo, pero seguía conservando la frescura de la primera edad.

Al surgir por debajo de ellas el mar y el cielo como una línea fina y cálida, la madre dijo:

—Tengo el presentimiento de que no nos va a gustar este sitio.

—De todos modos, lo que yo quiero es volver a casa —replicó la muchacha.

Hablaban las dos animadamente, pero era evidente que iban sin rumbo y ello les fastidiaba. Además, tampoco se trataba de tomar un rumbo cualquiera. Querían grandes emociones, no porque necesitaran reavivar unos nervios agotados, sino con una avidez de colegialas que por haber sacado buenas notas se hubieran ganado las vacaciones.

—Vamos a quedarnos tres días y luego regresamos. Voy a poner un telegrama inmediatamente para que nos reserven pasajes en el vapor.

Una vez en el hotel, la muchacha hizo las reservas en un francés correcto pero sin inflexiones, como recordado de tiempo atrás. En cuanto estuvieron instaladas en la planta baja, se acercó a las puertaventanas, por las que entraba una luz muy intensa, y bajó unos escalones hasta la terraza de piedra que se extendía a lo largo del hotel. Al andar se movía como una bailarina de ballet, apoyándose en la región lumbar en lugar de dejar caer el peso sobre las caderas. Afuera la luz era tan excesiva que creyó tropezar con su propia sombra y tuvo que retroceder: el sol la deslumbraba y no podía ver nada. A cincuenta metros de distancia, el Mediterráneo iba cediendo sus pigmentos al sol implacable; en el paseo del hotel, bajo la balaustrada, se achicharraba un Buick descolorido.

De hecho, en el único lugar en que había animación era en la playa. Tres ayas inglesas estaban sentadas haciendo punto al lento ritmo de la Inglaterra victoriana, la de los años cuarenta, sesenta y ochenta; confeccionaban suéteres y calcetines con arreglo a ese patrón y se acompañaban de un chismorreo tan ritualizado como un encantamiento. Más cerca de la orilla había unas diez o doce personas instaladas bajo sombrillas a rayas, mientras sus diez o doce hijos trataban de atrapar peces indiferentes en las partes donde había poca profundidad o yacían desnudos al sol brillantes de aceite de coco.

Cuando Rosemary llegó a la playa, un niño de unos doce años pasó corriendo por su lado y se lanzó al mar entre gritos de júbilo. Al sentirse observada por rostros desconocidos, se quitó el albornoz e imitó al muchacho. Flotó cabeza abajo unos cuantos metros y, al ver que había poca profundidad, se puso en pie tambaleándose y avanzó cuidadosamente, arrastrando como pesos sus piernas esbeltas para vencer la resistencia del agua. Cuando el agua le llegaba más o menos a la altura del pecho, se volvió a mirar hacia la playa: un hombre calvo en traje de baño que llevaba un monóculo la estaba observando atentamente y, mientras lo hacía, sacaba el pecho velludo y encogía el ombligo impúdico. Al devolverle Rosemary la mirada, se quitó el monóculo, que quedó oculto en la cómica pelambrera de su pecho, y se sirvió una copa de alguna bebida de una botella que tenía en la mano.

Rosemary metió la cabeza en el agua e hizo una especie de crol desigual de cuatro tiempos hasta la balsa. El agua iba a su encuentro, la arrancaba dulcemente del calor, se filtraba en su pelo y se metía por todos los rincones de su cuerpo. Se recreó girando una y otra vez en ella, abrazándola. Llegó jadeante a la balsa, pero al notar que la estaba mirando una mujer de piel bronceada que tenía unos dientes muy blancos, Rosemary, consciente de pronto de la excesiva blancura de su cuerpo, se dio la vuelta y se dejó llevar por el agua hasta la orilla. Cuando salía, le habló el hombre velludo de la botella.

—Oiga, ¿sabe que hay tiburones al otro lado de la balsa?

Era de nacionalidad imprecisa, pero hablaba inglés con un pausado acento de Oxford.

—Ayer devoraron a dos marineros ingleses de la flota que está en Golfe-Juan.

—¡Dios mío! —exclamó Rosemary.

—Vienen atraídos por los desechos de los barcos.

Puso los ojos vidriosos como para indicar que su única intención era ponerla en guardia, se alejó unos pasos con afectación y se sirvió otro trago.

Al advertir, sin que realmente le desagradara, que en el curso de esa conversación habían pasado a centrarse en ella algunas miradas, Rosemary fue a buscar un lugar donde sentarse. Era evidente que a cada familia le pertenecía el espacio de playa que había justo delante de su sombrilla; por otra parte, había mucho visiteo y mucha charla de sombrilla a sombrilla: un ambiente de comunidad en el que habría pecado de presuntuoso el que hubiera intentado meterse. Algo más lejos, en una zona donde la playa se cubría de guijarros y algas secas, había un grupo de personas que tenían la piel tan blanca como ella. Estaban tumbadas bajo quitasoles de mano en lugar de sombrillas de playa y era evidente que no se sentían tan parte del lugar como el resto. Rosemary encontró un sitio entre la gente bronceada y la que no lo estaba y extendió su albornoz sobre la arena.

Así tendida, oyó al principio voces indistintas y sintió pies que le pasaban casi rozando el cuerpo y siluetas que se interponían entre el sol y ella. Notó en el cuello el aliento templado y nervioso de un perro fisgón; sentía que se le tostaba la piel ligeramente al calor del sol y hasta ella llegaba el apagado lamento de las olas que morían. Luego empezó a distinguir unas voces de otras y se enteró de que alguien a quien se llamaba despreciativamente «ese tipo, North» había secuestrado a un camarero de un café de Cannes la noche anterior con el propósito de partirlo en dos. La que avalaba esa historia era una mujer de pelo blanco que iba en traje de noche, claramente uno de los restos que habían quedado de la noche anterior, pues seguía llevando en la cabeza una diadema y en su hombro agonizaba una orquídea desanimada. A Rosemary le entró una vaga aversión hacia esa mujer y sus acompañantes y se dio la vuelta.

Al otro lado, muy cerca de ella, una mujer joven tendida bajo un dosel de sombrillas estaba confeccionando una lista a partir de un libro que tenía abierto sobre la arena. Se había bajado los tirantes del bañador y su espalda, que había adquirido un tono marrón rojizo tirando a anaranjado, brillaba al sol realzada por una sarta de perlas color crema. Tenía un rostro encantador, pero su expresión era dura y había algo en ella que movía a compasión. Cruzó la mirada con Rosemary sin verla. A su lado estaba un hombre bien parecido con gorra de jockey y un traje de baño a rayas rojas. También estaba la mujer que había visto en la balsa, que le devolvió la mirada y la reconoció, y un hombre de rostro alargado y cabellera aleonada y dorada, con un bañador azul y sin sombrero, que hablaba en tono muy serio con un joven de aspecto inconfundiblemente latino que llevaba un bañador negro; mientras hablaban, los dos recogían puñaditos de algas de la arena. Rosemary llegó a la conclusión de que casi todos eran americanos, si bien había algo en ellos que los hacía diferentes de los americanos que había conocido últimamente.

Pasado un momento se dio cuenta de que el hombre de la gorra de jockey estaba improvisando una pequeña representación para aquel grupo. Manejaba un rastrillo con aire solemne y removía la arena ostensiblemente en una especie de parodia esotérica que la gravedad de su expresión desmentía. La mínima derivación de la parodia producía hilaridad, hasta que llegó un momento en que cualquier cosa que dijera provocaba una carcajada. Todo el mundo, incluso los que, como ella, estaban demasiado lejos para entender lo que decía, había aguzado los oídos; la única persona en toda la playa que parecía indiferente era la joven del collar de perlas. Tal vez por el pudor del que se sabe propietario de algo que despierta la atención, respondía a cada nueva salva de risas agachándose más sobre la lista que estaba confeccionando.

De pronto le llegó a Rosemary desde el cielo la voz del hombre del monóculo y la botella.

—Es usted una nadadora excelente.

Ella rechazó el cumplido.

—Sí, magnífica. Me llamo Campion. Una señora que está conmigo me ha dicho que la vio la semana pasada en Sorrento, sabe quién es usted y le gustaría mucho conocerla.

Tratando de disimular su fastidio, Rosemary miró a su alrededor y vio que los no bronceados estaban expectantes. Se puso en pie de mala gana y fue a reunirse con ellos.

—La señora Abrams..., la señora McKisco..., el señor McKisco..., el señor Dumphry...

—Sabemos quién es usted —dijo la mujer del traje de noche—. Es Rosemary Hoyt. La reconocí en Sorrento y le pregunté al recepcionista del hotel. Todos pensamos que es usted una absoluta maravilla y queremos saber por qué no está ya en América rodando otra de sus maravillosas películas.

Le hicieron sitio entre ellos con gestos exagerados. La mujer que la había reconocido no era judía, a pesar de su nombre. Era una de esas personas de edad «alegres y despreocupadas» que, bien conservadas a fuerza de hacer bien la digestión y no dejar que nada les afecte, se integran en la siguiente generación.

—Queríamos advertirle del peligro de que se queme el primer día de playa —continuó en tono animado—, porque *su piel* es importante, pero parece haber tanta estúpida etiqueta en esta playa que no sabíamos si se iba usted a molestar.

II

—Pensamos que a lo mejor formaba usted parte de la intriga —dijo la señora McKisco.

Era joven y bonita, de mirada maliciosa y una intensidad que causaba rechazo.

—No sabemos quién forma parte de la intriga y quién no. Un hombre con el que mi marido había sido especialmente amable resultó ser uno de los personajes principales, prácticamente el segundo protagonista masculino.

—¿La intriga? —preguntó Rosemary, entendiendo a medias—. ¿Es que hay una intriga?

—Querida, no lo sabemos —dijo la señora Abrams soltando una risita convulsiva de mujer robusta—. No participamos en ella. Lo vemos todo desde la galería.

El señor Dumphry, un joven afeminado que tenía pelo de estopa, observó:

—Mamá Abrams es ya de por sí toda una intriga.

Y Campion le amenazó con el monóculo, diciendo:

—Royal, no empieces con tus bromas de mal gusto.

Rosemary miraba incómoda a unos y otros y pensaba que su madre debía haber bajado a la playa con ella. Aquella gente no le gustaba nada, sobre todo si la comparaba con el grupo del otro extremo de la playa que había despertado su interés. Las dotes modestas pero sólidas que tenía su madre para el trato social la sacaban siempre de situaciones embarazosas con firmeza y rapidez. Pero sólo hacía diez meses que Rosemary era famosa y a veces se armaba un lío entre la educación francesa que había recibido en su infancia y los modales más desenfadados que luego había adquirido en América, y quedaba expuesta a situaciones como aquélla.

Al señor McKisco, un pelirrojo flacucho y pecoso de unos treinta años, no le parecía divertido aquello de la «intriga» como tema de conversación. Había estado mirando el mar fijamente y, de pronto, tras echar una mirada rápida a su mujer, se volvió hacia Rosemary y le preguntó en tono agresivo:

—¿Lleva mucho tiempo aquí?

—Un día sólo.

—Ah.

Evidentemente convencido de que había logrado cambiar de tema radicalmente, pasó a mirar a los demás.

—¿Se va a quedar todo el verano? —preguntó la señora McKisco en tono inocente—. Si se queda podrá ver cómo se desarrolla la intriga.

—¡Por el amor de Dios, Violet, cambia de tema! —estalló su marido—. ¡A ver si se te ocurre una nueva broma!

La señora McKisco se inclinó hacia la señora Abrams y le susurró en forma perfectamente audible:

—Está nervioso.

—No estoy nervioso —protestó el señor McKisco—. Da la casualidad de que no estoy nada nervioso.

Estaba visiblemente alterado; se había extendido sobre su rostro un rubor grisáceo que le daba un aire de total ineficacia. Vagamente consciente de pronto de cuál era su estado, se puso en pie para ir al agua, seguido de su mujer, y Rosemary, aprovechando la oportunidad, les siguió.

El señor McKisco aspiró profundamente, se lanzó al agua donde no cubría y comenzó a golpear el Mediterráneo con brazos rígidos, queriendo dar a entender sin duda que nadaba a crol. Cuando se quedó sin aliento, se puso en pie y miró en torno suyo como sorprendido de encontrarse todavía tan cerca de la orilla.

—Aún no he aprendido a respirar. Nunca he entendido del todo cómo hay que respirar.

Dirigió a Rosemary una mirada interrogante.

—Creo que se suelta el aire debajo del agua —explicó ella—, y cada cuatro brazadas se saca la cabeza para tomar más aire.

—Respirar es lo que me resulta más difícil. ¿Vamos nadando hasta la balsa?

El hombre de la cabeza aleonada estaba tumbado todo lo largo que era sobre la balsa, que se ladeaba con cada movimiento del agua. En uno de esos bruscos meneos recibió un golpetazo en el brazo la señora McKisco, que trataba de subirse. El hombre se incorporó y la ayudó a subir.

—Me temía que la iba a golpear.

Hablaba pausadamente y con timidez, y la expresión de su rostro era de las más tristes que Rosemary había visto nunca. Tenía los pómulos salientes de los indios, el labio superior alargado y unos ojos enormes y hundidos de un tono dorado oscuro. Había hablado entre dientes, como si esperara que sus palabras llegaran hasta la señora McKisco por una ruta indirecta y discreta. En un instante se había lanzado al agua y su largo cuerpo flotaba en dirección a la orilla.

Rosemary y la señora McKisco le observaron. Cuando se le agotó el impulso se dobló bruscamente, se elevaron sus muslos flacos por encima del agua y desapareció totalmente dejando tras sí apenas un rastro de espuma.

—Es un buen nadador —dijo Rosemary.

A lo que replicó la señora McKisco con una vehemencia inesperada:

—¡Pero es un músico pésimo!

Y se volvió hacia su marido, el cual, tras dos intentos infructuosos, había logrado subirse a la balsa y, una vez que había conseguido mantener el equilibrio, trataba de hacer alguna floritura como para compensar, sin otro resultado que tambalearse una vez más.

—Estaba diciendo que Abe North podrá ser un buen nadador, pero es un músico pésimo.

—Sí —reconoció a regañadientes el señor McKisco. Era evidente que era él el que había creado el mundo de su mujer y le permitía muy pocas libertades dentro de ese mundo.

—A mí que me den a Antheil —dijo la señora McKisco volviéndose hacia Rosemary con aire desafiante—. A Antheil y a Joyce. Me imagino que en Hollywood no se oirá hablar mucho de ese tipo de gente, pero mi marido escribió la primera crítica del *Ulises* que apareció en América.

—Ojalá tuviera un cigarrillo —dijo el señor McKisco con voz calmosa—. Es lo único que me parece importante en este momento.

—Es de lo más profundo. ¿Verdad que sí, Albert?

Su voz se apagó de pronto. La mujer de las perlas se había juntado en el agua con sus dos hijos y Abe North surgió de repente por debajo de uno de ellos como una isla volcánica y se lo subió a los hombros. El niño gritaba de miedo y placer y la mujer contemplaba la escena con dulce calma, sin una sonrisa.

—¿Es ésa su mujer? —preguntó Rosemary.

—No, ésa es la señora Diver. Ésos no están en el hotel.

Sus ojos no se apartaban del rostro de la mujer, como si estuviera fotografiándola. Pasado un momento se volvió bruscamente hacia Rosemary.

—¿Había estado usted antes en el extranjero?

—Sí. Fui al colegio en París.

—Ah, bien. Entonces probablemente sabrá que si quiere divertirse aquí lo que tiene que hacer es conocer a alguna familia francesa de verdad. Me pregunto qué es lo que sacará toda esa gente.

Señaló la playa con el hombro izquierdo.

—Se pasan la vida en pequeñas camarillas, sin despegarse los unos de los otros. Nosotros, por supuesto, teníamos cartas de presentación y hemos conocido en París a los mejores artistas y escritores franceses. Así que fue estupendo.

—No me cabe la menor duda.

—Bueno, es que mi marido está acabando su primera novela.

—¡No me diga! —exclamó Rosemary. No estaba pensando en nada en particular; únicamente se preguntaba si su madre habría conseguido dormirse con aquel calor.

—Es la misma idea de *Ulises* —continuó la señora McKisco—. Pero en lugar de pasar en veinticuatro horas, la de mi marido se desarrolla a lo largo de cien años. Saca a un viejo aristócrata francés decadente y lo pone en contraste con la era de las máquinas.

—¡Por el amor de Dios, Violet! No le vayas contando la idea a todo el mundo —protestó el señor McKisco—. No quiero que se entere todo el mundo antes de que se haya publicado el libro.

Rosemary regresó nadando a la playa, en donde se puso el albornoz sobre los hombros que ya empezaban a picarle y se volvió a tender al sol. El hombre de la gorra de jockey iba ahora de una sombrilla a otra con una botella y varios vasitos; tanto él como sus amigos se iban animando y se acercaban cada vez más los unos a los otros, hasta que acabaron juntándose todos bajo un único ensamblaje de sombrillas. Rosemary supuso que alguno de ellos se marchaba y estaban tomando la última copa en la playa. Hasta los niños notaban la animación que se estaba creando debajo de aquella gran sombrilla y se volvían a mirar. Rosemary tenía la impresión de que todo nacía del hombre de la gorra de jockey.

El sol de mediodía pasó a dominar cielo y mar. Hasta la blanca línea de Cannes, a ocho kilómetros de distancia, se había convertido en un espejismo de frescor. Un velero con la proa pintada de rojo arrastraba tras sí un hilo del mar más lejano y oscuro. No parecía haber vida en toda aquella extensión de costa, salvo a la luz del sol que se filtraba por aquellas sombrillas en donde estaba pasando algo entre colores y murmullos.

Campion se acercó a ella y se detuvo a unos pasos de distancia. Rosemary cerró los ojos y se hizo la dormida; luego los entreabrió y vio dos columnas borrosas que eran unas piernas. El hombre intentó abrirse camino a través de una nube color de arena, pero la nube se escapó flotando hacia el cielo vasto y cálido. Rosemary se quedó dormida de verdad.

Se despertó empapada de sudor y se encontró con que la playa se había quedado desierta; al único que vio fue al hombre de la gorra de jockey que estaba plegando la última sombrilla. Seguía allí tendida, parpadeando, cuando se acercó él y le dijo:

—Pensaba despertarla antes de marcharme. No es bueno tomar tanto el sol el primer día.

—Gracias.

Rosemary se miró las piernas y vio que las tenía enrojecidas.

—¡Dios mío!

Se rió muy divertida, animándole a que siguiera hablando, pero Dick Diver se alejaba ya llevando un toldo y una sombrilla a un coche que estaba esperándole, de modo que se metió en el agua para limpiarse el sudor. Él regresó, recogió un rastrillo, una pala y un tamiz y los colocó en la grieta de una roca. Luego miró a su alrededor para ver si había olvidado algo.

—¿Sabe qué hora es? —preguntó Rosemary.

—Alrededor de la una y media.

Por un momento miraron los dos hacia el horizonte.

—No es una hora mala —dijo Dick Diver—. No es de los peores momentos del día.

La miró, y por un instante ella vivió en el mundo azul brillante de sus ojos, con avidez y confianza. Pero él se cargó al hombro el último trasto y se fue hacia el coche, y Rosemary salió del agua, sacudió el albornoz y se fue andando a su hotel.

III

Eran casi las dos cuando entraron en el comedor. Las ramas de los pinos que se balanceaban afuera creaban sobre las mesas desiertas un tupido diseño de luces y sombras oscilantes. Dos camareros que estaban apilando platos y hablaban en italiano en voz muy alta se quedaron callados al verlas entrar y fueron a servirles una versión fatigada del plato del día.

—Me he enamorado en la playa —dijo Rosemary.

—¿De quién?

—Primero de un grupo de gente que parecía muy agradable y luego de un hombre.

—¿Hablaste con él?

—Sólo un poco. Es guapísimo. Pelirrojo.

Estaba comiendo con un apetito voraz.

—Pero está casado. Como siempre.

Su madre era su mejor amiga, y había renunciado a sus últimas posibilidades personales para servirle de guía en su carrera, algo no tan infrecuente en el ambiente del teatro pero más bien extraordinario en este caso, ya que Elsie Speers no estaba tratando de resarcirse de su propio fracaso. Personalmente, la vida no le había creado amarguras ni resentimientos. Había estado felizmente casada dos veces, había enviudado las dos veces y su estoicismo jovial se había hecho cada vez más profundo. Uno de sus maridos había sido oficial de caballería y el otro médico militar, y los dos le habían dejado algo que pretendía entregar intacto a Rosemary. Al no ser condescendiente con ella la había hecho fuerte, y al no escatimar por su parte ni el esfuerzo ni el cariño, había cultivado un idealismo en Rosemary cuyo objeto, de momento, era ella misma, pues veía el mundo a través de sus ojos. De modo que, aunque Rosemary era una muchacha «sencilla», estaba protegida por una doble coraza, la de su madre y la suya propia, y sentía una desconfianza impropia de su edad hacia todo lo que resultara trivial, fácil o vulgar. Sin embargo, la señora Speers consideraba que, en vista del éxito repentino que había tenido Rosemary en el mundo cinematográfico, había llegado ya el momento de destetarla espiritualmente. No le disgustaba, sino más bien le agradaba la idea de que aquel idealismo vigoroso, exigente y en cierto modo excesivo se centrara en algo que no fuera ella misma.

—Entonces, ¿te gusta esto? —le preguntó.

—Podría ser divertido si conociéramos a esa gente. Había otras personas, pero no me resultaron simpáticas. Me reconocieron. Vayamos a donde vayamos todo el mundo ha visto *La niña de papá*.

La señora Speers esperó a que se esfumara aquel pequeño brote de egocentrismo. Luego, como sin darle importancia, dijo:

—Ahora que me acuerdo. ¿Cuándo vas a ir a ver a Earl Brady?

—He pensado que podíamos ir esta tarde, si ya no te sientes cansada.

—Ve tú sola. Yo no quiero ir.

—Bueno, entonces lo dejamos para mañana.

—Quiero que vayas tú sola. Está a un paso. Y, además, ni que tú no supieras francés.

—Oh, mamá. No me hablas más que de cosas que tengo que hacer.

—Está bien, ya irás otro día. Pero tienes que ir antes de que nos marchemos.

—De acuerdo, mamá.

Después de comer se sintieron las dos abatidas con el súbito aplanamiento que les entra a los viajeros norteamericanos en lugares apacibles del extranjero. No sentían ningún estímulo, no oían voces que las llamaran del exterior, ni les llegaban de pronto, de otras mentes, fragmentos de sus propios pensamientos. Tanto echaban de menos el clamor del Imperio que tenían la sensación de que en aquel lugar la vida se había detenido.

—Vamos a quedarnos sólo tres días, mamá —dijo Rosemary cuando ya estaban de vuelta en sus habitaciones. Afuera soplaba un viento ligero que esparcía el calor, lo filtraba por los árboles y enviaba pequeñas ráfagas calientes a través de los postigos.

—¿Y el hombre de la playa del que te has enamorado?

—Yo sólo te quiero a ti, mamá querida.

Rosemary se detuvo en el vestíbulo y le preguntó algo a Gausse padre relacionado con los trenes. El conserje, que haraganeaba junto al mostrador en su uniforme caqui claro, se quedó mirándola fijamente, pero enseguida recordó los modales que correspondían a su función. Ella subió al autobús y viajó hasta la estación con un par de camareros obsequiosos, incómoda ante su respetuoso silencio. Tenía ganas de decirles: «Venga, hablen, diviértanse, que a mí no me molesta».

En el compartimiento de primera hacía un calor sofocante; los anuncios llenos de colorido de las compañías de ferrocarriles —el puente del Gard en Arlés, el anfiteatro de Orange, los deportes de invierno en Chamonix— resultaban más refrescantes que el largo mar inmóvil de afuera. A diferencia de los trenes americanos, que, absortos en su propio destino lleno de intensidad, desdeñaban a los que vivían en otro mundo menos veloz y jadeante, aquel tren formaba parte de la comarca por la que pasaba. Su soplo removía el polvo de las palmeras y sus chispas iban a mezclarse con el mantillo de los jardines. Rosemary estaba segura de que podría coger flores con la mano si se asomaba por la ventana.

Delante de la estación de Cannes una docena de taxistas dormía en sus coches. Más allá, en el paseo, el casino, las tiendas elegantes y los grandes hoteles volvían sus máscaras de hierro sin expresión hacia el mar estival. Parecía increíble que alguna vez pudiera haber sido la «temporada» y Rosemary, a medias esclava de la moda, se sintió un poco incómoda, como si estuviera dando muestras de un gusto malsano por los moribundos, como si la gente se preguntara que qué estaba haciendo en medio de aquella calma pasajera entre la alegría del invierno anterior y del siguiente, mientras al norte bullía el mundo de verdad.

Cuando salía de la droguería con una botella de aceite de coco, se cruzó con ella una mujer con los brazos cargados de cojines, a la que reconoció como la señora Diver, que se dirigía hacia un coche aparcado algo más abajo. Un perro negro, pequeño y de forma alargada ladró al verla llegar, y el chófer, que dormitaba, se despertó sobresaltado. La mujer se acomodó en el coche, con su lindo rostro compuesto e inmóvil, su mirada decidida y alerta que no se fijaba en nada en particular. Llevaba un vestido de un rojo muy vivo y las piernas bronceadas sin medias. Tenía el pelo grueso, de un color dorado oscuro, como el de un perro chow.

Como le quedaba media hora hasta la salida del tren, Rosemary se sentó en el Café des Alliés, en la Croisette, donde los árboles creaban un verde atardecer sobre las mesas y una orquesta arrullaba a un imaginario público cosmopolita con la Canción del Carnaval de Niza y la melodía americana que estaba de moda el año anterior. Había comprado *Le Temps* y, para su madre, *The Saturday Evening Post* y, mientras se bebía una limonada, abrió este último en las memorias de una princesa rusa y todas aquellas oscuras convenciones de los años noventa le parecieron más reales y próximas que los titulares del periódico francés. Era la misma sensación que le había oprimido en el hotel. Acostumbrada al modo excesivo en que se resaltaban los aspectos más grotescos de un continente como comedia o tragedia, y poco preparada para la tarea de separar para sí misma lo que era esencial de lo que no lo era, empezaba a tener la sensación de que la vida francesa era vacía y caduca. A hacer esa sensación más intensa contribuían las tristes melodías de la orquesta, que recordaban la música melancólica que acompañaba a los acróbatas en los teatros de variedades. Se alegró de regresar al hotel de Gausse.

Al día siguiente tenía los hombros demasiado quemados para poder ir a bañarse, así que alquiló un coche con su madre —después de mucho regatear, pues Rosemary se había hecho su propia idea del valor del dinero en Francia— y se pasearon por la Riviera, delta de muchos ríos. El chófer, que era como un zar ruso de la época de Iván el Terrible, se las daba también de guía, y los nombres esplendorosos —Cannes, Niza, Montecarlo— comenzaron a brillar a través de su entumecido camuflaje, hablando en susurros de viejos reyes que habían ido allí a cenar o a morir, de rajás que lanzaban miradas de Buda a bailarinas inglesas, de príncipes rusos que convertían las semanas en atardeceres bálticos de los días del caviar perdidos. Más que ninguna otra cosa, se notaban en toda la costa las huellas de los rusos, el olor de sus librerías y colmados cerrados. Diez años antes, al terminar la temporada, en abril, se habían cerrado las puertas de la iglesia ortodoxa y se habían guardado las botellas de champán dulce, que era el que preferían, hasta su regreso. «Volveremos el año que viene», dijeron. Pero se habían precipitado al hacer esa promesa, porque nunca más iban a volver.

Resultaba agradable volver en coche al hotel a la caída de la tarde, con aquel mar de colores tan misteriosos como las ágatas y cornalinas de la niñez, verde como leche verde, azul como agua de lavar, oscuro como el vino. Resultaba agradable pasar ante la gente que comía al aire libre, ante la puerta de su casa, y oír las potentes pianolas ocultas tras las parras de los merenderos. Cuando doblaron la Corniche d'Or y llegaron al hotel de Gausse entre las hileras de árboles que se sucedían, en la creciente oscuridad, en múltiples tonalidades de verde, ya la luna asomaba tras las ruinas de los acueductos.

Allá en las colinas al otro lado del hotel había un baile, y su música, que le llegaba a Rosemary envuelta en la fantasmal luz de luna que se filtraba por la mosquitera, le hizo reconocer que también allí podía reinar la alegría, y se puso a pensar en la agradable gente de la playa. Tal vez se encontrara con ellos a la mañana siguiente, pero era evidente que formaban un grupito autosuficiente y, una vez que sombrillas, esteras, perros y niños estaban en su sitio, su rincón de la playa quedaba literalmente cercado. Decidió que, en todo caso, no iba a pasar las dos mañanas que le quedaban con los otros.

IV

La cuestión se resolvió sola. Los McKisco no habían bajado aún, y apenas había extendido Rosemary la bata sobre la arena cuando dos hombres, el de la gorra de jockey y el rubio alto dado a partir camareros en dos, dejaron el grupo y se acercaron a ella.

—Buenos días —dijo Dick Diver.

Hizo una breve pausa.

—Una cosa: estuviera quemada o no, ¿por qué no bajó ayer a la playa? Nos tuvo preocupados.

Ella se incorporó y con una risita les dio a entender que acogía feliz su intrusión.

—Queríamos saber si le gustaría sumarse a nosotros —dijo Dick Diver—. Le hacemos un sitio y tenemos comida y bebida, así que es una invitación en toda regla.

Parecía amable y encantador, y en su tono de voz había una promesa de que se iba a ocupar de ella y de que, algo más adelante, le iba a abrir nuevos mundos, le iba a descubrir una serie interminable de magníficas posibilidades. Se las arregló para presentarla sin mencionar su nombre y luego le hizo saber con naturalidad que todos sabían quién era, pero iban a respetar la integridad de su vida privada; era ése un gesto de atención hacia ella que no había tenido nadie, salvo otra gente de la profesión, desde que era famosa.

Nicole Diver, cuya espalda bronceada parecía colgar del collar de perlas, estaba buscando en un libro de cocina la receta del pollo al estilo de Maryland. Rosemary le calculaba unos veinticuatro años. Aunque se la podía considerar bonita en sentido convencional, su rostro hacía el efecto de haber sido tallado primero en una escala heroica, con una sólida estructura de rasgos marcados, como si las facciones y el brillo del semblante y la tez, todo lo que relacionamos con el temperamento y el carácter hubiera sido moldeado con intención rodiniana y luego suavizado hasta un punto en el que el más leve error podría haber menoscabado su fuerza y su calidad. Con la boca, el escultor se había aventurado peligrosamente: tenía la forma de corazón que se veía en las portadas de las revistas y, sin embargo, no desentonaba del resto.

—¿Se piensa quedar mucho tiempo? —preguntó Nicole. Tenía la voz grave, casi áspera.

Rosemary se vio de pronto considerando la posibilidad de quedarse una semana más.

—Mucho tiempo no —contestó con vaguedad—. Llevamos ya mucho tiempo fuera. Desembarcamos en Sicilia en marzo y hemos ido subiendo al norte sin prisas. Pillé una pulmonía rodando una película en enero y me he estado restableciendo.

—¡Santo cielo! ¿Cómo ocurrió?

—Fue por meterme en el agua.

Rosemary se sentía más bien reacia a hacer ninguna revelación de tipo personal.

—Un día que tenía la gripe y no lo sabía, tenía que rodar una escena en la que me lanzaba a un canal en Venecia. Como era un decorado muy caro, tuve que lanzarme al agua una y otra vez a lo largo de la mañana. Mamá hizo venir a un médico, pero no sirvió de nada. Cogí una pulmonía.

Cambió resueltamente de tema antes de que ellos pudieran decir nada.

—¿Les gusta esto..., este sitio?

—Les tiene que gustar —dijo Abe North con parsimonia—. Lo inventaron ellos.

Volvió la noble cabeza lentamente hasta que sus ojos se posaron con ternura y afecto en el matrimonio Diver.

—¿De verdad?

—Ésta es sólo la segunda temporada que se abre el hotel en verano —explicó Nicole—. Convencimos a Gausse para que se quedara con un cocinero, un camarero y un portero. Le resultó rentable y este año le está yendo incluso mejor.

—Pero ustedes no están en el hotel.

—Nos hicimos construir una casa en Tarmes.

—El caso es —dijo Dick mientras arreglaba una sombrilla para que a Rosemary no le quedara un hombro expuesto al sol— que los rusos y los ingleses, a los que el frío no les importa, escogieron los lugares del norte, como Deauville, mientras que nosotros los americanos, como la mitad procedemos de climas tropicales, hemos empezado a venir aquí.

El joven de aspecto latino estaba hojeando *The New York Herald.*

—¿De qué nacionalidad será toda esta gente? —preguntó de pronto. Y se puso a leer en voz alta con un ligero acento francés—: Se registraron en el hotel Palace, en Vevey, el señor Pandely Vlasco, la señora Bonneasse (no me estoy inventando nada), Corinna Medonca, la señora Pasche, Seraphim Tullio, María Amalia Roto Mais, Moises Teubel, la señora Paragoris, Apostle Alexandre, Yolanda Yosfuglu y... ¡Geneveva de Momus! Ésta es mi favorita. Geneveva de Momus. Casi vale la pena ir hasta Vevey para ver cómo es Geneveva de Momus.

Se puso en pie, súbitamente inquieto, y se estiró con un rápido movimiento. Tenía unos años menos que Diver o North. Era alto y tenía el cuerpo duro pero excesivamente enjuto, con excepción de la musculatura acumulada en los hombros y la parte superior de los brazos. A primera vista parecía apuesto en sentido clásico, pero su rostro tenía siempre una leve expresión de fastidio que empañaba el fulgor de sus ojos castaños. Sin embargo, eran unos ojos que se recordaban después, cuando uno ya había olvidado la mueca de aquella boca incapaz de soportar el tedio y la frente joven arrugada por la angustia estéril.

—Encontramos algunos nombres magníficos en la información sobre americanos la semana pasada —dijo Nicole—. La señora Evelyn Oyster y..., ¿cuáles eran los otros?

—Uno era el señor S. Flesh —dijo Diver, poniéndose también en pie. Agarró su rastrillo y se puso a sacar piedrecitas de la arena concienzudamente.

—Ah, sí. S. Flesh... ¿No os da grima el nombre?

Se sentía una gran tranquilidad a solas con Nicole; Rosemary pensó que mayor incluso de la que se sentía con su madre. Abe North y Barban, el francés, estaban hablando de Marruecos, y Nicole, que ya había copiado la receta, cogió una labor. Rosemary se puso a examinar sus pertenencias: cuatro grandes sombrillas que formaban un toldo, una caseta portátil para cambiarse, un caballo neumático y otras cosas nuevas que ella no había visto nunca, que procedían de la primera avalancha de artículos de lujo fabricados al terminar la guerra y que probablemente estaban en manos de los primeros compradores. Se había dado cuenta de que eran gente del gran mundo, pero, aunque su madre le había inculcado un recelo contra esa clase de gente, a la que consideraba parásitos sociales, no era ésa la impresión que estas personas le daban. Hasta en su absoluta inmovilidad, tan total como la de la propia mañana, veía un propósito, un empeño, un rumbo, un acto de creación diferente a todos los que ella había conocido. Su mente inmadura no se planteaba qué relaciones podrían tener entre sí: sólo le interesaba la actitud que tenían con respecto a ella. Pero sí percibía el entramado de una agradable relación entre todos ellos, lo cual expresó en su mente con la idea de que parecían estar pasándoselo muy bien.

Estudió uno por uno a los tres hombres, tratando por un momento de ser objetiva. Los tres eran bien parecidos, cada uno en su estilo. Los tres tenían modales muy distinguidos que se notaba que eran parte integrante de ellos, de sus vidas pasadas y futuras, no eran de circunstancias y, por tanto, nada tenían que ver con los modales afectados de los actores. También detectaba en ellos una gran delicadeza que era diferente de la camaradería agradable pero más bien tosca de los directores de cine, que representaban el elemento intelectual en su vida. Actores y directores. Ésos eran los únicos tipos de hombre que había conocido, aparte de la masa heterogénea y confusa de chicos universitarios interesados sólo en el flechazo que había conocido en la fiesta de Yale el otoño anterior.

Estos tres eran diferentes. Barban era menos civilizado, más escéptico y burlón, y sus modales eran tan rígidos e impecables que daban impresión de superficialidad. Abe North tenía, bajo su aparente timidez, un sentido del humor desesperado que a Rosemary le divertía pero a la vez le parecía incomprensible. Siendo de natural serio, no creía que pudiera causarle una gran impresión.

Pero Dick Diver... era perfecto. Le admiró en silencio. Tenía la piel rubicunda y curtida por el sol, del mismo tono que el pelo, que llevaba corto, y el vello que le cubría ligeramente los brazos y el dorso de las manos. Los ojos eran de un azul brillante y metálico. La nariz era ligeramente puntiaguda y nunca cabía ninguna duda de a quién miraba o con quién estaba hablando, lo cual es una atención que siempre halaga, porque ¿quién nos mira? Caen sobre nosotros las miradas, curiosas o indiferentes, y eso es todo. Su voz, que tenía inflexiones del melodioso acento irlandés, parecía cortejar al mundo entero. Y, sin embargo, Rosemary percibía en él una capa de firmeza, dominio de sí mismo y autodisciplina, virtudes que ella también poseía. Oh, sí. Era a él al que escogía, y Nicole, que levantaba la cabeza en ese momento, vio que lo escogía y oyó el leve suspiro con el que reconocía que ya pertenecía a otra.

Hacia el mediodía bajaron a la playa los McKisco, la señora Abrams, el señor Dumphry y el señor Campion. Traían una sombrilla nueva que colocaron mirando de reojo a los Diver y se instalaron debajo de ella con expresión satisfecha, todos menos el señor McKisco, que se quedó afuera en actitud burlona. Dick, que había pasado cerca de ellos con su rastrillo, volvió a las sombrillas.

—Los dos jóvenes están leyendo juntos el Libro de Etiqueta —anunció en voz baja.

—Se propondrán alternar con la crema —dijo Abe.

Mary North, la joven bronceadísima que Rosemary había visto el primer día en la balsa, volvía del agua y dijo, con una sonrisa que era un destello lascivo:

—Veo que han llegado el señor y la señora Nuncatiemblo.

—Son amigos de este hombre —le recordó Nicole señalando a Abe—. ¿Por qué no irá a hablar con ellos? ¿Es que no te parecen atractivos?

—Me parecen muy atractivos —dijo Abe—. Lo único que pasa es que no me parecen atractivos.

—*Tenía* el presentimiento de que iba a haber demasiada gente en la playa este verano —observó Nicole—. *Nuestra* playa, que Dick creó de un montón de guijarros.

Se puso a pensar y luego, bajando la voz para que no la oyera el trío de niñeras inglesas sentadas debajo de otra sombrilla, dijo:

—Con todo, son preferibles a aquellos ingleses del verano pasado, que se pasaban la vida gritando: «¡Mira qué mar tan azul! ¡Mira qué cielo tan blanco! ¡Mira qué colorada tiene la naricita Nellie!».

Rosemary pensó que no le gustaría tener a Nicole de enemiga.

—Pero se perdió usted la pelea —continuó Nicole—. El día antes de que usted llegara, el hombre casado, ese que tiene un apellido que suena a sucedáneo de gasolina o mantequilla...

—¿McKisco?

—Sí. Bueno. Estaban discutiendo y ella le arrojó arena a la cara. Entonces él se sentó encima de ella y le restregó la cara en la arena. Nos quedamos... sin palabra. Yo quería que Dick interviniera.

—Creo —dijo Dick Diver, mirando ensimismado la esterilla de paja— que me voy a acercar y les voy a invitar a cenar.

—Ni se te ocurra —se apresuró a decirle Nicole.

—Creo que estaría bien. Puesto que están aquí, vamos a adaptarnos a las circunstancias.

—Estamos perfectamente adaptados —insistió Nicole, riendo—. No tengo el menor interés en que me restrieguen la nariz en la arena. Soy dura y mezquina —le explicó a Rosemary. Y luego, elevando la voz—: ¡Niños, poneos los bañadores!

Rosemary tenía la sensación de que aquél iba a ser el baño más importante de su vida, el que le iba a venir a la memoria cada vez que alguien hablara de ir a la playa. Todos los del grupo se dirigieron al mismo tiempo al agua, más que dispuestos después de la prolongada y forzosa inactividad, y pasaron del calor al fresco con la glotonería con que se come un *curry* picante con vino blanco muy frío. Las jornadas de los Diver estaban programadas al modo de las jornadas de las antiguas civilizaciones para sacar el máximo provecho de lo que se ofrecía y dar a las transiciones toda su importancia, y Rosemary no sabía que después de la total dedicación al momento del baño iba a haber otro período de transición hasta llegar a la locuacidad de la hora del almuerzo provenzal. Pero volvía a tener la sensación de que Dick estaba cuidando de ella y se complació en responder al cambio subsiguiente como si hubiera sido una orden.

Nicole tendió a su marido la curiosa vestimenta que había estado confeccionando. Dick se metió en el vestidor portátil y causó una conmoción al volver a aparecer al momento vestido con unos calzoncillos transparentes de encaje negro. Al examinarlos de cerca pudieron ver que en realidad estaban forrados de tela color carne.

—¡Vaya mariconada! —exclamó el señor McKisco desdeñosamente. Y volviéndose rápidamente hacia el señor Dumphry y el señor Campion, añadió—: ¡Oh, disculpen!

A Rosemary le encantó aquello de los calzoncillos. Era lo bastante ingenua como para responder sinceramente a la sencillez elegante de los Diver, sin darse cuenta de su complejidad y su falta de inocencia, sin darse cuenta de que se trataba de una selección de calidad, y no de cantidad, en el bazar del mundo, ni de que también aquella sencillez, aquella paz y aquella buena voluntad propias de una guardería infantil, aquel resaltar las virtudes más simples formaban parte de un pacto desesperado con los dioses conseguido a base de luchas que no podía ni imaginar. En aquel momento los Diver representaban en apariencia el estadio más perfecto de la evolución de una determinada clase, y por eso la mayoría de la gente parecía deslucida a su lado. En realidad, había sobrevenido ya un cambio cualitativo que Rosemary no notaba en absoluto.

Se quedó con ellos mientras bebían jerez y comían galletas saladas. Dick la miró con la frialdad de sus ojos azules, y su boca fuerte y amable dijo reflexivamente y con intención:

—Desde hace mucho tiempo es usted la única muchacha que he visto que de verdad parece en flor.

Rosemary lloraba desconsoladamente en el regazo de su madre.

—Le quiero, mamá. Estoy locamente enamorada de él. Nunca pensé que podría sentir esto por nadie. Y está casado y su mujer también me parece muy agradable. Es un amor sin esperanza. ¡Le quiero tanto!

—Tengo curiosidad por conocerle.

—Su mujer nos ha invitado a cenar el viernes.

—Si estás enamorada deberías sentirte feliz. Deberías reír.

Rosemary alzó la vista y, con un encantador temblor de su rostro, se echó a reír. Su madre siempre tenía una gran influencia sobre ella.

V

Rosemary salió para Montecarlo con un aire tan mohíno como era posible en ella. Subió en coche la cuesta escarpada hasta La Turbie, donde había unos viejos estudios de Gaumont en reconstrucción, y, de pie ante la verja de la entrada, mientras esperaba una respuesta al mensaje que había escrito en su tarjeta, tuvo la impresión de que aquello podía ser Hollywood. Los extraños restos de alguna película reciente, el decorado en ruinas de una calle de la India, una gran ballena de cartón y un árbol monstruoso que daba unas cerezas tan grandes que parecían balones de baloncesto florecían allí por designio exótico, y parecían tan parte del paisaje como el pálido amaranto, la mimosa, el alcornoque o el pino enano. Había un puesto de bocadillos y dos escenarios que parecían graneros y, por todas partes, rostros maquillados que esperaban ansiosos.

Pasados diez minutos, se acercó a la verja con paso apresurado un joven que tenía el pelo color canario.

—Pase, señorita Hoyt. El señor Brady está en el plató, pero tiene mucho interés en verla. Disculpe la espera, pero tiene que comprender: algunas de estas señoronas francesas se ponen pesadísimas con que tienen que entrar.

El gerente abrió una portezuela en la pared ciega de los estudios y, con repentina satisfacción al encontrarse en terreno conocido, Rosemary le siguió en la penumbra. Surgían de cualquier parte figuras iluminadas, rostros cenicientos que la miraban como almas del purgatorio que vieran pasar a algún mortal. Se oían murmullos y voces quedas y parecía llegar desde lejos el suave trémolo de un pequeño órgano. Al doblar el ángulo formado por unos decorados, se encontraron con el resplandor blanco y crepitante de un plató, donde un actor francés —con la pechera, el cuello y los puños de la camisa teñidos de rosa brillante— y una actriz americana se enfrentaban inmóviles. Se miraban con insistencia, como si llevaran horas en la misma posición, y durante mucho tiempo siguió sin pasar nada, no se movió un alma. Se apagó una batería de focos con un feroz silbido y volvió a encenderse. A lo lejos, el golpeteo lastimero de un martillo parecía pedir permiso para entrar no se sabía dónde. De entre las luces cegadoras de arriba surgió un rostro azul y gritó algo ininteligible a la oscuridad. Luego, rompió el silencio una voz que salía de delante de donde estaba Rosemary.

—Nena, no te quites las medias. Puedes estropear otros diez pares. Ese vestido cuesta quince libras.

Al retroceder, el que había hablado tropezó con Rosemary, en vista de lo cual el gerente de los estudios dijo:

—Eh, Earl. La señorita Hoyt.

Era la primera vez que se veían. Brady era un hombre de ademanes rápidos y enérgicos. Rosemary vio que, al tomar su mano, la examinaba de pies a cabeza. Era un gesto que reconocía y que la hacía sentirse en casa, pero que a la vez la hacía sentirse siempre ligeramente superior a quienquiera que fuera el que la miraba así. Si su persona era un objeto, podría hacer uso de cualquier ventaja implícita en su propiedad.

—Sabía que iba a venir un día de éstos —dijo Brady, en un tono quizá demasiado apremiante para una conversación privada y que arrastraba un dejo cockney vagamente desafiante—. ¿Qué tal el viaje?

—Muy bien, pero tenemos ya ganas de volver a casa.

—¡Nooo! —protestó—. Quédese un tiempo más. Tengo que hablar con usted. Tengo que decirle que una película suya... *La niña de papá*. La vi en París. Puse un telegrama a Hollywood inmediatamente para saber si estaba usted bajo contrato.

—Acababa de firmarlo. Lo siento.

—¡Dios, qué película!

Para no asentir estúpidamente con una sonrisa, Rosemary frunció el ceño.

—A nadie le gusta que le recuerden siempre por una sola película —dijo.

—Claro. Tiene razón. ¿Cuáles son sus planes?

—Mi madre pensó que necesitaba un descanso. Cuando regrese, probablemente firmaremos un contrato con la *First National* o, si no, seguiremos con la *Famous*.

—¿Seguiremos? ¿Por qué habla en plural?

—Me refiero a mi madre. Es la que decide todo lo relativo a los contratos. Si no fuera por ella...

La volvió a mirar de pies a cabeza y, mientras lo hacía, Rosemary se sintió de algún modo atraída hacia él. No era que le gustara. No, nada tenía que ver aquello con la admiración espontánea que había sentido esa mañana hacia el hombre de la playa. Era como el chasquido de un resorte. Aquel hombre la deseaba y, en la medida en que su falta de experiencia amorosa se lo permitía, consideró con ecuanimidad la posibilidad de entregarse a él. No obstante, sabía que lo olvidaría media hora después de haberse separado de él, igual que a un actor al que tuviera que besar en una película.

—¿Dónde se alojan? —preguntó Brady—. Ah, sí, en el hotel de Gausse. Bueno, ya tengo hechos mis planes para este año, pero la carta que le escribí sigue en pie. Desde Connie Talmadge no ha habido otra chica con la que tuviera tantas ganas de hacer una película como con usted.

—A mí también me gustaría. ¿Por qué no vuelve a Hollywood?

—No puedo soportar ese maldito lugar. Estoy muy bien aquí. Espere a que acabe esta toma y le enseñaré esto.

De vuelta en el plató le empezó a hablar al actor francés en voz baja y queda.

Pasaron cinco minutos. Brady seguía hablando, y el francés cambiaba de vez en cuando un pie de sitio y asentía. De pronto, Brady dejó de hablar con él y les gritó algo a los de los focos, que deslumbraron a todos con un intenso resplandor. A Rosemary le pareció como si se encontrara de nuevo en Los Ángeles. Se movía una vez más, imperturbable, por la ciudad de las particiones livianas, y deseaba estar allí de vuelta. Pero no quería ver a Brady, porque sabía de qué humor iba a estar después de la toma, y se marchó de los estudios aún medio hechizada. El mundo mediterráneo le parecía menos silencioso ahora que sabía que los estudios estaban allí. Miraba con simpatía a la gente que se encontraba por las calles y camino de la estación se compró un par de alpargatas.

Su madre se alegró de saber que había hecho exactamente lo que se le había dicho que hiciera, pero no dejaba de pensar que ya había llegado el momento de que se lanzara sola al mundo. La señora Speers tenía un aspecto lozano, pero estaba cansada. Qué duda cabe que los lechos de muerte fatigan a la gente, y ella había velado junto a dos de ellos.

VI

Nicole Diver se sentía a gusto después del vino rosado que había tomado en la comida: estiró los brazos hasta que la camelia artificial que llevaba en el hombro le rozó la mejilla y luego salió a su encantador jardín sin césped. El jardín lindaba en uno de sus lados con la casa, de la que partía y a la que iba a dar, en otros dos con el pueblo viejo, y, en el último, con el acantilado, que bajaba hasta el mar formando salientes.

Todo estaba polvoriento a lo largo de los muros que daban al pueblo: las viñas tortuosas, los limoneros y los eucaliptos, y la carretilla ocasional, abandonada sólo por un momento, pero que ya formaba parte del sendero, atrofiada y medio podrida. A Nicole siempre le sorprendía que, al ir en la otra dirección, pasado un macizo de peonías, se entrara en una zona tan verde y tan fresca que las hojas y los pétalos se enroscaban con la suave humedad.

Llevaba anudado a la garganta un pañuelo lila y su color, incluso con aquel sol acromático, se reflejaba en su rostro y en la sombra de sus pies al moverlos. Su expresión era dura, severa incluso, sólo suavizada por un destello de duda angustiada en sus ojos verdes. Su cabello, en otro tiempo rubio, se había oscurecido, pero era más bonita ahora a los veinticuatro años de lo que lo había sido a los dieciocho, cuando su pelo era más brillante que ella misma.

Siguió un camino marcado por una intangible bruma de florescencia a lo largo de los blancos márgenes de piedra y llegó a un espacio que daba al mar, donde, en torno a un enorme pino, el árbol más grande del jardín, había farolillos dormidos en las higueras, una mesa grande y sillas de mimbre y un amplio toldo comprado en Siena. Se detuvo allí un momento, mirando con aire ausente las capuchinas y los lirios que crecían enmarañados a sus pies, como si hubieran brotado de un puñado de semillas azarosas, y escuchando las protestas y acusaciones que llegaban del cuarto de los niños, que debían de estar riñendo. Cuando el sonido de aquéllas se apagó en el aire estival, siguió caminando entre las peonías caleidoscópicas que se agrupaban formando nubes rosadas, los tulipanes negros y marrones y las frágiles rosas de tallo malva, transparentes como flores de azúcar en el escaparate de una pastelería, hasta un punto en que el scherzo de color, como si ya no pudiera alcanzar más intensidad, se desvanecía súbitamente en el aire y unos escalones musgosos comunicaban con otro nivel que se encontraba un metro y medio más abajo.

Allí había un pozo con el brocal húmedo y resbaladizo hasta en los días más soleados. Nicole subió las escaleras que había al otro lado y entró en el huerto. Caminaba a paso más bien rápido. Le gustaba ser activa aunque a veces diera la impresión de reposo, estático y evocador al mismo tiempo. Ello se debía a que conocía pocas palabras y no creía en ninguna, y en sociedad estaba casi siempre callada y sólo de vez en cuando aportaba su grano de humor civilizado con una precisión que rayaba en la austeridad. Pero en cuanto notaba que la gente que no la conocía bien empezaba a sentirse incómoda ante tal economía de palabras, se adueñaba del tema de conversación y se disparaba con él, febrilmente maravillada consigo misma, y luego lo dejaba interrumpiéndose bruscamente, casi con timidez, como un obediente perro perdiguero, con la sensación de haber hecho incluso un poco más de lo que se esperaba de ella.

Seguía allí, en la confusa luz verdosa del huerto, cuando cruzó Dick el sendero que tenía delante de ella, camino de la casita que utilizaba como estudio. Nicole aguardó en silencio a que hubiera pasado y luego avanzó entre hileras de futuras ensaladas hasta llegar a una especie de zoológico en miniatura, donde fue recibida con un popurrí de ruidos insolentes de palomos, conejos y un loro. Descendió a otro nivel y llegó hasta un muro bajo y curvado desde donde miró el Mediterráneo, que estaba allí abajo, a doscientos metros.

Estaba en el viejo pueblo de Tarmes, sobre la colina. En lo que ahora era la villa y los terrenos que la rodeaban había habido antes una hilera de viviendas de campesinos que daban al acantilado. Se habían combinado cinco casitas para hacer la casa y se habían derribado otras cuatro para el jardín. Los muros exteriores se habían conservado, de modo que desde la carretera, situada mucho más abajo, no se distinguía la villa de la masa gris y violeta del pueblo.

Nicole siguió mirando por un momento el Mediterráneo, pero aquello no era una ocupación para ella, con sus manos incansables. Dick salió de su casita de una habitación con un telescopio en las manos y se puso a mirar en dirección este, hacia Cannes. Enseguida entró Nicole en su campo de visión, así que desapareció dentro de la casa y volvió a salir con un megáfono. Tenía muchos artefactos mecánicos ligeros.

—Nicole —gritó—. Olvidé decirte que, para llevar mi apostolado hasta el final, he invitado también a la señora Abrams, la del pelo blanco.

—Me lo temía. Es intolerable.

La claridad con que le llegó la respuesta de su mujer hizo que el megáfono pareciera ridículo. Nicole alzó entonces la voz para preguntarle:

—¿Me oyes bien?

—Sí.

Bajó el megáfono y luego lo volvió a levantar con obstinación.

—Voy a invitar también a otras personas. A los dos hombres jóvenes.

—Está bien —dijo ella con calma.

—Quiero que sea una cena realmente *horrenda*. En serio. Quiero que haya riñas y seducciones y que la gente se marche ofendida y las mujeres se desmayen en el cuarto de baño. Ya verás.

Y se volvió a meter en su casita. Nicole reconocía aquel estado de ánimo, uno de los más típicos suyos, aquella excitación que quería contagiar a todo el mundo y que, inevitablemente, iría seguida de uno de sus accesos de melancolía que siempre trataba de disimular pero que ella notaba. Era una excitación que llegaba a alcanzar una intensidad que no guardaba la menor proporción con la importancia de su objeto y que generaba en él un virtuosismo realmente extraordinario con la gente. Tenía la facultad de provocar una fascinación sin reservas, salvo entre los más duros y los eternamente suspicaces. La reacción venía cuando se daba cuenta del derroche y los excesos que aquello le había supuesto. A veces recordaba con horror los carnavales de afecto que había prodigado, igual que un general contemplaría la matanza ordenada por él para satisfacer una sed de sangre impersonal.

Pero ser incluido, aunque fuera un momento, en el mundo de Dick Diver era una experiencia notable: cada persona se quedaba convencida de que la estaba tratando de una manera especial porque había reconocido la incomparable grandeza de su destino a pesar de que había quedado oculta por los muchos años de tener que transigir. Se conquistaba a todos enseguida con una consideración exquisita y una cortesía que funcionaban de una manera tan rápida e intuitiva que sólo se podían examinar sus efectos. Luego, sin tomar ninguna precaución, no fuera que se marchitara la primera flor de la relación, abría las puertas de su divertido mundo. Si lo abrazaban sin ninguna reserva, él se encargaba de hacerlos felices.

Pero si le entraba la menor duda de que realmente estuvieran entregados completamente, se evaporaba ante sus ojos, dejando apenas un recuerdo transmisible de lo que había dicho o hecho.

A las ocho y media de aquella tarde salió a recibir a sus primeros invitados; llevaba la chaqueta en la mano en forma más bien ceremoniosa, más bien prometedora, como la capa de un torero. Fue un detalle característico que, tras saludar a Rosemary y a su madre, aguardara a que ellas hablaran primero, como para infundirles más confianza al oír sus propias voces en un ambiente nuevo.

Volviendo al punto de vista de Rosemary, habría que señalar que, bajo el influjo de la subida a Tarmes y del aire más fresco que allí hacía, tanto ella como su madre miraron en torno suyo con aire apreciativo. Del mismo modo que se pueden poner de manifiesto los atributos personales de la gente fuera de lo común con un inusitado cambio de expresión, toda la perfección intensamente calculada de Villa Diana se revelaba de pronto en fallos tan aparentemente insignificantes como la inesperada aparición de una doncella al fondo o la perversidad del corcho de una botella. Mientras llegaban los primeros invitados, trayendo consigo la excitación de esa noche, se iba apagando suavemente ante ellos la actividad doméstica del día, simbolizada por los hijos de los Diver y su institutriz, que todavía no habían terminado de cenar en la terraza.

—¡Qué jardín tan hermoso! —exclamó la señora Speers.

—Es el jardín de Nicole —dijo Dick—. No lo deja en paz ni un momento. Se pasa el tiempo regañando a las plantas y se preocupa cuando tienen alguna enfermedad. Cualquier día va a caer enferma ella misma con mildiu o añublo o alguna plaga tardía.

Apuntó hacia Rosemary con el dedo índice y, con aire decidido y una naturalidad que parecía ocultar un interés paternal, dijo:

—Le voy a salvar la cabeza. Le voy a dar un sombrero para que se lo ponga en la playa.

Hizo que pasaran del jardín a la terraza, donde les sirvió un cóctel. Llegó Earl Brady y se sorprendió al ver a Rosemary. Sus modales eran más suaves que en los estudios, como si se hubiera puesto el nuevo disfraz antes de entrar, y Rosemary, comparándolo al instante con Dick Diver, inclinó claramente la balanza a favor de este último. En comparación, Earl Brady parecía ligeramente burdo y maleducado. Pero, a pesar de todo, volvió a sentir la misma atracción física hacia su persona.

Earl habló con familiaridad a los niños, que se estaban levantando una vez terminada su cena en la terraza.

—Hola, Lanier. Cántame una canción. ¿Por qué no me cantáis tú y Topsy una canción?

—¿Qué quieres que cantemos? —asintió el niño, con el peculiar acento cantarín de los niños norteamericanos educados en Francia.

—La canción esa de «*Mon ami Pierrot*».

Hermano y hermana se pusieron a cantar juntos sin la menor turbación y sus voces se elevaron dulcemente en el aire vespertino.

> *Au clair de la lune*
> *Mon ami Pierrot*
> *Prête-moi ta plume*
> *Pour écrire un mot*
> *Ma chandelle est morte*
> *Je n'ai plus de feu*
> *Ouvre-moi ta porte*
> *Pour l'amour de Dieu.*

Terminó la canción, y los niños, con los rostros encendidos por los últimos rayos de sol, saborearon sonrientes y con calma su triunfo. Rosemary estaba pensando que Villa Diana era el centro del universo. En un escenario así tenía que ocurrir alguna cosa memorable. Se le iluminó más la cara al oír que se abría la verja de la entrada: había llegado el resto de los invitados como una sola persona. Los McKisco, la señora Abrams, el señor Dumphry y el señor Campion se acercaban a la terraza.

Rosemary tuvo una profunda sensación de desencanto: se volvió rápidamente hacia Dick como para pedirle una explicación por aquella absurda mezcolanza. Pero no notó nada anormal en su expresión. Saludó a los recién llegados con orgullo y un evidente respeto hacia sus infinitas posibilidades, aún desconocidas. Rosemary creía en él hasta tal punto que pasó a aceptar la presencia de los McKisco con toda naturalidad, como si hubiera esperado encontrarlos allí todo el tiempo.

—Nos conocimos en París —le dijo McKisco a Abe North, que había llegado con su mujer pisándoles los talones—. En realidad, hemos coincidido en un par de ocasiones.

—Sí, ya recuerdo —dijo Abe.

—¿Dónde fue? —inquirió McKisco, que no se conformaba con dejar las cosas como estaban.

—Creo que...

Abe se cansó del juego.

—No me puedo acordar.

Ese intercambio sirvió para llenar una pausa y Rosemary instintivamente pensó que alguien debía salvar la situación, pero Dick no hizo el menor intento de romper el grupo formado por los últimos en llegar y ni siquiera trató de hacer perder a la señora McKisco su aire entre burlón y desdeñoso. No trató de resolver ese problema social porque sabía que no tenía importancia de momento y se iba a resolver solo. Se estaba reservando para un esfuerzo más importante y esperaba un momento más significativo para que sus invitados se dieran cuenta de que lo estaban pasando bien.

Rosemary estaba junto a Tommy Barban, que tenía un aire particularmente despectivo y parecía obrar bajo el impulso de algún estímulo especial. Se marchaba a la mañana siguiente.

—¿Vuelve a casa?

—¿A casa? Yo no tengo casa. Me voy a una guerra.

—¿Qué guerra?

—¿Qué guerra? Cualquier guerra. Hace días que no leo los periódicos, pero me imagino que habrá alguna guerra. Siempre la hay.

—¿Le tiene sin cuidado luchar por una causa o por otra?

—Absolutamente. Con tal de que me traten bien... Cuando me canso de mi rutina, vengo a ver a los Diver porque sé que a las pocas semanas me entrarán ganas de volver a la guerra.

Rosemary se puso rígida.

—Pero usted aprecia a los Diver —le recordó.

—Claro. Sobre todo a ella. Pero me hacen sentir ganas de irme a la guerra.

Rosemary trató de reflexionar sobre aquello, pero no llegó a ninguna conclusión. Lo único que sabía era que los Diver le hacían sentir ganas de permanecer junto a ellos el resto de su vida.

—Usted es mitad norteamericano —dijo, como si ahí estuviera la solución del problema.

—También soy mitad francés y me eduqué en Inglaterra y desde los dieciocho años he llevado el uniforme de ocho países. Pero espero no haberle dado la impresión de que no les tengo afecto a los Diver. Sí se lo tengo, sobre todo a Nicole.

—Sería imposible no tenérselo —se limitó a decir ella.

Se sentía muy alejada de él. La intención que adivinaba en sus palabras le repelía y se guardó para sí la adoración que sentía por los Diver para que él no la profanara con su rencor. Se alegró de no estar sentada a su lado en la cena y seguía pensando en sus palabras, «sobre todo a ella», mientras se dirigían a la mesa que habían colocado en el jardín.

Por un momento se vio caminando al lado de Dick Diver. Con su inteligencia tan clara y tan sólida todo se desvanecía en la certeza de que lo sabía todo. Desde hacía un año, que parecía una eternidad, Rosemary tenía dinero y cierta fama y había entrado en contacto con los famosos, pero éstos no habían resultado ser más que poderosas ampliaciones de la gente con la que la viuda del médico y su hija se habían relacionado en un hotel-pensión de París. Rosemary era una romántica y su profesión no le había ofrecido muchas oportunidades satisfactorias en ese campo. Su madre, que quería que hiciera carrera, no toleraba sucedáneos espurios como las emociones vulgares que aquel mundo le brindaba, y, en realidad, Rosemary ya había superado aquello: vivía *del* cine pero en absoluto *para* el cine. Por eso, cuando leyó en el rostro de su madre que le parecía bien Dick Diver, comprendió que aquello significaba que lo consideraba un hombre «de verdad» y que le daba permiso para llegar hasta donde pudiera.

—La he estado observando —dijo él, y sabía que le estaba diciendo la verdad—. Le hemos tomado mucho cariño.

—Yo me enamoré de usted la primera vez que le vi —dijo ella en voz baja.

Hizo como que no la había oído, como si se tratara simplemente de un cumplido.

—Muchas veces, los amigos nuevos —dijo él, como si estuviera haciendo una observación importante— lo pasan mejor juntos que los viejos amigos.

Tras ese comentario, cuyo significado exacto no entendió, se encontró sentada a la mesa, que unas luces que fueron apareciendo lentamente hicieron resaltar en el oscuro atardecer. Se sintió muy feliz al ver que Dick había sentado a su madre a su derecha. En cuanto a ella, estaba sentada entre Luis Campion y Brady.

Estaba tan emocionada que se volvió hacia Brady con la intención de hacerle confidencias, pero a la primera mención que hizo de Dick, la chispa de dureza que vio en sus ojos le hizo comprender que se negaba a hacer de padre. Ella a su vez se mostró igualmente firme cuando él trató de monopolizar su mano, de modo que hablaron de cosas de la profesión; o, más bien, ella fingía escuchar mientras él hablaba de cosas de la profesión, sin apartar, por cortesía, la mirada de su rostro ni una sola vez, pero tenía el pensamiento tan en otra cosa que tuvo la sensación de que se debía de estar dando cuenta de ello. De vez en cuando captaba la esencia de lo que él decía y su subconsciente ponía el resto, igual que percibimos que un reloj está dando la hora cuando ya va por la mitad, pero perdura en nuestra mente el ritmo de las primeras campanadas que no habíamos contado.

VII

Aprovechando una pausa, Rosemary miró hacia el lugar en que estaba sentada Nicole, entre Tommy Barban y Abe North, con su pelo de perro chow que parecía espuma a la luz de las velas. Se puso a escuchar lo que decía, atraída irresistiblemente por aquella voz modulada y recortada que tan poco se prodigaba.

—¡Pobrecito! —exclamó Nicole—. ¿Por qué querías abrirlo por la mitad?

—Pues porque quería ver lo que hay dentro de un camarero, naturalmente. ¿No te gustaría a ti saber lo que hay dentro de un camarero?

—Menús viejos —sugirió Nicole con una risita—. Pedacitos de vajillas rotas, propinas y puntas de lápices.

—Exacto. Pero había que probarlo científicamente. Y, por supuesto, al hacerlo con aquella sierra musical se hubiera eliminado todo elemento sórdido.

—¿Es que pensabais tocar la sierra mientras realizabais la operación? —preguntó Tommy.

—No llegamos tan lejos. Los gritos nos alarmaron. Pensamos que se le podía romper algo.

—Me suena todo rarísimo —dijo Nicole—. Un músico que utiliza la sierra de otro músico para...

En la media hora que llevaban sentados a la mesa se había producido un cambio perceptible en todos ellos: cada uno había dejado de lado algo, una preocupación, una inquietud, una sospecha, y habían pasado a estar en su elemento como invitados de Dick Diver. Si no se hubieran mostrado cordiales e interesados, habría parecido que trataban de desprestigiar a los Diver, así que todos se estaban esmerando y, al darse cuenta de ello, Rosemary sintió una súbita simpatía hacia todos, con excepción de McKisco, que se las había arreglado para ser la única persona que no se había integrado con el resto. Más que a mala voluntad por su parte, aquello se debía a su decisión de mantener con vino el excelente humor de que había dado muestras a su llegada. Recostado en su asiento entre Earl Brady, al que había hecho varios comentarios mordaces sobre el cine, y la señora Abrams, a la que no dirigía la palabra, miraba a Dick Diver con ironía devastadora, cuyo efecto se interrumpía de vez en cuando con sus intentos de mantener con él una dificultosa conversación de un extremo a otro de la mesa.

—¿No es usted amigo de Van Buren Denby? —decía, por ejemplo.

—Me parece que no le conozco.

—Yo creía que era amigo suyo —insistía irritado.

Cuando el tema del señor Denby se cayó por su propio peso, intentó otros temas de conversación igualmente inconexos, pero cada vez, la deferencia misma que le mostraba Dick prestándole atención parecía dejarlo paralizado, y después de una pausa un poco violenta, la conversación que había interrumpido continuaba sin él. Trató de meterse en otras conversaciones, pero era como darle la mano continuamente a un guante del que se hubiera retirado la mano, por lo que, al fin, poniendo aire resignado como si se encontrara entre niños, dedicó toda su atención exclusivamente al champán.

Rosemary paseaba a intervalos la mirada por la mesa, deseosa de que los demás disfrutasen, como si se tratara de sus futuros hijastros. Una favorecedora luz de mesa, que emanaba de un búcaro de clavellinas aromáticas, le daba al rostro de la señora Abrams, ya encendido por el Veuve Clicquot, una expresión vigorosa, llena de tolerancia y buena voluntad juveniles. Junto a ella estaba sentado Royal Dumphry, cuyos aires de muchachita resultaban menos chocantes en aquel ambiente de placer nocturno. A continuación, Violet McKisco, cuyos encantos habían aflorado a la superficie y ya no hacía ningún esfuerzo por tomarse en serio su fantasmagórica condición de mujer de un arribista que no había llegado a ninguna parte.

Luego venía Dick, manejando los hilos para que no volvieran a caer en la inercia de la que había conseguido sacarlos, totalmente inmerso en su papel de anfitrión.

Luego su madre, perfecta como siempre.

Luego Barban, sumamente atento con su madre, con la que mantenía una conversación, lo cual hizo que volviera a sentir simpatía hacia él. Luego Nicole. Rosemary la vio de pronto con nuevos ojos y decidió que era una de las personas más hermosas que había conocido nunca. Su rostro, que era el rostro de una santa, de una virgen vikinga, resplandecía entre las débiles partículas que flotaban como pequeños copos de nieve en torno a la luz de las velas y recibía su fulgor de los farolillos de color tinto que colgaban del pino. Seguía igual de inmóvil.

Abe North le estaba hablando de su código moral:

—Por supuesto que lo tengo —insistía—. Un hombre no puede vivir sin un código moral. El mío consiste en que estoy en contra de la quema de brujas. Cada vez que queman a una, siento que me arde el cuerpo.

Rosemary sabía por Brady que era un músico que, tras unos comienzos brillantes y precoces, llevaba siete años sin componer nada.

A continuación estaba Campion, que había logrado controlar hasta cierto punto sus ademanes escandalosamente afeminados e incluso mostraba hacia los que estaban junto a él una cierta solicitud maternal. A su lado, Mary North, con una expresión tan alegre que resultaba difícil no responder con otra sonrisa al espejo blanco de sus dientes: toda la zona que rodeaba sus labios entreabiertos era un delicioso círculo de gozo.

Por último, Brady, cuya campechanía pasaba a ser, cada vez más, una virtud social, en lugar de una vulgar afirmación y reafirmación de su propia salud mental y una manera de conservar ésta manteniéndola a distancia de las debilidades de los demás.

Rosemary, tan pura en su fe como una de las criaturas de los nocivos folletines de la señora Burnett, tenía la sensación de haber llegado a casa, de haber regresado de las improvisaciones ridículas y obscenas de la frontera. Las luciérnagas iban y venían por el aire oscuro y un perro aullaba en algún saliente bajo y lejano del acantilado. Parecía que la mesa se hubiera alzado ligeramente hacia el cielo como una pista de baile mecánica y hubiera creado en cada uno de los que se encontraban alrededor de ella la sensación de encontrarse solo con los demás comensales en el oscuro universo, alimentándose de su único alimento, calentándose con sus únicas luces. Y, como si la extraña risita contenida de la señora McKisco hubiera sido la señal de que ya habían logrado separarse del mundo, los dos Diver se volvieron súbitamente más cálidos, más luminosos, más expansivos, como para compensar a sus invitados, a los que tan sutilmente habían logrado convencer de que eran importantes y que tan halagados se sentían con todos los detalles que habían tenido con ellos, de la pérdida de cualquier cosa de aquel país ya lejano que habían dejado atrás que pudieran seguir echando de menos. Durante un instante pareció que hablaban a la vez a cada persona que se encontraba a la mesa, a todos juntos y por separado, para que se sintieran seguros de su amistad y de su afecto. Y por un instante, los rostros que se volvían hacia ellos eran como rostros de niños pobres mirando un árbol de Navidad. Pero, de pronto, había que levantarse de la mesa. El breve instante durante el cual los invitados se habían atrevido a ir más allá de la simple sensación de encontrarse bien juntos para adentrarse en las zonas más oscuras del sentimiento había pasado antes de que hubieran podido gozar de él con libertad, antes incluso de que se dieran realmente cuenta de que había llegado.

Pero la magia difusa del sur dulce y cálido había penetrado en ellos, se había separado de la suave zarpa de la noche y el flujo espectral del Mediterráneo allá abajo para ir a fundirse con los Diver y formar parte de ellos. Rosemary vio cómo Nicole obligaba a su madre a aceptar como regalo un bolso amarillo de noche que le había alabado, diciéndole: «Las cosas deben ser de la gente que las sabe apreciar», y luego metía en el bolso todos los objetos de color amarillo que pudo encontrar «porque todos hacen juego».

Nicole desapareció y al momento Rosemary observó que Dick ya no estaba allí. Los invitados se repartieron por el jardín o siguieron hacia la terraza.

—¿Quiere ir al baño? —preguntó Violet McKisco a Rosemary.

No en aquel preciso instante.

—Pues yo quiero ir al baño —insistió la señora McKisco.

Como la mujer franca y abierta que era, se fue hacia la casa arrastrando su secreto con ella, mientras Rosemary la miraba con reprobación. Earl Brady le propuso ir paseando hasta el pretil del acantilado, pero ella pensaba que le tocaba ahora disfrutar un poco de la presencia de Dick Diver cuando volviera a aparecer, de modo que se disculpó y se quedó escuchando una discusión entre McKisco y Barban.

—¿Por qué quiere usted luchar contra los soviéticos? —decía McKisco—. ¡El experimento más grandioso que nunca haya hecho la humanidad! ¡Y el Rif? Me parece a mí que sería más heroico luchar del bando que tiene la razón.

—¿Y cómo sabe usted cuál es? —preguntó Barban secamente.

—Bueno, las personas inteligentes lo suelen saber.

—¿Es usted comunista?

—Soy socialista —dijo McKisco—. Me solidarizo con Rusia.

—Pues yo soy un soldado —repuso Barban afablemente—. Mi trabajo consiste en matar gente. Luché contra el Rif porque soy europeo, y he luchado contra los comunistas porque quieren arrebatarme lo que me pertenece.

—En mi vida he oído un pretexto más reaccionario.

McKisco miró en torno suyo buscando la complicidad burlona de alguien, pero no tuvo ningún éxito. No tenía idea de la clase de contrincante que era Barban, ni tampoco de lo simples que eran sus ideas y lo compleja que era su formación. McKisco sabía lo que eran las ideas y, a medida que se desarrollaba su intelecto, se sentía capaz de reconocer y clasificar un número cada vez mayor de ellas, pero enfrentado a un hombre al que consideraba «estúpido» y en el que no encontraba ninguna idea que pudiera reconocer como tal y ante el que, sin embargo, no podía sentirse superior, llegó a la conclusión de que Barban era el producto final de un mundo caduco y, por tanto, sin ningún valor. De los contactos que McKisco había tenido con gente de la alta sociedad norteamericana se le habían quedado grabados su esnobismo indeciso y desmañado, su complacencia en su propia ignorancia y su grosería deliberada, todo ello plagiado de los ingleses sin tener en cuenta factores que dan un sentido al prosaísmo complaciente y la grosería de los ingleses, y aplicado a un país en el que con un mínimo de conocimientos y educación se consigue más que en cualquier otro. Era una actitud que llegaba a su apogeo con el «estilo de Harvard» de hacia 1900. McKisco pensaba que aquel Barban era de ese tipo, y, como estaba borracho, había cometido la imprudencia de no acordarse de que le imponía respeto, y por eso se veía metido en aquel lío.

Sintiendo cierta vergüenza ajena por McKisco, Rosemary aguardaba, plácidamente en apariencia pero en realidad con gran ansiedad, a que regresara Dick Diver. Aparte de ella sólo seguían sentados en torno a la mesa Barban, McKisco y Abe. Se puso a observar el camino bordeado de mirtos y helechos en sombras que llevaba a la terraza y, fascinada al ver la figura de su madre recortada contra una puerta iluminada, se levantó para dirigirse hacia allí, pero en ese mismo momento la señora McKisco salía precipitadamente de la casa.

Rezumaba excitación. Por el hecho mismo de que guardara silencio mientras echaba mano de una silla y se sentaba, con la mirada fija y la boca temblándole un poco, todos comprendieron que estaba deseando darles una noticia y el «¿Qué te pasa, Vi?» de su marido sonó natural, con todos los ojos fijos en ella.

—Resulta... —dijo al fin, y luego, dirigiéndose a Rosemary—: Resulta... No, no es nada. Realmente no debería decir nada.

—Está usted entre amigos —dijo Abe.

—Bueno. Acabo de presenciar una escena en el piso de arriba que...

Movió la cabeza en forma misteriosa y se interrumpió a tiempo, porque Tommy se puso en pie y le dijo, cortésmente pero con firmeza:

—No le aconsejo que haga ningún comentario sobre lo que ocurre en esta casa.

VIII

Violet respiró hondo y, haciendo un esfuerzo, logró cambiar de expresión.

Por fin apareció Dick y, con su instinto infalible, separó a Barban de los McKisco y se puso a hablar de literatura con McKisco, fingiendo una ignorancia y una curiosidad desmedidas en la materia, con lo que brindó a aquél el momento de superioridad que necesitaba. Los demás le ayudaron a llevar lámparas a la casa (¡a quién no le iba a agradar la idea de mostrarse servicial llevando lámparas en la oscuridad!). Rosemary también ayudó, a la vez que trataba de satisfacer pacientemente la insaciable curiosidad de Royal Dumphry con respecto a Hollywood.

Pensaba: Ya me he ganado un momento a solas con él. Debe de saberlo, puesto que sus leyes son las mismas que mi madre me inculcó.

Rosemary acertó. Enseguida la separó del resto del grupo que había en la terraza y, al encontrarse los dos solos, se dejaron llevar de un impulso que les hizo dejar la casa y caminar hacia el pretil del acantilado, más que a pasos a intervalos irregularmente espaciados, en algunos de los cuales Rosemary se dejaba arrastrar y en otros se sentía flotar.

Contemplaron el Mediterráneo. Allá abajo, la última lancha de excursionistas de las islas de Lerins flotaba en la bahía como un globo del 4 de Julio suelto en los cielos. Flotaba entre las islas negras, partiendo suavemente la oscura marea.

—Ya he comprendido por qué habla de su madre como lo hace —dijo él—. La actitud que tiene con usted es excelente, me parece a mí. Tiene un tipo de sabiduría muy poco frecuente en América.

—Mamá es perfecta —dijo ella con devoción.

—Le he estado hablando de un plan que tengo. Me dijo que el tiempo que fueran a quedarse en Francia dependía de usted.

De *usted*, estuvo a punto de decir en voz alta Rosemary.

—Así que, como las cosas han llegado a su fin aquí...

—¿A su fin? —se extrañó ella.

—Bueno, esta parte del verano ha llegado a su fin. La semana pasada se marchó la hermana de Nicole, mañana se va Tommy Barban, el lunes Abe y Mary North. Puede que sigamos divirtiéndonos este verano, pero el tipo de diversión que hemos tenido hasta ahora ya se ha acabado. Quiero que termine violentamente, en lugar de irse apagando de una manera sentimental. Por eso he dado esta cena. En fin, lo que quería decirle es que Nicole y yo nos vamos a París a despedir a Abe North, que regresa a América. ¿Le gustaría venir con nosotros?

—¿Qué le dijo mi madre?

—Le pareció bien, aunque ella no quiere venir. Quiere que venga usted sola.

—No he estado en París desde niña —dijo Rosemary—. Me encantaría volver a verlo con ustedes.

—Me alegra oírlo.

¿Era imaginación suya o la voz de él sonaba de pronto metálica?

—Desde luego, usted despertó nuestro interés desde el momento en que la vimos aparecer en la playa. Estábamos convencidos, sobre todo Nicole, de que esa vitalidad suya era profesional y que nunca se iba a gastar con ninguna persona o grupo.

El instinto le decía a gritos a Rosemary que estaba tratando de llevarla poco a poco hacia Nicole, así que puso sus propios frenos y le dijo, con la misma dureza:

—Yo también quería conocerlos a todos ustedes, sobre todo a usted. Ya le dije que me enamoré de usted la primera vez que le vi.

Hacía bien en abordar el asunto de aquel modo, pero el espacio que había entre el cielo y la tierra le había aclarado las ideas a Dick, había destruido el impulso que le había hecho llevarla hasta allí y le había hecho comprender que la atracción que sentía ella era demasiado obvia y que estaba luchando con una escena que no había ensayado y unos diálogos a los que no estaba habituada.

Trató de hacer lo posible para que deseara volver a la casa, pero no resultaba fácil y, por otra parte, tampoco quería perderla del todo. Ella sólo sentía soplar la brisa mientras él se burlaba afablemente.

—Usted no sabe lo que quiere. Vaya a preguntárselo a su madre.

Se sintió herida. Le tocó, palpando la tela suave de su chaqueta oscura como si fuera una casulla. Estaba a punto de caer de rodillas, y desde esa posición lanzó su última arma.

—Creo que es usted la persona más maravillosa que he conocido en mi vida, aparte de mi madre.

—Me mira usted con ojos románticos.

La risa de él los arrastró hasta la terraza, donde la dejó en manos de Nicole.

Muy pronto llegó la hora de marcharse y los Diver ayudaron a todos a irse con celeridad. En el Isotta grande de los Diver se metieron Tommy Barban con su equipaje —iba a pasar la noche en el hotel para coger uno de los primeros trenes—, la señora Abrams, los McKisco y Campion. Earl Brady, que volvía a Montecarlo, iba a llevar a Rosemary y a su madre, y Royal Dumphry iba con ellos porque el coche de los Diver estaba ya lleno. En el jardín brillaba aún la luz de los farolillos sobre la mesa en la que habían cenado cuando los Diver los despidieron, el uno junto al otro, en la verja, Nicole resplandeciente y llenando la noche con su encanto y Dick diciendo adiós a cada uno por su nombre. Rosemary sentía congoja de alejarse en el coche y dejarlos a ellos en su casa. Se volvió a preguntar qué habría visto la señora McKisco en el cuarto de baño.

IX

Era una noche oscura y límpida, colgada como en un cesto de una única estrella poco brillante. La resistencia del aire denso amortiguaba el sonido de la bocina del coche que iba delante. El chófer de Brady conducía despacio. Las luces traseras del otro coche aparecían de vez en cuando después de doblar alguna curva, hasta volver a desaparecer por completo. Pero al cabo de diez minutos volvieron a ver el coche, parado a un lado de la carretera. El chófer de Brady aminoró la marcha para frenar detrás, pero como inmediatamente empezó a andar de nuevo lentamente, lo adelantaron. En el instante en que lo pasaban, oyeron voces que la discreción de la limusina no permitía distinguir y vieron que el chófer de los Diver sonreía irónicamente. Siguieron, y atravesaron velozmente zonas de noche cerrada y otras de noche más clara hasta bajar al fin por una serie de tramos que eran como una montaña rusa y conducían a la gran mole del hotel de Gausse.

Rosemary dormitó unas tres horas y, cuando despertó, permaneció tendida en la cama, como en suspenso a la luz de la luna. Envuelta en la erótica oscuridad, agotó el futuro rápidamente, con todas las eventualidades que podrían llevar a un beso, aunque era un beso tan borroso como los de las películas. Cambió de postura en la cama deliberadamente —primer signo de insomnio de su vida— y trató de pensar en aquella cuestión con la mente de su madre. En ese proceso solía ser más perspicaz de lo que permitía su experiencia, ya que recordaba cosas de viejas conversaciones que había asimilado oyéndolas sólo a medias.

Rosemary había sido educada para el trabajo. La señora Speers había empleado en la educación de su hija el escaso dinero que le habían dejado los hombres de los que había enviudado, y cuando la vio florecer tan espléndidamente a los dieciséis años, con aquel pelo tan extraordinario, se apresuró a llevarla a Aix-les-Bains y se presentó con ella sin ser anunciadas en la *suite* de un productor norteamericano que se estaba recuperando allí. Cuando el productor marchó a Nueva York, fueron con él. De esa manera había aprobado Rosemary su examen de ingreso. Dado el éxito que luego había tenido y la subsiguiente promesa de relativa estabilidad, la señora Speers se había sentido en libertad aquella noche para darle a entender lo siguiente:

—Fuiste educada para que trabajaras, no especialmente para casarte. Ya te ha llegado tu primera prueba que superar y es una prueba excelente. Sigue adelante y, ocurra lo que ocurra, utilízalo como experiencia. Te puedes hacer daño tú misma o se lo puedes hacer a él, pero nada de lo que ocurra podrá perjudicarte, porque desde el punto de vista económico eres un chico, no una chica.

Rosemary nunca había reflexionado mucho, salvo acerca de las innumerables virtudes de su madre, por lo que aquella impresión de que al fin se rompía el cordón umbilical le impedía dormir. Un amago de amanecer penetró por las puertaventanas. Se levantó y salió a la terraza, que sentía caliente bajo sus pies desnudos. En el aire había sonidos secretos. Un pájaro insistente proclamaba su triunfo malévolo periódicamente en los árboles que rodeaban la pista de tenis. Se oían las pisadas de alguien que paseaba en la parte trasera del hotel haciendo un recorrido circular; el sonido de las pisadas cambiaba del camino de tierra al paseo de gravilla y los escalones de cemento y volvía a repetirse en sentido inverso cada vez. Más allá del mar de tinta, en lo alto de aquella sombra negra que era una colina vivían los Diver. Los imaginó juntos en aquel momento; oía el eco, muy remoto en el tiempo y en el espacio, de una canción que seguían cantando, una especie de himno que se elevaba como humo en el cielo. Los niños dormían. La verja estaba cerrada, como cada noche.

Regresó a su cuarto y, tras ponerse una bata ligera y unas alpargatas, volvió a salir por la puertaventana y recorrió la terraza, que seguía a lo largo de la fachada, hasta la puerta principal. Iba a paso ligero, pues se había dado cuenta de que daban a la terraza otras habitaciones privadas cuyos ocupantes dormían profundamente. Se detuvo al ver una figura sentada en la ancha escalinata blanca de la entrada principal. Era Luis Campion y estaba llorando.

Lloraba desconsoladamente, pero en silencio, y se estremecía del mismo modo que lo habría hecho una mujer. Rosemary no pudo resistir la tentación de recrear una escena de un personaje que había interpretado el año anterior y, avanzando hacia él, le tocó en el hombro. Sorprendido, dio un pequeño grito.

—¿Qué es lo que le pasa?

La mirada de ella era directa y amable, sin una sombra de curiosidad morbosa.

—¿Le puedo ayudar en algo?

—Nadie puede ayudarme. Lo sabía. Es sólo culpa mía. Siempre es lo mismo.

—¿Pero de qué se trata? ¿No quiere decírmelo?

La miró para considerar si se lo decía o no.

—No —decidió—. Cuando sea más mayor sabrá lo que es sufrir cuando se ama. La agonía de los que aman. Es preferible ser joven y frío que amar. Me ha pasado otras veces pero nunca como ahora. Tan accidentalmente. Cuando todo empezaba a ir bien.

Su cara era repulsiva a la incipiente luz del alba. Ni con el gesto más fugaz o el menor movimiento de un músculo dejó ella traslucir el asco repentino que le producía aquello, fuese lo que fuese. Pero la sensibilidad de Campion lo captó y cambió de tema de manera más bien abrupta.

—Abe North anda por aquí.

—¡Pero si está viviendo en casa de los Diver!

—Sí, pero ha venido aquí. ¿No se ha enterado de lo que ha ocurrido?

De repente se abrió un postigo en una de las habitaciones dos pisos más arriba y una voz con acento británico les espetó claramente:

—*¿Quieren hacer el favor de callarse?*

Rosemary y Luis Campion bajaron humildemente las escaleras y se instalaron en un banco junto al camino que iba a la playa.

—¿Entonces no tiene ni idea de lo que ha pasado? Querida: algo realmente extraordinario.

Se estaba animando ya, pendiente de la revelación que iba a hacer.

—Nunca había visto nada que ocurriera con tal rapidez. Siempre he evitado a la gente violenta. Me perturba tanto que a veces me he tenido que quedar días en la cama por su culpa.

La miraba con expresión triunfante. Ella no tenía la menor idea de a qué se estaba refiriendo.

—Querida —dijo al fin, inclinando todo el cuerpo hacia ella y tocándole el muslo para que quedara bien claro que no era una mera aventura irresponsable de su mano; tan seguro de sí mismo se sentía—. Va a haber un duelo.

—¿Quéee?

—Un duelo con..., todavía no sabemos con qué.

—¿Pero entre quiénes?

—Se lo contaré todo desde el principio.

Aspiró profundamente y luego dijo, como si fuera un descrédito para ella aunque no pensara utilizarlo en su contra:

—Usted, claro, iba en el otro automóvil. Bueno, en cierto modo tuvo suerte. He perdido por lo menos dos años de mi vida. Ocurrió tan de repente.

—¿Qué es lo que ocurrió? —preguntó ella.

—No sé cómo empezó. Ella se puso a hablar...

—¿Quién?

—Violet McKisco.

Bajó la voz como si hubiera alguien debajo del banco.

—Pero no le diga nada a los Diver, porque él amenazó a cualquiera que se lo mencionara.

—¿Quién es él?

—Tommy Barban. Así que no diga ni siquiera que los mencioné. De todos modos, nadie se enteró de lo que quería decir Violet porque la interrumpía cada vez, y entonces su marido se metió por medio y por eso ahora tenemos un duelo. Esta mañana a las cinco, dentro de una hora.

De pronto suspiró al acordarse de sus propias penas.

—Casi me gustaría que fuera yo. Daría igual que me mataran, ahora que mi vida no tiene ningún sentido.

Se interrumpió y se puso a balancear su cuerpo hacia adelante y hacia atrás para mostrar su pena.

Volvió a abrirse arriba el postigo de hierro y la misma voz con acento británico dijo:

—*Verdaderamente, esto tiene que acabar inmediatamente.*

En ese mismo instante Abe North salió del hotel con aire más bien absorto y los vio contra el telón de fondo del cielo, blanco sobre el mar. Rosemary le hizo una señal con la cabeza para que no dijera nada y se trasladaron a otro banco más alejado. Rosemary notó que Abe estaba un poco bebido.

—¿Qué hace usted levantada? —preguntó.

—Me acabo de levantar.

Iba a soltar una carcajada, pero se acordó de la voz que protestaba y se contuvo.

—No la dejaba dormir el ruiseñor —sugirió Abe—. Probablemente no la dejaba dormir el ruiseñor —repitió—. ¿Le ha contado esta portera lo que pasó?

Campion dijo con aire muy digno:

—Yo sólo sé lo que he oído con mis propios oídos.

Se levantó y se alejó con paso rápido. Abe se sentó junto a Rosemary.

—¿Por qué lo ha tratado tan mal?

—¿Yo? —preguntó sorprendido—. Se ha pasado aquí toda la mañana llorando.

—Tal vez esté triste por algo.

—Tal vez.

—¿Qué es eso de que va a haber un duelo? ¿Quién se va a batir? Ya me parecía a mí que pasaba algo raro en aquel coche. ¿Es verdad?

—Desde luego es una locura, pero parece que es verdad.

X

Todo empezó en el momento en que el coche de Earl Brady adelantaba al coche de los Diver, que se había parado en la carretera (el relato de Abe se hacía impersonal, fundiéndose con los mil acontecimientos de la noche). Violet McKisco le estaba contando a la señora Abrams algo que había descubierto sobre los Diver: había subido al piso de arriba de la casa y había visto algo que le había causado una gran impresión. Pero Tommy es como el perro guardián de los Diver. Hay que reconocer que ella es magnífica, una mujer que puede entusiasmar, pero es algo recíproco, y la institución de los Diver como pareja es más importante para sus amigos de lo que muchos de ellos se piensan. Desde luego, es a costa de un cierto sacrificio. A veces no parecen sino encantadoras figuras en un ballet a las que no hay que prestar más atención que la que se presta a un ballet, pero es más que eso. Tendría usted que conocer toda la historia. Bueno, el caso es que Tommy es uno de los hombres que Dick le ha pasado a Nicole, y como la señora McKisco seguía insinuando cosas sobre ella, Tommy intervino. Dijo:

—Señora McKisco, haga el favor de no seguir hablando de la señora Diver.

—No hablaba con usted —protestó ella.

—Será mejor que no diga nada de ellos.

—¿Es que son sagrados?

—Ni los mencione. Hable de cualquier otra cosa.

Tommy estaba sentado en uno de los dos trasportines, junto a Campion. Campion es el que me lo ha contado.

—¿Y quién es usted para decirme lo que tengo que hacer? —dijo Violet, volviendo a la carga.

Ya sabe cómo son las conversaciones en los coches a altas horas de la noche, algunas personas cuchicheando y otras sin hacer caso, sin ganas de hablar después de la fiesta o aburridas o dormidas. Así que ninguno de ellos se dio cuenta en realidad de lo que estaba pasando hasta que el coche se paró y Barban, en un tono de oficial de caballería que sobresaltó a todos, gritó:

—¿Quieren bajarse aquí? Estamos a sólo un kilómetro del hotel y pueden ir andando o, si no, los llevaré yo a rastras. *¡Cállese la boca y cállele usted la boca a su mujer!*

—Es usted un matón —dijo McKisco—. Sabe muy bien que es más fuerte que yo físicamente. Pero no le tengo miedo. Si fuera aún posible, le retaría a un duelo.

Ése fue su error, porque Tommy, que es francés, se inclinó hacia adelante y le abofeteó, y entonces el chófer puso el coche en marcha otra vez. Ése fue el momento en que ustedes los adelantaron. Entonces empezaron las mujeres. Y así seguían las cosas cuando el coche llegó al hotel.

Tommy telefoneó a alguien de Cannes para que fuera su padrino y McKisco dijo que no quería que el suyo fuera Campion, al que por otra parte tampoco le entusiasmaba la idea, así que me telefoneó pidiéndome que no dijera nada y viniera inmediatamente. A Violet McKisco le dio un ataque de nervios y la señora Abrams se la llevó a su cuarto y le dio un sedante, después de lo cual se quedó tranquilamente dormida en la cama. Cuando yo llegué, traté de convencer a Tommy, pero éste lo mínimo que aceptaba era una disculpa y McKisco, demostrando con ello bastante valor, se negaba a darla.

Cuando Abe hubo terminado su relato, Rosemary le preguntó con aire pensativo:

—¿Saben los Diver que fue por ellos?

—No, y nunca se van a enterar de que tuviera que ver con ellos. El maldito Campion no tenía por qué haberle dicho nada a usted, pero puesto que lo ha hecho... Le he advertido al chófer que si dice una sola palabra, sacaré la vieja sierra musical. Es un combate entre dos hombres. Lo que Tommy necesita es una buena guerra.

—Espero que los Diver no se enteren —dijo Rosemary.

Abe miró la hora.

—Tengo que subir y ver a McKisco. ¿Quiere venir? El pobre se siente solo en el mundo. Seguro que no ha dormido nada.

Rosemary se imaginó la vigilia desesperada de aquel hombre tan crispado y mal organizado. Tras un momento de pugna entre la compasión y la repugnancia, aceptó la propuesta de Abe y subió las escaleras con él, llena de vigor matutino.

McKisco estaba sentado en la cama y, a pesar de que tenía una copa de champán en la mano, ya no le quedaba nada de su espíritu combativo engendrado por el alcohol. Se le veía insignificante, enojado y pálido. Era evidente que se había pasado toda la noche escribiendo y bebiendo. Miró como desorientado a Abe y a Rosemary y preguntó:

—¿Ya es la hora?

—No, queda todavía media hora.

La mesa estaba cubierta de cuartillas que juntó con cierta dificultad para formar una larga carta. En las últimas páginas la letra era muy grande e ilegible. A la luz cada vez más débil de unas lámparas eléctricas, garabateó su nombre al final, metió todas las cuartillas en un sobre y se lo entregó a Abe.

—Para mi mujer.

—Sería mejor que se remojara la *cabeza* con agua fría —sugirió Abe.

—¿Usted cree? —inquirió McKisco no muy convencido—. No quiero estar demasiado sereno.

—Tiene un aspecto deplorable.

McKisco se dirigió obediente al cuarto de baño.

—Lo dejo todo patas arriba —gritó—. No sé cómo va a poder volver a América Violet. No tengo ningún seguro de vida. Nunca pude decidirme a hacerlo.

—No diga más tonterías. Dentro de una hora estará aquí desayunando.

—Sí, ya.

Volvió con el pelo mojado y miró a Rosemary como si la estuviera viendo por primera vez. De pronto se le llenaron los ojos de lágrimas.

—No he terminado mi novela. Eso es lo que más me duele. Ya sé que no le soy simpático —dijo, dirigiéndose a Rosemary—, pero nada se puede hacer contra eso. Soy fundamentalmente un hombre de letras.

Emitió un vago sonido de desánimo y movió la cabeza con aire desesperado.

—He cometido muchos errores en mi vida. Muchos. Pero he sido uno de los más destacados..., en algunos aspectos...

Desistió y se puso a chupar una colilla apagada.

—Sí que me es simpático —dijo Rosemary—, pero creo que no debería batirse en duelo.

—Sí. Tendría que haber intentado darle una paliza, pero ya está hecho. Me he dejado arrastrar a algo a lo que no debería haberme dejado arrastrar. Tengo un carácter muy violento.

Miró fijamente a Abe, como si esperara que fuera a contradecirle. Luego, riendo de pánico, se llevó la colilla fría a la boca. Respiraba aceleradamente.

—Lo malo es que fui yo el que sugirió el duelo. Si Violet se hubiera estado callada, habría podido arreglarlo. Bueno, incluso ahora puedo largarme, o sentarme y reírme de todo. Pero no creo que Violet me respetara ya nunca.

—Sí que le respetaría —dijo Rosemary—. Le respetaría más.

—Oh, no. Usted no conoce a Violet. Cuando sabe que te lleva ventaja, es implacable. Llevamos casados doce años, tuvimos una niña que murió a los siete años y después..., ya sabe usted cómo son esas cosas. Los dos tratamos de tener nuestras aventuritas, nada muy serio, pero nos fuimos distanciando. Y esta noche me llamó cobarde.

Rosemary, confusa, no supo qué contestar.

—Bueno. Procuraremos que se cause el menor daño posible —dijo Abe, abriendo la caja de las pistolas—. Éstas son las pistolas de duelo de Barban. Se las pedí prestadas para que usted se fuera acostumbrando a ellas. Las lleva siempre en la maleta.

Sopesó con la mano una de las arcaicas armas. Rosemary lanzó una exclamación de inquietud y McKisco miró las pistolas preocupado.

—Bueno —dijo—. Peor sería que nos pusiéramos a disparar con revólveres del cuarenta y cinco.

—No sé —dijo Abe con crueldad—. La cosa es que se puede apuntar mejor con un arma de cañón largo.

—¿Y la distancia? —preguntó McKisco.

—De eso me he informado. Si uno o el otro tiene que ser eliminado definitivamente, son ocho pasos; si están simplemente muy enojados, veinte pasos, y si se trata únicamente de que salven su honor, cuarenta. El padrino de Barban y yo convinimos en que fueran cuarenta.

—Me parece bien.

—Hay un duelo maravilloso en una novela de Pushkin —recordó Abe—. Los dos estaban al borde de un precipicio, de modo que si ambos acertaban a darse, ninguno de los dos lo contaba.

Aquello le pareció muy remoto y académico a McKisco, que le miró con asombro y dijo:

—¿Qué?

—¿No quiere darse una zambullida rápida para refrescarse?

—No, no. Me sería imposible nadar.

Suspiró.

—No entiendo nada —dijo en tono desvalido—. No sé ni por qué lo hago.

Era la primera cosa que hacía en su vida. En realidad, era una de esas personas para las que no existe el mundo de los sentidos, y al verse enfrentado a un hecho concreto no conseguía salir de su asombro.

—Creo que deberíamos ponernos en marcha —dijo Abe, al ver que flaqueaba un poco.

—De acuerdo.

Se bebió un buen trago de coñac y, después de meterse el frasco en el bolsillo, dijo en un tono casi feroz:

—¿Qué pasa si lo mato? ¿Me meten en la cárcel?

—Yo me encargo de pasarle a Italia.

McKisco miró a Rosemary y luego le dijo a Abe, como excusándose:

—Antes de que nos marchemos, quisiera hablar con usted a solas de una cosa.

—Espero que ninguno de los dos resulte herido —dijo Rosemary—. Creo que todo esto es una locura y habría que impedirlo.

XI

Rosemary encontró a Campion abajo, en el vestíbulo desierto.

—La vi subir —dijo excitado—. ¿Cómo se encuentra él? ¿Cuándo va a ser el duelo?

—No lo sé.

Le molestaba que hablara de aquello como si se tratara de un circo en el que McKisco fuera el payaso trágico.

—¿Quiere venir conmigo? —le preguntó Campion, como si hubiera adquirido localidades para la función—. He alquilado el coche del hotel.

—No. No quiero ir.

—¿Por qué no? Aunque me temo que me va a costar años de vida, yo no me lo perdería por nada del mundo. Podemos verlo todo a una distancia prudencial.

—¿Por qué no le pide al señor Dumphry que vaya con usted?

Se le saltó el monóculo, sin que esta vez pudiera quedar oculto entre la pelambrera. Hizo una pausa antes de contestar.

—No quiero volver a verle en mi vida.

—Pues yo me temo que no voy a poder ir. No creo que a mi madre le pareciera bien.

Al entrar Rosemary en su habitación, la señora Speers se agitó soñolienta y la llamó:

—¿Dónde has estado?

—No me podía dormir. Vuélvete a dormir, mamá.

—Ven a mi cuarto.

Al oír que su madre se incorporaba en el lecho, Rosemary pasó a su habitación y le contó lo que había pasado.

—¿Por qué no vas a ver lo que pasa? —sugirió la señora Speers—. No tienes por qué verlo de cerca y tal vez pudieras ayudar después.

A Rosemary no le agradaba la idea de verse allí y puso objeciones, pero la señora Speers seguía teniendo la conciencia embotada por el sueño y le vinieron a la memoria las llamadas en plena noche para anunciar muertes y calamidades de cuando estaba casada con un médico.

—Quiero que vayas a sitios y hagas cosas por tu propia iniciativa, sin mí. Cosas más difíciles hiciste para los reclamos publicitarios de Rainy.

A pesar de todo, Rosemary seguía pensando que no tenía por qué ir, pero obedeció a aquella voz clara y firme que la había hecho meterse por la entrada de artistas del Odeón de París cuando tenía doce años y la había acogido cuando salió.

Pensó que se había librado de ir al ver desde las escaleras a Abe y McKisco que se alejaban en un coche, pero al rato apareció el coche del hotel y Luis Campion, soltando grititos de satisfacción, la hizo sentarse a su lado.

—Me escondí allí porque a lo mejor no querían que fuésemos. Como llevo la cámara de filmar...

Rosemary se rió por no llorar. Era un ser tan espantoso que ya no era ni espantoso: simplemente no era humano.

—Lo que no entiendo es por qué a la señora McKisco no le cayeron bien los Diver —dijo—. Fueron muy amables con ella.

—No es que no le cayeran bien. Es algo que presenció. Qué exactamente no pudimos saberlo por culpa de Barban.

—Entonces no era por eso por lo que estaba usted tan triste.

—Oh, no —dijo, quebrándosele la voz—. Era por otra cosa que ocurrió cuando regresamos al hotel. Pero eso ya no me preocupa. Me lavo las manos completamente al respecto.

Siguieron al otro coche por la costa en dirección este y pasaron Juan-les-Pins, donde se levantaba la estructura del nuevo casino. Eran más de las cuatro, y bajo el cielo gris azulado los primeros barcos de pesca salían cansadamente a un mar glauco. De pronto salieron de la carretera principal y se metieron en el interior.

—Es el campo de golf —exclamó Campion—. Seguro que es allí donde va a ser.

Estaba en lo cierto. Cuando el coche de Abe se detuvo, por el este el cielo parecía pintado de amarillo y rojo, lo que anunciaba bochorno. Rosemary y Campion hicieron que el coche del hotel se metiera en un pinar y luego, siempre protegidos por los árboles, fueron bordeando la pista descolorida por la que se paseaban de un lado a otro Abe y McKisco; este último levantaba la cabeza a intervalos como si fuera un conejo olisqueando. Al poco se movieron unas figuras por un montículo algo alejado y los espectadores vieron que se trataba de Barban y su padrino francés, el cual llevaba la caja de las pistolas bajo el brazo.

McKisco, que parecía más bien aterrado, se ocultó detrás de Abe y se tomó un buen trago de coñac. Se ahogaba al andar y hubiera seguido directo hasta donde estaban los otros dos, pero Abe lo detuvo y se adelantó a hablar con el francés. El sol estaba saliendo por el horizonte.

Campion le agarró el brazo a Rosemary.

—No lo puedo soportar —le confesó, con apenas un hilo de voz—. Es demasiado. Esto me va a costar...

—Suélteme —dijo Rosemary tajante; musitaba desesperadamente una oración en francés.

Los que se iban a batir estaban frente a frente. Barban se había arremangado la camisa. Había, a la luz del sol, un destello febril en sus ojos, pero parecía perfectamente tranquilo mientras se secaba las palmas de las manos en las costuras de los pantalones. McKisco, al que el coñac había vuelto temerario, fruncía los labios como si estuviera silbando y levantaba la larga nariz en un gesto de indiferencia, hasta que Abe avanzó unos pasos con un pañuelo en la mano. El padrino francés miraba hacia otro lado. Rosemary, llena de compasión, contenía la respiración; le rechinaban los dientes del odio que sentía hacia Barban. Y de pronto:

—Uno..., dos..., ¡tres! —contó Abe con voz alterada.

Los dos dispararon al mismo tiempo. McKisco se tambaleó ligeramente pero logró recuperarse. Ambos habían fallado el tiro.

—¡Ya es suficiente! —gritó Abe.

Los dos contendientes se acercaron y todos miraron a Barban con aire interrogante.

—Me declaro insatisfecho.

—¿Qué dices? —dijo Abe impaciente—. Por supuesto que estás satisfecho. Aunque no lo sepas, lo estás.

—¿Es que tu cliente se niega a que haya otro disparo?

—Exactamente, Tommy. Tú insististe en esto y mi cliente cumplió su parte hasta el final.

Tommy soltó una risotada de desprecio.

—La distancia era ridícula —dijo—. No estoy acostumbrado a esta clase de farsas. Tu cliente debe darse cuenta de que esto no es América.

—¡A qué viene meterse con América! —dijo Abe con aire más bien cortante. Pero añadió, en tono más conciliatorio—: Tommy, esto ya ha ido bastante lejos.

Parlamentaron con viveza un rato y, cuando terminaron, Barban miró fríamente a su reciente antagonista y le hizo una leve inclinación de cabeza.

—¿No se dan la mano? —sugirió el médico francés.

—No, ya se conocen —dijo Abe.

Se volvió hacia McKisco.

—Venga, vámonos de aquí.

Mientras se alejaban, McKisco, alborozado, se agarraba al brazo de Abe.

—¡Un momento! —dijo Abe—. Tommy quiere que le devuelva la pistola. Puede que vuelva a necesitarla.

McKisco se la entregó.

—Que se vaya al diablo —dijo con firmeza—. Dígale que se puede...

—¿Le digo que quiere usted otro disparo?

—Pues ya hice lo que tenía que hacer —exclamó McKisco mientras caminaban juntos—. Y no me porté mal, ¿eh? No me acobardé para nada.

—Estaba bastante borracho —dijo Abe secamente.

—No, no lo estaba.

—De acuerdo. No lo estaba.

—¿Qué más da que me tomara un par de copas?

Cada vez más seguro de sí mismo, se encaró a Abe con resentimiento.

—¿Qué más da? —repitió.

—Si usted cree que da lo mismo, para qué insistir.

—¿No sabe usted que todo el mundo estaba borracho todo el tiempo durante la guerra?

—Bueno, dejémoslo estar.

Pero el episodio no había terminado ahí. Oyeron pasos apresurados por el brezal que tenían detrás y vieron que se les acercaba el médico.

—*Pardon, messieurs* —dijo jadeante—. *Voulez-vous me régler mes honoraires? Naturellement, c'est pour soins médicaux seulement. M. Barban n'a qu'un billet de mille et ne peut pas les régler et l'autre a laissé son porte-monnaie chez lui.*

—Típico de los franceses no pensar en estas cosas —dijo Abe; y luego, volviéndose al médico—. *Combien?*

—Déjeme que pague yo —dijo McKisco.

—No. Yo lo pago. Al fin y al cabo, todos corrimos más o menos el mismo peligro.

Mientras Abe le pagaba al médico, McKisco se metió de pronto entre los matorrales y vomitó. Volvió más pálido y, apoyándose en Abe, caminó con él hacia donde estaba el coche bajo un cielo que se había vuelto rosado.

Campion yacía sin aliento entre la maleza, la única víctima del duelo, y Rosemary, a la que entró de pronto una risa histérica, le daba patadas con las alpargatas. Le dio patadas hasta que lo reanimó. Lo único que le importaba a ella en aquel momento era que al cabo de unas horas iba a ver en la playa a la persona a la que en su pensamiento seguía llamando «los Diver».

XII

Eran seis en total los que estaban esperando a Nicole en Voisins: Rosemary, los North, Dick Diver y dos jóvenes músicos franceses. Observaban a los demás clientes del restaurante para ver si podían estar relajados. Dick había dicho que ningún americano podía estar relajado, salvo él, y trataban de encontrar un ejemplo para mostrárselo. Las cosas se les presentaban difíciles: no había habido ni un solo hombre que a los diez minutos de estar en el restaurante no se hubiera llevado la mano a la cara.

—No teníamos que haber dejado de llevar los bigotes encerados —dijo Abe—. En todo caso, Dick no es el *único* hombre relajado...

—Sí que lo soy.

—... pero tal vez sea el único hombre que puede estar relajado sin haber bebido.

Había entrado un americano muy bien vestido, acompañado de dos mujeres, que se abalanzó a una mesa y revoloteaba en torno a ella con desenvoltura. De pronto, al darse cuenta de que estaba siendo observado, alzó la mano convulsivamente y se puso a alisarse un bulto inexistente en la corbata. En otro grupo que también estaba esperando que hubiera una mesa libre, un hombre se sobaba incesantemente la mejilla afeitada con la palma de la mano y su compañero se llevaba a la boca maquinalmente una colilla de puro apagada. Los más afortunados palpaban gafas y pelo facial y los que no iban preparados se acariciaban las comisuras de los labios o incluso se tiraban desesperadamente de los lóbulos de las orejas.

Entró un general famoso y Abe, contando con el primer año que habría pasado aquel hombre en West Point —ese año durante el cual ningún cadete puede dimitir y del que nadie se recupera nunca—, hizo una apuesta con Dick de cinco dólares.

El general tenía una postura perfectamente natural, con las manos colgándole a los lados, mientras esperaba que le dieran una mesa. Hubo un momento en que echó hacia atrás los brazos de repente, como si fuera a saltar, y Dick dijo: ¡Ah!, al suponer que había perdido el control, pero el general se recuperó y todos respiraron aliviados. Lo peor ya casi había pasado, le estaba colocando la silla el camarero y...

El conquistador levantó una mano con cierta furia y se rascó la inmaculada cabeza gris.

—¿Lo veis? —dijo Dick muy ufano—. Soy el único.

A Rosemary no le cabía la menor duda, y Dick, consciente de que nunca había tenido un público tan entusiasta, logró que su grupo brillara tanto entre todos los demás que Rosemary miraba a todos los que no estaban sentados a su mesa con una mezcla de indiferencia e irritación. Llevaban dos días en París, pero, en realidad, era como si estuvieran todavía en la playa, bajo la sombrilla. Cuando, como había ocurrido en el baile del *Corps des Pages* de la noche anterior, Rosemary, que todavía no había asistido en Hollywood a las fiestas más exclusivas, se encontraba en un ambiente que le imponía, Dick se lo hacía todo asequible al saludar sólo a unas cuantas personas; hacía una especie de selección (los Diver parecían conocer a una infinidad de gente, pero con todos era siempre como si no les hubieran visto en muchísimo tiempo y les sorprendiera enormemente verles: «¡Pero dónde os metéis!») y luego recreaba la unidad de su propio grupo eliminando a los intrusos de manera cortés pero tajante, con un golpe de gracia irónico. A Rosemary le llegaba a parecer que también ella había conocido a aquellas personas antes, en circunstancias que era mejor olvidar, y al reconocerlas, las rechazaba, las eliminaba de su vida.

Su propio grupo era a veces abrumadoramente americano y otras veces apenas lo era. Lo que Dick hacía era devolver a todos su verdadero ser, borroso tras los compromisos de no se sabe cuántos años.

En el restaurante en penumbra, que se había cargado de humo y olía a toda la sabrosa comida cruda del bufet, apareció delicadamente el traje azul celeste de Nicole como un fragmento escapado de la atmósfera exterior. Al ver reflejada su belleza en la mirada de todos, les dio las gracias con una sonrisa radiante de reconocimiento. Durante un rato estuvieron todos encantadores, muy atentos unos con otros y demás. Pero se cansaron de aquello y pasaron a ser graciosos y mordaces y, finalmente, a hacer miles de planes. Se rieron de cosas que luego no iban a recordar con claridad; se rieron mucho y los hombres se bebieron tres botellas de vino. Las tres mujeres que había en la mesa eran perfectos ejemplos del enorme flujo de la vida norteamericana. Nicole era nieta de un capitalista norteamericano que todo lo había conseguido con su propio esfuerzo y nieta también de un conde de la Casa de Lippe-Weissenfeld. Mary North era hija de un oficial empapelador y descendiente del presidente Tyler. Rosemary pertenecía a la clase media y su madre la había lanzado a las cumbres inexploradas de Hollywood. Lo que tenían en común, y las diferenciaba de tantas otras mujeres norteamericanas, era que todas se sentían felices de existir en un mundo de hombres: conservaban su individualidad a través de los hombres y no en oposición a ellos. Las tres habrían podido ser igualmente excelentes cortesanas o excelentes esposas, y lo que decidía que fueran una cosa u otra no era el accidente de su origen sino el accidente aún mayor de encontrar al hombre que necesitaban o no encontrarlo.

A Rosemary le había parecido muy agradable aquella comida, sobre todo porque eran sólo siete personas, más o menos el límite para que todo el mundo pueda estar a gusto. Tal vez también el hecho de que ella representara una novedad en su mundo era como un agente catalizador que hacía desaparecer todas las viejas reticencias que pudiera haber entre ellos. Después de que todos se levantaran de la mesa, un camarero guió a Rosemary hasta esa oscura recámara que hay en todos los restaurantes franceses, en donde buscó un número de teléfono a la luz mortecina de una bombilla anaranjada y llamó a *Franco-American Films*. Sí, claro que tenían una copia de *La niña de papá*. De momento no estaba disponible, pero se la podrían pasar esa misma semana en el 341 de la rue des Saints Anges. Tenía que preguntar por el señor Crowder.

Aquella especie de cabina daba al guardarropa y, al colgar el teléfono, Rosemary oyó a dos personas que hablaban en voz baja a menos de dos metros de distancia de donde ella estaba, al otro lado de la hilera de abrigos.

—¿De verdad me quieres?

—¡No sabes *cuánto*!

Era Nicole. Rosemary se quedó en la puerta de la cabina sin atreverse a salir. Enseguida oyó la voz de Dick, que decía:

—Te deseo terriblemente. Vámonos al hotel ahora mismo.

Nicole dejó escapar un pequeño suspiro entrecortado. Por un momento Rosemary no pudo entender nada de lo que hablaban, pero el tono era suficiente. Hasta ella llegaban las vibraciones de aquella intimidad total.

—Te deseo.

—Estaré en el hotel a las cuatro.

Rosemary se quedó sin aliento mientras las voces se alejaban. Su primera reacción había sido de sorpresa incluso, pues siempre les había visto relacionarse entre sí como si ninguno de los dos le exigiera nada al otro, como si su relación fuera más fría. Aquello le había causado una gran emoción, honda y no identificada. No sabía si lo que había pasado le atraía o le repelía, pero sí sabía que la había conmovido profundamente. Hizo que se sintiera muy sola al volver a entrar en el restaurante, pero si pensaba en ello le parecía enternecedor, y la gratitud apasionada de aquel «¡No sabes cuánto!» de Nicole resonaba aún en su mente. La peculiar atmósfera de la escena de la que había sido testigo era algo todavía ajeno a su experiencia, pero, por muy lejano que le resultara, su estómago le decía que estaba bien. No le inspiraba la aversión que había sentido al rodar ciertas escenas de amor en sus películas.

Pese a serle totalmente ajeno, participaba ya en ello de manera irrevocable, y mientras hacía compras con Nicole era mucho más consciente de la cita que la propia Nicole. La imagen que tenía de ella había cambiado y ahora trataba de evaluar sus atractivos. No cabía duda de que era la mujer más atractiva que había conocido nunca, con su dureza, sus afectos y lealtades y un cierto aire evasivo que Rosemary, juzgándola con la mentalidad de clase media de su madre, relacionaba con su actitud hacia el dinero. Rosemary se gastaba un dinero que había ganado; el que estuviera en Europa se debía a que se había metido en la piscina seis veces aquel día de enero y su temperatura había saltado de 37 grados a primera hora de la mañana a 40, que fue cuando su madre puso fin a aquello.

Con la ayuda de Nicole, Rosemary se compró dos vestidos, dos sombreros y cuatro pares de zapatos con su dinero. Nicole se compró todo lo que llevaba apuntado en una gran lista que tenía dos páginas y además lo que había en los escaparates. Todo lo que le gustaba pero no creía que le fuera a servir a ella lo compraba para regalárselo a alguna amiga. Compró cuentas de colores, cojines de playa plegables, flores artificiales, miel, una cama para el cuarto de huéspedes, bolsos, chales, periquitos, miniaturas para una casa de muñecas y tres metros de una tela nueva color gamba. Compró doce bañadores, un cocodrilo de goma, un juego de ajedrez portátil de oro y marfil, pañuelos grandes de lino para Abe y dos chaquetas de gamuza de Hermes, una color azul eléctrico y la otra rojo ladrillo. Todas esas cosas no las compró ni mucho menos como una cortesana de lujo compraría ropa interior y joyas, que al fin y al cabo se podrían considerar parte de su equipo profesional y una inversión para el futuro, sino con un criterio totalmente diferente. Nicole era el producto de mucho ingenio y esfuerzo. Para ella los trenes iniciaban su recorrido en Chicago y atravesaban el vientre redondeado del continente hasta California; las fábricas de chicle humeaban y las cadenas de montaje marchaban en las fábricas; unos obreros mezclaban pasta dentífrica en cubas y sacaban líquido para enjuagues de toneles de cobre; unas muchachas envasaban tomates velozmente en el mes de agosto o trabajaban como esclavas en los grandes almacenes la víspera de Navidad; unos indios mestizos se afanaban en plantaciones de café en el Brasil y unos idealistas eran despojados de sus derechos de patente sobre nuevos tractores de su invención. Ésas eran algunas de las personas que pagaban un diezmo a Nicole, y todo el sistema, a medida que avanzaba con su peso avasallador, atronador, daba un brillo febril a algunos de los actos característicos de Nicole, como, por ejemplo, comprar en grandes cantidades, del mismo modo que se reflejan las llamas en el rostro de un bombero que permanece en su puesto ante un fuego que empieza a propagarse. Nicole ejemplificaba principios muy simples, ya que llevaba en sí misma su propia condena, pero lo hacía con tal precisión que había elegancia en el procedimiento, y Rosemary iba a tratar de imitarlo.

Eran casi las cuatro. Estaban en una tienda y Nicole, con un periquito en el hombro, tenía uno de sus raros arranques de locuacidad.

—¿Y qué hubiera pasado si no te llegas a meter en la piscina ese día? A veces esas cosas me hacen pensar. Justo antes de que empezara la guerra estábamos en Berlín. Yo tenía trece años, era poco tiempo antes de que mamá muriera. Mi hermana iba a ir a un baile en palacio y tenía a tres de los príncipes de la Casa Real anotados en su carné de baile, todo arreglado por un chambelán y demás. Media hora antes de que tuviera que ponerse en marcha le dio un dolor en un costado y fiebre alta. El médico dijo que era apendicitis y que tenía que operarse. Pero mamá ya había hecho sus planes, así que Baby fue al baile y estuvo bailando hasta las dos de la mañana con una bolsa de hielo atada bajo el traje de noche. La operaron esa misma mañana a las siete.

O sea, que había que ser duro; toda la gente que estaba bien era dura consigo misma. Pero eran ya las cuatro y Rosemary no podía dejar de pensar en Dick, que ya estaría esperando a Nicole en el hotel. Tenía que ir allí, no debía hacerle esperar. «¿Por qué no te vas?», pensaba. Y de pronto se le ocurrió: «O deja que vaya yo si tú no quieres ir». Pero Nicole aún fue a otra tienda a comprar corpiños para las dos y le envió uno a Mary North. Sólo entonces pareció acordarse y, absorta de pronto en sus pensamientos, paró un taxi.

—Adiós —dijo Nicole—. ¿Verdad que lo hemos pasado bien?

—Estupendamente —dijo Rosemary. Pero aquello era más difícil de lo que había pensado y todo su ser se rebeló al ver a Nicole alejarse en el taxi.

XIII

Dick dobló la esquina del través y siguió por el camino de tablas a lo largo de la trinchera. Llegó hasta donde había un periscopio y miró a través de él un momento; luego se subió al bordillo y se puso a mirar por encima del parapeto. Frente a él, bajo un cielo deslustrado, estaba Beaumont-Hamel; a su izquierda, la colina trágica de Thiepval. Dick los contempló con sus gemelos de campaña y se le oprimía la garganta de tristeza.

Siguió andando a lo largo de la trinchera y encontró a los demás, que le estaban esperando en el siguiente través. Estaba muy emocionado y deseaba comunicarles su emoción, hacerles comprender lo que aquello significaba, aunque en realidad Abe North había estado en el frente y él no.

—Esta tierra costó veinte vidas por hectárea aquel verano —le dijo a Rosemary. Ella miró obediente la planicie verde más bien desnuda, con sus árboles bajos que sólo tenían seis años. Si Dick hubiera dicho además que los estaban bombardeando, esa tarde le habría creído. Su amor por él había llegado ya al punto en que por fin empezaba a sentirse desgraciada, a sentir desesperación. No sabía qué hacer: tenía necesidad de hablar con su madre.

—Un montón de gente se ha muerto desde entonces y pronto nos habremos muerto todos —dijo Abe para consolarlos.

Rosemary estaba tensa esperando que Dick siguiera hablando.

—Mirad ese riachuelo. Podríamos llegar a él andando en dos minutos. Los ingleses tardaron un mes en llegar; todo un imperio avanzando muy lentamente, muriendo los de delante y los de detrás empujando. Y otro imperio retrocedía muy lentamente unos cuantos centímetros cada día, dejando a los muertos como un millón de alfombras ensangrentadas. Los europeos de esta generación no podrían volver a hacer una cosa así.

—¡Pero si sólo acaba de terminar la lucha en Turquía! —dijo Abe—. Y en Marruecos...

Eso es diferente. Esto del frente occidental no se podrá repetir, por lo menos en mucho tiempo. Los jóvenes piensan que podrían hacerlo, pero no es cierto. Podrían repetir la batalla del Marne, pero esto no. Para esto hizo falta una gran fe y años de abundancia y una tremenda seguridad y la relación exacta que existía entre las clases sociales. Los rusos y los italianos no se portaron nada bien en este frente. Hacía falta un bagaje sentimental sincero cuyos inicios se remontaran hasta donde no alcanza el recuerdo. Había que recordar las Navidades, y las postales del príncipe heredero y su prometida, y los pequeños cafés de Valence y las cervecerías al aire libre en *Unter den Linden,* y las bodas en la alcaldía, y el Derby, y las patillas del abuelo.

—El general Grant inventó este tipo de batallas en San Petersburgo en el año sesenta y cinco.

—No. Lo que inventó fueron las masacres. Esta clase de batallas la inventaron Lewis Carroll y Julio Verne y el autor de *Undine,* quienquiera que fuese, y los diáconos rurales jugando a los bolos, y las madrinas de guerra de Marsella y las muchachas seducidas en los callejones de Wurtemberg y Westfalia. ¡Pero si ésta fue una batalla por amor! Todo un siglo de amor de la clase media se consumió aquí. Fue la última batalla por amor.

—Tú le quieres adjudicar esta batalla a D. H. Lawrence —dijo Abe.

—Todo mi hermoso mundo, delicioso y seguro, saltó por los aires aquí con una gran explosión de amor —siguió lamentándose Dick—. ¿No es cierto, Rosemary?

—No sé —respondió ella con expresión grave—. Tú lo sabes todo.

Los dos quedaron rezagados. De pronto les cayó encima una lluvia de terrones y guijarros, y Abe les gritó desde el siguiente través:

—El espíritu de la guerra se está apoderando de mí otra vez. Tengo tras de mí cien años de amor de Ohio y voy a bombardear esta trinchera.

Su cabeza asomó de repente por encima del terraplén.

—Estáis muertos. ¿Es que no conocéis las reglas? Lo que os lancé era una granada.

Rosemary se rió y Dick agarró un puñado de guijarros como para tomar represalia y luego lo volvió a tirar al suelo.

—No puedo gastar bromas con esto —dijo, casi como disculpándose—. Ya sé que la carroza se ha convertido en una calabaza y la gallina no da más huevos de oro y todo lo demás, pero soy un viejo romántico, qué queréis que haga.

—Yo también soy romántica.

Salieron de la trinchera impecablemente restaurada y se encontraron frente a un monumento a los caídos de Terranova. Al leer la inscripción, a Rosemary se le saltaron las lágrimas. Como a la mayoría de las mujeres, le gustaba que le dijeran cómo tenía que sentirse, y le gustaba que Dick le dijera qué era ridículo y qué era triste. Pero sobre todo deseaba que supiera cuánto le quería, puesto que ese hecho lo trastornaba todo ya y la hacía caminar por el campo de batalla como por un emocionante sueño.

Después regresaron al coche y salieron en dirección a Amiens. Caía una lluvia fina y cálida sobre la maleza y los matorrales nuevos y fueron dejando atrás grandes piras funerarias hechas de proyectiles que no habían estallado —obuses, bombas, granadas— y material —cascos, bayonetas, culatas de rifle y cuero podrido—, todo abandonado en aquel terreno seis años antes. Y de pronto, al doblar una curva, la blanca visión de un vasto mar de tumbas. Dick le pidió al chófer que se detuviera.

—¡Allí está esa chica! Y sigue con la corona de flores.

Los demás observaron cómo Dick salía del coche y se acercaba a la muchacha, que permanecía indecisa junto a la verja, con una corona de flores en las manos. Tenía un taxi esperándola. Era una chica pelirroja de Tennessee que habían conocido esa mañana en el tren y que había ido hasta allí desde Knoxville para depositar una corona sobre la tumba de su hermano. Había lágrimas de humillación en su rostro.

—Me deben de haber dado un número equivocado en el Departamento de Guerra —gimoteó—. Había otro nombre en la tumba. La llevo buscando desde las dos de la tarde, ¡y hay tantas tumbas!

—Entonces lo que yo haría sería depositar las flores en cualquier tumba sin mirar el nombre —le aconsejó Dick.

—¿Cree usted que es lo que debería hacer?

—Creo que es lo que le hubiera gustado a él que hiciera.

Estaba oscureciendo y la lluvia se hacía cada vez más densa. La muchacha dejó la corona de flores en la primera tumba que había al cruzar la verja y aceptó la sugerencia de Dick de que despidiera a su taxista y regresara a Amiens con ellos.

A Rosemary se le volvieron a saltar las lágrimas cuando se enteró del percance. Entre unas cosas y otras, había sido un día aguado, pero tenía la sensación de que había aprendido algo, si bien no sabía exactamente qué. Luego recordaría como felices todas las horas de aquella tarde, una de esas ocasiones en que parece no ocurrir nada y que en el momento se sienten sólo como un nexo entre el gozo pasado y el futuro, pero que luego resultan haber sido el gozo mismo.

Amiens era una ciudad imperial llena de ecos, todavía entristecida por la guerra al igual que lo estaban algunas estaciones de ferrocarril, como por ejemplo la estación del Norte en París y la de Waterloo en Londres. Durante el día uno se siente aplanado en esa clase de ciudades, en las que pequeños tranvías de veinte años atrás cruzan las amplias plazas de adoquines grises delante de la catedral y hasta el mismo aire tiene algo del pasado, es un aire desteñido como el de una fotografía antigua. Pero al anochecer, todo lo más satisfactorio de la vida francesa reaparece: las busconas vivarachas, los hombres que discuten en los cafés con cientos de «*voilás*», las parejas que, juntas las cabezas, se dejan arrastrar por la corriente hacia ninguna parte, el más barato de los placeres. Mientras esperaban el tren, se sentaron bajo unos amplios soportales cuyo techo era lo bastante alto como para que el humo y el sonido de la música y las conversaciones se proyectaran hacia arriba, y la orquesta, complaciente, se puso a tocar «*Sí, no tenemos bananas*». Aplaudieron, más que nada por lo satisfecho de sí mismo que parecía el que la dirigía. La muchacha de Tennessee olvidó sus penas y lo estaba pasando muy bien; incluso inició una especie de coqueteo exótico con Dick y Abe consistente en poner los ojos en blanco y toquetearse. Los dos le tomaban el pelo cariñosamente.

Hasta que, dejando que los grupos infinitesimales de wurtembergueses, guardias prusianos, cazadores alpinos, obreros de Manchester y antiguos alumnos de Eton siguieran buscando su condena eterna bajo la cálida lluvia, subieron al tren que iba a París. Se tomaron bocadillos de mortadela y queso bel paese preparados en la cantina de la estación y bebieron vino de Beaujolais. Nicole estaba absorta y se mordía los labios incesantemente mientras leía las guías del campo de batalla que se había traído Dick. Verdaderamente, Dick se lo había estudiado todo por encima y lo había simplificado de tal modo que había conseguido darle más o menos el aspecto de una de las fiestas organizadas por él.

XIV

Cuando llegaron a París, Nicole estaba demasiado cansada para ir a ver la grandiosa iluminación de la Exposición de Artes Decorativas, como habían planeado. La dejaron en el hotel Roi George y, en cuanto la vio desaparecer entre los planos de intersección que formaban las luces del vestíbulo reflejándose sobre los cristales de las puertas, la opresión que sentía Rosemary se disipó. Nicole era una fuerza no necesariamente favorable o previsible como su madre: una fuerza incalculable. A Rosemary le inspiraba más bien temor.

A las once estaba con Dick y los North en un café flotante que acababa de inaugurarse en el Sena. El río brillaba tenuemente con el reflejo de las luces de los puentes y parecía mecer muchas lunas frías. En la época en que vivían en París, Rosemary y su madre habían ido algunos domingos a Suresnes en el pequeño vapor y en el trayecto hacían planes para el futuro. Aunque tenían poco dinero, la señora Speers estaba tan segura de la belleza de Rosemary y le había inculcado tales ambiciones que estaba dispuesta a arriesgar el dinero para conseguir «ventajas». Rosemary, a su vez, se lo devolvería todo en cuanto su carrera arrancase...

Desde que habían llegado a París, Abe North parecía estar recubierto de un ligero sarro vinoso; tenía los ojos inyectados de sangre por los efectos del sol y del vino. Rosemary se había dado cuenta por primera vez de que estaba siempre parándose en todas partes a tomar un trago y se preguntaba si le podía gustar aquello a Mary North. Mary era una persona callada, tan callada a pesar de que se reía a menudo, que Rosemary no tenía mucha idea de cómo era. Le gustaba su pelo liso y oscuro peinado hacia atrás hasta formar una especie de cascada natural en donde terminaba, que a veces se le iba a un lado de la cara, sobre la sien, como un gracioso pico que, cuando amenazaba con taparle un ojo, volvía a poner en su sitio con un movimiento de la cabeza.

—Esta noche nos retiramos temprano, Abe, en cuanto te termines esta copa.

El tono de voz de Mary quería ser ligero, pero denotaba cierta preocupación.

—Supongo que no querrás que te tengamos que llevar hasta el barco.

—Ya es bastante tarde —dijo Dick—. Sería mejor que nos fuéramos todos.

Abe, en cuyo rostro noble y digno se podía leer ahora una cierta obstinación, repuso con firmeza:

—¡Ah, no!

Hizo una pausa con expresión grave y volvió a decir:

—Ah, no, aún no. Vamos a tomarnos otra botella de champán.

—Yo no quiero más —dijo Dick.

—Era en Rosemary en quien estaba pensando. Es una alcohólica por naturaleza. Tiene siempre una botella de ginebra en el cuarto de baño y cosas por el estilo. Me lo dijo su madre.

Echó todo lo que quedaba de la primera botella en la copa de Rosemary. Ésta se había puesto bastante mala el primer día en París de tanto beber limonadas; después de aquello, no había vuelto a beber nada, pero ahora alzó la copa de champán y bebió.

—Pero ¿qué es esto? —exclamó Dick—. ¿No me habías dicho que no bebías?

—Pero no dije que no fuera a hacerlo nunca.

—¡Si tu madre te viera!

—Sólo me voy a beber esta copa.

Sentía cierta necesidad de bebérsela. Dick bebía, no demasiado, pero bebía, y quizá aquello la acercaría más a él, podría servirle de algún modo para el plan que se había trazado. Se bebió un buen trago, se atragantó y luego dijo:

—Además, ayer fue mi cumpleaños. Cumplí dieciocho.

—¿Por qué no nos lo dijiste? —saltaron todos indignados.

—Porque sabía que ibais a hacer mucha alharaca y a tomaros demasiadas molestias.

Se acabó la copa de champán.

—Así que esto es la celebración.

—Por supuesto que no lo es —le aseguró Dick—. La cena de mañana es tu fiesta de cumpleaños, no lo olvides. ¡Dieciocho años! Pero si es una edad importantísima.

—Yo pensaba antes que hasta que no se cumplían los dieciocho años nada tenía importancia —dijo Mary.

—Eso es cierto —asintió Abe—. Y después que se cumplen, sigue pasando lo mismo.

—Abe piensa que nada tiene importancia hasta que se suba al barco —dijo Mary—. Esta vez de verdad lo tiene todo planeado para cuando llegue a Nueva York.

Hablaba como si ya estuviera cansada de decir cosas que para ella habían perdido todo significado, como si, en realidad, el rumbo que ella y su marido seguían, o no seguían, hubiera pasado a ser simplemente una intención.

—Él se dedicará a componer música en América y yo estudiaré canto en Múnich, así que cuando estemos juntos de nuevo no va a haber quien nos tosa.

—¡Qué estupendo! —dijo Rosemary, a la que ya empezaba a hacer efecto el champán.

—Entre tanto, otro poquito de champán para Rosemary. Así estará en mejores condiciones de comprender el funcionamiento de sus glándulas linfáticas. No empiezan a funcionar hasta los dieciocho años.

Dick se rió, condescendiente, de lo que había dicho Abe, al cual quería y hacía ya mucho tiempo que había dejado por imposible.

—Lo que has dicho es incorrecto desde el punto de vista médico, y vámonos ya.

Abe, que había captado el vago tono paternalista, dijo, como sin darle importancia a la cosa:

—Tengo la corazonada de que voy a tener un nuevo musical en Broadway mucho antes de que tú hayas acabado tu tratado científico.

—Espero que sí —dijo Dick con ecuanimidad—. Espero que sí. Puede incluso que abandone lo que tú llamas mi «tratado científico».

—¡Oh, Dick!

Lo que había dicho Dick parecía haber sorprendido, escandalizado a Mary. Rosemary nunca había visto el rostro de Dick tan carente de expresión. Tenía la sensación de que el anuncio que había hecho era trascendental y sintió el impulso de exclamar junto con Mary: «¡Oh, Dick!».

Pero de pronto Dick volvió a reír, completó su frase diciendo: «Lo abandoné para escribir otro», y se levantó de la mesa.

—Pero, Dick, siéntate. Quiero saber...

—Te lo diré otro día. Buenas noches, Abe. Buenas noches, Mary.

—Buenas noches, Dick, querido.

Mary sonrió como si fuera a ser completamente feliz sentada allí, en aquel barco casi desierto. Era una mujer valerosa y llena de esperanzas que seguía a su marido dondequiera que éste fuera, adaptando cada vez su personalidad a las nuevas circunstancias, pero no había podido conseguir que él se apartara ni un paso del camino que seguía y a veces se desanimaba al darse cuenta de hasta qué punto dependía de él su propio futuro, cuyo secreto Abe guardaba en lo más profundo de su ser. Y, sin embargo, parecía emanar de ella un aire de buena suerte, como si fuera una especie de amuleto.

XV

—¿Qué es lo que vas a abandonar? —preguntó Rosemary cuando estaban dentro del taxi, mirando de frente a Dick.

—Nada importante.

—¿Eres científico?

—Soy doctor en Medicina.

—¡Oooh! —exclamó ella, sonriendo encantada—. Mi padre también era médico. Entonces, ¿por qué no...?

—No es ningún misterio. No es que cometiera un acto deshonroso cuando estaba en la cumbre de mi carrera y tuviera que venir a esconderme en la Riviera. Simplemente no ejerzo. Pero nunca se sabe: es probable que vuelva a ejercer algún día.

Rosemary le acercó suavemente el rostro para que la besara. Dick se quedó mirándola un momento como si no entendiera. Luego, rodeándola con el hueco del brazo, apretó la mejilla contra la suavidad de su mejilla y, apartándose, se quedó mirándola de nuevo un largo rato.

—Qué criatura tan encantadora —dijo con aire grave.

Ella le sonreía y sus manos jugaban maquinalmente con las solapas de su chaqueta.

—Estoy enamorada de ti y de Nicole. En realidad, ése es mi secreto. Ni siquiera puedo hablarle a nadie de vosotros, porque no quiero que ninguna otra persona se entere de lo maravillosos que sois. De verdad. Te quiero a ti y quiero a Nicole.

Dick había oído aquello tantas veces... Hasta la fórmula era la misma.

De pronto fue hacia él, y en el instante en que el rostro de ella se hundía en su mirada, se olvidó de lo joven que era y la besó hasta perder el aliento, como si no tuviera edad alguna. Después ella apoyó la cabeza en su brazo y suspiró.

—He decidido renunciar a ti —dijo.

Dick se sobresaltó. ¿Acaso había dicho algo que diera a entender que poseía alguna parte de él?

—Pero eso es una vileza —dijo, esforzándose por que el tono fuera liviano—. Ahora que empezaba a estar interesado.

—Te he querido taaanto...

Como si hubiera sido cosa de muchos años. De pronto, se puso a lloriquear.

—Te he querido taaanto...

Dick tendría que haberse echado a reír, pero se oyó a sí mismo decir:

—No sólo eres bellísima, sino que además tienes un gran talento. Todo lo que haces, como fingir que estás enamorada o que eres tímida, surte efecto.

En el fondo de aquel taxi, oscuro como una cueva, en el que se respiraba la fragancia del perfume que había comprado con Nicole, Rosemary se volvió a acercar y se apretó contra él. Dick la besó sin sentir ningún placer. Sabía que había pasión allí, pero no veía sombra de ella en sus ojos o en su boca; el aliento le olía ligeramente a champán. Se le apretó más, con desesperación, y la volvió a besar, pero le desanimó la inocencia de su beso, la mirada que en el instante preciso del contacto se fue de él para perderse en las tinieblas de la noche, las tinieblas del mundo. Ella no sabía aún que es el corazón el que lo ilumina todo; en el momento en que se diera cuenta de ello y se fundiera con la pasión del universo, la podría poseer sin la menor duda o remordimiento.

La habitación de Rosemary en el hotel estaba en el mismo piso que la de ellos, pero al otro lado del pasillo y más cerca del ascensor. Cuando llegaron a la puerta, ella dijo de pronto:

—Sé que no me quieres, y tampoco lo espero. Pero dijiste que tenía que haberte dicho que era mi cumpleaños. Pues bien, te lo dije, y ahora quiero como regalo de cumpleaños que entres un minuto a mi habitación para que te diga una cosa. Un minuto sólo.

Entraron, y Dick cerró la puerta. Rosemary estaba muy cerca de él, sin rozarlo. La noche había hecho que desapareciera todo el color de su cara y estaba sumamente pálida: era como un clavel blanco abandonado al final de un baile.

—Cuando sonríes...

Dick había vuelto a adoptar la actitud paternal de antes, quizá debido a la presencia silenciosa pero próxima de Nicole.

—... siempre espero encontrar el hueco de algún diente de leche que se te ha caído.

Pero lo dijo demasiado tarde. Rosemary se acercó y se enfrentó a él con un susurro desesperado.

—Vamos a hacerlo.

—¿Hacer qué?

El asombro le había dejado paralizado.

—Venga —susurró ella—. Venga, por favor. Vamos a hacer lo que se hace. Da igual si no me gusta. Nunca esperé que me gustara. Siempre detesté la idea, pero ahora no. Quiero que lo hagamos.

Estaba sorprendida de sí misma. Nunca se había imaginado que podría hablar de aquel modo. Estaba hablando de cosas que había leído, visto, soñado durante los diez años que había estado en el colegio de monjas. De pronto comprendió también que era uno de los papeles más importantes que le había tocado hacer y se entregó a él con más pasión.

—No es así como tendría que ser —reflexionó Dick—. ¿No será culpa del champán? Tratemos más bien de olvidarlo.

—Oh, no. Vamos a hacerlo *ahora*. Quiero que lo hagamos ahora, que me poseas, que me enseñes a hacerlo. Soy totalmente tuya y quiero serlo.

—En primer lugar, ¿te has parado a pensar el daño que podría hacerle a Nicole?

—No tiene por qué enterarse. Esto no tiene nada que ver con ella.

Dick siguió hablando en tono amable.

—En segundo lugar, da la casualidad de que quiero a Nicole.

—Pero se puede querer a más de una persona, ¿no? Por ejemplo, yo quiero a mi madre y te quiero a ti... más. Ahora te quiero más a ti.

—Y, en tercer lugar, no estás enamorada de mí, pero podrías enamorarte después, y menudo lío entonces para alguien que está sólo empezando a vivir.

—No. Te prometo que no volveré a verte. Recogeré a mi madre y nos marcharemos inmediatamente a América.

Dick rechazó esa posibilidad. Tenía un recuerdo demasiado vívido de la inocencia y frescura de sus labios. Pasó a adoptar otro tono.

—Es un capricho pasajero.

—Oh, por favor. No me importa ni siquiera tener un hijo. Podría irme a México, como una chica de los estudios. Esto es tan diferente de todo lo que había pensado... Antes detestaba que me besaran en serio.

Dick comprendió que seguía teniendo la impresión de que aquello tenía que ocurrir forzosamente.

—Algunos tenían unos dientes enormes, pero tú eres completamente diferente. ¡Y tan guapo! Quiero que lo hagamos.

—Me da la impresión de que crees que la gente se besa de alguna forma especial y quieres que yo te bese así.

—Por favor, no te burles de mí. No soy una niña. Ya sé que no estás enamorado de mí.

Parecía haberse calmado ya, hablaba en un tono de humildad.

—No esperaba tanto. Supongo que debo de parecerte una persona insignificante.

—No digas tonterías. Lo que sí me pareces es demasiado joven.

Y añadió para sus adentros: «¡Y tendría tanto que enseñarte!».

Rosemary estaba esperando y respiraba ansiosamente, hasta que Dick dijo:

—Y, por último, las circunstancias no permiten que las cosas puedan salir como tú quieres.

El rostro de Rosemary reflejó el desencanto y la consternación que sentía, y Dick dijo maquinalmente:

—No vamos a tener más remedio que...

Se interrumpió y la siguió hasta la cama, sentándose a su lado mientras lloraba. De pronto se sentía confundido, no por una cuestión de ética, puesto que estaba claro que aquello era imposible desde todos los puntos de vista, sino simplemente confundido, y por un momento le fallaron sus habituales recursos, la dúctil fuerza de su equilibrio.

—Sabía que no querrías —dijo ella entre sollozos—. Era una esperanza estúpida por mi parte.

Dick se puso en pie.

—Buenas noches, muchachita. Es todo una pena. Será mejor que lo olvidemos.

Para que pudiera tranquilizarse le dijo unas palabras de jerga de hospital.

—Se van a enamorar muchos hombres de ti y estaría muy bien que recibieras a tu primer amor intacta, incluso emocionalmente. Qué idea tan anticuada, ¿verdad?

Rosemary alzó la mirada y vio que se dirigía a la puerta; le miró sin tener la más leve idea de lo que pasaba por su cabeza, vio que avanzaba otro paso lentamente y se volvía para mirarla de nuevo, y por un momento sintió deseos de tenerlo en sus brazos y devorarlo: deseaba su boca, sus orejas, el cuello de su chaqueta, deseaba cercarlo, apoderarse de él. Vio que su mano agarraba el pomo de la puerta. Entonces se dio por vencida y volvió a dejarse caer sobre la cama. En cuanto se cerró la puerta, se levantó y fue hasta el espejo y empezó a cepillarse el pelo, lloriqueando un poco. Se dio ciento cincuenta pasadas, como siempre, y luego otras ciento cincuenta. Se cepilló el pelo hasta dolerle el brazo, y luego cambió de brazo y siguió cepillándolo.

XVI

Cuando se despertó, tenía la mente clara y se sentía avergonzada. Ver en el espejo lo hermosa que era, en lugar de infundirle confianza, sólo sirvió para reavivar el dolor del día anterior, y tampoco contribuyó a levantarle los ánimos una carta que le había remitido su madre y era del muchacho que la había llevado a la fiesta de Yale el otoño anterior anunciándole que se encontraba en París. ¡Todo aquello parecía ya tan lejano! Al salir de su habitación para enfrentarse a la penosa prueba de reunirse con los Diver se sentía abrumada con otro problema más. Pero logró ocultarlo todo bajo una coraza tan impenetrable como la de Nicole cuando se reunió con ésta para ir a probarse una serie de vestidos. En todo caso, le sirvió de consuelo que Nicole comentara, acerca de una dependienta aturdida:

—La mayoría de la gente se imagina que inspira a todo el mundo sentimientos mucho más violentos de lo que en realidad son. Se creen que la opinión que los demás tienen de ellos fluctúa constantemente de un extremo a otro.

El día anterior, que tan expansiva se sentía, a Rosemary le habría molestado ese comentario, pero en aquel momento, que lo único que deseaba era quitar importancia a lo que había ocurrido, lo agradeció vivamente. Admiraba a Nicole por su belleza y por lo atinado de sus juicios y también, por primera vez en su vida, sentía celos. Justo antes de que se marchara del hotel de Gausse, su madre había dicho, en aquel tono de indiferencia tras el cual Rosemary sabía que se escondían sus opiniones más significativas, que Nicole era una gran belleza, con lo cual parecía querer decir indirectamente que Rosemary no lo era. Aquello no preocupó a Rosemary, que hasta hacía muy poco no había tenido ocasión de enterarse ni siquiera de que era atractiva, y su atractivo, por tanto, no le parecía que fuese exactamente algo con lo que había nacido, sino más bien algo que había adquirido, como el francés que sabía. No obstante, en el taxi miró a Nicole comparándose con ella. Aquel cuerpo encantador y aquella boca delicada, a veces apretada, a veces entreabierta al mundo en actitud expectante, parecían estar hechos para el amor. Nicole había sido una belleza de niña y seguiría siendo una belleza cuando fuera más mayor porque la piel se mantendría estirada en torno a los pómulos salientes: lo fundamental era la estructura ósea de su rostro. Su pelo había sido de un rubio casi blanco, como el de los nórdicos, pero ahora que se le había oscurecido resaltaba más su belleza que cuando era como una nube y más hermoso que ella misma.

—Ahí vivíamos —dijo de pronto Rosemary señalando un edificio de rue des Saints-Pères.

—Qué extraño. Porque cuando yo tenía doce años, mamá, Baby y yo pasamos un invierno ahí.

Y Nicole señaló un hotel que estaba justo en la otra acera. Tenían ante sí las dos fachadas deslucidas, como ecos grises de su niñez.

—Acabábamos de construir la casa de Lake Forrest y estábamos haciendo economías —continuó Nicole—. Al menos Baby y yo y la institutriz hacíamos economías y mamá viajaba.

—Nosotras también estábamos haciendo economías —dijo Rosemary, consciente de que esa expresión tenía un sentido diferente para cada una.

—Mamá siempre ponía mucho cuidado en decir que era un pequeño hotel.

Nicole soltó una de sus risitas cortas, tan atractivas.

—O sea, en lugar de decir que era un hotel «barato». Si algunos de nuestros amigos más ostentosos nos pedían las señas, nunca decíamos: «Vivimos en un cochambroso agujero del barrio apache donde debemos dar gracias de que haya agua corriente», sino: «Estamos en un pequeño hotel». Como si los grandes hoteles fueran demasiado ruidosos y vulgares para nosotras. Por supuesto, los amigos siempre nos veían el plumero y se lo iban contando a todo el mundo, pero mamá solía decir que lo único que aquello demostraba era que nos conocíamos Europa al dedillo. Ella se la conocía, por supuesto: era alemana de nacimiento. Pero su madre era americana y ella se había educado en Chicago y era más americana que europea.

Faltaban dos minutos para la hora en que se tenían que reunir con los demás, y Rosemary trató de hacerse fuerte de nuevo mientras salían del taxi en rue Guynemer, frente a los jardines de Luxemburgo. Iban a comer al piso ya levantado de los North, desde el que se dominaba toda la verde masa de hojas. El día le parecía a Rosemary diferente del día anterior. Cuando vio a Dick frente a frente, sus ojos se cruzaron y parpadearon como aleteos de pájaros. Después de aquello todo fue bien, todo fue maravilloso: Rosemary sabía que estaba empezando a enamorarse de ella. Se sentía locamente feliz, notaba la savia caliente de la emoción corriendo por todo su cuerpo. Sentía una seguridad que le hacía ver todo con claridad, con serenidad, como si cantara dentro de ella. Apenas miraba a Dick, pero sabía que todo iba bien.

Después de la comida, los Diver, los North y Rosemary se fueron a *Franco-American Films,* donde se reunió con ellos Collis Clay, el joven acompañante de Rosemary en New Haven, al que ella había telefoneado. Era de Georgia, y tenía las ideas uniformes, estereotipadas incluso, de los sureños educados en el norte. El invierno anterior le había parecido atractivo a Rosemary; una vez se habían cogido de la mano yendo en un coche de New Haven a Nueva York pero, ahora, había dejado ya de existir para ella.

Rosemary se sentó en la sala de proyección entre Collis Clay y Dick mientras el operador montaba los rollos de *La niña de papá* y un ejecutivo francés revoloteaba en torno a ella creyéndose que hablaba en *argot* americano. «Sí, chico —decía cuando había algún problema con el proyector—, no tengo bananas.» Al fin se apagaron las luces, se oyó un ligero chasquido y luego empezó un sonido zumbante: estaba a solas con Dick. Se miraron en la penumbra de la sala.

—Querida Rosemary —murmuró él.

Se rozaron los hombros. Nicole se movió nerviosa en su asiento a un extremo de la fila y Abe tosió convulsivamente y se sonó. Luego, todos se pusieron cómodos y la película empezó.

Allí estaba ella: la colegiala de un año atrás, con la melena ondulada cayéndole sobre la espalda como la sólida cabellera de una tanagra; allí estaba, tan joven e inocente, el producto de los desvelos amorosos de su madre; allí estaba, dando cuerpo a toda la inmadurez de la raza humana, que recortaba una nueva muñequita de cartón para examinarla con su mente vacía de prostituta. Rosemary recordaba cómo se había sentido con aquel vestido, especialmente fresca y como nueva bajo la seda fresca y nueva.

La niña de papá. Qué valerosa era la nena y cómo sufría. Qué ricura de nena. Es que no se podía ser más rica. Ante su minúsculo puñito retrocedían las fuerzas de la lujuria y la corrupción. Más aún: el propio destino detenía su marcha; lo inevitable se hacía evitable; el silogismo, la dialéctica, la lógica toda desaparecían. Las mujeres olvidarían los platos sucios que habían dejado en casa y llorarían. Hasta en la película había una mujer que se pasaba tanto tiempo llorando que estaba a punto de eclipsar a Rosemary. Derramaba lágrimas sobre unos decorados que habían costado una fortuna, en un comedor de Duncan Phyfe, en un aeropuerto, durante una regata de yates que sólo se había utilizado en dos planos cortos, en un vagón de metro y, por último, en un cuarto de baño. Pero Rosemary salía triunfante. Su entereza, su valor y su constancia acababan imponiéndose sobre la vulgaridad del mundo, y Rosemary demostraba cómo lo conseguía con un rostro que todavía no se había convertido en una máscara y que resultaba realmente tan conmovedor que en determinados momentos de la película le llegaban las reacciones emocionadas de todos los que estaban en la fila. Hubo un descanso, y se encendieron las luces, y, cuando se apagó la salva de aplausos, Dick le dijo sinceramente:

—Estoy simplemente anonadado. Te vas a convertir en una de nuestras mejores actrices.

Vuelta a *La niña de papá*. Habían llegado tiempos más felices y aparecía un plano encantador de Rosemary y su padre, unidos al fin, que revelaba un complejo de Electra tan evidente que Dick dio un respingo en nombre de todos los psicólogos ante aquel sentimentalismo tan perverso. La proyección terminó, las luces se encendieron: había llegado el momento que Rosemary esperaba.

—Falta aún otra cosa —anunció Rosemary a todos los presentes—. Le van a hacer una prueba a Dick.

—¿Una qué?

—Una prueba cinematográfica. La van a hacer ahora.

Se hizo un tremendo silencio, en medio del cual los North no pudieron reprimir una risita nerviosa. Rosemary observó cómo Dick trataba de entender lo que había dicho, moviendo la cabeza primero a la manera de un irlandés. Entonces se dio cuenta de que se había equivocado en algo al jugar su triunfo, aunque seguía sin sospechar que el fallo estaba en la carta misma.

—No quiero que me hagan ninguna prueba —dijo Dick con firmeza.

Pero, tras considerar la situación globalmente, añadió, en tono más ligero:

—Rosemary, me has decepcionado. El cine es una profesión excelente para una mujer, pero ¡cómo me van a sacar a mí en una película! Soy un viejo científico muy bien arropado en su vida privada.

Nicole y Mary insistían irónicamente en que aprovechara aquella oportunidad. Le estaban tomando el pelo, pero en el fondo a las dos les había molestado que no les hubieran ofrecido la prueba a ellas. Finalmente, Dick zanjó el asunto con un comentario más bien cáustico sobre los actores:

—Siempre se coloca la guardia más poderosa ante puertas que no conducen a ninguna parte —dijo—. Tal vez porque la vacuidad es demasiado vergonzosa para que se divulgue.

Una vez dentro del taxi con Dick y Collis Clay —iban a dejar a Collis y Dick iba a llevar a Rosemary a un té al que Nicole y los North habían renunciado para poder hacer las cosas que Abe había dejado sin hacer hasta el último momento—, Rosemary reprochó a Dick su actitud.

—Pensaba que si la prueba salía bien yo misma la podía llevar a California, y si les gustaba, tú te dabas a conocer y podrías ser el galán de mi película.

Dick se sintió abrumado.

—Tuviste una idea muy simpática, pero prefiero verte a ti en la pantalla. Nunca había visto una cosa tan deliciosa como tú en esa película.

—Es una película buenísima —dijo Collis—. La he visto cuatro veces. Conozco un chico de New Haven que la ha visto una docena de veces, y una vez fue hasta Hartford sólo para verla. Y cuando llevé a Rosemary a New Haven se sentía tan cohibido que no quería ni que se la presentara. ¿Qué le parece? Esta muchachita se los lleva de calle.

Dick y Rosemary, que querían quedarse solos, cambiaron una mirada, pero Collis no se daba cuenta de nada.

—Les dejo donde vayan —sugirió—. Yo estoy en el Lutetia.

—No. Le dejamos nosotros —dijo Dick.

—Es más fácil que yo les deje. No me cuesta nada.

—Creo que será mejor que le dejemos nosotros.

—Pero... —empezó a decir Collis. Al fin se dio cuenta de cuál era la situación y se puso a negociar con Rosemary la posibilidad de verla de nuevo.

Y finalmente se fue, llevándose consigo la oscura insignificancia pero el bulto molesto del tercero que sobra. De pronto, antes de lo que esperaban y deseaban, el coche se detuvo en la dirección que había dado Dick, el cual dejó escapar una larga bocanada de aire y dijo:

—¿Qué hacemos? ¿Entramos?

—Me da igual —dijo Rosemary—. Yo hago lo que tú quieras.

Dick se puso a considerar.

—Creo que no me queda otro remedio. Esa señora quiere comprarle algunos cuadros a un amigo mío que necesita el dinero.

Rosemary se atusó el pelo, que llevaba graciosamente revuelto.

—Estaremos sólo cinco minutos —decidió Dick—. No creo que te caiga bien esta gente.

Ella dedujo que se trataba de gente aburrida y estereotipada, o de gente vulgar y dada a la bebida, o pesada e insistente, o de cualquier otro de los tipos de gente que los Diver evitaban. Pero no estaba en absoluto preparada para la impresión que le causó lo que vio.

XVII

Era una casa construida conservando la estructura y la fachada del palacio del Cardenal de Retz en rue Monsieur, pero una vez dentro no se veía nada del pasado, ni de ningún presente que Rosemary conociera. Las paredes, la obra de albañilería parecían englobar más bien el futuro, de modo que cruzar aquel umbral, si es que así podía llamarse, para pasar al alargado vestíbulo de acero pavonado y plata dorada, con las innumerables facetas de sus muchos espejos extrañamente biselados, era una especie de sacudida eléctrica, un verdadero ataque de nervios, una experiencia tan antinatural como tomar un desayuno de harina de avena y hachís. Pero el efecto que producía no era comparable al de ninguna de las secciones de la Exposición de Artes Decorativas, puesto que había gente *dentro,* no delante. A Rosemary le parecía todo tan distante, tan falsamente estimulante como los decorados de un plató, y se imaginó que todos los demás que estaban allí tendrían la misma sensación.

Había unas treinta personas, la mayor parte de ellas mujeres, y todas parecían arrancadas de las páginas de Louise M. Alcott o Madame de Ségur. Se movían por aquel plató con la misma cautela y precisión de una mano humana recogiendo vidrios rotos. No podía decirse que, individualmente o en grupo, dominaran aquel ambiente de la manera que alguien puede llegar a dominar una obra de arte de su propiedad, por muy esotérica que ésta sea. Nadie sabía cuál era el significado de aquella sala porque representaba una evolución hacia algo que podía llamarse cualquier cosa menos una sala. Existir en ella era tan difícil como andar por una escalera en movimiento demasiado bien encerada, y no había posibilidad alguna de lograrlo sin las cualidades mencionadas de una mano moviéndose entre vidrios rotos, cualidades que limitaban y definían a la mayoría de los allí presentes.

Los había de dos clases. Por una parte estaban los americanos e ingleses que se habían entregado a una vida disipada durante toda la primavera y el verano, de modo que todo lo que hacían ya era un puro reflejo nervioso. Estaban muy tranquilos y aletargados a determinadas horas y luego se enzarzaban de pronto en peleas o tenían crisis nerviosas o intentaban seducir a alguien. La otra clase, que se podría llamar la de los explotadores, estaba formada por los parásitos, gente sobria y seria en comparación con la anterior, que tenían un objetivo en la vida y no perdían el tiempo. Donde mejor mantenían el equilibrio era en esa clase de ambiente, y si había allí algún tono, aparte de la forma tan original en que se había organizado una serie de valores superficiales en el piso, lo daban ellos.

Aquel monstruo de Frankenstein se zampó de un solo bocado a Dick y Rosemary; los separó inmediatamente y Rosemary descubrió de pronto con respecto a sí misma que era un pequeño ser insincero que sólo utilizaba los registros más altos de su garganta y necesitaba urgentemente un director que le dijera lo que tenía que hacer. Sin embargo, era tal el salvaje aleteo de la sala que no tenía la sensación de que su situación fuera más incongruente que la de cualquiera de los otros. Además, de algo debía servirle su experiencia de actriz. Así que, tras una serie de vueltas, giros y marchas semimilitares, se encontró, según todas las apariencias, hablando con una muchacha de aspecto pulcro y acicalado que tenía una graciosa cara de chico, pero, en realidad, absorta en una conversación que tenía lugar junto a una especie de escalera de bronce situada en diagonal a donde estaba ella y a un metro y medio de distancia.

Había un trío de mujeres jóvenes sentadas en un diván. Eran todas altas y esbeltas y de cabeza pequeña, que llevaban arreglada como las cabezas de los maniquíes, y mientras hablaban movían graciosamente la cabeza de un lado a otro por encima de sus trajes sastre oscuros, haciendo el efecto de flores de tallo largo o capuchones de cobra.

—Desde luego, saben cómo dar un buen espectáculo —decía una de ellas con una voz profunda y modulada—. Prácticamente, el mejor espectáculo en París. Eso no se les puede negar. Pero —añadió con un suspiro— las frases esas que te dice él una y otra vez... «El habitante más antiguo mordido por los roedores.» La primera vez te hace gracia.

—Yo prefiero personas cuyas vidas tengan superficies más arrugadas —dijo la segunda—. Y ella no me gusta nada.

—Nunca han logrado interesarme mucho. Ni ellos ni los que los rodean. ¿Qué me decís, por ejemplo, del señor North, que es puro líquido?

—Ése está desfasado —dijo la primera chica—. Pero no me negaréis que el sujeto en cuestión puede ser uno de los seres más encantadores que hayáis conocido en vuestra vida.

Era el primer indicio que tenía Rosemary de que estaban hablando de los Diver y se puso tensa de indignación. Pero la chica que le estaba hablando, que parecía un cartel con su camisa azul almidonada, sus expresivos ojos azules, sus mejillas coloradas y su traje sastre muy gris, había empezado ya a atacar a fondo. Trataba desesperadamente de eliminar todo lo que pudiera interponerse entre ellas, pues temía que Rosemary no pudiera verla bien, y a tal extremo llevó su labor de eliminación que no le quedó para cubrirse ni siquiera una leve capa de humor y Rosemary, con desagrado, vio claramente lo que pretendía.

—¿No podríamos quedar para comer, o tal vez mejor para cenar, o para comer al otro día? —imploró la muchacha.

Rosemary buscó con la mirada a Dick y lo encontró con la anfitriona, con la cual había estado hablando desde que entraron. Se cruzaron sus miradas y él le hizo una ligera inclinación de cabeza, y en ese instante las tres mujeres cobra se dieron cuenta de la presencia de Rosemary. Estiraron sus largos cuellos para verla mejor y clavaron sutiles miradas de crítica sobre ella. Rosemary les devolvió la mirada, desafiante, dándoles a entender que había oído lo que habían dicho. Luego, se deshizo de su exigente interlocutora con un gesto de despedida cortés pero preciso que acababa dc aprender de Dick y se dirigió hacia donde él estaba. La dueña de la casa —otra chica americana alta y rica que exhibía con aire despreocupado la prosperidad nacional— le estaba haciendo a Dick innumerables preguntas sobre el hotel de Gausse, adonde era evidente que quería ir, y trataba insistentemente de vencer su resistencia. La presencia de Rosemary le recordó que no estaba cumpliendo con sus deberes de anfitriona, y echando una ojeada rápida a su alrededor, dijo:

—¿Ha conocido a alguien divertido? ¿Ha conocido al señor...?

Paseó la mirada tratando de encontrar a algún invitado del sexo masculino que pudiera interesarle a Rosemary, pero Dick dijo que tenían que marcharse. Se fueron inmediatamente y pasaron del breve umbral del futuro al pasado repentino de la fachada de piedra.

—¿Espantoso, no? —dijo Dick.

—Espantoso —repitió ella como un eco obediente.

—Rosemary...

—¿Qué? —musitó, con voz asustada.

—Lo que está pasando me hace sentirme muy mal.

Rosemary comenzó a sollozar de dolor, convulsivamente. «¿Tienes un pañuelo?», balbuceó. Pero había poco tiempo para llorar, y los amantes se lanzaron a aprovechar con avidez los segundos que pasaban demasiado deprisa, mientras el crepúsculo verde y crema se desvanecía tras las ventanas del taxi y los signos rojo fuego, azul gas y verde fantasma comenzaron a brillar nebulosamente bajo la lluvia plácida. Eran casi las seis. Las calles estaban llenas de gente y los *bistrots* centelleaban. La plaza de la Concordia quedó atrás en todo su esplendor rosado al dar la vuelta el taxi en dirección norte.

Al fin se miraron y pronunciaron sus nombres en un susurro, como si fueran palabras mágicas. Los dos nombres quedaron flotando suavemente en el aire, se desvanecieron más lentamente que otras palabras, otros nombres, más lentamente que la música en la mente.

—No sé qué me pasó anoche —dijo Rosemary—. Tal vez fuera esa copa de champán. Nunca en la vida me había comportado de esa manera.

—Lo único que hiciste fue decirme que me querías.

—Y te quiero. Contra eso no puedo hacer nada.

Le había llegado el momento de llorar, así que lloró un poco tapándose con el pañuelo.

—Me temo que me he enamorado de ti —dijo Dick—, y no es lo mejor que podía haber ocurrido.

Los nombres otra vez, y luego se abrazaron como si un movimiento del taxi les hubiera hecho perder el equilibrio. Ella apretó los pechos contra el pecho de él; su boca tenía un sabor nuevo y cálido y era propiedad de los dos. Dejaron de pensar, con una sensación de alivio que casi dolía, y ya no vieron nada más: únicamente respiraban y se buscaban. Se encontraban en ese mundo plácido y gris en que quedan restos de fatiga y los nervios se distienden en manojos como cuerdas de piano y crujen de repente como sillones de mimbre. Cuando los nervios están tan en vivo, tan tiernos, deben unirse a otros nervios, los labios a otros labios, el pecho a otro pecho...

Se encontraban aún en la etapa más feliz del amor. Las ilusiones que se hacía el uno con el otro eran tan enormes, tan ilimitadas, que la fusión de ambos seres parecía tener lugar en una dimensión en la que ninguna otra relación humana importaba. Parecían haber llegado a ella con una extraordinaria inocencia, como si les hubiera unido una serie de puros accidentes, tantos que no podían ya sino llegar a la conclusión de que estaban hechos el uno para el otro. Habían llegado con las manos limpias, o así parecía, sin haber caído en la simple curiosidad ni en lo clandestino.

Pero para Dick ese tramo del camino era corto; el giro se produjo antes de que llegaran al hotel.

—No hay nada que hacer —dijo, con una sensación de pánico—. Estoy enamorado de ti, pero eso no hace que cambie lo que te dije anoche.

—¡Qué importa eso ahora! Lo único que quería conseguir era que me quisieras. Si tú me quieres lo demás no importa.

—Por desgracia te quiero. Pero Nicole no debe enterarse. No quiero que tenga ni la más leve sospecha. Nicole y yo tenemos que seguir juntos. En cierto modo, eso es más importante que querer seguir simplemente.

—Bésame otra vez.

La besó, pero se había alejado de ella momentáneamente.

—Nicole no debe sufrir. Ella me quiere y yo la quiero. Lo entiendes, ¿no?

Claro que lo entendía. Era el tipo de cosa que mejor entendía: no herir a los demás. Sabía que los Diver se querían porque era lo primero que había pensado de ellos. Pero también había pensado que era una relación más bien atemperada, en realidad bastante parecida al cariño que existía entre su madre y ella. El que una persona tenga tanto que dar a los demás, ¿no indica acaso una falta de intensidad en sus relaciones más íntimas?

—Y estoy hablando de amor —dijo él, adivinando sus pensamientos—. Amor activo. Es demasiado complicado para explicarlo. Fue la causa de ese duelo absurdo.

—¿Cómo sabes lo del duelo? Se suponía que no debíais enteraros.

—¿Crees acaso que Abe puede guardar un secreto? —dijo en un tono muy mordaz—. Anuncia un secreto por la radio. Publícalo en la prensa sensacionalista. Pero jamás se lo confíes a un hombre que beba más de tres o cuatro copas al día.

Ella asintió riendo, apretada contra él.

—O sea que, como ves, mis relaciones con Nicole son complicadas. Ella no es muy fuerte. Lo parece pero no lo es. Y esto nuestro viene a complicar las cosas todavía más.

—¡Oh, deja todo eso para más tarde! Ahora bésame. Quiéreme ahora. Te querré sin que Nicole pueda darse cuenta.

—¡Cariño!

Llegaron al hotel. Rosemary andaba ligeramente rezagada para contemplarlo con admiración, con adoración. Él caminaba a un paso muy vivo, como si acabara de hacer cosas importantes y se apresurara a hacer otras. Organizador de diversiones privadas, guardián de una felicidad incrustada de riquezas. Su sombrero era la perfección misma y llevaba un pesado bastón y guantes amarillos. Rosemary pensó que al estar con él todos lo iban a pasar muy bien esa noche.

Comenzaron a subir a pie los cinco tramos de escalera. En el primer rellano se detuvieron para besarse. Rosemary se mostró prudente en el segundo rellano y más todavía en el tercero. Ya sólo quedaban dos. Antes de llegar al cuarto se detuvo y le dio un beso fugaz de despedida. Ante su insistencia, bajó con él un instante al rellano anterior. Otra vez a subir. Por fin había que despedirse. Alargaron las manos por encima de la baranda hasta tocarse y desenlazaron los dedos lentamente. Dick volvió a bajar al vestíbulo para hacer algunos arreglos para la noche. Rosemary se precipitó a su cuarto y le escribió una carta a su madre. Tenía mala conciencia porque no la echaba de menos en absoluto.

XVIII

Aunque a los Diver todo lo que oficialmente se consideraba moda les era en verdad indiferente, eran demasiado perspicaces para renunciar totalmente al ritmo que marcaba la época. Cuando Dick organizaba algo la diversión era casi sin respiro, y tanto más se apreciaba respirar de vez en cuando el aire fresco de la noche haciendo una pausa en la diversión.

En aquella salida nocturna todo ocurría a la velocidad de una comedia de enredo. Unas veces eran doce, otras dieciséis, otras grupos de a cuatro en distintos automóviles en aquella especie de odisea acelerada por París. Todo había sido organizado de antemano. La gente se les unía como por arte de magia, les acompañaba como especialistas, casi como guías, durante una etapa de la noche y luego desaparecía y le sucedía otra gente, de modo que parecía que cada una de aquellas personas se hubiera estado reservando sólo para ellos todo el día. Qué diferente le parecía aquello a Rosemary de las fiestas de Hollywood, por muy suntuosas que éstas fueran. Entre otras muchas atracciones tenían a su disposición el coche del sah de Persia. Cómo se había incautado Dick de aquel vehículo o qué tipo de soborno se había empleado eran cosas que carecían de importancia. Rosemary lo aceptaba simplemente como un aspecto más de aquel mundo de fábula en el que vivía desde hacía dos años. El coche se había fabricado con un chasis especial en los Estados Unidos. Las ruedas y el radiador eran de plata. El interior estaba incrustado de innumerables brillantes que el joyero imperial se encargaría de sustituir por piedras preciosas auténticas en cuanto el coche llegara a Teherán la semana siguiente. En la parte de atrás sólo había un asiento propiamente dicho, porque el sah debía ir solo, de modo que por turnos se sentaban en él y en la alfombra de piel de marta que cubría el suelo.

Pero lo más importante era la presencia de Dick. Rosemary le aseguró a la imagen de su madre, que la acompañaba a todas partes, que jamás, jamás, había conocido a nadie tan encantador, tan absolutamente encantador como Dick lo estaba siendo esa noche. Lo comparó con los dos ingleses a los que Abe llamaba con gran seriedad «comandante Hengest y señor Horsa», y con el heredero de un trono escandinavo, con el novelista que acababa de regresar de Rusia, con Abe, tan desesperado y tan ingenioso, y con Collis Clay, que se les había unido en algún sitio y seguía con ellos, y pensó que no había comparación. El entusiasmo y la generosidad que había detrás de toda la actuación de Dick la tenían fascinada. El manejo de todos aquellos tipos tan variados, que parecían depender tanto de sus suministros de atención para cada uno de sus movimientos como un batallón de infantería depende de las raciones, no parecía costarle el menor esfuerzo, de forma que aún le quedaban reservas de su personalidad más íntima para ofrecer a todo el mundo.

Después recordaría los momentos en que se había sentido más dichosa. El primero era aquel en que ella y Dick estaban bailando y sintió cómo resplandecía su propia belleza junto a la figura alta y fuerte de él mientras flotaban, parecían estar suspendidos en el aire como en un sueño divertido. La hacía girar a uno y otro lado con tal delicadeza que se sentía como un brillante ramo de flores, como una tela exquisita desplegada para ser admirada por cincuenta ojos. Hubo un momento en que no estaban bailando, sino simplemente abrazados. Ya de madrugada hubo una ocasión en que se encontraron solos y ella apretó su cuerpo joven, húmedo y fragante contra el suyo, en un encuentro de telas fatigadas, y permanecieron allí, aplastados contra todos aquellos sombreros y abrigos que pertenecían a otros.

El momento en que más se rió vino más tarde, cuando seis de ellos, los mejores de todos, los más nobles supervivientes de la noche, estaban en el oscuro vestíbulo principal del Ritz diciéndole al portero de noche que el General Pershing estaba afuera y quería caviar y champán. «No tolera la menor demora. Cada hombre y cada cañón están a su servicio.» Surgieron como de la nada camareros aturullados, se instaló una mesa en el vestíbulo e hizo su entrada Abe representando el papel de General Pershing, mientras ellos, en posición de firmes, canturreaban en su honor los fragmentos de canciones de guerra que recordaban. Como se sintieron desatendidos por los camareros, que reaccionaron con indignación ante semejante tomadura de pelo, montaron una trampa para camareros, un artefacto enorme y fantástico construido con todos los muebles del vestíbulo que funcionaba como las estrafalarias máquinas de las historietas de Goldberg. Abe movía la cabeza con aire dubitativo.

—Yo creo que sería mejor que robáramos una sierra musical y...

—No sigáis —interrumpió Mary—. Cuando Abe saca ese tema quiere decir que ya es hora de volverse a casa.

Le confió a Rosemary sus preocupaciones.

—Tengo que llevarme a Abe a casa. El tren sale a las once y es muy importante que lo tome. Tengo la impresión de que todo nuestro futuro depende de ello. Pero cada vez que deseo que haga algo, hace justamente lo contrario.

—Intentaré persuadirle —se ofreció Rosemary.

—¿De veras? —dijo Mary, no muy convencida—. Tal vez a ti te haga caso.

Un momento después, Dick se acercó a Rosemary.

—Nicole y yo nos vamos ya y hemos pensado que a lo mejor querrías venir con nosotros.

Se la veía pálida por el cansancio a la tenue luz que anunciaba el alba. En sus mejillas, tan llenas de color durante el día, había dos manchas grisáceas.

—No puedo —dijo—. Le he prometido a Mary North que me voy a quedar con ellos, porque si no no va a haber manera de que Abe se vaya a la cama. Tal vez tú puedas hacer algo.

—Deberías saber que no se puede hacer nada por nadie —repuso—. Si Abe y yo fuéramos dos universitarios compañeros de cuarto y se hubiera emborrachado por primera vez, sería diferente. Ahora ya no se puede hacer nada.

—Bueno, en todo caso tengo que quedarme. Dice que no se irá a la cama si no vamos antes con él a *Les Halles* —dijo, en tono casi de desafío.

Dick le dio un beso rápido en el hueco del codo.

—No dejes que Rosemary se vaya sola al hotel —le dijo Nicole a Mary al marcharse—. Nos sentimos responsables ante su madre.

Algo más tarde, junto con los North, un fabricante de voces de muñeca de Newark, el omnipresente Collis y un indio corpulento y untuoso, espléndidamente vestido, que se llamaba George T. Horseprotection, Rosemary iba subida en una furgoneta encima de montones de zanahorias. La tierra que había en los tallos de las zanahorias despedía un dulce aroma en la oscuridad, y Rosemary estaba sentada tan en lo alto que apenas podía ver a los demás en la penumbra apenas interrumpida por la luz de las escasas farolas. Las voces de los otros parecían llegar de muy lejos, como si estuvieran experimentando cosas ajenas a ella, ajenas y remotas, pues en su corazón seguía con Dick, se había arrepentido de haberse ido con los North y su único deseo era estar en el hotel con él dormido al otro lado del corredor o que él estuviera allí junto a ella en aquella penumbra cálida en la que estaba sumergida.

—¡No subas! —le gritó a Collis—. Se van a desmoronar las zanahorias.

Le arrojó una a Abe, que iba sentado al lado del conductor con la rigidez de un anciano.

Y algo más tarde, iba por fin camino del hotel en plena luz del día, cuando las palomas ya alborotaban en torno a Saint-Sulpice. A todos les entró la risa porque sabían que seguía siendo la noche anterior, mientras que toda la gente que había por las calles se imaginaba que era una mañana soleada.

«Por fin he ido de juerga —pensó Rosemary—. Aunque sin Dick no tiene ninguna gracia.»

Se sentía triste y ligeramente traicionada, pero de pronto apareció ante sus ojos un objeto en movimiento. Era un gran castaño de Indias en flor que transportaban a los Campos Elíseos atado en un largo camión y que estaba simplemente desternillándose de risa, como se podría reír en una situación humillante una persona encantadora que se siente pese a todo segura de sus encantos. Rosemary lo miró fascinada y se identificó con él, rió alegremente con él y todo de pronto le pareció maravilloso.

XIX

Abe debía salir de la estación de Saint-Lazare a las once. Estaba solo bajo la cúpula de cristal deslustrado que era un vestigio de los años setenta, la época del Palacio de Cristal. Sus manos habían adquirido ese color grisáceo que sólo pueden producir veinticuatro horas de vigilia y las llevaba metidas en los bolsillos del abrigo para que no se viera cómo le temblaban los dedos. Sin el sombrero puesto se veía claramente que sólo se había peinado la parte de arriba del pelo; el resto lo llevaba decididamente de punta a ambos lados. Resultaba difícil reconocer en él a aquel que dos semanas atrás se bañaba en la playa del hotel de Gausse.

Había llegado con tiempo suficiente y se puso a mirar en torno suyo sólo con los ojos, ya que mover cualquier otra parte de su cuerpo hubiera exigido un esfuerzo superior a él en ese momento. Ante él pasaron maletas con aspecto de ser nuevas, y luego las pequeñas formas indistintas de futuros pasajeros que se gritaban unos a otros con voces extrañas y chirriantes.

En el preciso instante en que se estaba preguntando si tendría tiempo para ir a tomarse una copa a la cantina y se disponía a asir el fajo pegajoso de billetes de mil francos que llevaba en el bolsillo, su mirada errabunda fue a posarse en Nicole, que aparecía en lo alto de las escaleras. La observó atentamente. Como suele ocurrir cuando observamos a alguien que esperamos y que todavía no nos ha visto, le parecía estar contemplando a la auténtica Nicole en cada uno de sus pequeños gestos. Estaba pensando en sus hijos con expresión concentrada, pero más que recrearse en ellos parecía estar simplemente contándolos como podría hacerlo un animal, como una gata comprobando el número de sus crías con una pata.

Al ver a Abe cambió totalmente de expresión. La luz que se filtraba por la claraboya era mortecina y Abe tenía un aspecto lúgubre con las ojeras que resaltaban sobre su tez bronceada. Se sentaron en un banco.

—He venido porque me lo pediste —dijo Nicole en tono defensivo.

Abe parecía haberse olvidado de por qué se lo había pedido y Nicole se contentó con mirar a la gente que iba y venía por la estación.

—Ésa va a ser la reina de tu travesía. La que está rodeada de admiradores que han venido a despedirla. Por eso se compró ese vestido.

Nicole hablaba cada vez más deprisa.

—¡Quién se iba a comprar un vestido así salvo la reina de un crucero alrededor del mundo! ¿No crees? ¿Eh? ¡Despierta! Es un vestido con historia. Todo ese material que le sobra tiene una historia y siempre habrá alguien en un crucero alrededor del mundo que se sienta lo bastante solo para querer escucharla.

Casi se aturulló con las últimas palabras. Había hablado demasiado para lo que solía y a Abe, viendo la expresión seria e inmutable de su cara, le resultaba difícil creer que hubiera dicho nada. Se irguió haciendo un esfuerzo hasta quedar en una postura en la que parecía estar de pie aunque estuviera sentado.

—La tarde que me llevasteis a aquel baile tan raro —empezó Abe—, ¿sabes cuál te digo? El de Sainte-Geneviève.

—Sí, ya me acuerdo. Fue muy divertido, ¿no?

—Yo no me divertí nada. No me ha divertido nada veros esta vez. Estoy harto de vosotros dos, pero no se nota porque vosotros estáis aún más hartos de mí. Ya me entiendes. Si me quedaran energías, intentaría hacerme nuevos amigos.

Nicole estrujaba sus guantes de terciopelo al replicarle:

—No sirve de nada ponerse desagradable, Abe. Sé que no piensas lo que dices, y no entiendo por qué tienes que haber renunciado a todo.

Abe reflexionó, haciendo un esfuerzo por no toser o sonarse la nariz.

—Supongo que llegué a aburrirme de todo. Y había que hacer tal esfuerzo para retroceder a fin de poder llegar a alguna parte.

Un hombre podrá hacerse muchas veces el niño indefenso delante de una mujer, pero casi nunca lo consigue cuando más se siente como un niño indefenso.

—No tienes excusa —dijo Nicole, tajante.

Abe se sentía peor por momentos. No se le ocurría hacer ningún comentario que no fuera desagradable y crispado. Nicole llegó a la conclusión de que lo mejor que podía hacer era permanecer sentada mirando al infinito con las manos sobre el regazo. Durante un momento no hubo la menor comunicación entre ellos. Cada uno trataba de alejarse del otro a toda prisa, deteniéndose a respirar sólo si veía ante sí un fragmento de cielo azul que el otro no hubiera visto. A diferencia de los amantes, no tenían pasado; a diferencia de los matrimonios, no tenían futuro. Y sin embargo, hasta esa misma mañana, Abe era la persona que más quería Nicole, con excepción de Dick, y Abe, a su vez, había estado totalmente enamorado de ella durante años, con un amor que le oprimía el vientre de terror.

—Estoy harto de este mundo de mujeres —dijo él de pronto.

—Entonces, ¿por qué no te haces un mundo propio?

—Estoy harto de tener amigos. Lo único que vale la pena es estar rodeado de aduladores.

Nicole miraba fijamente el minutero del reloj de la estación, tratando de hacerlo avanzar con el pensamiento, pero Abe dijo:

—¿No estás de acuerdo?

—Soy una mujer y mi deber es procurar que las cosas se mantengan.

—En cambio, el mío es destruirlas.

—No destruyes nada bebiendo, salvo a ti mismo.

Había hablado con frialdad y se sentía atemorizada e insegura. La estación se estaba llenando de gente, pero no llegaba nadie que ella conociera. Pasado un momento, su mirada se posó, agradecida, en una muchacha alta con el pelo pajizo peinado en forma de casco que estaba echando unas cartas en el buzón.

—Tengo que ir a hablar con aquella chica, Abe. ¡Abe, despierta! ¡No seas estúpido!

Abe la siguió pacientemente con la mirada. La mujer pareció sobresaltarse al volverse para saludar a Nicole y su cara le resultaba conocida a Abe de haberla visto por París. Aprovechó la ausencia de Nicole para escupir la flema en el pañuelo y sonarse la nariz ruidosamente. Cada vez hacía más calor y tenía la ropa interior empapada de sudor. Le temblaban tanto los dedos que necesitó usar cuatro cerillas para encender un cigarrillo. Le parecía absolutamente necesario ir a la cantina a tomarse una copa, pero en eso llegó Nicole.

—Ha sido un error —dijo con una sonrisa gélida—. Después de haberme suplicado que fuera a visitarla, me acaba de hacer un buen desaire. Me ha mirado como si yo fuera basura.

Estaba excitada y soltó una risita ligeramente histérica.

—Es mejor dejar que sean los otros los que den el primer paso.

En cuanto se recuperó de un ataque de tos provocado por el cigarrillo, Abe observó:

—El problema es que cuando no has bebido no tienes ganas de ver a nadie, y cuando has bebido nadie tiene ganas de verte.

—¿Quién, yo?

Nicole volvió a reír; por algún motivo, el encuentro que acababa de tener la había animado.

—No. Yo.

—Lo dirás por ti. A mí me gusta la gente, mucha gente. Me gusta...

En ese momento aparecieron Rosemary y Mary North, que caminaban despacio buscando a Abe, y Nicole se puso a llamarlas con un entusiasmo excesivo —«¡Eh, eh, eh!»—, riendo y agitando el paquete de pañuelos que le había comprado a Abe.

Formaron un grupito nada airoso, desequilibrado por la gigantesca figura de Abe, que se proyectaba oblicuamente sobre las tres mujeres como un galeón naufragado y hacía olvidar, con su sola presencia, su falta de decisión y sus excesos, su estrechez de miras y su profundo resentimiento. Las tres eran conscientes de la dignidad solemne que emanaba de su persona, y de sus logros, fragmentarios, sugerentes y ya superados. Pero les aterraba la voluntad que aún sobrevivía en él, las antiguas ganas de vivir que se habían convertido en un deseo de morir.

Llegó Dick Diver y trajo con su persona una superficie radiante sobre la que las tres mujeres saltaron como monos entre gritos de alivio, encaramándose en sus hombros, en la hermosa copa de su sombrero o en la empuñadura dorada de su bastón. Por un momento podían apartar su atención del espectáculo grandiosamente obsceno que era Abe. Dick se dio cuenta enseguida de cuál era la situación y la asumió con calma. Las hizo salir de sí mismas haciéndoles ver las maravillas de la estación. Cerca de ellos, unos americanos se decían adiós con voces que parecían remedar el sonido del agua cayendo en una gran bañera vieja. Al estar en la estación, con París a sus espaldas, parecía como si indirectamente se estuvieran acercando un poco al mar, como si ya empezaran a notar los cambios que obraba sobre ellos la proximidad del mar y se estuviera produciendo una mutación de átomos por la que se formaría la molécula esencial de una nueva raza.

Así que la estación se fue llenando de americanos de buena posición que se dirigían a los andenes y todas las caras parecían nuevas, de personas francas, inteligentes, amables, irreflexivas, acostumbradas a que pensaran por ellas. De vez en cuando asomaba entre ellos el rostro de algún inglés que ofrecía un contraste repentino. Cuando ya había bastantes americanos en el andén, la primera impresión producida por su aire inmaculado y su dinero comenzó a desvanecerse para dejar paso a una vaga impresión de crepúsculo racial que estorbaba y cegaba tanto a ellos como a los que les observaban.

Nicole agarró a Dick del brazo y gritó: «¡Mira!». Dick se volvió a tiempo para presenciar lo que ocurrió en el espacio de medio minuto. Ante una de las puertas del coche-cama, dos vagones más allá, una de las muchas despedidas que estaban teniendo lugar destacó vívidamente entre todas. La joven del pelo en forma de casco a la que había ido a saludar Nicole se separó de pronto del hombre con el que estaba hablando, haciendo un extraño gesto como si lo esquivara, y hundió la mano frenéticamente en el bolso. Al instante, el sonido de dos disparos de revólver partía el aire enrarecido del andén. Al mismo tiempo, la locomotora soltó un silbido estridente y se puso en marcha el tren, empequeñeciendo momentáneamente el efecto causado por los disparos. Abe volvió a agitar las manos desde la ventanilla, ignorante de lo que había ocurrido. Pero antes de que la gente se agolpara en torno al lugar del suceso, los otros habían visto cómo se producían los disparos y a la víctima desplomarse en el andén.

El tren tardó un siglo en detenerse. Nicole, Mary y Rosemary esperaban a un lado mientras Dick trataba de abrirse paso entre el gentío. Tardó cinco minutos en volver a encontrarlas, y para entonces el gentío se había dividido: unos seguían al hombre, al que llevaban en una camilla, y los otros a la chica, que caminaba pálida y firme entre dos gendarmes con aire aturdido.

—Era María Wallis —dijo Dick, hablando precipitadamente—. El hombre contra el que ha disparado es un inglés. Tardaron una enormidad en identificarlo porque las balas atravesaron su pasaporte.

Se alejaban del tren a paso apresurado balanceándose entre el gentío.

—He averiguado a qué comisaría la llevan, así que voy a ir.

—¡Pero si tiene una hermana que vive en París! —objetó Nicole—. ¿Por qué no la telefoneamos? Me parece muy raro que a nadie se le haya ocurrido. Está casada con un francés y su marido podrá hacer más que nosotros.

Dick pareció dudar un momento y luego hizo un gesto negativo con la cabeza y se puso en marcha otra vez.

—¡Espera! —exclamó Nicole—. Es una tontería. ¿Qué puedes hacer tú, con el poco francés que hablas?

—Por lo menos me aseguraré de que no le hagan ninguna atrocidad.

—Lo que sí es seguro es que no la van a soltar —dijo Nicole secamente—. Al fin y al cabo, ha disparado contra ese hombre. Lo mejor que podemos hacer es telefonear inmediatamente a Laura. Más podrá hacer ella que nosotros.

Dick no acababa de convencerse. Además, estaba tratando de impresionar a Rosemary.

—Espérate —dijo Nicole con firmeza, y se dirigió con paso rápido a una cabina telefónica.

—Cuando Nicole se hace cargo de algo —dijo Dick con ironía afectuosa—, no hay nada más que hacer.

Veía a Rosemary por primera vez esa mañana. Se miraron tratando de reconocer las emociones del día anterior. Por un momento se sintió cada uno como si el otro no fuera real, hasta que lentamente volvió a ellos el cálido susurro del amor.

—Te gusta ayudar a todo el mundo, ¿verdad? —dijo Rosemary.

—Sólo lo aparento.

—A mamá le gusta ayudar a todo el mundo. Claro que no puede ayudar a tanta gente como tú —suspiró—. A veces pienso que soy la persona más egoísta del mundo.

Por primera vez, el hecho de que mencionara a su madre enojó a Dick en lugar de divertirle. Quería apartar a su madre de una vez, suprimir el tono infantil que Rosemary insistía en dar a su relación con él. Pero se daba cuenta de que aquel impulso revelaba que estaba perdiendo el control. ¿Qué pasaría de la fuerte atracción que sentía Rosemary hacia él si aflojaba las riendas, aunque sólo fuera por un instante? Comprendió con cierta angustia que sus relaciones estaban llegando casi imperceptiblemente a un punto muerto, y no podían estabilizarse. O avanzaban o tendrían que retroceder. Por primera vez se le ocurrió pensar que Rosemary agarraba las riendas con más firmeza que él mismo.

Antes de que hubiera podido pensar qué medidas debía tomar, regresó Nicole.

—Encontré a Laura. Era la primera noticia que tenía, y su voz desaparecía y luego volvía a oírse como si se estuviera desmayando y volviendo en sí todo el rato. Me ha dicho que sabía que iba a pasar algo esta mañana.

—María debería trabajar para Diaghilev —bromeó Dick tratando de calmarlas—. Tiene un gran sentido de la escenografía, por no hablar de sentido del ritmo. ¿Quién de nosotros a partir de ahora va a poder ver arrancar un tren sin oír al mismo tiempo unos disparos?

Bajaban a empellones por la ancha escalera metálica.

—Lo siento por ese pobre hombre —dijo Nicole—. Con razón estuvo tan rara conmigo: ya se estaba preparando para abrir fuego.

Se echó a reír y Rosemary rió con ella, pero las dos estaban horrorizadas y deseaban fervientemente que Dick hiciera algún comentario de tipo moral sobre el asunto para no tener que hacerlo ellas. No era un deseo totalmente consciente, sobre todo por parte de Rosemary, que estaba acostumbrada a que pasaran ruidosamente por su cabeza fragmentos de acontecimientos parecidos sin que llegaran a detenerse. Pero tal había sido la acumulación de impresiones en ella que también se sentía traumatizada. Dick, por su parte, se sentía de momento demasiado impresionado por la fuerza de sus sentimientos recién descubiertos para tratar de resolver la situación con arreglo a la pauta que habían seguido durante esas vacaciones, y ellas, notando que les faltaba algo, se sumieron en una vaga sensación de infelicidad.

Y, como si nada hubiera ocurrido, las vidas de los Diver y sus amigas desembocaron en la calle.

Sin embargo, habían ocurrido demasiadas cosas. La partida de Abe y la inminente partida de Mary para Salzburgo esa misma tarde ponían fin a aquellos días que habían pasado en París. O tal vez fueran los disparos, la brutal sacudida con que había terminado Dios sabe qué sombría historia, los que habían puesto fin. Los disparos habían pasado a formar parte de sus vidas. Los ecos de aquella violencia les siguieron hasta la acera, donde, mientras esperaban un taxi, dos mozos de estación comentaban el incidente junto a ellos.

—*Tu as vu le revolver? Il était très petit. Un vrai bijou. Un jouet.*

—*Mais assez puissant!* —dijo el otro mozo juiciosamente—. *Tu as vu sa chemise? Assez de sang pour se croire à la guerre.*

XX

En la plaza, cuando salieron, una masa flotante de gases de escape se cocía lentamente al sol de julio. Era realmente terrible. Al contrario que el calor puro, no evocaba la posibilidad de una huida al campo, sino que sólo sugería carreteras asfixiadas con la misma asma nociva. Mientras comían al aire libre enfrente de los jardines de Luxemburgo, Rosemary tenía retortijones de tripas y la misma fatiga la hacía sentirse impaciente, inquieta. Ese estado de ánimo ya se venía fraguando en la estación y era lo que la había hecho acusarse de egoísta.

Dick no tenía la menor sospecha de que se hubiera producido un cambio tan abrupto. Se sentía profundamente desgraciado, y al estar más absorto en sí mismo como consecuencia de ello, no se estaba dando tanta cuenta de lo que ocurría a su alrededor y se había quedado privado, de momento, de las amplias reservas de imaginación con que contaba para formular sus juicios.

Después de que se hubiera ido Mary North, acompañada de un profesor de canto italiano que había tomado café con ellos y que la iba a llevar a la estación, Rosemary se levantó también porque tenía una cita en los estudios, «tenía que entrevistarse con unos altos ejecutivos».

—¡Ah! —dijo—. Si Collis Clay, ese chico del sur..., si aparece mientras estáis aquí, decidle que no he podido esperarle. Que me llame mañana.

Como reacción a toda la violencia anterior, actuaba con una despreocupación excesiva, como una niña que se creía con derecho a todo, con lo cual sólo consiguió hacer recordar a los Diver su amor exclusivo por sus propios hijos, y en un breve lance entre las dos mujeres, Nicole supo poner a Rosemary en su sitio, diciéndole secamente:

—Más vale que le des el recado a algún camarero. Nosotros nos vamos ya.

Rosemary lo entendió y aceptó la lección sin rencor.

—Muy bien. Adiós pues, queridos.

Dick pidió la cuenta. Al quedarse solos los dos, se relajaron; ambos se pusieron a morder palillos.

—Bueno —dijeron a la vez.

Dick vio que una breve sombra de tristeza fruncía los labios de Nicole, tan breve que sólo él podía haberla percibido, y podía fingir que no la había visto. ¿En qué pensaba Nicole? Rosemary era una de las doce personas de las que Dick se había «hecho cargo» en los últimos años. Entre las otras se contaban un payaso de circo francés, Abe y Mary North, una pareja de bailarines, un escritor, un pintor, una actriz cómica del Grand-Guignol, un pederasta medio loco de los Ballets Rusos y un tenor prometedor al que le habían financiado la estancia en Milán durante un año entero. Nicole sabía perfectamente que todas esas personas se tomaban muy en serio su interés y su entusiasmo, pero también sabía que, salvo cuando nacieron sus hijos, Dick no había pasado una sola noche separado de ella desde que se casaron. Por otra parte, Dick poseía un encanto especial que no tenía más remedio que utilizar. Los que poseían esa clase de encanto tenían que seguir ejerciéndolo y seguir atrayendo a una serie de gente con la que luego no sabían qué hacer.

Dick se endureció y dejó que pasara el tiempo sin hacer el menor gesto de complicidad, sin darle la menor prueba de aquella maravilla constantemente renovada que era la unión de los dos en uno solo.

El sureño Collis Clay consiguió abrirse paso entre las apretadas mesas y saludó a los Diver con un exceso de desenvoltura. A Dick esa clase de saludos le dejaban siempre atónito (gente que apenas conocían y que les decía: «¿Qué hay?», o le hablaba sólo a uno de ellos como si el otro no estuviera presente). Tan importantes eran para él sus relaciones con la gente que en momentos de apatía prefería permanecer oculto; que alguien se comportara en su presencia con desenfado era como un desafío a las pautas por las que se regía su vida.

Collis, que no se daba cuenta de que su llegada en aquel momento era inoportuna, la pregonó diciendo:

—Parece que llego tarde. El pájaro ha volado.

Dick tuvo que hacer un gran esfuerzo para perdonarle que no hubiera saludado primero a Nicole. Ésta los dejó casi inmediatamente después y Dick se quedó allí con Collis terminándose lo que quedaba del vino. A pesar de todo, Collis le resultaba simpático: era muy «posguerra»; más tratable que la mayoría de los sureños que había conocido en New Haven diez años antes. Dick escuchó divertido lo que le contaba a la vez que cargaba lenta y minuciosamente su pipa. Eran las primeras horas de la tarde y los niños empezaban a acudir con sus niñeras a los jardines de Luxemburgo. Era la primera vez en meses que Dick había dejado que esa parte del día se le fuera de las manos.

De pronto se le heló la sangre al percatarse del contenido del monólogo confidencial de Collis.

—... y no es tan fría como a lo mejor se piensa usted. Confieso que durante mucho tiempo yo también pensé que era fría. Pero yendo de Nueva York a Chicago en Pascua se vio metida en un lío con un amigo mío, un chico que se llama Hillis y que a ella en New Haven le parecía que estaba bastante chalado. Tenía un compartimiento con una prima mía, pero ella y Hillis querían estar solos, así que por la tarde mi prima se vino a nuestro compartimiento a jugar a las cartas. Bueno, pues después de que pasaran unas dos horas, fui a acompañar a mi prima a su compartimiento y nos encontramos a Rosemary y a Bill Hillis en el pasillo discutiendo con el revisor, Rosemary blanca como la pared. Parece ser que habían pasado el picaporte y bajado las cortinillas y allí debía de estar pasando de todo cuando llegó el revisor a pedirles los billetes y golpeó la puerta. Ellos, al principio, se pensaron que éramos nosotros que les estábamos gastando alguna broma y se negaron a abrirle la puerta. Para cuando lo hicieron, el tipo estaba ya bastante furioso. Le preguntó a Hillis si era aquél su compartimiento y si él y Rosemary estaban casados, puesto que habían cerrado la puerta, y Hillis perdió la paciencia tratando de explicarle que no había pasado nada. Decía que el revisor había insultado a Rosemary y quería una pelea con él. Pero aquel revisor podía haberlos metido en un verdadero lío, y créame que me costó lo mío arreglar las cosas.

A medida que se iba imaginando todos los detalles, y sintiendo envidia incluso por el percance compartido por la pareja en el pasillo, Dick notaba que se estaba operando un cambio en él. Bastaba que se interpusiera la imagen de una tercera persona en su relación con Rosemary, incluso la de alguien que ya hubiera desaparecido de su vida, para desequilibrarle y hacerle sumirse en el dolor, la desgracia, el deseo, la desesperación. Se imaginaba vívidamente la mano sobre la mejilla de Rosemary, el pulso que se aceleraba, la pura excitación de todo visto desde fuera, el inviolable secreto de aquel calor íntimo.

¿Te importa que baje las cortinas?

No, al contrario. Entra demasiada luz.

Collis Clay se había puesto a hablar de la política de las hermandades de estudiantes en New Haven en el mismo tono y poniendo el mismo énfasis. Dick había llegado a la conclusión de que aquél estaba enamorado de Rosemary de alguna extraña manera que él no podía comprender. La aventura con Hillis no parecía haber afectado emocionalmente a Collis. Simplemente le había permitido descubrir con gran placer que, a pesar de todo, Rosemary también era «humana».

—En *Bones* había una gente estupenda —decía—. Bueno, en realidad en todas. Hay tanta gente ya en New Haven que la pena es la gente que no podemos dejar entrar.

¿Te importa que baje las cortinas?
No, al contrario. Entra demasiada luz.

Dick atravesó París para ir a su banco. Mientras rellenaba un cheque se puso a observar a los empleados en las diferentes ventanillas tratando de decidir a cuál de ellos se lo iba a presentar. Se concentró en el acto material de rellenar el cheque, examinando la pluma minuciosamente y escribiendo con sumo cuidado sobre la mesa cubierta de cristal. Hubo un momento en que levantó la mirada vidriosa y la dirigió hacia donde estaba la sección de correos, pero inmediatamente volvió a concentrar la atención en su tarea.

Todavía no había decidido a quién le iba a presentar el cheque. De todos aquellos empleados, ¿cuál sería el que menos se podría dar cuenta de la penosa situación en que se encontraba?, y también, ¿cuál podría ser el menos locuaz? Allí estaba Perrin, aquel neoyorquino tan atento que le había invitado varias veces a comer al Club Americano; y Casasús, el español, con quien solía hablar de un amigo común del que por otra parte hacía más de doce años que no sabía nada; y también Muchhause, que siempre le preguntaba si quería sacar fondos de la cuenta de su mujer o de la suya propia.

Mientras escribía la cantidad en el talón y trazaba dos líneas por debajo, se decidió por Pierce, que era joven y no tendría que hacer demasiada comedia con él. Muchas veces era más fácil hacer algo de comedia que tener que presenciar la que hacía otro.

Fue primero al mostrador de correos. Al ver cómo la empleada que le estaba atendiendo recuperaba con el pecho un papel que estaba a punto de caer, se le ocurrió pensar que las mujeres utilizaban su cuerpo de manera muy diferente a los hombres. Puso las cartas a un lado para abrirlas. Había una factura de una empresa alemana a la que había comprado diecisiete libros de psiquiatría, otra de *Brentano's*, una carta de Búfalo, de su padre, que de un año a otro escribía con una letra cada vez más ilegible, y una postal de Tommy Barban con el matasellos de Fez, de contenido jocoso. Había cartas de unos médicos de Zúrich, las dos en alemán, una factura que era objeto de litigio, de un estucador de Cannes, otra factura de una tienda de muebles, una carta del editor de una revista médica de Baltimore, anuncios diversos y una invitación a una exposición de pintura de un artista incipiente. También había tres cartas para Nicole y una para Rosemary a nombre de él.

¿Te importa que baje las cortinas?

Se dirigió a la ventanilla de Pierce, pero éste estaba atendiendo a una cliente, y Dick vio que no le quedaba otro remedio que presentarle el cheque a Casasús, en la ventanilla de al lado, que estaba libre en ese momento.

—Hola, qué tal, Diver —le saludó Casasús cordialmente. Se puso en pie, desplegando el bigote con su sonrisa—. El otro día estábamos hablando de Featherstone y me acordé de usted. Ahora vive en California.

Dick abrió más los ojos y se inclinó un poco.

—¿En California?

—Eso es lo que me dijeron.

Dick le tendió el cheque con aplomo y, a fin de que Casasús concentrara su atención en él, miró hacia la ventanilla de Pierce, con quien intercambió un instante una mirada de divertida complicidad cuyo objeto era recordar una broma de tres años atrás, de cuando Pierce estaba liado con una condesa lituana. Pierce le siguió el juego manteniendo una sonrisa forzada hasta que Casasús autorizó el cheque y no le quedó otro recurso para retener a Dick, que le era muy simpático, que levantarse ajustándose las gafas y repetir:

—Pues sí, ahora vive en California.

Entre tanto Dick se había dado cuenta de que Perrin, que estaba en la primera de las ventanillas, estaba charlando con el campeón del mundo de los pesos pesados. Por la manera en que le devolvió la mirada comprendió que había estado pensando en llamarle para presentárselo, pero que al final había decidido que no.

Tras esquivar los intentos de Casasús de ser sociable con toda la intensidad que había acumulado mientras estaba rellenando el cheque —es decir, que se puso a mirar el cheque fijamente, como estudiándolo, y luego concentró la mirada en los graves problemas que parecía haber más allá de la primera columna de mármol, a la derecha del busto del propietario del banco, y se dedicó a cambiar de manos el bastón, el sombrero y las cartas que llevaba—, se despidió y salió. Hacía ya mucho que tenía comprados los servicios del ordenanza: un taxi se paró junto al bordillo.

—Lléveme a los estudios de *Films Par Excellence*. Están en un callejón, en Passy. Vaya a la Muette y yo le indicaré el camino desde allí.

Le había creado tal inseguridad todo lo que había ocurrido en las últimas cuarenta y ocho horas que ni siquiera sabía exactamente lo que quería hacer. Pagó el taxi en la Muette y caminó desde allí hasta los estudios, cruzando al otro lado de la calle antes de llegar al edificio. Pese a la prestancia que le daba lo elegante de su ropa hasta en sus menores detalles, se sentía dominado e impulsado por instintos puramente animales. Sólo podría recuperar la dignidad si renegaba de su pasado, si echaba abajo todo el esfuerzo de los últimos seis años. Comenzó a dar la vuelta a la manzana con paso enérgico, con el mismo aire fatuo de los adolescentes de las novelas de Tarkington, apresurando el paso por los trozos en que no había puertas por miedo a perderse la salida de Rosemary de los estudios. Aquel barrio tenía un aire melancólico. En una puerta vio un rótulo que decía: *100.000 chemises*. El escaparate estaba lleno de camisas amontonadas, unas con corbata, otras con relleno, otras plegadas ostentosamente sobre el suelo del escaparate. *100.000 chemises*. ¡Cuéntelas! A ambos lados, leyó: *Papeterie, Pâtisserie, Soldes, Réclames,* y Constance Talmadge en *Déjeuner du soleil,* y más allá había otros anuncios más sombríos: *Vêtements ecclésiastiques, Déclaration de décès* y *Pompes Funebres.* La vida y la muerte.

Dick sabía que lo que estaba haciendo representaba un cambio de rumbo en su vida. No guardaba relación con nada de lo que lo había precedido; ni siquiera guardaba relación con el efecto que podría esperar que le causara a Rosemary. Ésta le veía siempre como un modelo de corrección, y el hecho de que estuviera merodeando por aquel lugar suponía una intrusión. Sin embargo, sentía la necesidad de comportarse así. Era como si al fin saliera a flote una realidad sumergida. Se sentía compelido a andar por aquel lugar, a estar allí, con las mangas de la camisa del largo preciso ajustadas perfectamente a las de la chaqueta, el cuello de la camisa como moldeado en torno a su cuello, su pelo rojo con el corte exacto y la mano agarrando la pequeña cartera con elegante descuido. Era la misma necesidad que había llevado a otro hombre, en otra época, a permanecer ante una iglesia de Ferrara en túnica de penitente y cubierto de cenizas. Dick estaba rindiendo una especie de homenaje a cosas no olvidadas, no confesadas, todavía íntegras.

XXI

Hacía tres cuartos de hora que Dick estaba allí cuando se vio de pronto entrando en contacto con una persona. Siempre solían pasarle cosas parecidas cuando menos ganas tenía de ver a nadie. Tanto se replegaba en sí mismo a veces, cuando se sentía vulnerable y quería pasar desapercibido, que su propia actitud frustraba a menudo sus propósitos, como le ocurre al actor que, al interpretar un papel sin ningún énfasis, hace que el público estire el cuello para verle mejor y concentre la atención de él y parece crear en los demás la capacidad de llenar los vacíos que él deja. Del mismo modo, casi nunca compadecemos a los que más necesitan y desean nuestra compasión, la cual reservamos para aquellos que, por otros medios, nos hacen ejercer la función de la compasión en abstracto.

Ese mismo análisis podría haber hecho el propio Dick del incidente que se produjo. Mientras andaba por rue des Saints-Anges, le dirigió la palabra un americano de unos treinta años, enjuto de cara, que tenía aspecto de haber tenido una vida dura y sonreía ligeramente pero de manera siniestra. Mientras le daba el fuego que había pedido, Dick pensó que tenía todas las características de un determinado tipo de individuos de cuya existencia se había percatado desde la adolescencia: un tipo de esos que parecen pasarse la vida en las tabaquerías con un codo apoyado en el mostrador y sin más ocupación que observar, a través de Dios sabe qué pequeña hendidura de sus mentes, a la gente que entra y sale. Personaje habitual en los garajes, donde parece estar siempre ultimando oscuros negocios en voz baja, en las barberías y en los vestíbulos de los teatros. O, por lo menos, en esos ambientes lo situaba Dick. A veces también aparecía su cara en algunas de las historietas más feroces de Tad. De adolescente, Dick había lanzado muchas veces una mirada insegura hacia esa incierta frontera con el mundo del crimen en la que se encuentra ese tipo de gente.

—¿Qué, te gusta París, amigo?

Sin esperar respuesta, se puso a caminar al lado de Dick, tratando de seguir el ritmo de sus pasos.

—¿De dónde eres? —insistió.

—De Búfalo.

—Yo de San Antone. Pero llevo aquí desde la guerra.

—¿Estaba en el ejército?

—¡Que si estaba! En la División 84. ¿Oíste hablar de ella?

El tipo adelantó a Dick unos pasos y le clavó una mirada claramente amenazadora.

—¿Pasando una temporada en París, amigo, o estás de paso?

—De paso.

—¿En qué hotel estás?

Dick se empezó a reír para sus adentros. O sea, que aquel tipo tenía la intención de desvalijarle el cuarto esa misma noche. El otro pareció leerle los pensamientos sin que ello le inhibiera lo más mínimo.

—No tienes por qué tenerme miedo, con el corpachón que tú tienes. Hay un montón de maleantes al acecho de turistas americanos, pero tú no tienes nada que temer conmigo.

A Dick empezaba a aburrirle aquello e interrumpió su caminata.

—Parece que no tenga usted nada que hacer salvo matar el tiempo.

—Tengo un negocio aquí en París.

—¿Ah, sí? ¿Qué tipo de negocio?

—Vendo periódicos.

El contraste entre el aspecto amenazador de aquel hombre y lo inofensivo de su profesión tenía algo de ridículo, pero él lo arregló diciendo:

—Pero no te preocupes. El año pasado hice mucho dinero. Diez o doce francos por un *Sunny Times* que cuesta seis.

Sacó un recorte de periódico de una billetera gastada y se lo pasó al que se había convertido en compañero de paseo. Era una caricatura en la que aparecía un numeroso grupo de americanos bajando por la pasarela de un trasatlántico que llevaba un cargamento de oro.

—Doscientos mil, que se gastan diez millones en un verano.

—¿Qué está haciendo aquí en Passy?

Su acompañante miró en torno suyo con aire cauteloso.

—Películas —dijo en tono misterioso—. Hay unos estudios americanos ahí y siempre necesitan gente que sepa hablar inglés. Estoy esperando una oportunidad.

Dick se lo quitó de encima enseguida con firmeza.

Era evidente que Rosemary se le debía de haber escapado en una de las primeras vueltas que había dado a la manzana, o bien se habría marchado antes de que él llegara. Entró en el bar de la esquina, compró una ficha de teléfono y, apretado en un hueco que había entre la cocina y el sucio retrete, llamó a Roi George. Se reconoció en la respiración los síntomas descritos por el doctor Cheyne y el doctor Stokes, pero, como todo lo demás, los síntomas sólo le sirvieron para concentrarse en la emoción que sentía. Dio el número de habitación y, a la vez que sostenía el teléfono, echó una ojeada en el bar. Pasado bastante tiempo, oyó una extraña vocecita que decía hola.

—Soy Dick. Tenía que llamarte.

Hubo una pausa, tras la cual, armada de valor y en un tono que denotaba la misma emoción que sentía él, respondió Rosemary:

—Me alegro de que lo hayas hecho.

—Vine a buscarte a los estudios. Estoy en Passy, justo en la acera de enfrente. Se me ocurrió que podíamos ir a dar una vuelta por el *Bois*.

—¡Oh! Sólo estuve ahí un minuto. ¡Cuánto lo siento!

Luego, un silencio.

—Rosemary.

—Sí, Dick.

—Me encuentro en un estado muy especial por causa tuya. Cuando una niña consigue perturbar a un señor de mediana edad, todo se vuelve muy complicado.

—Tú no eres un señor de mediana edad, Dick. Eres la persona más joven del mundo.

—¿Rosemary?

Silencio. Dick se puso a mirar un estante que contenía los venenos más humildes de Francia: botellas de Otard, ron Saint James, Marie Brizard, Punch a l'orange, Fernet Branca, Cherry Rocher y Armagnac.

—¿Estás sola?

¿Te importa que baje las cortinas?

—¿Y con quién iba a estar?

—¿Lo ves? ¡Me encuentro en tal estado! Me gustaría estar ahí contigo.

Hubo una pausa, luego un suspiro y una respuesta:

—¡Ojalá estuvieras aquí conmigo!

Esa habitación de hotel en donde ella estaba echada, al otro lado de un número de teléfono, rodeada del débil gemido de una música...

> *Y dos para el té.*
> *Y yo para ti,*
> *Y tú para mí*
> *Sooolo.*

Las huellas de polvos sobre su piel bronceada... Cuando le besó la cara, la tenía húmeda en el nacimiento del pelo. Y la imagen instantánea de una cara blanca bajo la suya, la curva de un hombro.

Pensó: «Es imposible». Pero un minuto después estaba en la calle caminando en dirección a la Muette, o en sentido contrario, con la pequeña cartera todavía en la mano y el bastón con la empuñadura de oro a guisa de espada.

Rosemary regresó al escritorio y terminó la carta que había empezado a escribir a su madre.

«... Sólo le vi un momento pero me pareció guapísimo. Me enamoré de él. (Por supuesto al que más quiero es a Dick, pero ya me entiendes.) De verdad va a dirigir la película y sale inmediatamente para Hollywood y creo que nosotras también deberíamos irnos. Está aquí Collis Clay. Me gusta bastante, pero no le he visto mucho a causa de los Diver, que de verdad son divinos, prácticamente la gente más encantadora que he conocido en mi vida. Hoy no me siento demasiado bien y estoy tomando la medicina, aunque no veo la necesidad. No voy ni siquiera a tratar de contarte todo lo que ha pasado hasta que me encuentre *contigo*. Así que, en cuanto recibas esta carta, ¡*ponme un telegrama!*»

A las seis Dick llamó a Nicole.

—¿Tienes algún plan en especial? —preguntó—. ¿Te apetecería una velada tranquila, cenar en el hotel y luego ir al teatro?

—¿Te apetece a ti? Muy bien. Hace un rato llamé a Rosemary y dice que va a cenar en su habitación. Lo que ha pasado nos ha trastornado a todos, ¿no crees?

—A mí no me ha trastornado —repuso él—. Cariño, a menos que te sientas cansada físicamente, hagamos algo. Si no, cuando volvamos al sur nos vamos a pasar una semana lamentándonos de no haber ido a ver a Boucher. Es mejor que seguir dándole vueltas a...

Nada más decir eso se dio cuenta de que no debía haberlo dicho, pero Nicole no lo dejó pasar.

—¿Dándole vueltas a qué?

—No, a lo de María Wallis.

Nicole accedió a ir al teatro. Era una especie de regla entre ellos que nunca debían estar demasiado cansados para dejar de hacer algo; les parecía que de esa manera el día transcurría mejor en general y podían organizar mejor las tardes. Cuando, como era inevitable, llegaba un momento en que sus espíritus flaqueaban, lo achacaban al cansancio y la fatiga de los demás. Antes de salir (formaban una de las parejas más atractivas que podían verse en París), llamaron suavemente a la puerta de Rosemary. Como no hubo respuesta, pensaron que se habría dormido y fueron a sumergirse en la noche cálida y estridente de París, tomándose primero un vermut rápido en la penumbra del bar del *Fouquet's*.

XXII

Nicole se despertó tarde, murmurando algo que formaba parte aún de lo que había estado soñando antes de desenredarse las largas pestañas enmarañadas por el sueño. La cama de Dick estaba vacía. Pasó un minuto antes de que se diera cuenta de que la habían despertado unos golpes en la puerta del salón.

«*Entrez*», gritó, pero no hubo respuesta, y pasado un momento se puso una bata y fue a abrir la puerta. Un *sergent de ville* la saludó cortésmente y entró en el salón.

—¿Está aquí el señor Afghan North?

—¿Qué? No. Se ha ido a América.

—¿Cuándo se fue, *madame*?

—Ayer mañana.

El policía hizo un gesto negativo con la cabeza y agitó el dedo índice hacia ella a un ritmo más rápido.

—Anoche estaba en París. Se ha registrado en este hotel, pero su cuarto no está ocupado. Me dijeron que preguntara en esta habitación.

—Me parece todo muy raro. Ayer por la mañana fuimos a despedirle y se marchó en el tren que lleva hasta el barco.

—Sea como fuere, el caso es que le han visto aquí esta mañana. Hasta han visto su documento de identidad. Así que...

—Nosotros no sabemos nada —afirmó, sorprendida.

El policía se puso a reflexionar. Era un hombre apuesto, pero olía mal.

—¿Seguro que no estuvieron anoche con él?

—Pues claro que no estuvimos.

—Hemos detenido a un negro. Estamos convencidos de que por fin hemos detenido al negro que teníamos que detener.

—Le aseguro que no tengo la menor idea de lo que me está hablando. Si se trata del Abraham North que nosotros conocemos, pues bien: si anoche estaba en París, no teníamos noticia de ello.

El policía asintió con la cabeza y se mordió el labio superior, convencido de que estaba diciendo la verdad pero decepcionado.

—¿Qué ha ocurrido? —preguntó Nicole.

Le mostró las palmas de las manos e hizo un mohín con la boca. Había empezado a encontrarla atractiva y le brillaban los ojos.

—Pues ya ve, *madame*. Un incidente de verano. Al señor Afghan North le robaron y presentó una denuncia. Ya hemos detenido al malhechor y el señor Afghan debería identificarlo y formular los cargos en que se basa su denuncia.

Nicole se ciñó más la bata y despidió rápidamente al policía. Se bañó y se vistió en un estado de perplejidad. Para entonces eran más de las diez y llamó a Rosemary, pero no contestaba. Entonces telefoneó a la recepción y le dijeron que, efectivamente, Abe se había registrado esa misma mañana a las seis y media. Sin embargo, seguía sin ocupar su habitación. Decidió esperar en el salón de la *suite* a que Dick diera señales de vida. Justo cuando ya se había cansado de esperar y se disponía a salir, llamaron de recepción anunciando:

—El señor Crawshow, *un nègre*.

—¿Qué es lo que quiere? —preguntó.

—Dice que le conoce a usted y al *docteur*. Dice que hay un señor Freeman en la cárcel que es amigo de todo el mundo. Dice que es una injusticia y que quiere ver al señor North antes de que lo detengan a él.

—No sabemos nada de esa historia.

Nicole se desentendió de todo aquel asunto colgando el teléfono con un golpe brusco. La grotesca reaparición de Abe le hizo ver claramente que estaba más que harta de la vida desordenada que llevaba aquél. Para tratar de apartarlo de su mente salió a la calle, se encontró con Rosemary en el modisto y se fue con ella a comprar flores artificiales y collares de cuentas multicolores en rue de Rivoli. Ayudó a Rosemary a escoger un diamante para su madre y unos echarpes y estuches para cigarrillos muy originales para regalar a colegas suyos en California. A su hijo le compró soldados de plomo romanos y griegos, todo un ejército de ellos que le costó más de mil francos. Una vez más, gastó cada una su dinero de manera diferente y Rosemary volvió a admirar la manera de gastar que tenía Nicole. Nicole tenía la seguridad de que el dinero que gastaba era suyo, mientras que Rosemary aún seguía pensando que el dinero le había llegado en forma milagrosa y, por tanto, tenía que ser muy cuidadosa con él.

Qué divertido era gastar dinero en aquella ciudad extranjera en un día de sol, las dos con unos cuerpos tan saludables que inundaban sus rostros de color; con brazos y manos, piernas y tobillos que tan airosamente sabían mover, que extendían y alargaban con la seguridad de las mujeres que saben que gustan a los hombres.

Cuando al regresar al hotel se encontraron a Dick, tan radiante en la mañana, tan lleno de energía, las dos tuvieron un momento de perfecta alegría infantil.

Acababa de recibir una llamada telefónica de Abe y, pese a lo embrollado de la conversación, le había parecido entender que se había pasado gran parte de la mañana escondido.

—Ha sido una de las conversaciones telefónicas más extrañas que he tenido en mi vida.

Dick había hablado no sólo con Abe sino con otras doce personas más. Cada uno de estos figurantes había sido presentado con frases como la siguiente: «Quiere hablar contigo un tipo implicado en lo del *Teapot Dome,* o por lo menos eso dice él... ¿Qué pasa ahí? Eh, que se calle quien sea. Bueno, el caso es que estuvo metido en algún sándalo... escándalo y no puede volver. Mi opinión perso... mi personal es que ha tenido...».

A partir de ahí empezaron a oírse como unos hipos y ya no hubo manera de saber lo que el tipo en cuestión había tenido.

Pero del teléfono salió una oferta suplementaria:

—Pensé que le podía interesar. Al fin y al cabo es usted psicólogo, ¿no?

La vaga personalidad a la que se podía atribuir semejante afirmación había seguido al teléfono. Pero, en definitiva, no había logrado convencer a Dick ni como psicólogo ni como ninguna otra cosa. La conversación con Abe siguió desarrollándose de la siguiente manera:

—¡Hola!

—¿Sí?

—Sí. Hola.

—¿Con quién hablo?

—Sí.

Se interpuso el ruido de unas risotadas.

—Sí. Te voy a poner con otra persona.

A veces Dick podía oír la voz de Abe acompañada de ruidos de forcejeos, caídas del auricular y fragmentos de conversaciones lejanas como «No, yo no, señor North». Luego, una voz irónica y decidida había dicho: «Si es usted amigo del señor North, más vale que venga enseguida y se lo lleve de aquí».

Abe se metió por medio, con voz solemne y tediosa en la que podía discernirse un cierto tono de determinación práctica, como si hubiera logrado sobreponerse.

—Dick, he provocado un disturbio racial en Montmartre. Voy a ir a sacar a Freeman de la cárcel. Si aparece un negro de Copenhague fabricante de betún..., ¡eh!, ¿me oyes? Bueno, mira, si aparece por ahí...

Una vez más el auricular se convirtió en un coro de innumerables melodías.

—¿Por qué has regresado a París? —preguntó Dick.

—Llegué hasta Evreux y decidí tomar un avión de vuelta a fin de poderlo comparar con Saint-Sulpice. No, no es que quiera volver a traer Saint-Sulpice a París. ¡No estoy hablando ni siquiera del barroco! Lo que quiero decir es Saint-Germain. Por el amor de Dios, espera un minuto, que llame al portero.

—Por el amor de Dios, no lo hagas.

—Dime una cosa. ¿Se fue Mary sin novedad?

—Sí.

—Dick. Quiero que hables con un hombre que he conocido esta mañana. El hijo de un oficial de la Marina al que han visto ya todos los médicos de Europa. Deja que te cuente.

Dick había colgado en ese momento. Tal vez había sido un acto de ingratitud por su parte, puesto que no le venía mal tener algo en que ocupar su mente.

—Abe era encantador antes —le dijo Nicole a Rosemary—. ¡Encantador! Hablo de hace tiempo, de cuando Dick y yo acabábamos de casarnos. Si lo hubieras conocido entonces. Venía a pasar larguísimas temporadas con nosotros y apenas nos dábamos cuenta de que estaba en la casa. A veces se ponía a tocar el piano, o se pasaba horas y horas en la biblioteca con un piano silencioso, como si fueran dos enamorados. Dick, ¿te acuerdas de aquella criada? Se creía que era un fantasma y a veces Abe se le aparecía en el vestíbulo y le daba un buen susto. Una vez nos costó la broma un servicio completo de té, pero no nos importó.

Tantos recuerdos divertidos, de hacía tanto tiempo. Rosemary les envidiaba lo bien que parecían haberlo pasado; se imaginaba una vida de ocio muy diferente a la suya. Poco sabía del ocio pero lo respetaba, precisamente porque nunca había disfrutado de él. Lo confundía con el reposo, sin darse cuenta de que este último concepto les resultaba tan ajeno a los Diver como a ella misma.

—¿Por qué es así ahora? —preguntó—. ¿Por qué bebe?

Nicole movió la cabeza de derecha a izquierda, declinando toda responsabilidad en el asunto.

—Hoy día se ven tantos hombres brillantes que se están destruyendo a sí mismos...

—¿Y cuándo no se han visto? —preguntó Dick—. Los hombres inteligentes son precisamente los que están siempre rozando el abismo porque no tienen más remedio. Algunos no lo pueden soportar y abandonan.

—Debe de ser algo más profundo que todo eso.

Nicole se aferró a su argumento. Le había molestado que Dick la contradijera delante de Rosemary.

—Hay artistas como... como Fernand, por ejemplo, que no parece que tengan que darse a la bebida. ¿Por qué son siempre los americanos los más autodestructivos?

Había tantas respuestas a esa pregunta que Dick decidió dejarla en el aire y ronronear, triunfante, al oído de Nicole. Había llegado a juzgar muy severamente todo lo que ella decía. Aunque pensaba que era la criatura más atractiva que había conocido en su vida, y aunque ella le daba todo lo que necesitaba, presentía la lucha mucho antes de que llegara y en su subconsciente se había estado endureciendo y armando para la batalla hora tras hora. No era dado a perder el control de sí mismo y en aquel momento se sentía relativamente torpe por haberse dejado llevar y confiaba ciegamente en que Nicole no hubiera pasado de imaginarse que Rosemary despertaba en él sólo cierta emoción. Pero no estaba seguro. La noche anterior en el teatro Nicole se había referido con toda intención a Rosemary diciendo que no era más que una niña.

El trío comió abajo en un ambiente de alfombras y camareros sigilosos que no andaban al paso rápido y firme de todos los que les habían traído la comida en los restaurantes en los que habían estado últimamente. En ese comedor había familias americanas que observaban con curiosidad a otras familias americanas y trataban de entablar conversación entre sí.

En la mesa más próxima había un grupo que les parecía inclasificable. Estaba formado por un joven efusivo con cierto aspecto de empleado de oficina, de esos que te piden cortésmente que les repitas lo que has dicho, y unas cuantas mujeres. Las mujeres no eran ni jóvenes ni viejas ni pertenecían a una clase social determinada. Y, sin embargo, el grupo daba la impresión de formar una unidad, parecía más unido, por ejemplo, que un grupo de mujeres que acompañaran a sus maridos en algún congreso. Sin duda parecía más unido que cualquier grupo de turistas imaginable.

Dick estaba a punto de hacer algún comentario burlón a propósito del grupo, pero se contuvo instintivamente y le preguntó al camarero si sabía quiénes eran.

—Son madres de soldados caídos en el campo de batalla —explicó el camarero.

Los tres soltaron o ahogaron una exclamación. Los ojos de Rosemary se llenaron de lágrimas.

—Probablemente las más jóvenes son las esposas —dijo Nicole.

Parapetado tras su vaso de vino, Dick las volvió a mirar. En su expresión de felicidad, en la dignidad que emanaba de sus personas, percibió toda la madurez de una América más vieja. Por un momento, aquellas mujeres de aspecto sereno que habían ido allí a llorar a sus seres queridos, su pérdida irreparable, hicieron que el comedor pareciera hermoso. Y durante ese momento, Dick se vio sentado de nuevo en la rodilla de su padre, cabalgando con Moseby, mientras las viejas lealtades y afectos se debatían en torno suyo. Haciendo casi un esfuerzo, se volvió a las dos mujeres de su mesa e hizo frente a todo el mundo nuevo en el que creía.

¿Te importa que baje las cortinas?

XXIII

Abe North seguía en el bar del Ritz. Llevaba allí desde las nueve de la mañana. Cuando llegó, en busca de asilo, las ventanas estaban abiertas y unos grandes haces de luz levantaban afanosamente el polvo de las alfombras y cojines impregnados de humo. Los botones, liberados e incorpóreos, recorrían a toda velocidad los corredores, pues por el momento se movían por el puro espacio. El salón bar reservado para las mujeres, que estaba enfrente del bar propiamente dicho, parecía minúsculo; resultaba difícil imaginar todo el gentío al que podía dar cabida por la tarde.

El famoso Paul, el concesionario, no había llegado aún, pero Claude, que estaba haciendo inventario, interrumpió su trabajo sin parecer sorprenderse más de lo debido para prepararle un cóctel a Abe. Abe se sentó en una banqueta adosada a la pared. Después de un par de copas empezó a sentirse mejor, hasta tal punto que subió a la barbería para que le afeitaran. Cuando regresó al bar ya había llegado Paul en su automóvil de diseño especial, del que se había bajado en boulevard des Capucines, como debía ser. A Paul le caía bien Abe y se acercó a conversar con él.

—Tenía que haberme embarcado esta mañana para América —dijo Abe—. Quiero decir, ayer por la mañana, o cuando fuera.

—¿Y qué pasó? —preguntó Paul.

Abe se puso a reflexionar hasta que se le ocurrió una explicación.

—Estaba leyendo una novela por capítulos en *Liberty* y el siguiente capítulo iba a salir aquí en París, así que si me hubiera embarcado me lo habría perdido, nunca lo habría podido leer.

—Debe de ser una novela muy interesante.

—¡Tremenda!

Paul se levantó, riéndose entre dientes, y luego se detuvo, apoyándose en el respaldo de una silla.

—Si se quiere marchar realmente, señor North, unos amigos suyos se van mañana en el *France*. El señor..., ¿cómo se llama?, y Slim Pearson. El señor..., ya me acordaré de cómo se llama, uno alto, que se acaba de dejar barba.

—Yardly —apuntó Abe.

—El señor Yardly. Los dos se van en el *France*.

Se disponía ya a acudir a su trabajo, pero Abe trató de detenerlo.

—Lo malo es que tengo que pasar por Cherburgo. Allí mandaron mi equipaje.

—Lo puede recoger en Nueva York —dijo Paul, alejándose.

La lógica de esa sugerencia fue penetrando gradualmente en la mente de Abe. Cada vez le entusiasmaba más la idea de que cuidaran de él, o, más bien, de prolongar su estado de irresponsabilidad.

Entre tanto habían llegado otros clientes al bar. El primero había sido un danés gigantesco con quien Abe se había encontrado en alguna parte. El danés había tomado asiento en el otro extremo del salón y Abe suponía que se iba a pasar todo el día allí, bebiendo, comiendo, charlando o leyendo periódicos. Sintió el deseo de quedarse más tiempo que él. A eso de las once empezaron a llegar los universitarios, que andaban con mucho cuidado para no darse unos a otros con las maletas. Fue aproximadamente entonces cuando Abe hizo que uno de los botones llamara a los Diver. Para cuando consiguió comunicarse con ellos había logrado comunicarse también con otros amigos, y entonces tuvo la ocurrencia genial de que todos se pusieran a la vez en teléfonos diferentes, con la consiguiente confusión general. De vez en cuando se acordaba de que debía ir a sacar a Freeman de la cárcel, pero éste era un hecho concreto, y de los hechos concretos trataba de zafarse porque los consideraba parte de la pesadilla.

Hacia la una, el bar se llenó hasta los topes. Los camareros realizaban su trabajo entre la barahúnda de voces resultante, tratando de que quedara bien claro lo que pedía y lo que debía pagar cada cliente.

—Con éste son dos *stingers*..., y otro más..., dos martinis y otro..., ¿usted no quiere nada, señor Quarterly?..., con ésta son tres rondas. Son setenta y cinco francos, señor Quarterly. El señor Schaeffer dijo que pagaba ésta; usted pagó la anterior... Aquí estamos para complacerle... Muuuchas gracias.

En la confusión, a Abe le habían quitado el asiento. De pie ahora, se balanceaba ligeramente mientras hablaba con algunas de las personas de las que se había hecho amigo. Un fox terrier le enredó su correa entre las piernas, pero Abe consiguió zafarse sin perder el equilibrio y fue objeto de profusas disculpas. Le invitaron a comer, pero rehusó. Como explicación, dijo que ya era casi de día y tenía una cosa que hacer en cuanto amaneciera. Poco después, con los modales exquisitos del alcohólico, que son como los modales de un preso o un criado, se despidió de un conocido y, al volverse, descubrió que el mejor momento del bar había pasado tan precipitadamente como había llegado.

Al otro lado del salón, el danés y sus acompañantes se disponían a comer. Abe los imitó, pero apenas probó bocado. Después, permaneció sentado, feliz de vivir en el pasado. La bebida hacía que los momentos felices del pasado coincidieran con el presente, como si los estuviera viviendo todavía, o incluso con el futuro, como si estuvieran a punto de producirse de nuevo.

A las cuatro se le acercó un botones.

—¿Desea usted ver a un negro que se llama Jules Peterson?

—¡Dios Santo! ¿Cómo ha dado conmigo?

—Yo no le he dicho que estuviera usted aquí.

—¿Quién se lo ha dicho entonces?

Abe estuvo a punto de caerse encima de todas las copas que tenía en la mesa, pero se repuso a tiempo.

—Dice que se ha recorrido ya todos los bares y hoteles americanos.

—Dile que no estoy aquí.

Cuando se dio la vuelta el botones, Abe le preguntó:

—¿Puede entrar aquí?

—Voy a averiguarlo.

Paul, que había oído la pregunta, levantó la vista e hizo un gesto negativo con la cabeza; al ver a Abe, se acercó.

—Lo siento, pero no lo puedo permitir.

Abe se puso en pie haciendo un esfuerzo y salió a rue Cambon.

XXIV

Con su diminuta cartera de cuero en la mano, Richard Diver se alejó del distrito séptimo, en donde había dejado una nota para María Wallis firmada «Dicole», la palabra con la que Nicole y él habían firmado su correspondencia durante la primera época de su idilio, y fue a sus camiseros, cuyos empleados le trataron con una atención desproporcionada al dinero que gastó. Se sintió avergonzado de despertar tantas esperanzas en aquellos pobres ingleses sólo porque sus modales eran finos y tenía aspecto de poseer la clave de la seguridad, y se sintió avergonzado de pedir simplemente que le hicieran un mínimo arreglo en una camisa de seda. Después fue al bar del Crillon y se tomó un café y dos dedos de ginebra.

Al entrar en el hotel le había parecido anormal ver el vestíbulo tan iluminado, pero al salir comprendió que era porque ya había oscurecido afuera. Eran sólo las cuatro y parecía que fuera de noche. Hacía viento, y en los Campos Elíseos las hojas cantaban al caer, ligeras y salvajes. Dick torció hacia rue de Rivoli y caminó dos manzanas bajo los soportales hasta su banco, en donde había correo para él. Luego tomó un taxi y subió por los Campos Elíseos cuando empezaban a caer las primeras gotas de lluvia, solo con su amor.

Rosemary le abrió la puerta llena de emociones de las que nadie más tenía idea. Era como una especie de «animalito salvaje». Habían pasado veinticuatro horas y seguía dispersa y absorta jugando con el caos; como si su destino fuera un rompecabezas, contaba los beneficios obtenidos y las esperanzas que tenía y separaba a Dick, a Nicole, a su madre y al director que había conocido el día anterior como las cuentas de un collar.

Cuando Dick llamó a la puerta, acababa de vestirse y estaba contemplando la lluvia y pensando en algún poema y en las cunetas inundadas en Beverly Hills. Al abrir la puerta, Dick se le apareció como un ser inmutable, una especie de dios como siempre había sido, rígido e imposible de moldear, como los jóvenes pueden ver a los mayores. Dick, por su parte, sintió un desencanto inevitable al verla. Tardó algo en responder a la incauta dulzura de su sonrisa, a su cuerpo calculado al milímetro para sugerir un capullo y garantizar una flor. Notó, a través de la puerta del cuarto de baño, las huellas que habían dejado sus pies mojados sobre una alfombrilla.

—Miss Televisión —dijo, con una alegría forzada. Puso los guantes y la cartera sobre el tocador y apoyó el bastón contra la pared. Su mentón se imponía sobre el rictus de dolor de su boca y lo trasladaba a la frente y a los rabillos de los ojos, como tratando de ocultar un miedo que no debía mostrarse en público—. Ven y siéntate en mis rodillas —le dijo con dulzura—, para que pueda ver de cerca esa boca tan deliciosa.

Ella se acercó y se sentó en sus rodillas y, mientras afuera caían las últimas gotas de lluvia, le ofreció los labios a la imagen fría y hermosa que había creado.

La besó en la boca varias veces y su rostro se agrandaba cada vez que se le acercaba. Nunca había visto nada tan deslumbrante como la calidad de su piel, y como a veces la belleza nos devuelve imágenes de nuestros pensamientos más nobles, se puso a pensar en la responsabilidad que tenía para con Nicole y en la responsabilidad de que estuviera en ese momento a sólo dos puertas de distancia, al otro lado del corredor.

—Ha parado la lluvia —dijo Dick—. ¿No ves cómo se refleja el sol sobre las tejas de pizarra?

Rosemary se levantó e, inclinándose, le dijo la cosa más sincera que hasta entonces le había dicho:

—Qué buenos actores somos, tanto tú como yo.

Fue hacia el tocador, y en el momento preciso en que hundía el peine en el pelo, comenzaron a llamar a la puerta pausadamente pero con insistencia.

Se quedaron petrificados. Las llamadas se hicieron más insistentes y Rosemary, acordándose de pronto de que la puerta no estaba cerrada con llave, se peinó de cualquier manera, le hizo una seña a Dick, que alisó con un movimiento rápido las arrugas que habían hecho en la cama en el lugar donde habían estado sentados, y fue a abrir la puerta. Dick dijo con naturalidad y sin levantar demasiado la voz:

—... y si no te apetece salir, se lo diré a Nicole y podemos pasar la última tarde tranquilos.

Las precauciones fueron innecesarias, porque los individuos que había al otro lado de la puerta se encontraban en un estado de desolación tal que sólo se hubieran podido formar un juicio muy efímero sobre un asunto que no les afectaba. Uno de ellos era Abe, que parecía haber envejecido varios meses en las últimas veinticuatro horas, y el otro, un negro muy asustado y preocupado al que Abe presentó como el señor Peterson de Estocolmo.

—Se encuentra en una situación espantosa por mi culpa —dijo Abe—. Tenemos necesidad de que nos den un buen consejo.

—Venid a nuestra habitación —dijo Dick.

Abe insistió en que fuera también Rosemary y atravesaron el vestíbulo camino de la suite de los Diver. Jules Peterson, un hombre menudo y de aspecto respetable —parecía uno de esos negros pulidos que suministran fondos al partido republicano en los Estados fronterizos—, les siguió.

Al parecer, Peterson había sido testigo del altercado que había tenido lugar en Montparnasse a primeras horas de la mañana. Había acompañado a Abe a la comisaría de policía y respaldado su alegación de que un negro cuya identificación era uno de los elementos del caso le había arrebatado de las manos un billete de mil francos. Abe y Jules Peterson, acompañados de un policía, habían regresado al *bistrot* e identificado demasiado apresuradamente como autor del delito a un negro que, según se determinó al cabo de una hora, había entrado en el lugar después de que Abe se hubiera marchado. La policía había complicado aún más la situación al detener a Freeman, un negro muy prominente propietario de un restaurante, que había aparecido flotando entre los vapores del alcohol muy al principio y luego había desaparecido. El verdadero culpable, cuyo único delito, según habían declarado sus amigos, había consistido simplemente en apoderarse de un billete de cincuenta francos para pagar unas copas que Abe había pedido, no había reaparecido en la escena hasta poco tiempo antes y haciendo un papel más bien siniestro.

De modo que en el espacio de una hora Abe había logrado mezclarse en las vidas privadas, las conciencias y los sentimientos de un afroeuropeo y tres afroamericanos que habitaban en el barrio latino. No parecía de momento que se fuera a aclarar el enredo y la jornada había transcurrido entre rostros de negros desconocidos que surgían súbitamente en los lugares y rincones más inesperados y entre voces insistentes de negros al teléfono.

Personalmente, Abe había conseguido zafarse de todos ellos, salvo de Jules Peterson. Peterson se encontraba más bien en la situación del piel roja de buena voluntad que había prestado ayuda a un blanco. Los negros, que se sentían traicionados, más que a Abe, al que perseguían era a Peterson, y éste buscaba ansiosamente toda la protección que Abe pudiera ofrecerle.

Allá en Estocolmo Peterson había fracasado como pequeño fabricante de betún y ya no poseía más que su fórmula y unas herramientas que cabían en una caja pequeña. Sin embargo, su nuevo protector le había prometido a primeras horas de la mañana que le iba a montar un negocio en Versalles. Un ex chófer de Abe trabajaba allí de zapatero y Abe le había entregado a Peterson doscientos francos a cuenta.

Rosemary escuchaba con desagrado aquella sarta de disparates. Para poder apreciar lo grotesco que era todo hacía falta un sentido del humor más desarrollado del que ella tenía. El hombrecillo con su fábrica portátil y sus ojos insinceros que de vez en cuando giraban en sus órbitas en semicírculos de pánico, y el aspecto de Abe, la cara que sólo sus facciones finas impedían que apareciera totalmente desdibujada, le parecían tan remotos como una enfermedad.

—Lo único que pido es una oportunidad —decía Peterson, que hablaba con el acento preciso pero deformado propio de los países coloniales—. Mis métodos son sencillos y mi fórmula es tan buena que tuve que salir de Estocolmo arruinado porque me negué a dársela a nadie.

Dick hacía como que le escuchaba por cortesía, pero el interés se le había ido tan pronto como se le había despertado. Se volvió a Abe:

—Lo que tienes que hacer es irte a un hotel y dormir. En cuanto te hayas repuesto, irá a verte el señor Peterson.

—¿Pero es que no te das cuenta del lío en que está metido Peterson? —protestó Abe.

—Esperaré en el vestíbulo —dijo el señor Peterson con delicadeza—. Supongo que resulta difícil hablar de mis problemas conmigo delante.

Tras una breve parodia de reverencia a la francesa, salió de la habitación. Abe se puso en pie con la pesadez de una locomotora.

—No parezco tener mucho éxito hoy.

—No sé si tendrás éxito o no, pero todo es muy inverosímil —le hizo saber Dick—. Mi consejo es que te vayas de este hotel, pasando antes por el bar, si quieres. Vete al Chambord o, si necesitas que te atiendan muy bien, al Majestic.

—¿No me podrías ofrecer una copa antes?

—No tenemos ni gota —mintió Dick.

Con aire resignado, Abe le dio la mano a Rosemary y tardó un largo rato en soltársela, mientras trataba de dominarse y comenzaba a decir frases que no llegaban a formarse.

—Eres la más..., una de las más...

A Rosemary le daba pena, pero también sentía cierta repugnancia, pues tenía muy sucias las manos. No obstante, se rió como una chica bien educada, como si para ella fuera lo más normal del mundo ver a un hombre que se movía como en un sueño muy lento. Muchas veces, los borrachos le inspiran a la gente un curioso respeto, algo parecido al respeto que les tienen a los locos los pueblos primitivos. Respeto más que temor. Hay algo que impresiona en una persona que ha perdido toda inhibición, que es capaz de hacer cualquier cosa. Naturalmente, luego le hacemos pagar ese momento de superioridad, esa impresión momentánea que nos causa. Abe se volvió a Dick para pedirle un último favor.

—Si me voy ahora a un hotel y me baño y me froto bien frotado y duermo un rato y consigo librarme de estos senegaleses, ¿puedo venir luego aquí y pasarme la tarde junto a la chimenea?

Dick inclinó la cabeza, no tanto en señal de asentimiento como en son de burla, y le dijo:

—Veo que tienes una alta opinión de tu capacidad de recuperación.

—Si Nicole estuviera aquí, estoy seguro de que me dejaría volver.

—Está bien.

Dick abrió un cajón de una cómoda y sacó una caja que puso en la mesa central. Dentro había innumerables letras de cartón.

—Puedes venir si quieres jugar a los anagramas.

Abe miró el contenido de la caja con repugnancia, igual que si le hubieran dicho que tenía que comerse las letras como si fueran granos de avena.

—¿Qué es eso de los anagramas? ¿Es que no me han pasado ya bastantes...?

—Es un juego muy tranquilo. Se trata de formar palabras. Cualquier palabra menos alcohol.

—Seguro que alcohol también se puede —dijo Abe metiendo la mano en la caja—. ¿Puedo volver si sé cómo se escribe alcohol?

—Puedes volver si quieres jugar a los anagramas.

Abe movió la cabeza con resignación.

—Si te pones en ese plan, ¡para qué voy a volver! No haría más que estorbar.

Apuntó con el dedo hacia Dick en son de reproche.

—Pero recuerda lo que dijo Jorge III. Que si Grant estaba borracho, esperaba que mordiera a los otros generales.

Tras lanzar una última mirada de impotencia a Rosemary con los rabillos dorados de sus ojos, Abe salió de la habitación. Observó con alivio que Peterson ya no estaba en el pasillo. Sintiéndose perdido y desamparado, fue a preguntarle a Paul el nombre de aquel barco.

XXV

En cuanto salió Abe con su paso vacilante, Dick y Rosemary se abrazaron precipitadamente. Les cubría a ambos una especie de polvillo de París a través del cual percibían sus respectivos olores: la capucha de caucho de la estilográfica de Dick, el olor casi imperceptible del calor que emanaba del cuello y los hombros de Rosemary. Durante medio minuto más, Dick se aferró a aquel estado. Rosemary fue la primera en volver a la realidad.

—Me tengo que ir, jovencito —dijo.

Se miraron con los ojos entornados a través de un espacio que se agrandaba por momentos y Rosemary hizo una salida de escena que había aprendido de muy joven y que ningún director había tratado nunca de mejorar.

Abrió la puerta de su cuarto y fue directamente a su escritorio, donde recordó de repente que se había dejado el reloj. Allí estaba, efectivamente. Mientras se lo ponía, miró la carta que ese día le había escrito a su madre y terminó la última frase mentalmente. Sin necesidad de volverse, fue adquiriendo gradualmente conciencia de que no estaba sola en la habitación.

En toda pieza habitada hay superficies de refracción que sólo notamos a medias: la madera barnizada, el metal más o menos pulido, la plata y el marfil, y aparte de éstos, otros mil transmisores de luz y sombra tan tenues que apenas consideramos como tales: la parte superior de los marcos de los cuadros, los bordes de lápices o ceniceros, de objetos de cristal o porcelana. Tal vez la acumulación de todos estos reflejos (que invocan a su vez otros reflejos ópticos igualmente sutiles, así como las asociaciones de ideas que parecemos conservar fragmentariamente en nuestro subconsciente, del mismo modo que un vidriero conserva las piezas de forma irregular por si le pueden servir algún día) podría explicar por qué Rosemary describió después como si se tratara casi de una experiencia sobrenatural el hecho de «darse cuenta» de que había alguien en la habitación antes incluso de volverse. Pero en cuanto se dio cuenta, se volvió rápidamente con una especie de movimiento de ballet y vio que estaba tendido sobre su cama un negro que parecía estar muerto.

Al gritar «¡aauuu!» e ir a parar el reloj, que todavía no estaba bien sujeto, contra el escritorio, le entró la descabellada idea de que se trataba de Abe North. Se lanzó a la puerta y atravesó corriendo el pasillo.

Dick estaba ordenando sus cosas. Tras examinar los guantes que había llevado aquel día, los había arrojado a un rincón de un baúl donde había un montón de guantes sucios. Había colgado la chaqueta y el chaleco en una percha y la camisa en otra; era una de sus manías. «Se puede llevar una camisa que esté un poco sucia, pero una camisa arrugada, jamás.» Nicole había vuelto y estaba vaciando en la papelera uno de los increíbles ceniceros de Abe cuando Rosemary irrumpió en la habitación.

—¡Dick! ¡Dick! ¡Ven a ver una cosa!

Dick fue corriendo a su habitación. Se inclinó para ver si le latía el corazón a Peterson. El cuerpo estaba aún caliente, y el rostro, atormentado y huidizo en vida, se veía abultado y lleno de rencor con la muerte. Seguía teniendo la caja de herramientas bajo un brazo, pero en el zapato que colgaba de la cama no había el menor rastro de betún y la suela estaba totalmente gastada. Según las leyes francesas, Dick no tenía derecho a tocar el cadáver, pero movió un poco un brazo para poder ver algo: había una mancha en la colcha verde, lo que hacía pensar que la manta de debajo estaría manchada de sangre.

Dick cerró la puerta y se puso un momento a pensar. Enseguida oyó unos pasos sigilosos en el corredor y luego la voz de Nicole que lo llamaba. Abrió la puerta y le dijo en voz baja:

—Tráete la cubierta y la manta de arriba de una de nuestras camas, y procura que nadie te vea.

Al ver la tensión que había en su rostro, añadió rápidamente:

—Mira. No tienes por qué preocuparte. No es más que una trifulca de negros.

—Quiero que termine de una vez.

El cuerpo que Dick levantó era el de un hombre flaco y desnutrido. Lo tenía agarrado de forma que si seguía manando sangre de la herida cayera sobre su propia ropa. Lo tendió a un lado de la cama mientras sacaba la colcha y la manta superior y luego abrió la puerta unos centímetros y se puso a escuchar. Oyó ruido de platos en el corredor seguido de un sonoro y condescendiente «*Merci, madame*», pero el camarero siguió en la otra dirección, hacia la escalera de servicio. Dick y Nicole intercambiaron rápidamente los fardos de ropa en el pasillo. Tras extender sobre la cama de Rosemary las cubiertas que le había dado Nicole, Dick, sudoroso, se paró a reflexionar. Dos cosas se le habían hecho evidentes después de que examinara el cadáver. La primera, que el primer piel roja hostil a Abe le había seguido la pista al piel roja amigo y lo había descubierto en el corredor, y al refugiarse este último a la desesperada en la habitación de Rosemary, lo había acorralado y lo había matado. La segunda, que si se dejaba que las cosas siguieran su curso natural, no había poder en el mundo que pudiera impedir que Rosemary se viera envuelta en un escándalo. Y todavía coleaba el caso Arbuckle. Su contrato le exigía, rigurosamente y sin excepciones, que siguiera siendo «la niña de papá».

Maquinalmente, Dick hizo ademán de subirse las mangas de la camisa, aunque llevaba una camiseta sin mangas, y se agachó sobre el cadáver. Utilizando los hombros de la chaqueta como punto de apoyo, abrió la puerta de un taconazo; luego, arrastró rápidamente el cuerpo y lo dejó en una postura plausible en el corredor. Volvió a la habitación de Rosemary y alisó el pelo de la alfombra. Luego fue a su *suite* y pidió comunicarse con el propietario-gerente del hotel.

—¿McBeth? Soy el doctor Diver. Se trata de algo muy importante. ¿Es ésta una línea más o menos privada?

Qué bien que hubiera hecho un pequeño esfuerzo por asegurarse el favor del señor McBeth. Al menos en ese caso le servía de algo todo el encanto derrochado incluso en lugares a los que no pensaba volver nunca.

—Al salir de la *suite* nos hemos encontrado el cadáver de un negro..., en el pasillo..., no, no, es un civil. Escuche. Le he llamado porque pensé que no le gustaría que alguno de sus clientes se tropezara con él. Por supuesto, no querría que mi nombre se viera mezclado en esto. No quiero verme metido en trámites con la burocracia francesa sólo porque he descubierto el cadáver.

¡Qué exquisita consideración para con el hotel! Y como el señor McBeth había podido ver con sus propios ojos, dos noches antes, esa cualidad que distinguía al doctor Diver, aceptó aquella historia sin ninguna reserva.

Un momento después llegaba el señor McBeth y enseguida se le sumó un gendarme. En el intervalo, tuvo tiempo para susurrarle a Dick:

—Puede estar seguro de que no se verá implicado en esto el nombre de ninguno de nuestros huéspedes. No sabe cómo le agradezco las molestias que se ha tomado.

El señor McBeth tomó de inmediato medidas que sólo cabe imaginar, pero que en todo caso tuvieron el efecto sobre el gendarme de hacerle atusarse el bigote en un frenesí de desasosiego y codicia. Escribió algunas notas de rutina y llamó por teléfono a su puesto. Entre tanto, con una celeridad que Jules Peterson, como hombre de negocios, habría entendido perfectamente, fueron trasladados los restos mortales a otra habitación de uno de los hoteles más elegantes del mundo.

Dick regresó a su salón.

—¿Qué ha pasado? —exclamó Rosemary—. ¿Es que todos los americanos que hay en París se pasan la vida pegándose tiros unos a otros?

—Sí, parecería que es ahora la temporada de caza —respondió Dick—. ¿Dónde está Nicole?

—Creo que está en el baño.

Le adoraba por haberla salvado. Le habían pasado por la mente, como una profecía, todos los desastres que podrían haber ocurrido como consecuencia de aquel suceso y había escuchado, casi con arrebato místico, cómo lo había arreglado todo en aquel tono tan firme, convincente y cortés. Se sentía atraída hacia él con todo el impulso de su alma y su cuerpo, pero Dick parecía estar pendiente de otra cosa y entró en el dormitorio para ir al cuarto de baño. Y entonces Rosemary también oyó, cada vez más fuerte, un sonido infrahumano que atravesaba los ojos de las cerraduras y los intersticios de las puertas, penetraba en la *suite*, invadiéndola, y volvía a tomar la forma del horror.

Pensando que tal vez Nicole había sufrido una caída en el cuarto de baño y se había lastimado, Rosemary siguió a Dick. Pero lo que pudo ver antes de que Dick le tapara la vista con un movimiento brusco presentaba un aspecto totalmente diferente.

Nicole estaba arrodillada junto a la bañera y se balanceaba a uno y otro costado.

—¡Ah, eres tú! —gritó—. Te tienes que meter en el único lugar del mundo en el que puedo tener alguna intimidad, con tu colcha manchada de sangre roja. Si quieres, me la pondré. No me da ninguna vergüenza, aunque fue una pena. El Día de los Inocentes tuvimos una fiesta en el lago de Zúrich y fueron todos los locos, y yo quería ir vestida con una colcha, pero no me dejaron...

—¡Cálmate!

—... así que me senté en el cuarto de baño y me trajeron un dominó y me dijeron póntelo. Y me lo puse. ¿Qué otra cosa podía hacer?

—¡Cálmate, Nicole!

—No esperaba que me fueras a querer. Era demasiado tarde. Pero lo único que te pido es que no entres en el cuarto de baño, el único sitio al que puedo ir cuando quiero estar sola, arrastrando colchas manchadas de sangre roja y pidiéndome que las arregle.

—Cálmate. Venga, levántate.

Rosemary, que había regresado al salón, oyó que se cerraba la puerta del baño con un portazo y se puso a temblar. Ahora sabía lo que había visto Violet McKisco en el cuarto de baño de Villa Diana. Contestó el teléfono que sonaba y casi dio un grito de alivio al ver que era Collis Clay, que la llamaba al apartamento de los Diver tratando de localizarla. Le pidió que subiera mientras se ponía el sombrero, porque tenía miedo de ir sola a su habitación.

Libro Segundo

I

En la primavera de 1917, cuando el doctor Richard Diver llegó a Zúrich por primera vez, tenía veintiséis años, que es una edad excelente para un hombre; la mejor de todas, en realidad, si es soltero. Incluso en tiempos de guerra era una buena edad para Dick, que era ya demasiado valioso; se había invertido en él demasiado como para correr el riesgo de enviarlo al frente. Pensando en esto años después, le parecía que para lo bien protegido que estaba no había salido tan bien parado, pero tampoco estaba totalmente seguro de ello. En 1917, ni se lo planteaba, y decía en tono de disculpa que la guerra no le afectaba en absoluto. Las instrucciones de las autoridades militares de las que dependía eran que debía completar sus estudios en Zúrich y obtener un título tal como había planeado.

Suiza era una isla, bañada a un lado por las oleadas de truenos de los alrededores de Gorizia y al otro por las cataratas del Somme y el Aisne. Por una vez parecía haber más extranjeros intrigantes que enfermos en los cantones, pero esto había que adivinarlo, pues los hombres que cuchicheaban en los cafetines de Berna y de Ginebra lo mismo podían ser vendedores de diamantes o viajantes de comercio. No obstante, todo el mundo había visto pasar los trenes interminables de soldados ciegos o tullidos y los camiones de moribundos que se cruzaban entre los lagos luminosos de Constanza y Neuchâtel. En las cervecerías y en los escaparates de las tiendas había carteles llenos de colorido en los que se representaba a los suizos defendiendo sus fronteras en 1914. Con expresión entre iluminada y feroz, hombres jóvenes y viejos contemplaban desde lo alto de las montañas a unos franceses y alemanes fantasmagóricos; se trataba de convencer a los suizos de que su corazón había compartido la gloria contagiosa de aquellos días. Como la masacre no cesaba, los carteles fueron desapareciendo, y cuando los Estados Unidos se metieron chapuceramente en la guerra, no hubo país más sorprendido que su república hermana.

Para entonces el doctor Diver había estado ya muy cerca de la guerra: en 1914 había ido a Oxford desde Connecticut con una beca Rhodes. Luego regresó a su país para cursar el último año en la Universidad John Hopkins, donde se graduó. En 1916 se las arregló para ir a Viena, pues tenía la impresión de que el gran Freud acabaría tarde o temprano perdiendo la vida en algún bombardeo aéreo y, por tanto, debía darse prisa en ir. Ya entonces Viena era una ciudad moribunda, pero Dick pudo conseguir suficiente carbón y petróleo para encerrarse en su cuarto de la Damenstiff Strasse y escribir unos ensayos que luego destruyó pero que, después de volverlos a escribir, constituyeron la base del libro que publicó en Zúrich en 1920.

Casi todos tenemos un período en nuestras vidas que preferimos a los demás, un período heroico, y el de Dick Diver era ése. Para empezar, no tenía ni idea de que era encantador, no pensaba que el afecto que daba e inspiraba tuviera nada de particular entre gente normal. En su último año en New Haven alguien le había llamado «Dick el afortunado» y ese apelativo se le quedó grabado en la memoria.

—Con razón te llaman Dick el afortunado —murmuraba para sí mientras daba vueltas por la habitación al calor del último fuego que le quedaba—. Has dado en el clavo. No se le había ocurrido a nadie hasta que tú apareciste.

A comienzos de 1917, cuando ya empezaba a ser difícil conseguir carbón, Dick utilizó como combustible casi la totalidad de los cien libros de texto que había acumulado, pero cada vez que arrojaba al fuego uno de los libros se reía para sus adentros con la seguridad que le daba saber que su propia mente era un compendio del contenido del libro y que, si valía la pena resumirlo, lo podría resumir de allí a cinco años. Esa operación tenía lugar hasta a las horas más extrañas, si era necesario, y Dick la llevaba a cabo con una alfombra sobre los hombros, con esa hermosa serenidad del estudioso que está más cerca de la paz celestial que de ninguna otra cosa, pero que, como pronto se verá, estaba llegando a su fin.

Que por el momento continuara se lo tenía que agradecer a su cuerpo, que había hecho gimnasia con anillas en New Haven y ahora nadaba en el Danubio en pleno invierno. Dick compartía un piso con Elkins, segundo secretario en la Embajada, y de vez en cuando iban a visitarlos dos muchachas bastante agradables; eso era todo, sin excesos de ningún tipo, ni siquiera en lo que se refería a la Embajada. Su relación con Elkins le planteó por primera vez ciertas dudas en cuanto a la calidad de sus propios procesos mentales; no le parecía que fueran tan diferentes de los de Elkins, un tipo que se sabía de memoria los nombres de todos los defensas que había habido en New Haven en los últimos treinta años.

—Y Dick el afortunado no puede ser uno de esos tipos listos. Debe estar menos intacto, incluso un poquito destruido. Pero debe hacerlo la propia vida, no una enfermedad ni un fracaso sentimental ni un complejo de inferioridad. Aunque, ¡quién sabe!, no estaría nada mal reconstruir alguna parte dañada hasta que resultara mejor que la estructura original.

Terminaba burlándose de sus razonamientos, tachándolos de especiosos y «americanos»; consideraba que cualquier frase construida irreflexivamente era americana. Sin embargo, sabía que el precio a pagar por estar intacto era estar incompleto.

—Lo mejor que puedo desear para ti, hijo mío —como decía el hada Palonegro en *El anillo y la rosa,* de Thackeray—, es una pequeña desgracia.

Cuando se sentía con ánimos, se aferraba a sus propios razonamientos: ¿Tengo yo la culpa de que Pete Livingstone se encerrara en los vestuarios el día de las elecciones a las hermandades cuando todo el mundo andaba como enloquecido buscándolo? Y fui elegido yo, cuando, de otro modo, no hubiera conseguido entrar en Elihu con la poca gente que conocía. Él era el que debía haber sido elegido y yo el que debía haberme encerrado en los vestuarios. Tal vez lo habría hecho si hubiera pensado que tenía alguna probabilidad de salir elegido. Pero Mercer no hacía más que venir a mi habitación durante todas aquellas semanas. Bueno, sí, supongo que sabía que tenía probabilidades. Pero más me hubiera valido haberme tragado la insignia en la ducha y crearme un conflicto.

En la universidad, después de las clases, solía discutir esa cuestión con un joven intelectual rumano que conseguía tranquilizarle:

—No hay ninguna prueba de que Goethe tuviera nunca un «conflicto» en el sentido moderno, ni tampoco un hombre como Jung, por ejemplo. Tú no eres un filósofo romántico: eres un científico. Memoria, fuerza, carácter y, sobre todo, sentido común. Tu problema va a ser ése: que te juzgas a ti mismo. Conocía a un tipo que se pasó dos años estudiando el cerebro de un armadillo, con la idea de que, antes o después, acabaría sabiendo más que nadie del cerebro de los armadillos. Yo le discutía que estuviera realmente ampliando el campo del saber humano: aquello era demasiado arbitrario. Y, efectivamente, cuando envió su trabajo a la revista médica, se lo rechazaron. Acababan de aceptar la tesis que había escrito otro sobre el mismo tema.

Dick llegó a Zúrich con menos talones de Aquiles tal vez de los que se hubieran necesitado para equipar a un ciempiés, pero con bastantes: ilusiones de fuerza y salud eternas, fe en la bondad intrínseca del género humano y todas las ilusiones de una nación, las mentiras de muchas generaciones de mujeres de pioneros que tenían que arrullar a sus hijos haciéndoles creer que no había lobos fuera de la cabaña. Una vez que obtuvo su título, recibió órdenes de incorporarse a un servicio de neurología que se estaba montando en Bar-sur-Aube.

Pero, para su pesar, el trabajo que le esperaba en Francia era de tipo administrativo más que práctico. En compensación, encontró tiempo para terminar el ensayo que estaba escribiendo y reunir el material para su nuevo proyecto. Regresó a Zúrich, ya desmovilizado, en la primavera de 1919.

Todo lo anterior tiene el tono de una biografía, sin la satisfacción de saber de antemano, como en el caso de Grant, recostado en su almacén de Galena, que el protagonista está a punto de ser llamado a un intrincado destino. Además, desconcierta encontrarse con una fotografía de juventud de alguien a quien se ha conocido en plena madurez y ver a un desconocido lleno de fuerza y ardor juvenil y con mirada de águila. Pero no hay de qué preocuparse: en el caso de Dick Diver, todo comienza ahora.

II

Era un día húmedo de abril, con largas nubes que se cernían en diagonal sobre el Albishorn y agua estancada en las zonas bajas. Zúrich no se diferencia mucho de una ciudad norteamericana. Dick había echado a faltar algo desde que llegó, dos días antes, y comprendió que era la sensación que tenía en los caminos franceses de limitación, de que no había nada más. En Zúrich, por el contrario, había una gran cantidad de cosas aparte de Zúrich. Desde los tejados se alcanzaba a ver prados con vacas que tintineaban, que a su vez suavizaban la vista de las montañas que había más arriba, de forma que la vida era un ascenso perpendicular a un cielo de tarjeta postal. El país alpino, tierra del juguete y el funicular, del tiovivo y el campanilleo sutil, no parecía estar realmente *allí,* al contrario que en Francia, donde las viñas crecen a los pies de uno.

En Salzburgo, en cierta ocasión, Dick había sentido la presencia acumulada de un siglo de música comprado y prestado. Y en otra ocasión, en los laboratorios de la Universidad de Zúrich, mientras hurgaba delicadamente en la corteza cervical de un cerebro, se había sentido más como un fabricante de juguetes que como aquel torbellino que había pasado dos años antes por los viejos edificios de ladrillo rojo de la Universidad John Hopkins sin que le estorbara la ironía del Cristo gigantesco que había en la entrada principal.

Y, pese a todo, había decidido quedarse otros dos años en Zúrich, pues no subestimaba la importancia de hacer juguetes con una precisión y paciencia infinitas.

Aquel día fue a la clínica Dohmler, a orillas del lago de Zúrich, a ver a Franz Gregorovius. Franz, uno de los psiquiatras residentes, que era *vaudois* de nacimiento y tenía unos años más que Dick, le estaba esperando en la parada del tranvía. Tenía el aspecto sombrío y soberbio de un Cagliostro, que contrastaba con su mirada angelical. Era el tercero de los Gregorovius; Kraepelin había sido discípulo de su abuelo cuando la psiquiatría estaba empezando a salir de la oscuridad de los tiempos. Era orgulloso, vehemente y manso como un cordero y se las daba de hipnotizador. Si bien el genio original de la familia ya estaba un poco gastado, no cabía duda de que Franz llegaría a ser un excelente clínico.

Camino de la clínica, le dijo:

—¿Por qué no me hablas de tu experiencia en la guerra? ¿Te ha cambiado como a los demás? Tienes la misma cara bobalicona y sin edad de todos los americanos, pero me consta que tú no tienes nada de tonto, Dick.

—No vi la guerra ni de lejos. Debiste haberlo deducido por mis cartas, Franz.

—Eso no importa. Tenemos pacientes con neurosis de guerra que simplemente oyeron de lejos un bombardeo. Incluso unos cuantos que lo único que hicieron fue leer los periódicos.

—Todo eso me suena más bien sin sentido.

—Quizá no lo tenga, Dick, pero nuestra clínica es para ricos, así que nunca decimos que algo no tiene sentido. Dime la verdad: ¿has venido hasta aquí para verme a mí o para ver a esa chica?

Se miraron de soslayo. Franz sonreía enigmáticamente.

—Naturalmente, leí las primeras cartas —dijo ahuecando la voz, para darle un tono más oficial—. Cuando los cambios empezaron, no las seguí abriendo por delicadeza. A decir verdad, ese caso había pasado a ser tuyo.

—¿Entonces está bien? —preguntó Dick.

—Perfectamente. Yo me ocupo de ella. En realidad, me ocupo de la mayoría de los pacientes ingleses y americanos. Me llaman doctor Gregory.

—Deja que te explique lo de esa chica —dijo Dick—. No la vi más que una vez, ésa es la verdad. Esa vez que fui a despedirme de ti antes de marcharme a Francia. Era la primera vez que me ponía el uniforme y me sentía con él como si llevara un disfraz. Iba por ahí saludando a soldados rasos y esas cosas.

—¿Por qué no lo llevas hoy?

—¡Pero si hace ya tres semanas que me licenciaron! Mira: así fue como me encontré a esa chica. Después de dejarte a ti, me fui andando al edificio ese que tenéis junto al lago para recoger mi bicicleta.

—¿A Los Cedros?

—Hacía una noche magnífica. Se veía la luna sobre aquella montaña...

—El Kranzegg.

—... y delante de mí iban una enfermera y una chica joven. No se me ocurrió que la chica pudiera ser una paciente. Me adelanté y le pregunté a la enfermera si sabía el horario de los tranvías y seguimos andando juntos. La chica era, creo, la cosa más bonita que había visto en mi vida.

—Lo sigue siendo.

—Era el primer uniforme americano que ella veía y nos pusimos a hablar y no le di más vueltas al asunto. Sólo que...

Se interrumpió para mirar un paisaje que le resultaba familiar y luego continuó:

—Sólo que, Franz, todavía no estoy tan endurecido como tú, y si veo una belleza como ésa no puedo por menos de lamentarme de lo que oculta en su interior. Y eso fue absolutamente todo. Hasta que empezaron a llegar las cartas.

—Fue lo mejor que podía haberle ocurrido —dijo Franz con mucho énfasis—, una transferencia de lo más impensable. Por eso vine a esperarte, a pesar de que hoy tengo muchísimo trabajo. Quiero que vengas a mi despacho y hablemos un buen rato antes de que la veas. De hecho, la he mandado a Zúrich de compras.

Su voz vibraba de entusiasmo.

—Incluso la he mandado sin una enfermera, con una paciente menos estable que ella. Me siento muy orgulloso de este caso, que he tratado con tu ayuda accidental.

El coche, que había ido bordeando el lago de Zúrich, circulaba por una fértil región de pastos y suaves colinas coronadas de chalés. El sol flotaba en un océano de cielo azul y de pronto se encontraron en el valle suizo ideal: sonidos y murmullos placenteros y la fragancia de la salud y la alegría.

El establecimiento del profesor Dohmler consistía en tres edificios viejos y dos nuevos situados entre una pequeña elevación y las orillas del lago. Se había inaugurado diez años antes y era el primer centro moderno que se había creado para enfermedades mentales. A simple vista, ningún profano hubiera podido pensar que se trataba de un refugio para los desquiciados, los deficientes, los peligrosos de este mundo, si bien dos de los edificios estaban rodeados de muros emparrados de una altura que engañaba. Unos hombres rastrillaban heno al sol; una vez en el recinto, aparecía de vez en cuando la bandera blanca de una enfermera ondeando junto a un paciente por algún camino.

Tras llevar a Dick a su despacho, Franz se excusó porque tenía algo que hacer durante media hora. Al quedarse solo, Dick se puso a dar vueltas por la habitación tratando de reconstruir la personalidad de Franz a partir del desorden que había en su mesa de trabajo, de sus libros y los libros que habían pertenecido a su padre y su abuelo o habían escrito éstos y de un enorme retrato del primero, color vino clarete, que colgaba de la pared como exponente de la devoción filial de los suizos. Como había humo en la habitación, Dick abrió una puertaventana y entró algo de sol. De pronto se puso a pensar en la paciente, aquella muchacha.

Había recibido unas cincuenta cartas de ella, escritas a lo largo de un período de ocho meses. En la primera le pedía disculpas por haberse atrevido a escribirle y le explicaba que había oído en América que había chicas que escribían a soldados que no conocían. Le había pedido al doctor Gregory que le diera su nombre y señas y esperaba que no le molestara que le escribiera de vez en cuando para desearle suerte, etcétera, etcétera.

En cierto modo, se reconocía fácilmente el estilo de las cartas: era el mismo de *Papaíto Piernas Largas* o de *Molly la fantástica,* series en forma epistolar, entretenidas y sensibleras, que estaban en boga en los Estados Unidos. Pero todo el parecido terminaba ahí.

Las cartas se dividían en dos categorías. La primera de ellas, que abarcaba hasta más o menos la época del armisticio, tenía un cariz marcadamente patológico, y la segunda, que comprendía todas las cartas escritas desde entonces, tenía un tono completamente normal y denotaba una personalidad muy rica que estaba madurando. Dick había llegado a esperar estas últimas cartas con impaciencia durante los últimos meses de su aburrida estancia en Bar-sur-Aube, pero incluso con la lectura de las primeras cartas había descubierto muchas más cosas de las que Franz se podía imaginar.

MON CAPITAINE:
Cuando le vi con su uniforme me pareció guapísimo. Luego pensé Je m'en fiche en francés y también en alemán. Usted también pensó que yo era bonita pero ya me ha pasado más veces y llevo mucho tiempo soportándolo.

Si vuelve usted por aquí con esa actitud vil y criminal que según me enseñaron no es en absoluto como se porta un caballero, que Dios le ampare. Sin embargo, parece usted más tranquilo que los otros, todo suave como un enorme gato. Por alguna razón, todos los chicos que me suelen gustar son más bien afeminados. ¿Es usted un afeminado? Había algunos no sé dónde.

Perdóneme todo lo que digo. Ésta es la tercera carta que le escribo y si no la mando inmediatamente no la mandaré nunca. Yo también he pensado mucho en la luz de la luna y podría encontrar muchos testigos si pudiera salir de aquí.

Me dijeron que era usted médico, pero con tal de que sea un gato me da igual. Me duele mucho la cabeza, así que perdone ese paseo como supongo que diría un ordinario con un gato blanco. Hablo tres idiomas, cuatro con el inglés, y estoy segura de que podría ser útil como intérprete si usted lo arreglara en Francia estoy segura de que podría controlarlo todo con los cinturones todo el mundo abrochados como si fuera miércoles. Hoy es sábado y usted está lejos, tal vez muerto.

Vuelva a verme algún día, porque siempre estaré en esta verde colina. A menos que me dejen escribir a mi padre, al que quería muchísimo.

Perdone todo esto. Hoy me siento muy rara. Volveré a escribirle cuando me encuentre mejor.

Adiós

Nicole Warren

Perdone todo esto.

CAPITÁN DIVER:

Ya sé que la introspección no es buena cuando se tienen los nervios tan alterados como yo los tengo, pero me gustaría explicarle lo que me pasa. El año pasado o cuando fuera en Chicago cuando estaba tan mal que ni podía hablarles a los criados o salir a la calle estaba esperando que alguien me explicara lo que me pasaba. Tenía que haberlo hecho alguien que lo comprendiera. A los ciegos hay que ayudarles a caminar. Pero nadie me lo explicaba del todo, no me lo decían más que a medias y yo ya estaba demasiado confusa para poder atar cabos. Hubo un hombre que fue muy bueno conmigo: era un oficial francés y me entendió. Me dio una flor y dijo que era «plus petite et moins entendue». Nos hicimos amigos. Luego se la llevó. Me puse peor y no había nadie que me explicara nada. Solían cantarme una canción sobre Juana de Arco pero era una crueldad: sólo conseguían hacerme llorar porque entonces tenía la cabeza perfectamente bien. Me hablaban de deportes, pero en esa época no me interesaban nada. Hasta que un día me fui a caminar sola por Michigan Boulevard, caminé millas y millas y finalmente me siguieron en un automóvil, pero yo me negaba a entrar en él. Hasta que me metieron a la fuerza y dentro había unas enfermeras. A partir de entonces, empecé a entenderlo todo, porque podía ver lo que les pasaba a otros. Así que ésa es la situación en que me encuentro. ¿Y qué bien me puede hacer seguir aquí, con todos los médicos insistiendo todo el tiempo en recordarme todas las cosas que se supone que había venido aquí a superar? Por eso hoy le he escrito a mi padre pidiéndole que venga a sacarme de aquí. Me alegra que le interese tanto examinar a la gente y luego mandarla a su casa. Debe de ser muy divertido.

Y en otra de las cartas:

Debería saltarse al siguiente paciente y escribirme una carta. Me acaban de mandar unos discos por si se me olvidaba la lección pero los he roto todos y ahora la enfermera no me habla. Eran en inglés, de modo que las enfermeras no entendían lo que decían. Un médico *de Chicago dijo que yo estaba fingiendo pero lo que en realidad quería decir era que yo era seis gemelas y era la primera vez que veía a alguien como yo. Pero entonces estaba muy ocupada estando loca, así que no me importaba nada lo que pudiera decir, cuando estoy muy ocupada estando loca no me suele importar lo que diga la gente, ni aunque fuera un millón de chicas.*

Usted me dijo esa noche que me iba a enseñar a jugar. Bien, yo creo que lo único que existe es el amor, o así debería ser. En todo caso, me alegro de que su interés en examinar a la gente le tenga ocupado.

Tout à vous,

Nicole Warren

Había otras cartas en las que ritmos más sombríos acechaban entre las cesuras desesperadas.

QUERIDO CAPITÁN DIVER:

Le escribo porque no hay ninguna otra persona a la que pueda acudir y me parece que si lo absurdo de esta situación le resulta evidente a una persona tan enferma como yo también se lo debe resultar a usted. Los problemas mentales ya han desaparecido pero aparte de eso me siento completamente destrozada y humillada, no sé si es eso lo que querían. Mi familia me ha abandonado de manera vergonzosa, no puedo esperar de ella ninguna ayuda o compasión. No puedo aguantar ya más y pretender que lo que tengo en la cabeza se puede curar no sirve más que para arruinarme la salud y hacerme perder el tiempo.

Sigo en este lugar que parece ser un manicomio para semilocos simplemente porque nadie creyó conveniente decirme la verdad de nada. Si hubiera sabido lo que me estaba pasando como lo sé ahora creo que podría haberlo soportado perfectamente porque soy bastante fuerte, pero los que deberían haberlo hecho no creyeron conveniente aclararme nada. Y ahora que lo sé y he pagado un precio tan caro por saberlo, ellos siguen ahí con sus vidas de perros y me dicen que debo seguir creyendo lo que creía antes. Sobre todo uno de ellos, pero ya no me engañan.

Me siento muy sola todo el tiempo con mis amigos y mi familia tan lejos al otro lado del Atlántico ando por todas partes medio aturdida. Si usted pudiera conseguirme trabajo como intérprete (sé francés y alemán como un nativo, bastante italiano y un poco de español) o en las ambulancias de la Cruz Roja o de enfermera, aunque tuviera que sacar un diploma, no sabe el gran favor que me haría.

Y en otras cartas:

Si no acepta mi propia explicación de lo que me pasa, podría al menos decirme lo que piensa al respecto, porque tiene cara de gato bondadoso y no ese extraño aspecto que parece estar tan de moda aquí. El doctor Gregory me dio una foto en la que está usted, no tan apuesto como con su uniforme pero más joven.

Mon capitaine:

Qué estupendo recibir una postal suya. Me alegra que se tome tanto interés en inhabilitar a enfermeras. Sí, entendí su nota perfectamente. Y yo que pensé desde el primer momento que le vi que era usted diferente.

Querido capitaine:

Un día pienso una cosa y al día siguiente otra. Eso es ni más ni menos lo que me pasa, aparte de tener unas ganas terribles de provocar y de no tener sentido de la proporción. Aceptaría con sumo gusto a cualquier alienista que usted me indicara. Aquí están todos tendidos en sus bañeras cantando «Vete a jugar a tu patio» como si yo tuviera un patio donde jugar o pudiera encontrar alguna esperanza en mi pasado o en mi futuro. El otro día volvieron a intentarlo en la confitería y casi le di al hombre con un peso pero me sujetaron.

No le voy a volver a escribir. Soy demasiado inestable.

Luego pasó un mes sin ninguna carta. Y, de pronto, se produjo el cambio.

—*Lentamente empiezo a vivir otra vez...*
—*Hoy las flores y las nubes...*
—*La guerra ha terminado y apenas me he dado cuenta de que ha habido una guerra...*
—*¡Qué amable ha sido conmigo! Debe usted de ocultar una gran sabiduría tras su cara de gato blanco, aunque no tiene esa cara en la foto que me dio el doctor Gregory...*
—*Hoy he ido a Zúrich. ¡Qué sensación tan extraña volver a ver una ciudad!*
—*Hoy hemos ido a Berna. Qué bonita con los relojes.*
—*Hoy hemos subido lo bastante alto para encontrar asfódelos y edelweiss.*

Después de ésas, hubo muy pocas cartas, pero Dick contestó a todas. Una de ellas decía:

Ojalá se enamorara alguien de mí como se enamoraban los chicos hace siglos antes de que estuviera enferma. Pero me imagino que hasta dentro de muchos años no podrán volver a pasar esas cosas.

Pero cuando, por la razón que fuera, la respuesta de Dick tardaba en llegar, se notaba una repentina agitación, como la inquietud de una amante: «Tal vez le haya aburrido», o «Me temo que esperaba demasiado», o «Me paso las noches pensando que a lo mejor está usted enfermo».

En realidad, Dick había tenido la gripe. Cuando se restableció, se sentía tan fatigado que tuvo que renunciar a toda su correspondencia salvo la estrictamente oficial, y poco después, el recuerdo de ella quedó eclipsado por la presencia, muy real ésta, de una chica de Wisconsin que trabajaba de telefonista en el cuartel general en Bar-sur-Aube. Llevaba los labios pintados como una modelo de calendario y entre los soldados se la conocía por el obsceno apodo de la Buscaclavijas.

Franz volvió a su despacho dándose aires de hombre importante. Dick pensaba que probablemente llegaría a ser un excelente clínico, pues las cadencias sonoras o en staccato con que disciplinaba a enfermeras o pacientes no provenían de su sistema nervioso, sino de una vanidad tremenda aunque inofensiva. Sus verdaderas emociones eran más ordenadas y se las guardaba para él.

—Bueno, vamos a hablar de esa chica, Dick —dijo—. Naturalmente, quiero que me hables de ti y también quiero contarte cosas mías, pero antes hablemos de la chica, porque llevo mucho tiempo esperando para hablarte de ella.

Abrió una archivadora y se puso a buscar un legajo de papeles hasta que lo encontró, pero, tras repasarlo brevemente, decidió que era un estorbo y lo puso sobre su mesa. Y en lugar de enseñarle los papeles a Dick, le contó toda la historia.

III

Aproximadamente un año y medio antes, el doctor Dohmler mantuvo una correspondencia más bien vaga con un señor norteamericano que vivía en Lausana, un tal Devereux Warren, de los Warren de Chicago. Concertaron una cita y un día llegó el señor Warren a la clínica con su hija Nicole, una muchacha de dieciséis años. Era evidente que la chica no estaba bien y la enfermera que la acompañaba se la llevó a dar un paseo por los jardines mientras el señor Warren consultaba con el doctor Dohmler.

Warren era extraordinariamente apuesto y aparentaba menos de cuarenta años. Era un buen ejemplar de norteamericano en todos los aspectos: alto, de espaldas anchas, bien proporcionado; «*un homme très chic*» fueron las palabras que utilizó el doctor Dohmler para describírselo a Franz. Sus grandes ojos grises estaban ribeteados de venillas de estar expuesto al sol mientras remaba en el lago de Ginebra, y tenía ese aire especial que da haber conocido las mejores cosas del mundo. La conversación fue en alemán, pues resultó que se había educado en Göttingen. Estaba nervioso y era evidente que el asunto que le había llevado allí le resultaba muy penoso.

—Doctor Dohmler, mi hija no está bien de la cabeza. La he puesto en manos de numerosos especialistas y enfermeras y se ha sometido a un par de curas de reposo, pero la cosa ha cobrado unas dimensiones que me desbordan y me han recomendado insistentemente que viniera a verle a usted.

—Muy bien —dijo el doctor Dohmler—. ¿Por qué no me lo cuenta todo desde el principio?

—No hay ningún principio, o por lo menos, que yo sepa, no hay ningún caso de enfermedad mental en la familia por ninguno de los dos lados. La madre de Nicole falleció cuando ella tenía once años, y más o menos he sido para ella un padre y una madre a la vez, con la ayuda de institutrices. Padre y madre a la vez.

Daba muestras de gran emoción mientras decía esto y el doctor Dohmler observó que tenía lágrimas en los ojos y notó por primera vez que le olía algo el aliento a whisky.

—De niña era un encanto. Todo el mundo estaba loco con ella, todo el que la conocía. Era lista como el diablo y más alegre que unas pascuas. Tenía afición a leer, a dibujar, a bailar, a tocar el piano, lo que fuera. Le oía decir a mi mujer que de todos nuestros hijos Nicole era la única que no lloraba por las noches. Tengo otra hija mayor y tenía un hijo que murió, pero Nicole era... Nicole era... Nicole...

Se interrumpió bruscamente y el doctor Dohmler salió en su ayuda.

—Era una niña completamente normal, inteligente y feliz.

—Absolutamente.

El doctor Dohmler esperó a que siguiera. El señor Warren meneó la cabeza, dio un profundo suspiro, echó una mirada rápida al doctor Dohmler y volvió a bajar la vista.

—Hará unos ocho meses, o tal vez seis o diez, no sé muy bien. Estoy tratando de calcularlo, pero no recuerdo exactamente dónde estábamos cuando empezó a hacer cosas raras..., locuras. Su hermana fue la primera en decirme algo. Porque Nicole para mí seguía siendo la misma... —añadió de manera más bien apresurada, como si alguien le hubiera echado la culpa a él—... la misma niña encantadora de siempre. Lo primero tuvo que ver con un criado.

—Ah, sí —dijo el doctor Dohmler haciendo un gesto de asentimiento con su cabeza venerable, como si, a la manera de Sherlock Holmes, hubiera sabido que en ese punto del relato tenía que entrar en escena un criado.

—Tenía un criado..., llevaba años a mi servicio. Suizo precisamente —dijo, levantando la vista como si esperara la aprobación del doctor Dohmler como buen patriota—. Y no sé qué absurda idea se le metió en la cabeza con ese criado. Pensaba que la estaba cortejando. Naturalmente, por aquel entonces la creí y tuve que despedir al criado, pero ahora sé que todo eran historias.

—Según ella, ¿qué es lo que había hecho el criado?

—Eso fue lo primero. Los médicos no pudieron sacarle nada. Se limitaba a mirarlos como si ellos tuvieran la obligación de saber lo que había hecho. Pero dio a entender claramente que había tratado de hacer indecencias con ella. De eso no cabía ninguna duda.

—Ya entiendo.

—Naturalmente, he oído hablar de mujeres que se sienten solas y se imaginan que hay un hombre debajo de la cama y cosas por el estilo, pero ¿por qué tenía que ocurrírsele una cosa así a Nicole? Tenía todos los jóvenes que quisiera a su disposición. Estábamos en Lake Forest, un lugar de veraneo cerca de Chicago donde tenemos una casa, y se pasaba el día fuera jugando al golf o al tenis con chicos. Y algunos de ellos bastante chalados por ella, además.

Todo el tiempo que Warren le estaba hablando al viejo armazón reseco del doctor Dohmler, parte de la mente de éste se concentraba intermitentemente en una visión de Chicago. Cuando era joven había tenido la oportunidad de ir a Chicago con una beca para enseñar en la universidad, y tal vez de hacerse rico allí y ser propietario de una clínica en lugar de un pequeño accionista como era ahora. Pero cuando se puso a pensar en lo que consideraba sus escasos conocimientos esparcidos por toda aquella extensión, todos aquellos campos de trigo e inmensas praderas, decidió no aceptar la beca. Pero en aquellos días había leído mucho sobre Chicago, sobre las grandes familias feudales de los Armour, los Palmer, los Field, los Crane, los Warren, los Swift y los McCormick entre muchas otras, y en los años subsiguientes le había llegado un número considerable de pacientes de ese estrato social de Chicago y Nueva York.

—Se puso peor —continuó Warren—. Tuvo como una especie de ataque. Las cosas que decía cada vez tenían menos sentido. Su hermana anotó algunas de ellas.

Le tendió al doctor una hoja de papel muy doblada.

—Casi siempre eran sobre hombres que iban a atacarla, hombres que conocía o que viera por la calle..., cualquiera...

Le habló de su alarma y su angustia, de los horrores que tienen que soportar las familias en esas circunstancias, del poco éxito que habían tenido todos los intentos que hicieron en los Estados Unidos y, por último, de la fe en que un cambio de aires resultara beneficioso, lo que le había hecho afrontar el bloqueo marítimo y la presencia de submarinos y llevar a su hija a Suiza.

—En un crucero de los Estados Unidos —precisó con cierta arrogancia—. Con un poco de suerte lo pude arreglar. Y supongo que no necesito añadir —dijo, esbozando una sonrisa de disculpa— que, en lo que atañe al dinero, no se plantea el menor problema.

—Por supuesto que no —asintió el doctor Dohmler secamente.

Se estaba preguntando por qué le estaría mintiendo aquel hombre y qué era lo que trataba de ocultar. Y, si no, ¿a qué se debía aquel aire de falsedad que había impregnado toda la habitación desde que aquel hombre tan atractivo con traje de *tweed* se había dejado caer en su sillón con elegancia deportiva? Allí afuera, en aquel día de febrero, había un pobre pajarito al que le habían cortado las alas, una verdadera tragedia, mientras que dentro de aquel despacho todo era demasiado endeble, endeble y falso.

—Ahora me gustaría hablar con ella unos minutos —dijo el doctor Dohmler pasando al inglés, como si de esa manera pudiera acercarse más a Warren.

Varios días después, cuando ya Warren había regresado a Lausana y dejado a su hija en la clínica, el doctor y Franz anotaron en la ficha de Nicole lo siguiente:

Diagnostic: schizophrénie. Phase aiguë en décroissance. La peur des hommes est un symptome de la maladie, et n'est point constitutionnelle. Le pronostic doit rester reservé. [*]

Y se pusieron a esperar, con un interés cada vez mayor a medida que pasaban los días, la segunda visita que les había prometido el señor Warren.

La visita tardaba mucho en producirse. Pasados quince días, le escribió el doctor Dohmler. Como a pesar de eso seguían sin tener noticias suyas, el doctor Dohmler hizo lo que para aquellos días era «una locura»: telefoneó al Gran Hotel de Vevey. El criado del señor Warren le informó de que éste se encontraba en esos momentos haciendo las maletas, pues se disponía a regresar a los Estados Unidos. Pero al recordársele que los cuarenta francos suizos de la conferencia se iban a reflejar en la contabilidad de la clínica, la sangre de guardia de las Tullerías que tenía el criado vino en ayuda del doctor Dohmler, y el señor Warren se puso al teléfono.

—Es absolutamente necesario que venga usted. De ello depende la salud de su hija. Yo no me puedo hacer responsable.

—Pero, doctor, para eso precisamente está usted. ¡Tengo que regresar urgentemente a mi país!

---

* Diagnóstico: esquizofrenia. Fase aguda decreciente. El miedo a los hombres es uno de los síntomas de la enfermedad y no es en absoluto constitucional. El pronóstico debe ser reservado.

El doctor Dohmler nunca había hablado con nadie que estuviera a esa distancia, pero dio su ultimátum por teléfono con tal firmeza que el norteamericano atormentado que estaba al otro lado del aparato tuvo que ceder. Media hora después de esta segunda visita al lago de Zúrich, toda la resistencia de Warren se había venido abajo. Con los hombros perfectos sacudidos por terribles sollozos dentro de la chaqueta de buen corte y los ojos más rojos que el mismo sol reflejándose sobre el lago de Ginebra, les confesó lo inconfesable.

—No sé cómo ocurrió —dijo con voz enronquecida—. No lo sé, no lo sé... Después de morir su madre cuando ella era todavía pequeña, venía todas las mañanas y se metía en mi cama y a veces dormía en mi cama. Me daba mucha pena la pobre niña. Y después, siempre que íbamos a algún sitio en coche o en tren nos teníamos las manos cogidas. Ella me cantaba siempre. Y solíamos decirnos: «Hoy vamos a hacer como si no existiera nadie más en el mundo. Vamos a vivir sólo el uno para el otro. Hoy me perteneces».

Su voz adquirió un tono desesperadamente sarcástico.

—La gente decía: qué padre e hija tan perfectos. Hasta con lágrimas en los ojos. En realidad, éramos como amantes. Y un día, sin más, nos convertimos en amantes de verdad. Y diez minutos después de que ocurriera me hubiera pegado un tiro. Sólo que debo de ser tan degenerado que no tuve valor para hacerlo.

—¿Y qué pasó luego? —dijo el doctor Dohmler, que se había puesto otra vez a pensar en Chicago y en un caballero pálido de modales suaves que treinta años atrás, en Zúrich, le había examinado a través de sus quevedos—. ¿Siguió la cosa?

—¡Oh no! Ella casi..., pareció enfriarse enseguida. Lo único que decía era: «No te preocupes, no te preocupes, papi. No importa. No te preocupes».

—¿Y no tuvo consecuencias?

—No.

Soltó un sollozo convulsivo y se sonó varias veces.

—Pero las ha tenido ahora. ¡Y qué consecuencias!

Una vez terminado el relato, el doctor Dohmler se arrellanó en su sillón de burgués satisfecho y dijo para sí con encono: «¡Patán!». Era uno de los pocos juicios absolutos de carácter profano que se había permitido en veinte años. Luego dijo:

—Me gustaría que se fuera a algún hotel de Zúrich a pasar la noche y luego viniera a verme por la mañana.

—¿Y después de eso?

El doctor Dohmler abrió las manos lo suficiente como para dar cabida a un lechón.

—Chicago —sugirió.

IV

—Así que por fin sabíamos qué terreno pisábamos —dijo Franz—. Dohmler le dijo a Warren que nos haríamos cargo del caso si estaba de acuerdo en no tener ningún contacto con su hija por tiempo indefinido. Un mínimo absoluto de cinco años. Una vez repuesto de su crisis, lo que más parecía preocuparle a Warren era que la historia pudiera llegar a saberse en los Estados Unidos. Trazamos un programa para la chica y nos pusimos a esperar. Los pronósticos eran poco esperanzadores. Como sabes, el porcentaje de curaciones a esa edad es bajo, incluso de curaciones que sólo permiten reintegrar al paciente a la sociedad.

—Sí, esas primeras cartas tenían mal aspecto —reconoció Dick.

—Muy malo. Muy típico. Dudé mucho antes de dejar que la primera de ellas saliera de la clínica. Luego pensé: será bueno para Dick saber que seguimos aquí. Fue muy generoso por tu parte contestar a esas cartas.

Dick suspiró.

—¡Era tan bonita! Y con las cartas me enviaba muchas fotos suyas. Por otra parte, no tuve nada que hacer allí durante un mes. Lo único que decía en mis cartas era: «Pórtese bien y haga lo que le dicen los médicos».

—Y con eso bastaba. Así tenía alguien de fuera en quien pensar. Durante un tiempo no tuvo a nadie, salvo una hermana con la que no parece tener una relación muy íntima. Además, leer sus cartas nos sirvió de mucho. Eran un fiel reflejo del estado en que se encontraba en cada momento.

—Me alegro.

—¿Comprendes ya lo que pasó? Se sintió cómplice tuya. Es algo que no parece pertinente al caso, pero ten en cuenta que nuestro objetivo es que recupere su equilibrio interno y la fuerza de su carácter. Primero tuvo aquel trauma. Luego estuvo en el internado y oía hablar a las otras chicas. Así que simplemente para protegerse se convenció a sí misma de que no había tenido la menor complicidad en el asunto, y de ahí fue fácil pasar a un mundo de fantasmas en el que todos los hombres eran unos malvados, y cuanto más los querías y confiabas en ellos, más malvados.

—¿Llegó ella a hablar alguna vez directamente de... de aquel horror?

—No, y a decir verdad, esto nos planteó un problema cuando parecía que empezaba a estar normal, hacia octubre más o menos. A una mujer de treinta años se la puede dejar que ella misma se vaya readaptando, pero con alguien tan joven como Nicole teníamos miedo de que se endureciera y guardara para siempre dentro de ella todo aquello. Por tanto, el doctor Dohmler le dijo con toda franqueza: «Ahora se debe usted a sí misma. Esto no significa en absoluto el fin de nada. Al contrario, su vida no ha hecho más que empezar», y etcétera, etcétera. En realidad, tiene una mente muy despierta. Le dio algunas cosas de Freud para que las fuera leyendo y se mostró muy interesada. Es un poco la niña mimada de todos, aquí en la clínica. Pero sigue más bien a la defensiva.

Pareció dudar.

—Nos hemos preguntado si en las últimas cartas que te escribió, que ella misma echó al correo en Zúrich, te decía algo que nos pudiera aclarar cuál es su estado de ánimo actual y si tiene algún plan para el futuro.

Dick se puso a pensar.

—Pues no sé qué decirte. Te puedo traer las cartas si quieres. Parece tener esperanzas y unas ganas de vivir normales; parece incluso algo romántica. A veces habla del «pasado» como podría hablar alguien que hubiera estado en la cárcel. Pero nunca se sabe en estos casos si la persona en cuestión se refiere al delito que cometió o a la prisión o a la totalidad de la experiencia. Ten en cuenta que yo para ella no soy más que una especie de muñeco.

—Por supuesto. Entiendo perfectamente tu posición y te expreso una vez más nuestro agradecimiento. Por eso quería verte antes de que la vieras a ella.

Dick se rió.

—¿Es que crees que va a abalanzarse sobre mí en cuanto me vea?

—No, no es eso. Pero sí te pido que seas prudente. Las mujeres te encuentran muy atractivo, Dick.

—¡Dios me asista, entonces! Tendré que ser no sólo prudente sino también repulsivo. Masticaré un ajo cada vez que vaya a verla y llevaré siempre barba de varios días. La obligaré a protegerse contra mí.

—¡Nada de ajos! —dijo Franz, creyendo que hablaba en serio—. No hay necesidad de que comprometas tu carrera. Pero creo que no hablas en serio del todo.

—Y también podría cojear un poco. Y, en todo caso, donde vivo ahora no hay una bañera de verdad.

—Estás bromeando —dijo Franz, relajándose, o más bien haciendo como que se relajaba—. Pero háblame de ti ahora. ¿Cuáles son tus planes?

—Sólo tengo uno, Franz: convertirme en un buen psiquiatra, tal vez en el mejor que haya existido nunca.

Franz rió de buena gana, pero se dio cuenta de que esta vez Dick no bromeaba.

—Me parece muy bien. Típicamente americano —dijo—. A nosotros no nos resulta tan fácil.

Se levantó y fue hasta la puertaventana.

—Desde aquí puedo ver todo Zúrich. Allí está la torre de la Gross-Münster; mi abuelo está enterrado en su cripta. Al otro lado del puente yace mi antepasado Lavater, que se negó a ser enterrado en una iglesia. Cerca de allí está la estatua de otro de mis antepasados, Heinrich Pestalozzi, y la del doctor Alfred Escher. Y por encima de todo siempre está Zuinglio. Estoy enfrentado continuamente a un panteón de héroes.

—Sí, claro —dijo Dick, poniéndose en pie—. Sólo me estaba dando bombo. Todo vuelve a empezar ahora. Casi todos los americanos que viven en Francia están ansiosos por volver a América, pero yo no. Sólo por asistir a las clases en la universidad me siguen dando la paga militar todo lo que queda de año. ¿Qué te parece? ¿A que ése es un Gobierno por todo lo alto que sabe quiénes van a ser los grandes hombres del país? Cuando terminen las clases me iré a América por un mes para ver a mi padre. Y luego volveré aquí. Me han ofrecido un trabajo.

—¿Dónde?

—Vuestros rivales. La clínica Gisler en Interlaken.

—No se te ocurra aceptarlo —le aconsejó Franz—. Han llegado a tener hasta doce médicos jóvenes en un año. Gisler es un maniaco-depresivo y la clínica la llevan su mujer y el amante de ésta. Por supuesto, todo esto que te digo es de carácter confidencial.

—¿Y qué hay de aquel viejo proyecto tuyo en América? —preguntó Dick con aire jovial—. ¿Recuerdas? Íbamos a ir a Nueva York a abrir una clínica supermoderna para multimillonarios.

—Aquello era palabrería de estudiantes.

Dick cenó con Franz, su esposa y un perrito que olía a goma quemada en el chalé que tenían en las inmediaciones de la clínica. Sentía una vaga opresión, que no se debía al ambiente de estrechez económica, ni a la señora Gregorovius, que era exactamente como se la había imaginado, sino al hecho de que los horizontes de Franz fueran de pronto tan limitados y pareciera totalmente resignado a ello. Para Dick, los límites del ascetismo estaban marcados de forma distinta. Podía ser un medio de llegar a una meta fijada de antemano, o incluso un elemento inseparable de la gloria que se alcanzaría gracias a él. Pero lo que no entendía era cómo se podía reducir deliberadamente la vida a las dimensiones de un traje heredado. En la actitud doméstica de Franz y su esposa, en sus gestos carentes de gracia mientras se movían por aquel confinado espacio, no había el menor espíritu de aventura. Los meses de posguerra pasados en Francia, junto con los generosos ajustes de cuentas que estaban teniendo lugar bajo la égida de la magnificencia norteamericana, habían afectado a la visión que tenía Dick de las cosas. Además, todo el mundo, hombres y mujeres, le alababa mucho, y tal vez lo que le había hecho regresar al centro de los grandes relojes suizos fuera la intuición de que aquello no era nada bueno para un hombre que quería ser serio.

Se las arregló para hacer que Kaethe Gregorovius se sintiera como si realmente fuera una persona encantadora, pese a que el olor a coliflor que impregnaba todo le estaba poniendo cada vez más nervioso, pero al mismo tiempo no se perdonó aquel amago de superficialidad cuyo objeto no terminaba de entender.

«¿Soy a pesar de todo como los demás?» era una pregunta que solía hacerse cuando de pronto se despertaba por las noches. «¿Soy como el resto de la gente?»

Éstas, sin duda, no eran reflexiones dignas de un socialista, pero perfectamente dignas de aquellos que realizan una parte importante del más excepcional de los trabajos. La verdad era que desde hacía varios meses estaba tratando de hacer esa partición de las cosas de juventud que sirve para decidir si hay que sacrificarse o no por algo en lo que ya no se cree. En las horas inertes de la madrugada, en Zúrich, mientras contemplaba la cocina de alguna casa desconocida apenas iluminada por el reflejo de un farol, siempre pensaba que quería ser bueno, amable, valiente y prudente, pero ser todas esas cosas era bastante difícil. También quería que alguien le quisiera, si encontraba lugar para ello.

V

Habían abierto las puertaventanas y la terraza del edificio principal estaba toda iluminada, salvo en un punto en que las negras sombras de paredes livianas y las sombras de fantasía de unas sillas de hierro parecían deslizarse hasta un macizo de gladiolos. Entre las figuras que se movían de una habitación a otra, Dick sólo distinguió fugazmente al principio la de la señorita Warren, pero se precisó claramente en cuanto ella le vio; al cruzar el umbral, su rostro captó la última luz de la sala y la llevó consigo a la terraza. Parecía seguir un ritmo al andar. Durante toda esa semana había tenido los oídos llenos de canciones, canciones de verano que evocaban cielos ardientes y sombras montaraces, y al llegar él, la música aquella había vuelto a entrar en sus oídos con tal insistencia que podía haberse puesto a cantar.

—¿Cómo está, capitán? —dijo, separando sus ojos de los de él con dificultad, como si se hubieran enredado—. ¿Quiere que nos sentemos aquí?

Permaneció inmóvil; sólo sus ojos se movieron un instante.

—Estamos ya en verano prácticamente.

La había seguido una mujer a la terraza; era regordeta y llevaba un chal. Nicole se la presentó a Dick:

—La señora...

Franz se marchó, poniendo una disculpa, y Dick colocó tres sillas juntas.

—Qué noche tan deliciosa —dijo la señora.

—Muy hermosa —corroboró Nicole; luego se volvió a Dick—: ¿Va a estar mucho tiempo?

—¿Quiere decir en Zúrich? Sí, voy a estar mucho tiempo.

—En realidad, ésta es la primera noche de primavera auténtica —observó la señora.

—¿Se va a quedar?

—Por lo menos hasta julio.

—Yo me iré en junio.

—Junio es un mes delicioso aquí —comentó la señora—. Debería quedarse todo junio y marcharse en julio, que es cuando hace realmente demasiado calor.

—¿Y adónde va? —le preguntó Dick a Nicole.

—No sé, con mi hermana. Espero que a un lugar que sea realmente divertido, porque he perdido tanto tiempo... Pero a lo mejor piensan que debería ir primero a un sitio tranquilo, a Como, por ejemplo. ¿Por qué no se viene a Como?

—Ah, Como... —empezó a decir la señora.

Dentro del edificio un trío comenzó a tocar *Caballería ligera* de Suppé. Nicole aprovechó para levantarse y la impresión que le producía a Dick su juventud y su belleza fue creciendo dentro de él hasta convertirse en una emoción insostenible. Ella sonrió, con una conmovedora sonrisa infantil que era como toda la juventud perdida del mundo.

—Con esa música tan fuerte es imposible hablar. ¿Qué le parece si damos un paseo? Buenas noches, señora.

—Buenas noches, buenas noches.

Bajaron dos escalones hasta el camino y enseguida se vieron envueltos en la oscuridad. Nicole se agarró del brazo de Dick.

—Tengo unos cuantos discos de gramófono que me ha mandado mi hermana de América —dijo—. La próxima vez que venga se los pondré. Sé de un sitio donde se puede escuchar el gramófono sin que nadie se entere.

—Estupendo.

—¿Conoce *Indostán*? —preguntó, con un dejo de melancolía—. No la había oído nunca, pero me gusta. Y también tengo *¿Por qué las llaman nenas?* y *Me alegro de hacerte llorar*. Me imagino que habrá bailado al son de todas esas canciones en París.

—Nunca he estado en París.

Su vestido color crema, que mientras caminaban se volvía alternativamente azul o gris, y su pelo rubísimo tenían a Dick encandilado. Cada vez que se volvía a mirarla, la veía esbozar una sonrisa, y cuando les alcanzaba la luz de alguno de los focos que había al borde del camino, su rostro se iluminaba como el de un ángel. Ella le dio las gracias por todo, como si la hubiera llevado a alguna fiesta, y a medida que Dick se sentía menos seguro de la relación que tenía con ella, ella se sentía más segura de sí misma. La animación que la desbordaba parecía reflejar toda la animación que había en el mundo.

—Ahora me dejan hacer lo que quiero —dijo—. Le voy a poner dos canciones muy buenas: *Espera hasta que vuelvan las vacas* y *Adiós, Alexander*.

La vez siguiente, una semana después, Dick llegó con retraso y Nicole le estaba esperando en un punto del camino por el que tenía que pasar al volver de casa de Franz. Llevaba el pelo peinado hacia atrás por detrás de las orejas y le caía sobre los hombros de tal manera que parecía que la cara acabara de salir de él, como si fuera aquél el momento exacto en que surgiera de un bosque y entrara en un claro de luna. Parecía surgir de la nada, y Dick deseó que no tuviera un pasado, que fuera simplemente una muchacha perdida sin más señas que la noche de donde había salido. Fueron al escondrijo en donde había dejado el gramófono, torcieron a la altura del taller, treparon por una roca y se sentaron tras un muro bajo en la noche inmensa que avanzaba.

Ya estaban en América. Ni siquiera Franz, que estaba convencido de que Dick era un donjuán irresistible, se podía haber imaginado que iban a llegar tan lejos. Lo sentían tanto, cariño. Los dos fueron a la cita en un taxi, cielo. Los dos tenían sus preferencias en materia de sonrisas y se conocieron en el Indostán, y debieron de pelearse poco después, porque nadie lo sabía y a nadie parecía importarle. Pero finalmente uno de ellos se fue y dejó al otro llorando, tan triste y tan solo.

Aquellas canciones insustanciales, en las que se enlazaban el tiempo ya perdido y las esperanzas futuras, giraban y giraban en la noche de Valais. En los momentos en que el gramófono dejaba de sonar, un grillo dominaba el ambiente con una sola nota. De vez en cuando Nicole paraba el aparato y le cantaba a Dick.

> *Si pones un dólar*
> *de plata en el suelo*
> *verás cómo rueda*
> *porque es muy redondo...*

De la impecable separación de sus labios no parecía salir aliento alguno. De pronto Dick se puso en pie.

—¿Qué pasa? ¿Es que no le gusta?

—Claro que me gusta.

—La cocinera que tenemos en casa me enseñó ésta:

> *Una mujer nunca sabe*
> *lo bueno que es su marido*
> *hasta que ya lo ha perdido...*

—¿Le gusta?

Le sonrió, asegurándose de que la sonrisa recogía todo lo que había en su interior y se lo ofrecía a él; le prometía lo más profundo que había en ella a cambio de bien poco: el latido de una respuesta, la tranquilidad de notar en él una reacción con la que se sintiera halagada. Por momentos iba penetrando en ella toda la dulzura de los sauces, toda la dulzura del oscuro mundo.

Nicole se puso en pie también y, al tropezar con el gramófono, fue a dar contra Dick, se apoyó un instante en su hombro redondeado.

—Tengo otro disco más —dijo—. ¿Ha oído *Hasta luego, Letty*? Supongo que sí.

—Pero, en serio, aunque no me quiera creer: no he oído absolutamente nada.

Ni conocido, ni olido, ni probado, podría haber añadido; sólo muchachas de mejillas ardientes en cuartos secretos donde hacía un calor sofocante. Las chicas que había conocido en New Haven en 1914 besaban a los hombres diciendo «¿Pero qué haces?» y poniéndoles las manos en el pecho para apartarlos. Y ahora tenía allí a aquella niña extraviada, apenas salvada del naufragio, que le ofrecía la esencia de todo un continente...

VI

La siguiente vez que la vio fue ya en mayo. El almuerzo en Zúrich le hizo comprender que tenía que ser prudente. Era evidente que la lógica de su propia vida tendía a apartarle de la muchacha; y, sin embargo, cuando un desconocido que estaba en una mesa cercana la miró descaradamente, con unos ojos que brillaban de manera perturbadora, como una luz no localizada, se volvió hacia él con expresión amenazante —o más bien una versión civilizada de ésta— e hizo que dejara de mirarla.

—Era un mirón —exclamó divertido—. Sólo estaba mirando su vestido. ¿Cómo es que tiene tanta ropa?

—Mi hermana dice que somos muy ricos —explicó humildemente— desde que murió la abuela.

—Está bien, la perdono.

Tenía los suficientes años más que Nicole como para que le hicieran gracia sus destellos de vanidad y pequeños placeres juveniles, como, por ejemplo, el esbozo de pausa que hizo ante el espejo del vestíbulo al salir del restaurante para que el incorruptible azogue le devolviera su propia imagen. Disfrutaba viéndola mover las manos como si alcanzara a tocar nuevas octavas ahora que se sentía hermosa y rica. Trató sinceramente de que no se obsesionara con la idea de que su cambio se lo debía a él y se alegraba de que cada vez se sintiera más feliz y segura de sí misma sin su ayuda. El problema era que Nicole terminaba por ponerlo todo a sus pies, le entregaba la ambrosía del sacrificio, el mirto del culto.

En la primera semana del verano Dick estaba instalado de nuevo en Zúrich. Había ordenado sus ensayos y los nuevos trabajos que había escrito mientras estaba en el ejército, de forma que le sirvieran de base para su revisión de *Psicología para psiquiatras*. Creía haber encontrado editor y se había puesto en contacto con un estudiante pobre que le iba a corregir los errores que tuviera en alemán. Franz opinaba que era un trabajo demasiado apresurado, pero Dick, para convencerle, le hizo ver que el tema tenía pocas pretensiones.

—Es una materia que nunca voy a dominar como ahora —insistió—. Y tengo el presentimiento de que si no es fundamental es simplemente porque le ha faltado reconocimiento material. El fallo de esta profesión es que atrae a gente un poco tarada, más bien débil. Una vez dentro de la profesión tratan de suplir esas deficiencias concentrándose en el aspecto clínico, «práctico», del trabajo y así consiguen ganar la batalla sin la menor lucha. Tú, Franz, por el contrario, eres un buen profesional porque el destino te eligió para esta profesión antes incluso de que hubieras nacido. Deberías dar gracias a Dios por no haberte sentido «llamado» a ella. ¿Sabes por qué decidí yo hacerme psiquiatra? Pues porque había una chica en St. Hilda, en Oxford, que iba a esas mismas clases. Tal vez esté diciendo banalidades, pero no quiero que se me ahoguen las ideas que tengo ahora en un montón de vasos de cerveza.

—Está bien —respondió Franz—. Tú eres americano y puedes hacer eso sin perjuicio para tu carrera. A mí no me gustan todas esas generalidades. Pronto te voy a ver escribiendo fascículos con títulos como «Pensamientos profundos para el hombre de la calle», de tal simplificación que se puede garantizar absolutamente que no hacen pensar a nadie. Si mi padre viviera, Dick, te miraría y soltaría un gruñido. Luego cogería su servilleta y la doblaría así y la metería en el servilletero, este mismo que ves.

Franz levantó el servilletero para enseñárselo: tenía una cabeza de jabalí esculpida en la madera oscura.

—Y te diría: «Bueno, mi impresión es...», y luego volvería a mirarte y de pronto pensaría: «¡Para qué me voy a molestar!», y se callaría lo que iba a decirte, volvería a gruñir y la cena habría terminado.

—Hoy estoy solo —dijo Dick, irritado—, pero quizá mañana no lo esté. Entonces doblaré la servilleta como tu padre y gruñiré.

Franz aguardó un momento.

—¿Y qué hay de nuestra paciente? —preguntó.

—No sé.

—Bueno, creo que deberías saber algo de ella a estas alturas.

—Me agrada. Es atractiva. ¿Qué quieres, que la lleve a coger edelweiss?

—No. Pensé que, puesto que te interesan los libros científicos, podías tener alguna idea.

—¿Que dedique mi vida a ella?

Franz llamó a su mujer, que estaba en la cocina:

—*Du lieber Gott! Bitte, bringe Dick noch ein Glas-Bier.*

—No debo seguir bebiendo si he de ir a ver a Dohmler.

—Hemos pensado que lo mejor sería hacerse un plan. Han pasado ya cuatro semanas y parece que la chica está enamorada de ti. En circunstancias normales, eso no sería asunto nuestro, pero mientras ella esté en la clínica sí que nos atañe.

Dick asintió.

—Haré lo que diga el doctor Dohmler.

Pero tenía poca fe en que Dohmler fuera a arrojar mucha luz sobre el asunto. Él mismo era el elemento incalculable de la situación, en la que se había visto envuelto sin que tuviera conciencia de haberlo querido. Le recordaba una ocasión en su infancia en que todos los de la casa andaban buscando la llave del armario en que se guardaba la vajilla de plata y él sabía que la había escondido debajo de los pañuelos en el primer cajón de la cómoda de su madre. En aquella ocasión había experimentado una indiferencia filosófica, y esa misma sensación tenía ahora al dirigirse con Franz al despacho del profesor Dohmler.

El profesor, con su bello rostro enmarcado por patillas rectas, como la terraza de una espléndida mansión cubierta de parras, le desarmó. Dick conocía a algunas personas que tenían más talento, pero a nadie de una categoría cualitativamente superior a la de Dohmler. (Seis meses más tarde volvió a pensar lo mismo al ver a Dohmler muerto, pero entonces ya no había luz en la terraza, las parras de sus patillas rozaban su cuello duro y las innumerables batallas que habían presenciado aquellos ojos como hendiduras habían quedado silenciadas para siempre bajo los párpados frágiles y delicados.)

—Buenos días, señor profesor.

Permaneció en posición de firmes, como si se encontrara de nuevo en el cuartel.

El profesor Dohmler entrelazó los dedos en un gesto reposado. Franz se puso a hablar en parte como oficial de enlace y en parte como secretario, hasta que su superior le interrumpió a mitad de una frase.

—Nosotros hemos andado parte del camino —dijo con dulzura—. Para seguir necesitamos su ayuda, doctor Diver.

Dick se sintió indefenso.

—Es que yo no veo las cosas tan claras —confesó.

—Sus reacciones personales no me interesan —dijo Dohmler—. Lo que sí me interesa, y mucho, es que se ponga fin a esta supuesta «transferencia» —y al decir esto lanzó una breve mirada irónica a Franz, que éste le devolvió—. La señorita Nicole va sin duda muy bien, pero no está en condiciones de sobrevivir a lo que podría tomar como una tragedia.

Franz volvió a hacer ademán de hablar, pero el doctor Dohmler hizo que se callara con un gesto.

—Me hago cargo de que su situación es difícil.

—Efectivamente lo es.

El profesor se acomodó en su sillón y se echó a reír, y antes de que se hubiera apagado el eco de su risa, dijo, con un brillo malicioso en sus penetrantes ojillos grises:

—A lo mejor es que también usted se ha visto complicado sentimentalmente.

Consciente de que se le quería sonsacar algo, Dick también se echó a reír.

—Es una muchacha muy bonita. A todos nos afectan esas cosas en mayor o menor grado. No tengo ninguna intención de...

Una vez más quiso hablar Franz y una vez más se lo impidió Dohmler haciéndole una pregunta a Dick cargada de significado.

—¿No ha pensado en marcharse?

—No puedo marcharme.

El doctor Dohmler se volvió a Franz.

—Entonces podríamos hacer que se fuera la señorita Warren.

—Lo que usted crea conveniente, profesor Dohmler —dijo Dick, dispuesto a ceder—. Desde luego es un problema.

El profesor Dohmler levantó el cuerpo del sillón como un hombre sin piernas que se apoyara en un par de muletas.

—Pero un problema profesional —dijo, elevando la voz pero sin alterarse.

Se volvió a sentar en su sillón con un suspiro y esperó a que dejaran de oírse en la habitación los ecos del trueno que había lanzado. Dick comprendió que la entrevista con Dohmler había alcanzado su punto culminante y no creía que a él mismo le quedaran fuerzas para poder seguir. Cuando ya habían declinado los efectos del trueno, Franz consiguió al fin intervenir.

—El doctor Diver es un hombre muy entero —dijo—. Creo que en cuanto se dé perfecta cuenta de cuál es la situación le hará frente como es debido. En mi opinión, Dick puede colaborar con nosotros aquí, sin que sea necesario que se vaya nadie.

—¿Qué dice usted a eso? —le preguntó el profesor Dohmler a Dick.

Dick se sentía torpe, incapaz de hacer frente a la situación con elegancia. Por otra parte, en el silencio que había seguido a la declaración de Dohmler se había dado cuenta de que aquel estado de inercia no se podía prolongar por tiempo indefinido, y de repente lo soltó todo.

—Estoy medio enamorado de ella. Incluso me he planteado casarme con ella.

—¡Chsss! ¡Chsss! —hizo Franz.

—Espere —le advirtió Dohmler. Pero Franz se negó a esperar.

—¡Pero qué dices! Dedicar la mitad de tu vida a ser médico y enfermero todo a la vez. ¡Ni se te ocurra! Sé perfectamente lo que pasa en esos casos. Una vez de cada veinte se va todo al traste pasado el primer impulso. Es mejor que no la vuelvas a ver nunca.

—¿Qué piensa usted? —preguntó Dohmler a Dick.

—Franz tiene razón, eso está claro.

VII

Era ya entrada la tarde cuando acabaron de deliberar qué debía hacer Dick. Decidieron que debía mostrarse sumamente amable, pero, al mismo tiempo, suprimir todo sentimiento personal. Cuando al fin se pusieron en pie los tres médicos, a Dick se le fue la mirada hacia la ventana: al otro lado caía una lluvia ligera y en algún lugar bajo aquella lluvia estaba esperando Nicole, expectante. Salió abotonándose el cuello del impermeable y bajándose el ala del sombrero y enseguida se encontró a Nicole bajo el cobertizo de la entrada principal.

—Conozco un sitio nuevo al que podemos ir —dijo ella—. Cuando estaba enferma no me importaba quedarme dentro con los demás por la tarde. Lo que decían me parecía normal. Pero, claro, ahora los veo como enfermos y es... es...

—Pronto se irá de aquí.

—Oh, sí, pronto. Mi hermana, Beth, bueno, siempre la hemos llamado Baby, va a venir dentro de unas semanas y me va a llevar no sé adónde. Después volveré aquí para estarme un último mes.

—¿Su hermana mayor?

—Sí. Es mucho mayor que yo. Tiene veinticuatro años. Es muy inglesa. Vive en Londres con la hermana de mi padre. Se iba a casar con un inglés pero lo mataron. No llegué a conocerlo.

Su rostro, de un dorado marfileño contra el difuso crepúsculo que pugnaba por dejarse ver a través de la lluvia, encerraba una promesa que Dick veía ahora por primera vez: los pómulos salientes, la ligera palidez, más fresca que febril, hacían pensar en un potro de raza en el que ya se percibían las formas del futuro caballo, un ser cuya vida no prometía ser únicamente una proyección de la juventud sobre una pantalla cada vez más gris, sino un proceso de crecimiento auténtico. Ese rostro seguiría siendo hermoso al llegar a la madurez, y sería hermoso en la vejez, porque tenía todo lo esencial: el dibujo de los rasgos y la estructura ósea.

—¿Qué está mirando?

—Estaba pensando que va a ser usted bastante feliz.

Nicole se asustó.

—¿Sí? Bueno, peor de lo que me ha ido no me puede ir ya.

El lugar al que llevó a Dick era un leñero cubierto, y una vez allí se sentó con las piernas cruzadas sobre sus zapatillas de golf, envuelta en su *burberry*. El aire húmedo daba vigor a sus mejillas. Le devolvió la mirada a Dick con expresión grave y observó su porte más bien altanero, la forma en que se apoyaba en el poste de madera sin dejar que su cuerpo cediera del todo. Observó su rostro, que tendía de por sí a ser alegre y burlón pero él lo sometía a una disciplina constante para que pareciera serio y atento. El lado de él que parecía cuadrar con su rubicunda tez irlandesa era el que ella conocía menos; lo temía, pero era el que más deseaba explorar. Era su lado más masculino; el otro, que era su lado educado, el de un hombre siempre cortés y considerado, lo aceptaba sin pensar, como le ocurría a la mayoría de las mujeres.

—Al menos esta institución me ha servido para practicar idiomas —dijo Nicole—. He hablado en francés con dos de los médicos, en alemán con las enfermeras y en italiano, o algo parecido, con dos mujeres de la limpieza y una de las pacientes, y he aprendido mucho español con otra.

—Qué bien.

Estaba tratando de adoptar una actitud, pero no le venía ninguna que resultara lógica.

—Y también para la música. Espero que no se pensara que sólo me interesaba el *ragtime*. Practico todos los días; estos últimos meses he asistido a un curso en Zúrich sobre la historia de la música. En realidad, era lo único que a veces me hacía soportar todo lo demás: la música y el dibujo.

De pronto se inclinó y se arrancó una tira de la suela de una de sus zapatillas que estaba suelta. Luego alzó la vista.

—Me gustaría dibujarle tal como está ahora.

A Dick le entristecía que sacara a relucir todas sus habilidades para que él la aceptara.

—La envidio. Por el momento parece que no haya nada que me interese salvo mi trabajo.

—Ah, eso está bien para un hombre —se apresuró a decir—. Pero una chica, a mí me parece que tiene que cultivar todas esas pequeñas dotes para luego poder pasárselas a sus hijos.

—Supongo que sí —dijo Dick con indiferencia deliberada.

Nicole dejó de hablar. Dick deseaba que hablara para que él pudiera seguir haciendo el fácil papel de aguafiestas, pero estaba allí sentada sin decir nada.

—Ya está perfectamente bien —le dijo—. Trate de olvidar el pasado. Procure no forzar las cosas durante un año o así. Vuélvase a América y que la presenten en sociedad y enamórese. Y sea feliz.

—No me puedo enamorar.

Con la zapatilla estropeada sacó raspando un capullo de oruga pulverizado del tronco donde estaba sentada.

—Claro que puede —insistió Dick—. Tal vez no hasta que haya pasado un año o así, pero antes o después...

Luego añadió, sin delicadeza alguna:

—Podrá llevar una vida completamente normal, con una casa llena de hermosos descendientes. El hecho mismo de que se haya repuesto totalmente a su edad indica que prácticamente el único problema estaba en los factores que precipitaron la crisis. Créame, jovencita, va a seguir usted al pie del cañón mucho tiempo después de que se hayan llevado a sus amigos dando gritos.

Pero había una expresión de dolor en los ojos de Nicole mientras trataba de tragar aquella píldora amarga, de aceptar aquel cruel recordatorio.

Dick estaba demasiado alterado para poder decir nada más. Miró hacia los campos de trigo e hizo un esfuerzo por recobrar su actitud distante y agresiva.

—Ya verá como le van bien las cosas. Todos en la clínica tienen fe en usted. El doctor Gregory está tan orgulloso de usted que probablemente...

—Odio al doctor Gregory.

—Pues no debería odiarle.

A Nicole se le había derrumbado todo su mundo, pero era un mundo frágil, apenas creado; entre las ruinas, sus sentimientos y su instinto seguían batallando. ¡Y pensar que sólo una hora antes le estaba esperando en la entrada y llevaba su esperanza en la cintura como un ramillete de flores!

Vestido, mantente tieso para él; botón, sigue en tu puesto; narciso, florece. Aire, sigue suave e inmóvil.

—Qué bien poder volver a divertirme —dijo Nicole atropelladamente.

Estaba tan desesperada que por un momento estuvo considerando la idea de hablarle de lo rica que era, de las enormes casas en las que vivía, de decirle que verdaderamente era un buen partido. Por un momento se convirtió en su abuelo, Sid Warren, el tratante de caballos. Pero no sucumbió a la tentación de confundir todos los valores y dejó que todo aquello siguiera encerrado en sus cámaras victorianas. Aunque ya no tenía un hogar al que regresar: sólo vacío y dolor.

—Tengo que volver a la clínica. Ya ha dejado de llover.

Dick caminaba al lado de ella. Notaba lo infeliz que era y sentía deseos de beber la lluvia que rozaba sus mejillas.

—Tengo algunos discos nuevos —dijo Nicole—. Estoy deseando ponerlos. ¿Conoce...?

Dick pensó que esa noche después de la cena iba a consumar la ruptura. También tenía ganas de darle un puntapié en el trasero a Franz por ser en parte responsable de que se hubiera metido en aquella sórdida historia. Estaba esperando en el vestíbulo y siguió con la mirada una boina que no estaba mojada de esperar bajo la lluvia como la de Nicole, sino que cubría un cráneo recién operado. Debajo de ella había unos ojos humanos que se fijaron en él y se acercaron:

—*Bonjour, docteur.*

—*Bonjour, monsieur.*

—*Il fait beau temps.*

—*Oui, merveilleux.*

—*Vous êtes ici maintenant?*

—*Non, pour la journée seulement.*

—*Ah, bon. Alors, au revoir, docteur.*

Satisfecho de haber sobrevivido a otro contacto, el desdichado de la boina se alejó. Dick seguía esperando. En esto bajó una enfermera y le dio un recado.

—La señorita Warren le pide disculpas, doctor. Quiere echarse un rato. Esta noche quiere cenar en su cuarto.

La enfermera estaba pendiente de su respuesta, casi convencida de que iba a dar a entender que la actitud de la señorita Warren era patológica.

—Ah, bien. Bueno.

Trató de controlar el flujo de su propia saliva, los latidos de su corazón.

—Espero que se mejore. Gracias.

Se sentía aturdido y descontento. En cualquier caso, aquello le liberaba.

Le dejó una nota a Franz excusándose por no cenar con él y luego fue andando a campo traviesa hasta la parada del tranvía. Mientras subía a la plataforma, en aquel crepúsculo primaveral que daba un tono dorado a los rieles y al cristal de las expendedoras automáticas de billetes, tuvo la sensación de que la parada del tranvía y el hospital oscilaban entre un movimiento centrípeto y otro centrífugo. Le entró miedo. Se sintió aliviado cuando los sólidos adoquines de Zúrich resonaron una vez más con sus pisadas.

Esperaba que Nicole le llamara al día siguiente, pero no dio señales de vida. Pensó que tal vez estuviera enferma y llamó a la clínica. Habló con Franz.

—Ayer bajó a comer y hoy también —dijo Franz—. Parecía algo abstraída y como en las nubes. ¿Cómo fue todo?

Dick trató de saltar sobre el abismo insondable que separa a los sexos.

—No llegamos a hablarlo, o, por lo menos, tengo la sensación de que no lo hicimos. Traté de mostrarme distante, pero no creo que nada de lo que pasó fuera suficiente para hacerle cambiar de actitud si realmente se lo ha tomado en serio.

¿Se sentía tal vez herido en su vanidad porque no había que dar el golpe de gracia?

—A juzgar por ciertas cosas que le dijo a su enfermera, tiendo a pensar que sí que lo entendió.

—Muy bien.

—Ha sido lo mejor que podía haber pasado. No parece estar sobreexcitada. Sólo un poco como en las nubes.

—Perfecto.

—Dick, ven a verme pronto.

VIII

Durante las semanas siguientes Dick sintió una gran insatisfacción. El origen patológico de aquella historia y la forma maquinal en que se había resuelto le habían dejado un regusto desabrido y metálico. Se había hecho un uso indigno de los sentimientos de Nicole. ¿Y qué ocurriría si resultaba que él también había tenido esos mismos sentimientos? No le quedaba más remedio que renunciar a la felicidad por un tiempo. En sueños la veía camino de la clínica, con su ancho sombrero de paja en la mano...

En una ocasión la vio en persona. Mientras pasaba ante el Palace Hotel, un espléndido Rolls se metió en la entrada en forma de media luna. Dentro del coche, empequeñecidas por sus proporciones gigantescas y animadas por la potencia de sus cien caballos superfluos, iban Nicole y una joven que supuso que sería su hermana. Nicole le vio y por un instante entreabrió los labios con un gesto de pánico. Dick hizo un breve saludo con el sombrero y siguió su camino, pero durante un rato no oyó más que los ruidos de todos los trasgos de la Grossmünster que lo rodeaban en sus corros. Tratando de librarse de aquella obsesión, escribió un memorando en el que se describía detalladamente el riguroso régimen que debía seguir Nicole, e incluso se apuntaba la posibilidad de una recaída debida a las tensiones a las que inevitablemente la iba a someter el mundo exterior. En definitiva, un memorando que hubiera convencido a cualquiera salvo a él, que era el que lo había escrito.

Aquel esfuerzo sirvió sobre todo para hacerle ver una vez más lo implicados que estaban sus propios sentimientos en aquella historia; en consecuencia, decidió procurarse antídotos. Uno de ellos fue la telefonista de Bar-sur-Aube, que estaba haciendo una gira por Europa, de Niza a Coblenza, en un intento desesperado por volverse a encontrar con todos los hombres que había conocido en lo que para ella habían sido unas vacaciones que nunca iba a poder repetir; otro fue hacer gestiones para regresar a su país en agosto en uno de los barcos que transportaban tropas; un tercero consistió en la consiguiente intensificación de su trabajo de corrección de pruebas para el libro que se iba a presentar aquel otoño al mundo de la psiquiatría de habla alemana.

Para Dick, ese libro pertenecía a una etapa ya superada. Lo que quería en aquel momento era adquirir más experiencia práctica en su profesión. Si conseguía una beca de intercambio tendría oportunidad de practicar bastante.

Entre tanto, tenía en proyecto una nueva obra: *Ensayo de clasificación uniforme y pragmática de las neurosis y las psicosis basado en el estudio de mil quinientos casos prekrapaelinianos y postkrapaelinianos tal como podrían ser diagnosticados con arreglo a la terminología de las diferentes escuelas contemporáneas,* acompañado de otro párrafo rimbombante: *Con una cronología de las subdivisiones de opinión que han surgido independientemente.*

En alemán ese título resultaría monumental.[*]

Dick pedaleaba lentamente camino de Montreux, unos trechos embobado contemplando el Jugenhorn cada vez que le era posible verlo y otros cegado por los destellos del lago al fondo de los senderos que sepa-

---

[*] *Ein Versuch die Neurosen und Psychosen gleichmässig und paragmatich zu klassifizieren auf Grund der Untersuchung von fünfzehn hundert pre-Kapaelin und post-Krapaelin Fällen wie siz diagnostiziert sein würden in der Terminologie von den verschiedenen Schulen der Gegenwart,* acompañado de otro párrafo rimbombante: *Zusammen mit einer Chronologie solcher Subdivisionen der Meinung welche unabhängig entstanden sind.*

raban los hoteles ribereños. Se percató de que había grupos de ingleses, que volvían a aparecer después de cuatro años de ausencia y andaban con miradas de sospecha como personajes de novela policíaca, como si temieran ser asaltados en aquel dudoso país por bandas entrenadas por los alemanes. Todo eran signos de construcción, de resurgimiento, en aquel montón de detritos formado por un torrente de montaña. En Berna y en Lausana, mientras bajaba al sur, le preguntaron ansiosamente si iba a haber americanos ese año. «¿Si no en junio, en agosto?»

Llevaba pantalones cortos de cuero, una camisa militar y botas de montaña. En la mochila llevaba un traje de algodón y una muda. En la estación del funicular de Glion facturó la bicicleta y se tomó una cerveza en el bar mientras miraba cómo descendía lentamente el pequeño insecto por la pendiente de ochenta grados de la montaña. Tenía sangre seca en una oreja desde la Tour de Peilz, donde había corrido a toda velocidad para ver si se mantenía en forma. Pidió alcohol y se limpió la oreja por fuera mientras llegaba el funicular a la estación. Se cercioró de que embarcaban la bicicleta, colgó la mochila en el compartimiento inferior del tren y a continuación se metió él.

Los trenes alpinos se construyen con una inclinación semejante a la que da al ala de su sombrero alguien que no desea ser reconocido. Mientras salía el agua a borbotones del depósito que había debajo del tren, Dick se maravilló de ver el ingenio de todo aquel concepto: en aquel momento otro tren complementario se estaba abasteciendo de agua en la cima y, en cuanto se soltaran los frenos, arrastraría hacia arriba al que se había descargado por la fuerza de la gravedad. Aquel al que se le ocurriera la idea estuvo, en verdad, muy inspirado. En el asiento de enfrente de Dick, una pareja de ingleses estaba hablando del cable propiamente dicho.

—Los que se fabrican en Inglaterra duran siempre cinco o seis años. Hace dos años los alemanes nos pisaron el contrato. ¿Cuánto crees que duró su cable?

—¿Cuánto?

—Un año y diez meses. Entonces los suizos se lo vendieron a los italianos, que no llevan un control muy rígido de los cables.

—Desde luego sería terrible para Suiza que se rompiera uno de estos cables.

El encargado cerró una puerta. Luego telefoneó a su colega entre las vibraciones del cable y, con un tirón, el tren inició su ascenso en dirección a un punto que se podía ver allá arriba, sobre una colina verde esmeralda. Una vez que se elevó sobre los tejados bajos se extendió ante los pasajeros una vista panorámica de los cielos de Vaud, Valais, la Saboya suiza y Ginebra. En el centro del lago, enfriado por la corriente del Ródano que lo penetraba, estaba el verdadero centro del mundo occidental. Sobre él flotaban cisnes como botes y botes como cisnes, unos y otros perdidos en la nada de aquella implacable belleza. Era un día luminoso y el sol resplandecía sobre la playa de hierba y sobre las blancas pistas de tenis del Kursaal. Las figuras que había en las pistas no proyectaban sombra alguna.

En cuanto se alcanzaron a ver Chillon y la isla de Salagnon con su palacio, Dick volvió la vista adentro. El funicular se había elevado sobre las casas más altas de la orilla; a ambos lados, una maraña de follaje y flores culminaba a intervalos en masas de color. Era un jardín por el que pasaba el tren y en el vagón había un cartel que decía: *Défense de cueillir les fleurs.*

Aunque no se debían coger flores mientras se ascendía, allí estaban, al alcance de la mano. Las rosas Dorothy Perkins se metían con suavidad en cada compartimiento balanceándose lentamente con el movimiento del funicular hasta que se liberaban y, con un balanceo último, volvían a su macizo rosado. Una y otra vez penetraban en el vagón aquellas flores.

En el compartimiento de arriba, enfrente de Dick, había un grupo de ingleses de pie que lanzaba gritos de admiración ante la belleza del cielo. De pronto se produjo cierta confusión entre ellos y se apartaron para dejar pasar a una pareja joven que, entre disculpas, consiguió hacerse sitio en el compartimiento de atrás del funicular: el de Dick. El joven tenía aspecto de italiano y ojos de ciervo disecado. La muchacha era Nicole.

Con tanto esfuerzo, los dos trepadores se habían quedado sin aliento. Mientras se sentaban, entre risas, y obligando a los dos ingleses a apretarse en un rincón, Nicole dijo hola. Estaba preciosa. Dick se dio cuenta inmediatamente de que algo había cambiado; enseguida vio que era su pelo sedoso, que se lo había cortado a lo Irene Castle, ahuecado y con rizos. Llevaba un suéter azulete y una falda de tenis blanca. Era como la primera mañana de mayo y no quedaba en ella ni rastro de su paso por la clínica.

—¡Uf! —dijo jadeante—. ¡Caray con el guardia! Seguro que nos detienen en la próxima parada. El doctor Diver, el conde de Marmora. ¡Caray! —volvió a exclamar, todavía sin aliento, mientras se palpaba el nuevo peinado—. Mi hermana compró billetes de primera. Para ella es una cuestión de principios.

Cambió una mirada con Marmora y luego siguió, a gritos:

—Pero primera es esa especie de coche fúnebre detrás del conductor, rodeado de cortinas por si se pone a llover, así que no se puede ver nada. Pero mi hermana es tan digna.

Nicole y Marmora volvieron a reír con ese aire de complicidad de los jóvenes.

—¿Adónde van? —preguntó Dick.

—A Caux. ¿Usted también?

Nicole se fijó en la vestimenta que llevaba.

—¿La bicicleta esa que llevan ahí delante es suya?

—Sí. Voy a correr cuesta abajo el lunes.

—¿Y me va a llevar en el manillar? Lo digo en serio. ¿Sí? Podría ser lo más divertido del mundo.

—¡Pero yo te bajo en brazos si quieres! —protestó vivamente Marmora—. O te llevo en patines. O si no, te lanzo y caes lentamente, como una pluma.

A Nicole se le iluminó el rostro. ¡Oh, volver a ser una pluma en lugar de una plomada, flotar en lugar de arrastrarse! Contemplarla era todo un espectáculo: un momento tímida y recatada y al otro afectada, haciendo muecas, gesticulando; en otros momentos se cernía sobre ella una sombra y todo su ser cobraba la dignidad del sufrimiento pasado. Dick hubiera preferido no estar allí, pues temía que su presencia le recordara a ella un mundo que había quedado muy atrás. Decidió no ir al mismo hotel que ella.

El funicular se paró de pronto y los que viajaban en él por primera vez se agitaron inquietos en sus asientos al quedar suspendidos entre dos cielos azules. Aquello se debió simplemente a un misterioso intercambio entre el conductor del tren que subía y el conductor del tren que bajaba. Volvieron a ascender sobre un sendero de bosque y un desfiladero, luego sobre una colina que se transformó en una masa sólida de narcisos, desde los pasajeros hasta el cielo. Todos los que jugaban al tenis en Montreux, en las pistas que había junto al lago, parecían ya puntitos. Había una sensación nueva en el aire, un frescor que se encarnó en música cuando el tren entró en Glion y oyeron la orquesta que tocaba en el jardín del hotel.

Cuando cambiaron al tren que les iba a llevar por la montaña, el agua que soltaba a chorros la cámara hidráulica ahogó la música. Prácticamente sobre ellos estaba Caux, donde las mil ventanas de un hotel ardían al sol del atardecer.

Pero esta vez el sistema era diferente. Una ruidosa locomotora tiraba de los pasajeros haciéndoles dar vueltas y más vueltas por una vía serpenteante que subía y volvía a subir. Subían traqueteando entre nubes bajas y por un momento Dick perdió de vista a Nicole en medio del humo de aquella pequeña locomotora en diagonal. Sortearon una racha de viento perdida; el hotel crecía de tamaño con cada vuelta hasta que, ante su gran sorpresa, se encontraron allí, encima del sol.

En la confusión de la llegada, mientras Dick se colgaba la mochila al hombro y se dirigía a recoger su bicicleta por el andén, se encontró a Nicole a su lado.

—¿Es que no se aloja en nuestro hotel? —preguntó.

—Estoy haciendo economías.

—¿Por qué no viene a cenar con nosotros?

En aquel momento se armó cierta confusión con los equipajes.

—Le presento a mi hermana. El doctor Diver, de Zúrich.

Dick saludó a una joven de veinticinco años, alta y segura de sí misma. Como había conocido a otras mujeres que, como ella, llevaban los labios pintados como una flor abierta dispuesta a ser libada, pensó que, a pesar de tener una presencia que imponía, debía de ser vulnerable.

—Me dejaré caer después de la cena —prometió Dick—. Primero tengo que aclimatarme.

Montó en su bicicleta y se alejó, sintiendo los ojos de Nicole fijos en él, sintiendo sobre sí la desesperación de su primer amor, que se le enroscaba dentro. Subió los trescientos metros de cuesta que había hasta el otro hotel, pidió una habitación y se encontró de pronto lavándose sin el menor recuerdo de los últimos diez minutos. En su mente sólo había una especie de exaltación ebria surcada de voces; voces insignificantes que no sabían hasta qué punto era amado.

IX

Le estaban esperando y sin él estaban incompletos. Seguía siendo el elemento imprevisible. En la señorita Warren y el joven italiano se leía la expectación tan claramente como en Nicole. El salón del hotel, cuya acústica era legendaria, era exclusivamente para bailar, pero había una pequeña galería de inglesas de cierta edad con gargantillas, el pelo teñido y la cara con polvos de un gris rosado, y de americanas de cierta edad con pelucas blancas como la nieve, vestidos negros y los labios rojo cereza. La señorita Warren y Marmora ocupaban una mesa que estaba en un rincón. Nicole estaba a treinta metros de distancia, en posición diagonal con respecto a ellos, y al llegar Dick oyó su voz:

—*¿Me oye? Le estoy hablando sin forzar la voz.*

—Perfectamente.

—*Hola, doctor Diver.*

—¿Qué pasa?

—*¿Se da usted cuenta de que la gente que está en medio de la pista no puede entender lo que digo y usted sí?*

—Nos lo dijo un camarero —explicó la señorita Warren—. De esquina a esquina. Es como la radio.

Era emocionante estar en la cima de la montaña, como en un barco que navegara por alta mar. Enseguida se les unieron los padres de Marmora. Trataban a las Warren con mucha deferencia y Dick dedujo que su fortuna tenía algo que ver con un banco de Milán que tenía algo que ver con la fortuna de los Warren. Pero Baby Warren quería hablar con Dick, quería hablar con él con el mismo impulso que la lanzaba vagarosamente a todo hombre nuevo, como si anduviera en la cuerda floja y pensara que lo mejor era llegar al otro extremo lo antes posible. Cruzaba las piernas y las volvía a cruzar una y otra vez, a la manera de las vírgenes altas e inquietas.

—Nicole me ha dicho que usted también se ocupó de ella y tuvo mucho que ver en que se pusiera bien. Lo que no acabo de entender es lo que se espera que *hagamos* ahora. ¡Fueron tan imprecisos en el sanatorio! Lo único que me dijeron es que procuráramos que estuviera contenta y la dejáramos ser espontánea. Pero ya ve. Como sabía que estaban aquí los Marmora, le dije a Tino que por qué no se venía con nosotras en el funicular. Y lo primero que hace Nicole es arrastrarlo de un extremo al otro del tren como si estuvieran los dos chalados.

—Pero eso fue totalmente normal —dijo Dick, echándose a reír—. Yo diría que es buena señal. Estaban los dos a ver quién impresionaba más a quién.

—¿Pero cómo voy a saber yo qué es normal y qué no lo es? Antes de que me pudiera dar cuenta, y prácticamente ante mis propios ojos, se cortó el pelo en Zúrich porque había visto una fotografía en *Vanity Fair*.

—No pasa nada. Es una esquizoide. Es decir, una excéntrica permanente. Eso no puede cambiarse.

—¿Y qué quiere decir eso?

—Pues lo que he dicho: una excéntrica.

—¿Y cómo se puede saber si algo es una excentricidad o una locura?

—Nadie está loco. Nicole es feliz y se encuentra como nueva. No hay nada que temer.

Baby cruzaba y descruzaba las piernas. Era un compendio de todas las mujeres insatisfechas que habían amado a Lord Byron cien años antes y, a pesar de su trágica historia con el oficial de la Guardia Real, había en ella una cierta rigidez de virgen onanista.

—No es que me importe la responsabilidad —manifestó—, pero no sé muy bien qué hacer. Nunca habíamos tenido nada así en nuestra familia. Sabemos que Nicole tuvo algún trauma y mi propia opinión es que fue algún chico, pero en realidad no sabemos nada. Papá dice que si hubiera podido saber quién era le habría pegado un tiro.

La orquesta estaba tocando *Pobre mariposa* y Marmora hijo bailaba con su madre. Era una canción bastante nueva para todos. Dick la escuchaba y observaba a la vez los hombros de Nicole mientras ésta charlaba con Marmora padre, que tenía el pelo a mechas blancas y negras como las teclas de un piano, y se puso a pensar en los hombros de un violín y luego en la deshonra, el secreto. Oh mariposa: los instantes se convierten en horas...

—En realidad, tengo un plan —seguía diciendo Baby, con una obstinación por la que a la vez parecía pedir disculpas—. Tal vez le parezca absurdo a usted, pero, según dicen, habrá que seguir cuidando a Nicole durante algunos años. No sé si ha estado alguna vez en Chicago...

—No, no he estado nunca.

—Bueno, el caso es que está la parte norte y la parte sur, muy separadas la una de la otra. La parte norte es la elegante y eso, y nosotros hemos vivido siempre allí, por lo menos desde hace muchos años, pero cantidad de familias antiguas, familias antiguas de Chicago, no sé si me entiende, siguen viviendo en la parte sur. Allí es donde está la universidad. A alguna gente le resulta el ambiente opresivo, pero bueno, es diferente de la parte norte. No sé si entiende lo que estoy diciendo.

Dick asintió. Concentrándose un poco había logrado entender de qué hablaba.

—Naturalmente, conocemos cantidad de gente allí. Papá controla ciertas cátedras y becas y cosas de ésas en la universidad, y se me ocurrió que si nos llevamos a Nicole a casa y la introducimos en ese ambiente (al fin y al cabo, a ella le gusta mucho la música y habla cantidad de idiomas y eso), qué cosa mejor le podría pasar en su estado que enamorarse de un médico que esté bien y...

Dick estaba a punto de soltar una carcajada. O sea, que los Warren le iban a comprar un médico a Nicole. (¿No tendrán ustedes un médico que esté bien? ¿Nos lo pueden prestar?) No había que preocuparse por Nicole puesto que ellos podían permitirse el lujo de comprarle un médico joven y presentable con la pintura todavía fresca.

—Pero ¿y el médico? —dijo maquinalmente.

—Muchos habrá que no quieran perderse una oportunidad así.

Los que habían estado bailando regresaban ya, pero Baby tuvo tiempo de decirle en voz baja:

—Ésa es la idea que se me ocurrió. Bueno, y ahora, ¿dónde está Nicole? ¿Dónde se habrá metido? ¿Estará arriba en su habitación? ¿Qué debo hacer? Nunca sé si es algo sin importancia o si tengo que ponerme a buscarla.

—A lo mejor sólo quiere estar a su aire un poco. La gente que vive sola se habitúa a la soledad.

Pero al ver que la señorita Warren no estaba escuchando lo que decía, se interrumpió.

—Voy a echar un vistazo.

Afuera todo estaba envuelto en niebla. Por un momento tuvo la sensación de que era como la primavera con las cortinas echadas. Sólo había vida en las proximidades del hotel. Dick pasó por delante de un sótano a través de cuyas ventanas se veía a unos ayudantes de camarero que jugaban a las cartas sentados en literas con una botella de litro de vino español. A medida que se acercaba a la avenida comenzaban a asomar las estrellas sobre las blancas cumbres alpinas. En el paseo en forma de herradura desde el que se dominaba el lago estaba Nicole, inmóvil entre dos veladores, y Dick se acercó por el césped sin hacer ruido. Al volverse a mirarlo, la expresión de su rostro no parecía denotar exactamente que se alegrara de verle allí, y por un instante se arrepintió de haber ido.

—Su hermana estaba preocupada.

—¡Oh!

Estaba acostumbrada a que la vigilaran. Trató de dar explicaciones, pero no le resultaba fácil.

—A veces me pongo un poco..., todo es un poco..., demasiado. He vivido tan plácidamente. Esa música que tocaban era demasiado. Me daba ganas de llorar.

—Lo entiendo.

—Ha sido un día tan emocionante.

—Lo sé.

—No quiero ser insociable. Ya he causado bastantes problemas a todos. Pero esta noche tenía que escaparme.

A Dick le vino a la cabeza de pronto —como a un moribundo le podía venir a la cabeza que había olvidado decir dónde estaba su testamento— que Nicole había sido «reeducada» por Dohmler y las generaciones fantasmales que le habían precedido. También se le ocurrió pensar que eran muchas las cosas que se le tendrían que enseñar a Nicole. Pero tras haber registrado estos datos en su mente, decidió hacer frente a la situación tal como insistía en presentarse.

—Usted es una buena persona. No se deje influir por lo que piense que los demás opinan de usted y confíe en su propio criterio.

—¿A usted le gusto?

—Claro.

—¿Y habría podido...?

Caminaban hacia el extremo más oscuro de la herradura, que estaba a doscientos metros de distancia.

—Si no hubiera estado enferma, ¿usted habría podido...? Quiero decir, ¿hubiera sido el tipo de chica de la que usted podría...? Oh, qué tontería. Bueno, ya sabe lo que quiero decir.

Por fin había ocurrido lo que tenía que ocurrir. Dick se sentía poseído por la irracionalidad de todo aquello. La tenía tan cerca que casi no podía respirar, pero una vez más su tan ejercitado aplomo acudió en su ayuda con una risita de adolescente y una observación banal.

—Se está engañando a sí misma, jovencita. Yo conocía a un tipo que se enamoró de su enfermera...

La anécdota seguía y seguía estirándose, acentuada por el ruido de sus pasos. De pronto Nicole la interrumpió con una brusquedad muy de Chicago:

—¡Qué narices!

—Esa expresión es muy vulgar.

—¡Y qué! —repuso indignada—. Usted se cree que no tengo sentido común. Tal vez no lo tuviera antes de ponerme enferma, pero ahora sí lo tengo. Usted es el hombre más atractivo que he conocido nunca, y si no me diera cuenta de ello podría pensarse que sigo estando loca. He tenido mala suerte, lo reconozco. Pero no intente hacerme creer que no me entero de nada. Sé perfectamente todo lo que pasa entre usted y yo.

Dick estaba en situación de desventaja por otra razón, además. Se acordó de lo que había dicho la mayor de las Warren de los médicos jóvenes que se podían comprar en el mercado intelectual de la parte sur de Chicago, y por un instante se endureció.

—Es usted encantadora, pero no me puedo enamorar.

—No me da usted ni una oportunidad.

—¿Qué?

Aquella impertinencia, que parecía dar a entender que tenía derecho a invadirle, le dejó anonadado. Salvo que aceptara la anarquía total, no se le ocurría pensar en ninguna oportunidad que Nicole Warren mereciera.

—Dámela ahora.

A Nicole se le enronqueció la voz hasta hundirse en su pecho, y al acercarse a él, se tensó sobre su corazón el prieto corpiño que llevaba. Dick sintió la frescura de sus labios, su cuerpo que suspiraba de alivio en el abrazo que se hacía más fuerte. Ya no cabía hacer plan alguno, porque era como si Dick hubiera hecho arbitrariamente una mezcla indisoluble al unir unos átomos que ya no se podían separar; se podría desechar la mezcla, pero los átomos ya nunca podrían volver a ocupar el lugar que les correspondía en la escala atómica. Mientras la tenía abrazada y sentía su sabor, y ella se doblaba más y más entregándose a él, entregándole sus labios, que hasta para ella eran nuevos, ahogada y sumida en amor y sin embargo apaciguada y triunfante, se alegraba simplemente de existir, aunque sólo fuera como un reflejo en los ojos húmedos de Nicole.

—¡Oh, Dios! —dijo jadeante—. Qué maravilla besarte.

Eso sólo eran palabras, pero Nicole lo tenía en su poder ya y no lo iba a soltar. De pronto se hizo la coqueta y se apartó, dejándolo tan suspenso como lo había estado en el funicular esa misma tarde. Pensaba: «Así aprenderá a no ser tan engreído; vaya manera de tratarme. Ah, pero fue ¡tan maravilloso! Ya lo tengo: es mío». Ahora le tocaba huir, pero era todo tan tierno y tan nuevo que andaba despacio, como si temiera dejar de sentirlo.

De pronto se estremeció. Allá abajo, a una distancia de seiscientos metros, se veían el collar y la pulsera de luces que eran Montreux y Vevey y, más allá, el oscuro colgante de Lausana. Desde algún lugar de aquel abismo subía el débil sonido de una música de baile. Nicole tenía ya la mente despejada. Lo veía todo con frialdad y estaba tratando de confrontar los recuerdos sentimentales de su infancia con la misma determinación con que va a emborracharse un soldado después de una batalla. Pero seguía temiendo a Dick, que estaba cerca de ella, apoyado, en una de sus posturas características, en la cerca de hierro que bordeaba la herradura; y esto la llevó a decir:

—Recuerdo que solía esperarte en el jardín sosteniendo todo mi ser en los brazos como un cesto de flores. Ésa al menos es la impresión que tenía. Me parecía tan encantador, estar allí esperando para entregarte ese cesto de flores.

Sintió la respiración de Dick en el hombro. La obligó a volverse hacia él y ella le besó varias veces, y cada vez que se acercaba, agarrándose a sus hombros, se le agrandaba el rostro.

—Está lloviendo mucho.

De repente se oyó una detonación que venía de las laderas cubiertas de viñas del otro lado del lago; estaban lanzando cañonazos contra las nubes cargadas de granizo para romperlas. Todas las luces de la avenida se apagaron y luego volvieron a encenderse. Entonces se precipitó la tormenta, que cayó primero del cielo y luego en torrentes de las montañas, arrastrándose estrepitosamente por los caminos y las acequias de piedra. Llegó acompañada de un cielo sombrío y amenazador, rayos feroces y truenos que parecían partir la tierra en dos, mientras las nubes desgarradas pasaban en su huida destructora por encima del hotel. Desaparecieron el lago y las montañas y el hotel se encogió en medio del tumulto, el caos y las tinieblas.

Para entonces Dick y Nicole habían llegado al vestíbulo, donde Baby Warren y los tres Marmora les aguardaban inquietos. Qué sensación tan vivificante haber escapado de la lluvia y la niebla y estar allí, entre aquel golpear de puertas, riendo y temblando de emoción, con el viento aún ululando en sus oídos y las ropas empapadas. En la sala de baile la orquesta tocaba un vals de Strauss y el sonido resultaba demasiado agudo y desconcertante.

«¿Que el doctor Diver se casó con una de sus pacientes? ¿Pero cómo ocurrió? ¿Cómo empezó la cosa?»

—¿Por qué no se va a cambiar y luego vuelve? —dijo Baby Warren a Dick tras examinarlo detenidamente.

—No tengo nada que ponerme, como no sea unos pantalones cortos.

Mientras caminaba trabajosamente hacia su hotel en un impermeable prestado, no cesaba de reír para sus adentros.

«Qué *gran* oportunidad, efectivamente. ¡Dios santo! ¿Conque decidieron comprar un médico? Pues bien: más vale que se conformen con lo que puedan encontrar en Chicago.»

Pero mostrarse tan implacable le pareció repulsivo y trató de compensar a Nicole recordando que jamás había probado unos labios tan frescos como los suyos, recordando las gotas de lluvia como lágrimas que derramara por él que caían sobre sus suaves mejillas de porcelana... El silencio que se hizo al cesar la tormenta le despertó hacia las tres de la mañana. Se levantó y fue hasta la ventana. La belleza de Nicole subía por la pendiente ondulada, entraba en la habitación y se filtraba por las cortinas con un leve susurro.

A la mañana siguiente trepó los dos mil metros que había hasta Rochers de Naye, muy divertido por el hecho de que el encargado del funicular del día anterior hubiera aprovechado su día libre para trepar también.

Luego Dick bajó hasta Montreux para darse un baño y volvió a su hotel a tiempo para la cena. Tenía dos notas esperándole.

No estoy en absoluto avergonzada por lo de anoche, fue la cosa más bonita que me ha pasado nunca e incluso si no le vuelvo a ver nunca más, mon capitaine, me alegro de que haya ocurrido.

El tono era bastante desarmante. La pesada sombra de Dohmler se desvaneció mientras Dick abría el segundo sobre:

Querido doctor Diver: Le llamé por teléfono pero había salido. ¿Podría pedirle un inmenso favor? Debido a circunstancias imprevistas he de regresar a París y parece ser que es mucho más rápido si me voy por Lausana. ¿Le importaría que Nicole viajara con usted

hasta Zúrich, ya que se va usted el lunes, y dejarla lue-
go en el sanatorio? ¿Es mucho pedir?
     Le saluda atentamente,

                                   Beth Evan Warren

Dick se puso furioso. La señorita Warren sabía que había ido en bicicleta, pero la nota estaba redactada de tal forma que era imposible negarse. ¡Qué fácil nos lo pone! ¡La bendita propincuidad y el dinero de los Warren!

Pero se equivocaba. No era ésa la intención de Baby Warren. Había examinado a Dick con su mirada experta de mujer de mundo, lo había medido con su regla retorcida de anglófila y había llegado a la conclusión de que no estaba a la altura de lo que se hubiera esperado de él; a pesar de que físicamente le parecía muy apetecible. Pero era demasiado «intelectual» para ella y le encasillaba en un tipo de ambiente similar al de cierta gente entre zarrapastrosa y con pretensiones sociales que había tenido ocasión de conocer en Londres. Era demasiado intenso para estar realmente bien. No veía ninguna posibilidad de que se pudiera convertir en lo que ella entendía por aristócrata.

Y, encima, era testarudo. Por lo menos seis veces había notado que, mientras ella le hablaba, dejaba de prestarle atención y adoptaba ese aire ausente tan raro que a veces tenía la gente. Nunca le había parecido bien el desenfado con que se comportaba Nicole de niña y ya se había convencido de que lo más sensato era considerarla «un caso perdido». Pero, en todo caso, el doctor Diver no era el tipo de médico que se podía imaginar como miembro de su familia.

Simplemente se servía de él en esa ocasión porque le convenía.

Pero aquel favor que le pedía tuvo las consecuencias que Dick daba por supuesto que ella deseaba. Un viaje en tren puede ser algo terrible, doloroso o divertido;

puede ser como un vuelo de prueba o puede ser la prefiguración de otro viaje, del mismo modo que un día concreto con un amigo puede ser largo, desde la excitación de la mañana hasta el momento en que los dos se dan cuenta de que tienen hambre y se ponen a comer. Luego llega la tarde y todo decae, porque se tiene la sensación de que la jornada va a terminar, pero todo se vuelve a animar al final. A Dick le entristecía ver la modesta felicidad de Nicole; y, sin embargo, era alivio lo que sentía ella al regresar al único hogar que conocía. Ese día no hubo ninguna escena de amor, pero cuando la dejó ante la puerta desolada al borde del lago de Zúrich y ella se volvió a mirarle, comprendió que desde aquel momento y ya para siempre el problema de ella era de los dos.

X

En el mes de septiembre el doctor Diver estaba tomando el té con Baby Warren en Zúrich.

—Creo que es una imprudencia —decía ella—. Realmente, no entiendo muy bien qué hay detrás de todo esto.

—Será mejor que no nos pongamos desagradables.

—Al fin y al cabo, soy la hermana de Nicole, ¿no?

—Eso no le da derecho a ponerse desagradable.

A Dick le irritaba no poder decirle tantas cosas que sabía.

—Nicole será muy rica, pero eso no quiere decir que yo sea un aventurero.

—Ésa es la cuestión —recalcó Baby—. Nicole es rica.

—¿Cuánto dinero exactamente tiene? —preguntó Dick.

Baby se sobresaltó y Dick, riéndose para sus adentros, continuó:

—¿Ve como todo esto es absurdo? En realidad, debería hablar con algún hombre de su familia.

—Lo han dejado todo en mis manos —insistió ella—. No es que pensemos que sea usted un aventurero. Es que no sabemos quién es.

—Soy doctor en Medicina —dijo Dick—. Mi padre es clérigo, ya retirado. Vivíamos en Búfalo y no tengo ningún inconveniente en que investiguen mi pasado. Estudié en New Haven y luego gané una beca Rhodes. Mi bisabuelo fue gobernador de Carolina del Norte y soy descendiente directo de Anthony Wayne el Loco.

—¿Quién era Anthony Wayne el Loco? —preguntó Baby con aire suspicaz.

—¿Anthony Wayne el Loco?

—Creo que ya hay suficiente locura en toda esta historia.

Dick movió la cabeza con impaciencia y en ese momento Nicole salió a la terraza del hotel y miró alrededor tratando de encontrarlos.

—Estaba demasiado loco para dejar tanto dinero como Marshall Field —dijo Dick.

—Todo eso está muy bien, pero...

Baby tenía razón y lo sabía. Cara a cara, prácticamente ningún clérigo podía estar por encima de su padre. La suya era una familia aristocrática americana sin título. Bastaba que su apellido apareciera en el registro de un hotel o en la firma de una carta de presentación, o fuera utilizado en una situación difícil, para provocar una metamorfosis psicológica en la gente, y eso era lo que había afianzado su sentido de la posición que tenían. Todos esos datos los sabía por los ingleses, que los conocían desde hacía más de doscientos años. Pero lo que no sabía era que Dick había estado dos veces a punto de tirarle a la cara aquel proyecto de boda. Lo que esta vez lo impidió fue que Nicole los encontró al fin y apareció radiante, fresca y pura en aquel atardecer de septiembre.

Qué tal, abogado. Nos vamos mañana a Como por una semana y luego regresamos a Zúrich. Por eso quería que lo arreglara usted con mi hermana, porque nos da igual la cantidad que se me asigne. Vamos a llevar una vida muy sencilla en Zúrich durante dos años y Dick tiene suficiente para los dos. No, Baby, tengo más sentido práctico de lo que te imaginas. Sólo lo voy a necesitar para ropa y cosas así... ¿Qué? Pero eso es más de lo que... ¿Nos podemos realmente permitir una cantidad así? Desde luego, no voy a poder gastarlo. ¿Tanto tienes? ¿Y por qué tienes más? ¿Es porque se me considera una incapaz? Muy bien, pues: que mi parte se vaya amontonando... No. Dick se niega absolutamente a tener que ver con eso. Se me tendrá que subir a mí el dinero a la cabeza por los dos... Baby, no tienes ni idea de cómo es Dick. Lo conoces menos que... Bueno, y ahora dónde firmo. Oh, perdón.

... Dick, ¿verdad que es una sensación rara estar juntos, tan lejos de los demás? No tenemos dónde ir, sino el uno al otro. Vamos a querernos y querernos. Ah, pero yo te quiero más que tú a mí, y noto perfectamente cuando te alejas de mí, aunque sea un poco. Me parece maravilloso ser como los demás, alargar la mano y sentir tu cuerpo cálido junto a mí en la cama.

... Llame a mi marido al hospital, por favor. Sí, el librito se está vendiendo en todas partes: quieren publicarlo en seis idiomas. Yo iba a hacer la traducción al francés, pero esta temporada me siento muy cansada. Me da miedo caerme, me siento tan pesada y tan torpe... como un budín que se rompe y ya no hay manera de ponerlo derecho. Cuando me ponen el estetoscopio tan frío sobre el corazón lo único que se me ocurre pensar es *«Je m'en fiche de tout»*... Oh, esa pobre mujer en el hospital con el niño azul. Mucho mejor sería que se muriera. ¿No es estupendo que ahora seamos tres?

... Eso no me parece razonable, Dick. Tenemos motivos de sobra para coger el piso que es más grande. ¿Por qué tenemos que sacrificarnos por el simple hecho de que los Warren tienen más dinero que los Diver? Oh, gracias, *cameriere,* pero hemos cambiado de idea. Un clérigo inglés nos ha dicho que el vino de aquí de Orvieto es excelente. ¿Que no viaja bien? Debe de ser por eso por lo que no lo conocíamos, porque nos encanta el vino.

Los lagos están hundidos en el lodo marrón y las laderas tienen tantos pliegues como un vientre. El fotógrafo nos dio la foto mía en la que estoy con el pelo lacio apoyada en la baranda de la barca que nos llevaba a Capri. «Adiós, Gruta Azul», cantaba el barquero, «vuelve prontooo.» Y después recorrimos la espinilla caliente y siniestra de la bota italiana con el viento que susurraba entre aquellos castillos misteriosos y los muertos que nos contemplaban desde lo alto de aquellas montañas.

... Se está bien en este barco, golpeando los dos la cubierta con nuestros tacones al mismo tiempo. Ésta es la esquina donde sopla el viento y cada vez que la doblamos, me inclino haciendo frente al viento y me envuelvo bien en el abrigo sin perder el paso que marca Dick. Cantamos cualquier tontería:

> *Oh, oh, oh, oh,*
> *no hay más flamencos que yo,*
> *oh, oh, oh, oh,*
> *no hay más flamencos que yo...*

La vida con Dick es muy divertida. La gente que está en las hamacas nos mira y una mujer está tratando de entender lo que cantamos. Dick se ha cansado ya de cantar, así que sigue tú solo, Dick. Solo andarás de otra manera, por una atmósfera más densa, abriéndote paso entre las sombras de las hamacas a través del humo pegajoso de las chimeneas. Notarás tu propio reflejo deslizándose en los ojos de los que te miran. Ya no estás en una isla. Pero supongo que hay que tocar la vida para poder saltar de ella.

Contemplo el mar sentada en el puntal de este bote salvavidas; el viento agita mi pelo y el sol lo hace brillar. Permanezco inmóvil contra el fondo del cielo y este bote fue hecho para transportar mi silueta a la oscuridad azul del futuro. Soy Palas Atenea tallada con veneración en la proa de una galera. El agua está entrando en los retretes y el follaje de espuma verde esmeralda se repliega protestando por la popa.

... Ese año viajamos mucho, de Woolloomooloo Bay a Biskra. Al entrar en el Sahara nos tropezamos con una plaga de langostas y el chófer nos explicó amablemente que eran abejorros. Por las noches el cielo estaba cubierto, preñado con la presencia de un dios extraño que nos vigilaba. ¡Oh, aquella pobrecita Ouled Naïl, tan desnuda! La noche era un estruendo: los tambores del Senegal, las flautas, los gemidos de los camellos y el golpeteo incesante de los nativos con sus zapatos hechos de viejos neumáticos.

Pero en esa época yo estaba otra vez mal: los trenes y las playas eran una misma cosa para mí. Por eso me había llevado de viaje, pero después de nacer mi segundo hijo, mi pequeña Topsy, todo se volvió oscuro de nuevo.

... Si pudiera avisar a mi marido, que ha tenido a bien abandonarme aquí, dejándome en manos de incompetentes. ¿Qué dice usted, que mi niña es negra? Eso es ridículo. Es una broma de mal gusto. Fuimos a África exclusivamente para ver Timgad, puesto que lo que más me interesa en la vida es la arqueología. Estoy harta de no saber nada y de que me lo recuerden a cada instante.

... Cuando me ponga bien quiero ser una persona tan completa como tú, Dick. Me pondría a estudiar Medicina si no fuera porque es demasiado tarde. Deberíamos gastarnos mi dinero y comprarnos una casa. Estoy harta de pisos y de tener que estar esperándote. Y tú no aguantas ya Zúrich y no encuentras tiempo aquí para escribir y siempre dices que el que un científico no escriba equivale a una confesión de debilidad por su parte. Y yo recorreré todo el campo del saber y me decidiré por algo y lo estudiaré realmente bien, de modo que si tengo otra recaída podré tener algo a lo que agarrarme. Y tú me ayudarás, Dick, para que no me sienta tan culpable. Viviremos cerca de una playa cálida donde podamos broncearnos y seguir jóvenes juntos.

... Esta casita le servirá a Dick de estudio. Ah, la idea se nos ocurrió a los dos al mismo tiempo. Habíamos pasado por Tarmes una docena de veces y nos acercamos hasta aquí y vimos que las casas estaban desocupadas, salvo dos establos. Para la compra utilizamos a un francés de intermediario, pero en cuanto la Marina se enteró de que unos americanos habían comprado parte de un pueblecito en una colina envió aquí a sus espías. Estuvieron rebuscando entre todo el material de construcción convencidos de que iban a encontrar cañones. Y finalmente nos tuvo que echar una mano Baby, que conoce gente en el Ministerio de Asuntos Exteriores en París.

Nadie viene a la Riviera en verano, así que contamos con tener unos pocos invitados y trabajar. Hay algunos franceses aquí. La semana pasada vino Mistinguett y se extrañó de que el hotel estuviera abierto todavía. Y también Picasso y el que escribió *Pas sur la bouche*.

... Dick, ¿por qué nos has registrado como señores de Diver en lugar de doctor Diver y señora? No sé. Me pasó por la cabeza y quería preguntártelo. Tú me has enseñado que el trabajo lo es todo y te creo. Siempre decías que un hombre aprende cosas y cuando deja de aprenderlas es como todos los demás, y por eso lo que debe hacer es adquirir poder antes de que deje de aprenderlas. Si quieres volverlo todo patas arriba, me parece muy bien, pero, cariño, ¿tiene que seguirte tu Nicole como un perrito faldero?

... Tommy dice que estoy muy callada. La primera vez que me puse bien hablaba muchísimo con Dick hasta las tantas de la noche, los dos sentados en la cama encendiendo cigarrillos, y luego, cuando despuntaba el alba azul, nos hundíamos en las almohadas para que no nos diera la luz en los ojos. Algunas veces me pongo a cantar, o juego con los animales, y también tengo unos cuantos amigos: Mary, por ejemplo. Cuando hablamos Mary y yo, ninguna escucha lo que dice la otra. Hablar es cosa de hombres. Cuando estoy hablando me digo a mí misma que tal vez sea Dick el que habla. He llegado a ser incluso mi hijo, al acordarme de lo juicioso y tranquilo que es. A veces soy el doctor Dohmler y alguna vez, puede que hasta sea un aspecto de ti, Tommy Barban. Creo que Tommy está enamorado de mí, pero de una manera muy tierna, que me conforta. Lo suficiente, sin embargo, para que empiece a notarse cierta hostilidad entre él y Dick. Pero, con todo, nunca han ido tan bien las cosas como ahora. Estoy rodeada de amigos que me quieren. Estoy aquí, en esta playa tranquila, con mi marido y mis dos hijos. Todo es perfecto... o lo será si consigo terminar de traducir al francés esta condenada receta de pollo a la Maryland. ¡Qué calentitos siento los pies en la arena!

—Sí, voy a mirar. Más gente nueva... Ah, sí, esa chica. ¿A quién decís que se parece?... No, no la he visto. No tenemos muchas posibilidades aquí de ver las películas americanas más recientes. ¿Rosemary qué? Realmente, se está poniendo esto muy de moda. ¡Y eso que estamos en julio! ¿No os parece más bien raro? Sí, de acuerdo: es una monada. Pero ya hay gente de sobra.

XI

En pleno mes de agosto, el doctor Richard Diver y la señora Elsie Speers estaban sentados en el Café des Alliés bajo unos árboles polvorientos que les daban sombra. El suelo calcinado empañaba el brillo de la mica y de la costa llegaban, a través del Esterel, unas ráfagas de mistral que balanceaban los barcos de pesca en el puerto y hacían que sus mástiles apuntaran desde diferentes ángulos hacia aquel cielo monótono.

—He tenido carta esta mañana —dijo la señora Speers—. ¡Qué mal rato debieron de pasar con todos esos negros! Pero Rosemary dice que se portó usted maravillosamente bien con ella.

—A Rosemary deberían darle una condecoración. Fue todo bastante tremendo. A la única persona a la que no le causó el menor trastorno fue a Abe North. Se fue disparado a embarcarse al Havre y probablemente no se ha enterado todavía de lo que pasó.

—Siento que la señora Diver se llevara un disgusto —dijo cautelosamente.

Rosemary le había escrito:

Nicole parecía que había perdido el juicio. No quise ir al sur con ellos porque bastante tenía ya Dick.

—Ya se encuentra bien —dijo Dick casi con impaciencia—. De modo que se va usted mañana. ¿Y cuándo se embarcan?

—Inmediatamente.

—¡Qué pena que se vayan!

—Nos alegramos mucho de haber venido. Lo hemos pasado muy bien gracias a ustedes. Es usted el primer hombre que le ha gustado realmente a Rosemary.

Otra ráfaga de viento se coló por entre las colinas purpúreas de La Napoule. Algo en el aire anunciaba que la tierra se estaba precipitando hacia un cambio atmosférico; el momento exquisito, intemporal, de la plenitud del verano había pasado ya.

—Rosemary había estado enamoriscada más de una vez, pero antes o después siempre me pasaba al hombre en cuestión...

La señora Speers rió un poco y terminó la frase:

—... para que le hiciera la disección.

—Así que yo me libré.

—Nada hubiera podido hacer yo. Estaba enamorada de usted antes de que yo le conociera. Le dije que siguiera adelante.

Dick vio que en los planes de la señora Speers no se había tenido en cuenta lo que él pudiera pensar, o Nicole, y también que la causa de su amoralidad estaba en las condiciones de su propia renuncia. Era su derecho, la pensión que cobraba después de haber jubilado sus sentimientos personales. Las mujeres son, por necesidad, capaces de prácticamente cualquier cosa en su lucha por la supervivencia y realmente no se las puede declarar culpables de crímenes artificiales como «la crueldad». Mientras la comedia de amor y dolor no sobrepasara ciertos límites, la señora Speers la podía observar con tanta indiferencia e ironía como un eunuco. Ni siquiera había previsto la posibilidad de que Rosemary saliera malparada. ¿O no sería acaso que estaba convencida de que no existía tal posibilidad?

—Si lo que usted dice es cierto, no creo que la haya afectado mucho.

Seguía pretendiendo a toda costa que podía pensar en Rosemary de una manera objetiva.

—Ya lo ha superado. Aunque, por otra parte, tantas cosas importantes de la vida empiezan por parecer accidentales.

—Esto no fue accidental —insistió la señora Speers—. Usted fue el primer hombre y es como un ideal para ella. Me lo dice en todas las cartas.

—Es muy amable.

—No he conocido a nadie más amable que usted y Rosemary, pero esto ella lo dice en serio.

—Mi amabilidad no es más que un truco del corazón.

Esto era verdad en parte. Dick había aprendido de su padre los buenos modales, más bien intencionales, de los jóvenes sureños llegados al norte después de la guerra civil. Los usaba con frecuencia, pero a la vez los despreciaba, porque no representaban una protesta contra lo desagradable que era el egoísmo intrínsecamente, sino contra lo desagradable que resultaba su apariencia.

—Estoy enamorado de Rosemary —le dijo de pronto—. Sé que decírselo a usted supone un exceso por mi parte.

Aquella confesión le sonó muy extraña y oficial. Era como si hasta las mesas y las sillas del Café des Alliés tuvieran que recordarla para siempre. Ya había empezado a notar la ausencia de Rosemary bajo aquellos cielos: en la playa sólo podía pensar en sus hombros pelados por el sol; en Tarmes borraba con los pies las huellas de sus pisadas cuando cruzaba el jardín; y ahora, la orquesta, que se había puesto a tocar la canción del Carnaval de Niza, un eco de los placeres ya desvanecidos del año anterior, iniciaba la graciosa danza que sólo hablaba de ella. En cien horas Rosemary había llegado a poseer toda la oscura magia del mundo: la belladona, que vuelve ciego; la cafeína, que convierte la energía física en nerviosa; la mandrágora, que impone la armonía.

Haciendo un esfuerzo, llegó a convencerse una vez más de que lo veía todo desde la misma distancia que la señora Speers.

—En realidad, usted y Rosemary no se parecen en nada —dijo—. La sabiduría que usted le transmitió está amoldada a su personaje, a la máscara con que hace frente al mundo. Ella no piensa. En lo más profundo de su ser es irlandesa, romántica, ilógica.

La señora Speers también sabía que Rosemary, a pesar de su apariencia delicada, era como un potro salvaje en el que se podía reconocer al capitán médico Hoyt del Ejército de los Estados Unidos. Si se le hiciera una sección transversal, aparecerían un corazón, un hígado y un alma enormes, bien apretados bajo la deliciosa envoltura.

Mientras se despedía de ella, Dick era consciente de todo el encanto de Elsie Speers, consciente de que para él significaba bastante más que un simple fragmento último de Rosemary del que se desprendía de mala gana. Tal vez hubiera podido inventarse a Rosemary, pero nunca hubiera podido inventarse a su madre. Si la capa, las espuelas y los brillantes que Rosemary se había llevado consigo eran atributos de los que él la había dotado, qué agradable era, por otra parte, observar la elegancia natural de su madre con la certeza de que no era algo que él hubiera evocado. Tenía un aire como de estar esperando. Parecía esperar que un hombre ocupado con algo más importante que ella misma, una batalla o una operación, y al que, por tanto, no se le debía meter prisa ni molestar, terminara de hacer lo que estuviera haciendo. Cuando el hombre hubiera acabado, ella, sin mostrar inquietud ni impaciencia, le estaría esperando en algún lugar sentada en un taburete alto, volviendo las páginas de un periódico.

—Adiós. Y quisiera que las dos recordaran siempre el afecto que les hemos tomado Nicole y yo.

De regreso en Villa Diana, Dick fue a su estudio y abrió los postigos, que se habían cerrado para evitar la luz fulgurante del mediodía. En las dos largas mesas, dispuestos en un ordenado desorden, estaban los materiales de su libro. El volumen I, relativo a la Clasificación, había obtenido cierto éxito en una modesta edición subvencionada. Estaba negociando su reedición. El volumen II era una versión considerablemente ampliada de su primer librito, *Psicología para psiquiatras*. Como le pasa a tantos hombres, había descubierto que sólo tenía una o dos ideas, y que su pequeña colección de ensayos, ya en su quincuagésima edición en alemán, contenía el germen de todos sus posibles pensamientos o conocimientos.

Pero en aquel momento aquello le inquietaba mucho. Lamentaba los años que había perdido en New Haven, pero sobre todo consideraba que había una contradicción entre el lujo cada vez mayor con que vivían los Diver y la necesidad de hacer ostentación de él, que al parecer era una de sus condiciones intrínsecas. Cuando se acordaba de la historia que le había contado su amigo rumano del hombre que se había pasado años estudiando el cerebro de un armadillo, le entraba la sospecha de que los alemanes, con lo tenaces que eran, tenían copadas las bibliotecas de Berlín y Viena y se le iban a adelantar sin ninguna consideración. Había decidido más o menos resumir su trabajo, dejándolo en el estado en que se encontraba, y publicarlo en un tomo sin bibliografía de cien mil palabras como introducción a otros tomos más eruditos que escribiría más adelante.

Hizo firme esa decisión mientras daba vueltas en su estudio entre aquellos últimos rayos de sol. De acuerdo con el nuevo plan que se había trazado, podría acabarlo todo para la primavera. Tenía la impresión de que si a un hombre de su energía le habían acosado las dudas durante todo un año era porque había algo que fallaba en el plan.

Puso las barras de metal dorado que usaba como pisapapeles sobre los montones de notas. Barrió un poco, puesto que no permitía que entrara allí ningún criado, limpió superficialmente el cuarto de aseo con *Bon Ami*, arregló una pantalla y puso en el buzón un pedido para una editorial de Zúrich. Luego se sirvió un dedo de ginebra con doble cantidad de agua.

Vio que Nicole estaba en el jardín. Tenía que ir a hablar con ella y quedó paralizado ante esa perspectiva. Delante de ella tenía que mantener una fachada impecable, tanto en aquel momento como al día siguiente, semana tras semana y año tras año. En París la había tenido toda la noche en sus brazos mientras ella dormía con un sueño ligero bajo los efectos del Luminal. En la madrugada interrumpió su estado de confusión incipiente antes de que pudiera cobrar forma, hablándole con ternura a fin de que se sintiera protegida, y ella se volvió a dormir, rozándole la cara con el perfume cálido de su pelo. Antes de que se despertara, lo había arreglado todo por teléfono en la habitación contigua. Rosemary se tenía que ir a otro hotel. Volvía a ser la «niña de papá» y ni siquiera se iba a despedir de ellos. El propietario del hotel, el señor McBeth, iba a ser como los tres monos chinos[*]. Al mediodía, después de hacer las maletas en medio de las cajas y el papel de envolver acumulados tras las muchas compras, Dick y Nicole habían salido para la Riviera.

Pero la reacción llegó más tarde. Mientras se acomodaban en el coche-cama, Dick se dio cuenta de que Nicole la estaba esperando, y cuando se produjo, apenas salido el tren de la estación, fue una reacción fulminante y desesperada. Lo único que deseaba Dick en aquel momento era bajarse en marcha aprovechando que el tren aún iba despacio e ir corriendo en busca de Rosemary, ver lo que estaba haciendo. Se puso las gafas, abrió un libro e hizo como que se enfrascaba en su lectura, consciente de que Nicole, con la cabeza apoyada sobre su almohada, estaba enfrente de él, observándole. Como le resultaba imposible concentrarse en el libro,

<hr />

[*] Es decir, iba a ser ciego, sordo y mudo. *(N. del T.)*

fingió estar cansado y cerró los ojos, pero Nicole seguía observándole, y a pesar de que estaba adormecida por los efectos del calmante que había tomado, se sentía aliviada y casi feliz de que él volviera a ser suyo.

Con los ojos cerrados era incluso peor, pues notaba una sensación rítmica de encontrar y perder algo, encontrarlo y volver a perderlo, encontrarlo y volver a perderlo, pero para que Nicole no se diera cuenta de su desasosiego, siguió inmóvil en aquella postura hasta la hora del almuerzo. Con el almuerzo las cosas se arreglaron; la comida era siempre buena, ¡y eran tantas las veces que habían comido juntos en hosterías y restaurantes, trenes, cantinas de estación y aviones! El apresuramiento, tan familiar ya, de los camareros del tren, las botellas pequeñas de vino y agua mineral y la excelente comida de la línea *Paris-Lyon-Mediterranée* les crearon la ilusión de que nada había cambiado y, sin embargo, era prácticamente el primer viaje que hacía con Nicole que era un huir de algo y no un ir hacia algo. Mientras hablaban de la casa y de los niños, Dick se bebió una botella entera de vino salvo un vaso que se tomó Nicole. Pero en cuanto regresaron al compartimiento se hizo entre ellos un silencio semejante al del restaurante de enfrente de los jardines de Luxemburgo. Cuando tratamos de retroceder ante algo que nos causa dolor, parece que nos veamos obligados a recorrer de nuevo en sentido inverso el mismo camino que nos llevó hasta allí. Dick sentía un desasosiego que no había experimentado nunca. De repente, Nicole dijo:

—No estuvo nada bien dejar a Rosemary como la dejamos. ¿Tú crees que no le habrá pasado nada?

—¡Qué le va a pasar! Sabe cuidar de sí misma perfectamente.

Pero para que Nicole no pudiera interpretar aquello como un juicio negativo sobre su capacidad de hacer lo propio, añadió inmediatamente:

—Al fin y al cabo, es una actriz, y por mucho que su madre ande siempre detrás de ella, *tiene* que saber arreglárselas por sí sola.

—Es muy atractiva.

—Es una cría.

—Pero atractiva.

Mantenían una conversación deshilvanada en la que cada uno expresaba los pensamientos del otro.

—No es tan inteligente como yo pensaba —sugirió Dick.

—Es bastante lista.

—No tanto. Sigue habiendo en ella algo muy infantil.

—Desde luego es muy... muy bonita —dijo Nicole, con aire indiferente pero subrayando cada palabra—, y me pareció que estaba muy bien en la película.

—Estaba bien dirigida. Pensándolo bien, no parecía tener mucha personalidad.

—Yo creo que sí la tenía. Se entiende perfectamente que los hombres la encuentren muy atractiva.

A Dick se le hizo un nudo en la garganta. ¿Qué hombres? ¿Cuántos hombres?

¿Te importa que baje las cortinas?

No, al contrario. Entra demasiada luz.

¿Dónde estará ahora? ¿Y con quién?

—Dentro de unos pocos años va a parecer diez años mayor que tú.

—Al contrario. Hice un dibujo de ella una noche en un programa de teatro, y creo que se va a conservar por muchos años.

Esa noche ninguno de los dos podía dormir. En cuanto pasaran unos días, Dick iba a tratar de desterrar de su vida el fantasma de Rosemary antes de que fuera a habitar con ellos, pero de momento no se sentía con fuerzas para hacerlo. A veces resulta más difícil privarse de un dolor que de un placer, y el recuerdo le obsesionaba tanto que, por el momento, lo único que podía hacer era seguir fingiendo. Esto le resultaba doblemente difícil porque en esos días estaba irritado con Nicole, la cual, después de tantos años, tendría que notar cuándo le venían los primeros síntomas de depresión y hacer lo posible por combatirlos. En un plazo de dos semanas había tenido dos crisis nerviosas; la primera de ellas, la noche que dieron la cena en Tarmes, cuando la encontró en su dormitorio presa de una risa histérica diciéndole a la señora McKisco que no podía entrar en el cuarto de baño porque había arrojado la llave al pozo. La señora McKisco se había quedado atónita y parecía ofendida, pero a la vez, pese a estar desconcertada, se había mostrado comprensiva en cierto modo. En esa ocasión Dick no se había preocupado especialmente porque Nicole parecía estar avergonzada de lo que había pasado. Ella misma llamó al hotel de Gausse, pero los McKisco ya se habían ido.

La crisis de París ya era otra cosa, pues a la luz de ella la primera cobraba más importancia. Parecía anunciar un nuevo ciclo, un nuevo recrudecimiento del trastorno. Después de la tremenda zozobra, no relacionada en absoluto con su profesión de médico, que había experimentado Dick durante la larga recaída de Nicole a raíz del nacimiento de Topsy, se había visto obligado a endurecerse con respecto a ella y a establecer una perfecta separación entre la Nicole enferma y la Nicole sana. Pero eso hacía que le resultara difícil distinguir entre su actitud meramente profesional, que usaba como capa protectora, y aquella especie de frialdad que estaba empezando a sentir. Del mismo modo que la indiferencia, independientemente de que la cultivemos o dejemos que se atrofie, termina por producir un vacío, Dick se había acostumbrado a sentirse vacío de Nicole y cuidaba de ella contra su voluntad sin permitir que en ello intervinieran para nada sus sentimientos. Se habla de que las heridas cicatrizan, estableciéndose un paralelismo impreciso con la patología de la piel, pero no ocurre tal cosa en la vida de un ser humano. Lo que hay son heridas abiertas; a veces se encogen hasta no parecer más grandes que un pinchazo causado por un alfiler, pero siguen siendo heridas. Las marcas que deja el sufrimiento se deben comparar más bien a la pérdida de un dedo o la pérdida de visión en un ojo. Puede que en algún momento no notemos que nos faltan, pero el resto del tiempo, aunque los echemos de menos, nada podemos hacer.

XII

Dick encontró a Nicole en el jardín con los brazos cruzados a la altura de los hombros. Le miró directamente con sus ojos grises en los que había algo de curiosidad infantil.

—He estado en Cannes —dijo Dick—, y me he encontrado a la señora Speers. Se marcha mañana. Quería venir a despedirse de ti, pero la disuadí.

—Lo siento. Me hubiera gustado verla. Me es simpática.

—¿A que no sabes a quién más he visto? A Bartholomew Tailor.

—¡No!

—Era imposible no reconocer esa cara de viejo zorro. Andaba buscando por todas partes a la fauna del *Ciro's*. El año que viene se van a presentar todos aquí. Ya sospechaba yo que la señora Abrams era una especie de avanzadilla.

—Cada vez que pienso lo escandalizada que estaba Baby el primer verano que vinimos.

—En realidad, les importa un comino estar en un sitio o en otro. No sé por qué no se quedan tranquilamente en Deauville a pasar frío.

—¿Por qué no empezamos a esparcir rumores de que hay una epidemia de cólera o algo así?

—Le dije a Bartholomew que ciertas clases de personas se morían aquí como moscas. Que un lameculos dura menos que el que dispara una ametralladora en una guerra.

—¿De verdad se lo dijiste?

—No —reconoció—. Estuvo muy amable. Tenías que habernos visto, dándonos la mano allí en el bulevar. Era como el encuentro de Sigmund Freud con Ward McAllister.

Dick no tenía ganas de hablar: deseaba estar solo y ponerse a pensar en su trabajo y en el futuro para no pensar en el amor y en el presente. Nicole lo sabía, pero sólo de una manera confusa y trágica, y el instinto la llevaba a odiarle un poco al mismo tiempo que deseaba restregarse contra su hombro.

—Un encanto de persona —dijo Dick por decir algo.

Entró en la casa y olvidó de pronto qué era lo que le había hecho ir allí. Luego recordó que había sido el piano. Se sentó silbando y tocó de oído:

> *Te imagino en mis rodillas*
> *con té para dos y dos para el té*
> *y yo para ti y tú para mí...*

Pero con la melodía le vino de repente la idea de que al escucharle, Nicole iba a adivinar enseguida que sentía nostalgia de las dos últimas semanas. Se interrumpió en una nota cualquiera y se levantó del piano.

Era difícil decidir adónde ir. Paseó la mirada por la casa, que era obra de Nicole y se había pagado con el dinero de su abuelo. Lo único que le pertenecía a Dick era su estudio y el terreno en el que éste se levantaba. Con tres mil dólares al año y lo poco que le iba llegando de sus publicaciones tenía para vestirse, para sus gastos, para abastecer la bodega y para sufragar la educación de Lanier, que por el momento sólo consistía en pagar el sueldo de la institutriz. Cada vez que habían pensado en mudarse de sitio, Dick había calculado la parte que le correspondía en los gastos. A fuerza de llevar una vida bastante ascética, de viajar en tercera cuando iba solo, de comprar el vino más barato y procurar que la ropa le durara, aparte de castigarse cada vez que hacía un gasto superfluo, había conseguido mantener una cierta independencia económica. Pero siempre se llegaba a un punto en que las cosas se complicaban: una y otra vez tenían que decidir juntos en qué emplear el dinero de Nicole. Naturalmente, Nicole, que deseaba que Dick fuera propiedad suya y que nunca se moviera de donde estaba, alentaba cualquier signo de flojedad por su parte y constantemente le estaba inundando de regalos y dinero. La idea de construir aquella casa sobre el acantilado, que había empezado como una fantasía en la que un día se habían recreado, era un ejemplo típico de las fuerzas que los separaban de los simples arreglos en que habían convenido en un principio en Zúrich.

Del «¿no sería estupendo que...?» habían pasado al «¡qué estupendo va a ser cuando...!».

Y, después de todo, no era tan estupendo. Dick había llegado ya a no distinguir entre lo que era su trabajo y los problemas de Nicole y, por si fuera poco, los ingresos de ella habían aumentado con tal rapidez últimamente que parecían empequeñecer su propio trabajo. Además, con el objetivo de que Nicole se curara, había fingido durante muchos años adaptarse a una estricta vida de familia de la que cada vez se sentía más alejado, y seguir fingiendo resultaba más arduo en aquel ambiente de suave inmovilidad, en el que se veía inevitablemente sometido a un examen microscópico. Que Dick no pudiera ya tocar en el piano lo que le apeteciera era una indicación de que la vida transcurría por cauces cada vez más estrechos. Permaneció largo rato en la gran sala escuchando el zumbido del reloj eléctrico, escuchando el paso del tiempo.

En noviembre las olas ennegrecieron y saltaban por encima del malecón al paseo marítimo; el poco ambiente veraniego que aún quedaba desapareció y las playas presentaban un aspecto melancólico y desolado bajo el mistral y la lluvia. El hotel de Gausse estaba cerrado por reformas y ampliaciones y las obras del casino de verano de Juan-les-Pins habían avanzado mucho y presentaban un aspecto imponente. Cada vez que iban a Cannes o a Niza, Dick y Nicole conocían gente nueva: miembros de orquestas, dueños de restaurantes, entusiastas de la horticultura, navieros —pues Dick se había comprado una vieja lancha— y miembros del Sindicato de Iniciativas. Conocían bien a sus criados y se preocupaban de la educación de los niños. En diciembre Nicole parecía estar ya restablecida. Después de haber pasado un mes sin tensiones, sin labios apretados, sonrisas incomprensibles u observaciones de significado insondable, se fueron a los Alpes suizos a pasar las fiestas de Navidad.

XIII

Antes de entrar, Dick se sacudió con la gorra la nieve que cubría su traje de esquiar azul oscuro. El gran salón, en cuyo suelo habían dejado sus huellas, como picadura de viruelas, innumerables botas de suela claveteada a lo largo de dos decenios, había sido despejado para el baile de la hora del té, y un grupo numeroso de americanos jóvenes, internos en colegios de los alrededores de Gstaad, brincaba al alegre compás de «*No traigas a Lulú*» o tenía un estallido violento al atacar la orquesta un charlestón. Formaban una colonia de gente joven y adinerada pero de gustos sencillos: los verdaderamente ricos, los que hacían de su riqueza una profesión, estaban en Saint-Moritz. Baby Warren consideraba que había hecho un gran sacrificio reuniéndose allí con los Diver.

Dick localizó fácilmente a las dos hermanas en el salón delicadamente embrujado que parecía balancearse suavemente. Destacaban como un anuncio publicitario, espléndidas en sus trajes de esquiar, azul celeste el de Nicole y rojo ladrillo el de Baby. El joven inglés que estaba con ellas les estaba diciendo algo, pero ellas no prestaban atención: estaban contemplando fascinadas aquel baile de adolescentes.

El rostro de Nicole, encendido por la nieve, se iluminó aún más cuando vio a Dick.

—¿Dónde está?

—Ha perdido el tren. Tendré que volver más tarde.

Dick se sentó y cruzó las piernas, balanceando una de sus botas pesadas sobre la rodilla.

—Las dos juntas resultáis realmente impresionantes. De vez en cuando me olvido de que estamos en el mismo grupo y me llevo una impresión tremenda al veros.

Baby era una mujer alta y atractiva, obsesionada por la proximidad de la treintena. Era sintomático que hubiera arrastrado desde Londres a dos hombres para que la acompañaran, uno de ellos apenas salido de Cambridge y el otro ya mayor y endurecido, con aspecto de libertino de la época victoriana. Baby tenía algunas de las características de la solterona típica: no soportaba el contacto físico, se sobresaltaba si alguien le tocaba de pronto y los contactos más prolongados, como besos o abrazos, pasaban directamente de su piel al primer plano de su conciencia. Hacía pocos movimientos con el tronco, con el cuerpo propiamente dicho, y en cambio, daba pataditas en el suelo y erguía la cabeza de una manera que resultaba casi anticuada. Gozaba presintiendo la muerte, prefigurada por las catástrofes que les ocurrían a sus amigos, y se aferraba con obstinación a la idea del trágico destino de Nicole.

El más joven de los dos ingleses de Baby acompañaba a las mujeres por las pistas adecuadas y las atormentaba con las carreras de trineos. Dick, que se había torcido un tobillo al intentar hacer un giro demasiado ambicioso, se sentía muy contento pasando el tiempo en la pista infantil con los niños o bebiendo kvas con un médico ruso que estaba hospedado en el hotel.

—Pásatelo bien, Dick, por favor —le instó Nicole—. ¿Por qué no te haces amigo de algunas de estas niñitas y bailas con ellas por las tardes?

—¿Y qué les digo?

Nicole subió varios tonos su voz grave, casi ronca, para simular una coquetería quejumbrosa:

—Les dices: «Niñita, eres lo más monito que he visto». ¿Qué crees que se dice?

—No me gustan las niñitas. Huelen a jabón y a caramelo de menta. Cuando bailo con ellas me siento como si estuviera empujando un cochecito de niño.

Era un tema delicado. Se cuidaba tanto de mirar para otro lado cuando había chicas jóvenes, haciendo como que no las veía, que se le notaba lo incómodo que estaba.

—Tenemos muchos asuntos que tratar —dijo Baby—. En primer lugar, hay noticias de casa: sobre los terrenos que solíamos llamar los terrenos de la estación. La compañía de ferrocarriles compró primero sólo la parte central. Acaba de comprar el resto, que era de mamá, y habrá que pensar en cómo invertir ese dinero.

Haciendo como que le molestaba el giro tan vulgar que había tomado la conversación, el inglés joven se levantó y fue hacia una chica que estaba en la pista de baile. Tras seguirle un instante con la mirada insegura de una muchacha norteamericana víctima de una incurable anglofilia, Baby continuó en tono desafiante:

—Es mucho dinero. Son trescientos mil para cada una. De mis propias inversiones me puedo ocupar yo, pero Nicole no sabe una palabra de valores y me imagino que tú tampoco.

—Tengo que irme a la estación —dijo Dick, no dándose por aludido.

Afuera inhaló la frescura de los copos de nieve que el cielo cada vez más oscuro no le permitía ya ver. Tres niños que pasaban en un trineo le gritaron algo que sonaba como aviso en una lengua desconocida; les oyó dar gritos en el siguiente recodo y, cuando apenas había dado unos pasos, oyó un ruido de cascabeles que avanzaba pendiente arriba en la oscuridad. La estación estaba vibrante de expectación con los chicos y chicas que esperaban a otros chicos y chicas nuevos y, para cuando llegó el tren, a Dick ya se le había contagiado aquel ritmo e hizo creer a Franz Gregorovius que había sacrificado media hora de una lista de placeres sin fin. Pero el propósito que animaba a Franz era tan firme que se impuso sobre cualquier posible cambio de humor por parte de Dick. «Puede que vaya a Zúrich a pasar el día —le había escrito Dick—, o tal vez puedas tú venir hasta Lausana.» Franz se las había arreglado para ir hasta Gstaad.

Tenía cuarenta años. Como era una persona madura y sana de mente, sabía resultar agradable en su trato oficial, pero donde más a gusto se sentía era en el ambiente más bien sofocante de su hogar, que le daba una seguridad desde la que podía permitirse despreciar a los ricos desequilibrados que acudían a él para que los reeducara. El prestigio científico heredado le había ofrecido horizontes más amplios, pero él parecía haber optado deliberadamente por una perspectiva más humilde, ejemplarizada por el tipo de esposa que había elegido. Cuando llegaron al hotel, Baby Warren le sometió a un rápido examen y, al no hallar en él ninguno de los rasgos distintivos que respetaba, los atributos o gracias más sutiles por los que se reconocían entre sí los miembros de las clases privilegiadas, le aplicó el trato reservado para los de fuera. A Nicole siempre le imponía un poco su presencia. En cuanto a Dick, le tenía afecto como tenía afecto a todos sus amigos: sin ninguna reserva.

Al llegar la noche, se deslizaron pendiente abajo en dirección al pueblo en los pequeños trineos que cumplen el mismo propósito que las góndolas en Venecia. Su destino era un hotel en el que había una anticuada taberna suiza, toda en madera y resonante, repleta de relojes, barriles, picheles y cabezas de ciervo. En torno a las largas mesas había muchos grupos de personas, como si formaran más bien un solo grupo numeroso, que estaban comiendo *fondue,* una versión particularmente indigesta del *rarebit* galés, mitigada con un vino caliente y aromático.

Reinaba un ambiente de jovialidad en la gran sala. Así lo hizo notar el inglés más joven y Dick reconoció que jovialidad era la palabra exacta. El vino estimulante y cabezudo le hizo relajarse y le dio por imaginar que el mundo volvía a ser lo que había sido gracias a aquellos hombres de pelo gris salidos del alegre y desenfadado fin de siglo que cantaban viejas canciones junto al piano con voces estentóreas, aquellas voces juveniles y aquellos vistosos trajes que los remolinos de humo hacían que entonaran con el color de la sala. Por un momento tuvo la sensación de que se encontraban en un barco a punto de recalar; en los rostros de todas las muchachas se leía la misma inocente esperanza ante las posibilidades que parecían brindar la situación y la noche. Dick miró alrededor para ver si se encontraba allí una muchacha que le había llamado particularmente la atención y tuvo la impresión de que estaba en la mesa que había detrás de la suya. Enseguida se olvidó de ella, improvisó un disparate cualquiera y trató de hacer que los de su mesa lo pasaran bien.

—Tengo que hablar contigo —le dijo Franz en inglés—. No puedo estarme aquí más de veinticuatro horas.

—Ya sabía yo que te traías algo entre manos.

—Tengo un plan que es... ¡maravilloso!

Franz le puso la mano a Dick en la rodilla.

—Tengo un plan que supondría el éxito para nosotros dos.

—¿Y en qué consiste?

—Dick: sé de una clínica que podría ser nuestra, la vieja clínica de Braun junto al lago de Zug. Todas las instalaciones son modernas, salvo en algunos pequeños detalles. Braun está enfermo. Se quiere ir a Austria, probablemente a morir. Es una oportunidad que no volverá a repetirse. Tú y yo. ¡Menudo par! Por favor, no digas nada hasta que acabe.

Dick dedujo que Baby estaba escuchando lo que decían por el fulgor amarillo que había en sus ojos.

—Es una empresa que tenemos que acometer juntos. No te ataría demasiado; te proporcionaría una base, un laboratorio, un centro. Podrías residir allí digamos la mitad del año, en los meses de buen tiempo. En invierno te podrías ir a Francia o a América y escribir tus libros con la nueva experiencia adquirida en la clínica.

Franz bajó la voz:

—Y para la convalecencia que tengan que hacer en tu familia, no hay que olvidar lo conveniente que puede ser contar con la atmósfera y la regularidad de la clínica siempre a mano.

Dick no le animó con su expresión a que siguiera enfocando por ahí la cuestión, y Franz se dio por enterado haciendo un gesto con la lengua y los labios, y luego prosiguió:

—Podríamos ser socios. Yo el administrador y tú el teórico, el brillante asesor y demás. Yo me conozco: sé que no tengo el talento que tú tienes. Pero se me considera muy capaz a mi manera; soy muy competente en los métodos clínicos más modernos. Más de una vez he estado prácticamente al frente de la vieja clínica, a veces durante meses. El profesor dice que este plan es excelente y me aconseja que no lo deje. Dice que él va a vivir eternamente y va a seguir trabajando hasta el último momento.

Dick trataba de ver mentalmente las posibilidades de aquel proyecto antes de emitir juicio alguno.

—¿Y en cuanto al aspecto financiero? —preguntó.

Franz levantó la barbilla, las cejas, las arrugas pasajeras de la frente, las manos, los codos, los hombros; tensó los músculos de las piernas hasta que se abultó la tela de sus pantalones, puso el corazón en la garganta y la voz en el paladar.

—¡Ésa es la cuestión! ¡El dinero! —gimió—. Yo tengo poco dinero. El precio en dinero americano es doscientos mil dólares. Los innova... mientos... —no pareció quedarse muy convencido de la palabra que acababa de acuñar— que convendrás en que es necesario introducir costarán veinte mil dólares americanos. Pero la clínica es una mina de oro. Te lo digo yo, que he visto los libros de cuentas. Con una inversión de doscientos veinte mil dólares tenemos asegurados unos ingresos de...

La curiosidad de Baby era tan patente que Dick hizo que tomara parte en la conversación.

—Con tu experiencia, Baby, ¿no has notado que cuando un europeo quiere ver a un americano *muy* insistentemente es invariablemente para algo relacionado con dinero?

—¿De qué se trata? —dijo ella haciéndose la inocente.

—Este joven *Privatdozent* piensa que él y yo deberíamos iniciarnos en el mundo de los grandes negocios tratando de atraer a americanos ricos con depresiones nerviosas.

Franz, inquieto, no apartaba la mirada de Baby mientras Dick seguía hablando:

—¿Y quiénes somos nosotros, Franz? Tú llevas un apellido ilustre y yo he escrito dos libros de texto. ¿Es eso suficiente para atraer a nadie? Y yo no tengo tanto dinero. Vamos, ni la décima parte.

Franz sonrió cínicamente.

—De verdad, no lo tengo. Nicole y Baby son más ricas que Creso, pero todavía no he conseguido echar mano ni a una pequeña parte de su dinero.

Todos se habían puesto a escucharles. Dick se preguntó si no estaría escuchando también la chica de la mesa de atrás. La idea le atrajo. Decidió dejar que Baby hablara por él, como se deja muchas veces a las mujeres que se pongan a discutir problemas cuya solución no está en sus manos. Baby se transformó de pronto en su abuelo, una persona fría y experimentada.

—Creo que es una propuesta que deberías considerar, Dick. No sé lo que estaba diciendo el doctor Gregory, pero a mí me parece...

La chica de la mesa de atrás se había agachado entre volutas de humo a recoger algo del suelo. Nicole, que estaba sentada enfrente de Dick, acopló su rostro al de él. Su belleza, que dudaba entre posar y posarse, afluía a su amor, siempre preparada para protegerlo.

—Piénsalo bien, Dick —insistió Franz muy agitado—. Si quieres escribir sobre psiquiatría, necesitarás tener una experiencia clínica real. Jung escribe, Bleuler escribe, Freud escribe, Forel escribe, Adler escribe, y todos están en constante contacto con trastornos mentales.

—Dick me tiene a mí —dijo Nicole riendo—. Me parece que ya es suficiente trastorno mental para un solo hombre.

—Es diferente —dijo Franz tratando de obrar con tacto.

Baby estaba pensando que si Nicole vivía cerca de una clínica no tendría que preocuparse más por ella.

—Tendríamos que estudiarlo bien —dijo.

Aunque su insolencia le hizo cierta gracia a Dick, no la dejó que siguiera.

—Es una decisión que tengo que tomar yo, Baby —dijo en tono mesurado—. De todos modos, te agradezco que quieras comprarme una clínica.

Baby, dándose cuenta de que se había entrometido, se apresuró a recoger velas.

—Desde luego, es asunto tuyo y nada más que tuyo.

—Una decisión de esta envergadura puede llevar semanas. No sé si me convence mucho la idea de vernos anclados en Zúrich Nicole y yo.

Se volvió hacia Franz, previendo lo que iba a decir:

—Sí, ya sé. Zúrich tiene fábrica de gas y agua corriente y luz eléctrica. Viví allí tres años.

—Bueno, mejor será que te lo pienses bien —dijo Franz—. Confío en que...

En ese momento empezaron a sonar las fuertes pisadas de un centenar de pares de botas pesadas que se dirigían hacia la puerta, y todos les siguieron los pasos. Afuera, a la nítida luz de la luna, Dick vio cómo la muchacha amarraba su trineo a uno de los tiros que había allí delante. Se apiñaron en su propio trineo y, con el restallido de las fustas, los caballos tensaron los músculos y se lanzaron a la oscuridad. Vieron pasar ante sí un revoltijo de figuras que corrían; algunas parecían de jóvenes que se empujaban unos a otros hasta hacerse caer de trineos y patines, aterrizaban en la nieve blanda y corrían jadeantes detrás de los caballos hasta que se dejaban caer exhaustos en alguno de los trineos o se quejaban a gritos de que les habían abandonado. A ambos lados los campos estaban sumidos en una calma benéfica; la cabalgata avanzaba por un espacio elevado y sin límites. Al llegar a aquellos parajes, el ruido de voces pareció decrecer, como si todo el mundo, por un instinto atávico, estuviera atento al aullido de los lobos en la inmensidad nevada.

En Saanen se metieron en tropel en el baile del ayuntamiento, abarrotado de vaqueros, sirvientes de los hoteles, tenderos, profesores de esquí, guías, turistas y campesinos. Entrar en aquel cálido recinto después de haberse sentido afuera en una relación animal, panteística, con la naturaleza, era como volver a asumir un nombre rimbombante y absurdo de caballero que retumbaba como botas con espuelas en la guerra, como calzas de botas de fútbol en el suelo de cemento de unos vestuarios. Se oía el típico cantar tirolés, cuyo ritmo familiar hizo que la escena perdiera para Dick todo el carácter romántico que primero había visto en ella. En un principio creyó que ello se debía a que había logrado apartar a la muchacha de su pensamiento, pero luego se acordó de lo que Baby había dicho: «Tendríamos que estudiarlo bien», y todo lo que esa frase llevaba implícito: «Eres propiedad nuestra y antes o después tendrás que aceptarlo. Es absurdo que sigas pretendiendo que eres independiente».

Hacía ya muchos años que Dick no le guardaba rencor a ningún ser humano: desde que, siendo estudiante de primer año en New Haven, había caído en sus manos un libro muy popular sobre «higiene mental». Pero en aquel momento estaba tratando de contener la indignación que Baby le provocaba; su insensibilidad insolente de mujer rica creaba en él resentimiento. Tendrían que pasar cientos de años para que nuevas generaciones de amazonas llegaran a comprender que un hombre es vulnerable únicamente en lo que atañe a su orgullo, pero que una vez herido en su orgullo se vuelve tan frágil como Humpty-Dumpty, si bien algunas mujeres reconocían cautelosamente ese hecho de dientes afuera. La profesión del doctor Diver, que consistía en clasificar las cáscaras rotas de otra clase de huevo, le había infundido horror hacia cualquier tipo de rompimiento. Sin embargo:

—Se abusa demasiado de los buenos modales —dijo Dick cuando regresaban a Gstaad en el suave trineo.

—A mí me parece que están muy bien —dijo Baby.

—No, no lo están —insistió Dick al bulto de pieles anónimo—. Los buenos modales equivalen a reconocer que todo el mundo es tan delicado que se le tiene que tratar con guante blanco. Pero el respeto a los demás es otra cosa. A un hombre no se le puede llamar cobarde o mentiroso a la ligera, pero si uno se pasa la vida tratando de no herir los sentimientos de los demás y alimentando su vanidad, acaba por no saber qué es lo que debe respetar en ellos.

—A mí me parece que los americanos se toman todo eso de la buena educación demasiado en serio —dijo el inglés más mayor.

—Supongo que sí —dijo Dick—. La educación que tenía mi padre la había heredado de los tiempos en que se disparaba primero y se pedían disculpas después. Los hombres iban armados. En cambio, en Europa los civiles dejaron de llevar armas a comienzos del siglo dieciocho.

—Puede que en cierto modo dejaran de llevarlas, pero...

—No en cierto modo. *Realmente* dejaron de llevarlas.

—Dick, tú siempre has tenido unos modales tan exquisitos —dijo Baby en tono conciliador.

Las mujeres le miraban con cierta inquietud por entre aquel parque zoológico de abrigos. El inglés más joven no entendía nada —era de esos que se pasaban la vida saltando por cornisas y balcones como si se encontraran en la arboladura de un barco— y llenó el tiempo hasta que llegaron al hotel con una ridícula historia de un combate de boxeo con su mejor amigo que había durado una hora y en el curso del cual se habían demostrado el cariño que se tenían y se habían hecho un sinfín de magulladuras, pero siempre con gran reticencia. A Dick le entraron ganas de tomarle el pelo.

—Es decir, que con cada golpe que le daba le consideraba usted mejor amigo todavía.

—Le respetaba más.

—Lo que no acabo de entender es la premisa. Usted y su mejor amigo se ponen a pelear por un asunto sin importancia...

—Si no lo entiende, ¡para qué se lo voy a explicar! —dijo el inglés joven con frialdad.

«Esto es con lo que me voy a encontrar si me pongo a decir lo que pienso», se dijo Dick.

Se arrepintió de haberle provocado, pues se daba cuenta de que lo absurdo estaba en la forma tan compleja en que había narrado una historia que reflejaba una actitud muy inmadura.

La animación estaba en su apogeo y entraron, como el resto de la gente, en la parrilla del hotel, en donde un barman tunecino jugaba con las luces haciendo una especie de contrapunto cuya otra melodía era la luna sobre la pista de hielo, que se podía ver a través de los grandes ventanales. A Dick le pareció que bajo aquella luz la muchacha había perdido vitalidad e interés, y dejó de mirarla para gozar de la oscuridad, de las puntas encendidas de los cigarrillos que se volvían de un verde plateado cuando las luces eran rojas, de la franja blanca que se extendía sobre los que bailaban cuando se abría y cerraba la puerta que daba al bar.

—Dime una cosa, Franz. ¿Tú crees que después de haberte pasado la noche bebiendo cerveza vas a poder convencer a tus pacientes cuando vuelvas de que eres un hombre de carácter? ¿No crees que van a pensar más bien que eres un gastrópata?

—Me voy a la cama —anunció Nicole. Dick la acompañó hasta la puerta del ascensor.

—Me iría contigo, pero tengo que demostrarle a Franz que lo mío no es el trabajo de clínica.

Nicole se metió en el ascensor.

—Baby tiene mucho sentido común —dijo pensativa.

—Baby es una de las...

La puerta se cerró de golpe y, enfrentado a un zumbido de motor, Dick terminó la frase para sí: «Baby es una mujer frívola y egoísta».

Pero dos días después, cuando acompañaba a Franz a la estación en el trineo, Dick reconoció que la idea le parecía bien.

—Estamos empezando a entrar en un círculo vicioso —reconoció—. Viviendo a este ritmo se tiene una serie de tensiones inevitables, y Nicole no puede soportarlas. Además, los veranos en la Riviera cada vez tienen menos de bucólicos. Ya sólo falta que el año que viene organicen una temporada social en toda la regla.

Veían al pasar el verde vibrante de las pistas de patinaje, donde resonaba la música de valses de Viena, y los colores de muchos colegios de montaña refulgentes contra el azul pálido del cielo.

—Espero que lo consigamos, Franz. Tú eres la única persona con la que lo intentaría.

¡Adiós, Gstaad! Adiós, rostros lozanos, florecillas frías, copos de nieve en la oscuridad. ¡Adiós, Gstaad, adiós!

XIV

Dick se despertó a las cinco después de haber tenido un largo sueño sobre la guerra, fue hasta la ventana y se puso a contemplar el lago de Zug. El sueño había comenzado de una manera majestuosa y sombría: unos hombres de uniforme azul marino cruzaban una plaza oscura por detrás de unas bandas que tocaban el segundo movimiento de *El amor de las tres naranjas* de Prokofiev. Luego habían aparecido unos coches de bomberos, símbolos del desastre, y había habido una espantosa sublevación de los mutilados en un hospital de campaña. Dick encendió la lámpara de su mesilla de noche y anotó todo lo que recordaba del sueño, terminando con las palabras en parte irónicas «Neurosis de guerra del no combatiente».

Mientras se sentaba en el borde de la cama, tuvo la sensación de que todo estaba vacío: la habitación, la casa, la noche. En el cuarto de al lado Nicole se quejó en el sueño y Dick se compadeció de la soledad que pudiera estar sintiendo. Para él el tiempo estaba normalmente parado y cada pocos años se aceleraba precipitadamente como una película que se rebobinara muy deprisa. Pero para Nicole, el reloj, el calendario y los cumpleaños señalaban el paso de los años, y además debía hacer frente a la idea desgarradora de que su belleza se iba a marchitar.

Incluso el último año y medio pasado junto al lago de Zug le parecía una pérdida de tiempo a Nicole, pues lo único que señalaba el paso de las estaciones eran los obreros que trabajaban en la carretera, que tomaban un color rosa en mayo, marrón en julio, negro en septiembre y otra vez blanco en la primavera. Había salido de su primera enfermedad vibrante con nuevas esperanzas; era tanto lo que esperaba y sin embargo se había visto privada de una existencia propia, pues sólo vivía a través de Dick, y había criado hijos que sólo podía fingir dulcemente que quería, como si fueran huérfanos que tuviera a su cargo. Las personas que le atraían, rebeldes casi siempre, la perturbaban y no le convenían. Buscaba en ellas la vitalidad que las había hecho independientes o creativas o fuertes, pero buscaba en vano, pues sus secretos yacían enterrados muy hondo en luchas de su infancia que ya habían olvidado. Lo que a esas personas les interesaba más de Nicole era su armonía y encanto aparentes, la otra cara de su enfermedad. Llevaba una vida solitaria teniendo como si fuera propiedad suya a Dick, que no quería ser propiedad de nadie.

Dick había tratado en vano muchas veces de soltar las fuertes amarras que la ataban a ella. Pasaban juntos muchos ratos maravillosos, noches enteras conversando entre los momentos de amor, pero siempre que se alejaba de ella y se encerraba en sí mismo, la dejaba con Nada en las manos, que miraba y miraba y llamaba por mil nombres distintos aun sabiendo que era sólo la esperanza de que él volviera pronto.

Dick aplastó la almohada hasta endurecerla, se echó y apoyó la parte superior del cuello contra ella, como hacen los japoneses para que la circulación sea más lenta, y se durmió un rato más. Más tarde, mientras él se afeitaba, se despertó Nicole y se puso enseguida en movimiento, dando órdenes breves y tajantes a niños y criados. Lanier entró a ver cómo se afeitaba su padre. Desde que vivía al lado de una clínica psiquiátrica sentía una confianza ilimitada en su padre y una gran admiración por él, a la vez que una indiferencia exagerada hacia todos los demás adultos; los pacientes le parecían o bien gente excéntrica o bien gente supercorrecta pero sin vitalidad ni personalidad algunas. Era un muchacho guapo que prometía mucho y Dick le dedicaba gran parte de su tiempo y tenía con él una relación como la de un oficial comprensivo pero exigente con un recluta respetuoso.

—¿Por qué cada vez que te afeitas te dejas un poco de jabón en el pelo? —preguntó Lanier.

Dick separó con cuidado los labios cubiertos de jabón antes de responder:

—Nunca he logrado averiguar por qué, y me lo he preguntado muchas veces. Debe de ser porque me lleno el dedo de jabón al afeitarme las patillas, pero lo que no entiendo es cómo llega el jabón a lo alto de la cabeza.

—Mañana me voy a fijar bien.

—¿Es ésa la única pregunta que quieres hacerme antes del desayuno?

—¡Pero si no era una pregunta!

—De acuerdo. Entonces te debo una.

Media hora más tarde se dirigía Dick al pabellón donde estaban las oficinas. Tenía treinta y ocho años y, aunque seguía sin dejarse barba, se le veía más aire de médico que cuando estaba en la Riviera. Llevaba ya dieciocho meses en la clínica, sin duda una de las mejor equipadas de Europa. Era de estilo moderno, como la de Dohmler. Es decir, ya no un solo edificio oscuro y siniestro, sino una especie de pueblecito, disperso pero no tan integrado como parecía a simple vista. Dick y Nicole habían aportado su buen gusto, por lo que el conjunto resultaba de gran belleza, y no había psiquiatra que pasara por Zúrich que no lo visitara. Si se le hubieran agregado instalaciones de golf podría haber pasado perfectamente por un club de campo. El pabellón de la Eglantina y el de las Hayas, que albergaban a los sumidos en la eterna oscuridad, quedaban ocultos tras unos bosquecillos, como fortalezas camufladas. Detrás había un gran huerto del que se ocupaban en parte los pacientes. Los talleres de ergoterapia eran tres, estaban situados en el mismo edificio y era en ellos donde el doctor Diver empezaba cada mañana sus visitas. El taller de carpintería, donde entraba el sol a raudales, rezumaba dulzura de aserrín, de una edad de la madera ya olvidada; siempre había allí media docena de hombres dando martillazos, cepillando, aserrando, hombres callados que levantaban la vista de su trabajo cuando él pasaba y le miraban con expresión solemne. Como él mismo era buen carpintero, se quedaba un rato con ellos hablando con naturalidad de la eficacia de algunas herramientas, mostrándoles un interés personal por lo que hacían. Contiguo a este taller estaba el de encuadernación, adaptado para los pacientes más flexibles, que no eran siempre, sin embargo, los que más posibilidades tenían de curarse. El último de los talleres estaba dedicado a la fabricación de abalorios, telares y trabajos en latón. Las caras de los pacientes que se encontraban en él tenían la expresión de alguien que acabara de suspirar profundamente desechando algún problema insoluble, pero sus suspiros sólo indicaban el comienzo de otra serie inacabable de razonamientos, no lineales, como en las personas normales, sino girando en torno a un mismo círculo. Dándoles vueltas y más vueltas. Girando eternamente. Pero los colores de los materiales con que trabajaban eran tan vivos que podían producir a los visitantes momentáneamente la impresión engañosa de que todo iba bien, como en un jardín de infancia. A estos pacientes se les iluminaba la cara en cuanto aparecía el doctor Diver. Casi todos le tenían más simpatía a él que al doctor Gregorovius. Desde luego, todos los que habían vivido alguna vez en el gran mundo le preferían a él. Había unos pocos que pensaban que no les hacía caso, o que no era sencillo o que se daba aires. La reacción que provocaba en ellos no era tan distinta de las que despertaba fuera de su vida profesional, pero en este caso tenía un origen más tortuoso.

Había una inglesa que siempre le hablaba de un tema que ella consideraba suyo.

—¿Vamos a tener música esta noche?

—No sé —respondió—. No he visto al doctor Ladislau. ¿Le gustó lo que tocaron anoche la señora Sachs y el señor Longstreet?

—Regular.

—A mí me pareció excelente, sobre todo lo de Chopin.

—A mí regular.

—¿Cuándo va a tocar usted algo para nosotros?

La mujer se encogió de hombros, muy satisfecha con la pregunta, como venía ocurriendo desde hacía varios años.

—Algún día. Pero sólo toco regular.

Sabían que no tocaba ningún instrumento. Dos hermanas suyas habían sido muy buenas concertistas, pero, cuando las tres eran jóvenes, ella se había mostrado incapaz de aprender solfeo.

Después de los talleres, Dick se fue a visitar la Eglantina y las Hayas. Por fuera estos pabellones parecían tan alegres como los otros; por necesidad, Nicole los había decorado y amueblado a base de rejas y barrotes disimulados y muebles fijos al suelo. Había mostrado tal imaginación en su trabajo —la inventiva, cualidad de la que carecía, la facilitaba el propio problema— que ni a una persona enterada se le podría haber ocurrido que el trabajo de filigrana ligero y gracioso en una ventana era el extremo fuerte y firme de una cadena, ni que los muebles que reflejaban tendencias tubulares modernas eran más sólidos que las macizas creaciones de los eduardianos; hasta las flores estaban sujetas por dedos de hierro, y el menor adorno o accesorio era tan necesario como una viga maestra en un rascacielos. Con sus ojos incansables había aprovechado cada habitación al máximo. Cuando alguien la felicitaba, decía bruscamente de sí misma que era un fontanero de primera.

Para aquellos a los que no se les había averiado la brújula, ocurrían cosas muy raras en esos pabellones. El doctor Diver pasaba muchas veces un rato divertido en la Eglantina, el pabellón de hombres, donde había un extraño individuo, exhibicionista, que estaba convencido de que si le dejaban pasear desnudo desde l'Étoile hasta la Concordia iba a resolver un montón de cosas, y Dick pensaba que tal vez estuviera en lo cierto.

Su caso más interesante estaba en el pabellón principal. La paciente era una mujer de treinta años que llevaba seis meses en la clínica; una pintora norteamericana que había vivido muchos años en París. La información de que disponían sobre los antecedentes del caso no era muy satisfactoria. Un primo suyo se la había encontrado un día en un estado de demencia total y, tras internarla brevemente y sin ningún resultado satisfactorio en uno de los centros de desintoxicación de los alrededores de París, dedicados fundamentalmente a tratar a los turistas víctimas de la droga y la bebida, se las había arreglado para llevarla a Suiza. El día que ingresó era una mujer de una belleza fuera de lo corriente, pero se había convertido en una llaga viviente. Ninguno de los análisis de sangre que se le había hecho había resultado positivo y su dolencia se había catalogado, por llamarla de algún modo, como eczema nervioso. Dos meses llevaba con ella, sufriendo como si estuviera en un potro de tortura. Era coherente e incluso brillante, dentro de los límites de sus extrañas alucinaciones.

Era paciente de Dick en particular. Cuando estaba sobreexcitada, era el único médico que se podía «entender con ella». Varias semanas atrás, en una de las muchas noches que se había pasado sin poder dormir a causa del dolor, Franz había logrado hipnotizarla y había tenido unas cuantas horas de reposo necesario, pero no lo había vuelto a conseguir. La hipnosis era un método del que Dick desconfiaba y que rara vez usaba, pues sabía que no siempre podía ponerse en situación. Una vez lo había intentado con Nicole y ésta se había reído sarcásticamente de él.

La mujer de la habitación 20 no le había visto entrar: la zona alrededor de sus ojos estaba demasiado hinchada. Tenía una voz potente, modulada y profunda que impresionaba.

—¿Hasta cuándo va a durar esto? ¿Me voy a quedar así para siempre?

—No. Pronto se va a pasar. El doctor Ladislau me ha dicho que ya hay zonas enteras que se están despejando.

—Si supiera lo que he hecho para merecer esto, lo podría aceptar con ecuanimidad.

—Es mejor que no busque una explicación metafísica. Para nosotros se trata de un fenómeno nervioso. Tiene que ver con el rubor. ¿Se ruborizaba fácilmente cuando era jovencita?

Estaba tendida con el rostro mirando al techo.

—Desde que me salieron las muelas del juicio no he encontrado ninguna ocasión para sonrojarme.

—¿No ha cometido pequeños pecados y errores, como todo el mundo?

—No tengo nada que reprocharme.

—Tiene usted mucha suerte.

La mujer se quedó pensativa un instante. Su voz, a través de los vendajes que le cubrían la cara, llegó envuelta en cadencias subterráneas:

—Comparto la suerte de todas las mujeres de mi época que se atrevieron a luchar contra el hombre.

—Y, para su gran sorpresa, resultó una lucha como todas las demás —replicó Dick, adoptando su mismo tono solemne.

—Exactamente igual que todas las demás.

Reflexionó un instante.

—Si no transiges y llegas a un arreglo, o logras una victoria pírrica o te quedas destrozada, hecha una ruina. Te conviertes en el eco fantasmagórico de un muro destruido.

—Usted no está destrozada ni hecha una ruina —le dijo Dick—. ¿Está segura de que la lucha iba en serio?

—¡Míreme! —gritó furiosa.

—Ha sufrido, pero muchas mujeres sufrieron antes de que se creyeran hombres.

Aquello se estaba convirtiendo en una discusión y Dick decidió dar marcha atrás.

—En todo caso, no debe confundir un solo fracaso con la derrota definitiva.

—¡Qué bien habla usted! —dijo ella con desprecio. Y esas palabras, que traspasaban la costra de dolor, humillaron a Dick.

—Lo que nos importa es averiguar la verdadera razón de que esté usted aquí... —empezó a decir, pero ella le interrumpió.

—Estoy aquí como símbolo de algo. Yo pensaba que tal vez usted sabría de qué.

—Está enferma —dijo Dick maquinalmente.

—Entonces, ¿qué es lo que estuve a punto de encontrar?

—Una enfermedad todavía más grave.

—¿Eso es todo?

—Eso es todo.

Se oyó mentir y sintió vergüenza de sí mismo, pero en aquel momento y lugar, sólo con una mentira se podía resumir un tema de tal magnitud.

—Fuera de eso sólo hay confusión y caos. No voy a tratar de sermonearla: nos damos perfecta cuenta de su sufrimiento físico. Pero sólo haciendo frente a los problemas de cada día, por muy insignificantes y tediosos que parezcan, podrá usted lograr que las cosas vuelvan a su cauce. Una vez que lo logre, tal vez pueda volver a explorar...

Se había puesto a hablar más despacio porque temía pronunciar las palabras a las que inevitablemente llevaba el hilo de su pensamiento: «Las fronteras de la conciencia». No le correspondía a ella explorar las fronteras que los artistas se veían obligados a explorar. Era una mujer sutil, intuitiva; tal vez hallara reposo finalmente en alguna forma plácida de misticismo. Los que exploraban esas fronteras tenían que tener algo de sangre campesina, muslos poderosos y tobillos gruesos; tenía que ser gente capaz de aceptar el castigo como aceptaba el pan y la sal: en cada fibra de su carne y de su espíritu.

Eso no es para usted, estuvo a punto de decir. Es un juego demasiado duro para usted.

Ante la terrible majestad de su dolor, Dick se sentía atraído hacia ella sin reservas, casi sexualmente. Sentía deseos de tenerla en brazos, como tantas veces tenía a Nicole, y amar incluso sus errores, que de manera tan profunda formaban parte de ella. La luz anaranjada que se filtraba por la persiana echada, el sarcófago de su forma sobre el lecho, el trocito de cara, la voz que buscaba el vacío de su enfermedad y sólo hallaba abstracciones remotas.

Cuando Dick ya se levantaba, vio cómo le corrían las lágrimas como lava por los vendajes.

—Esto es para algo —susurraba—. Algo debe salir de esto.

Dick se inclinó sobre ella y la besó en la frente.

—Todos debemos procurar ser buenos —dijo.

Cuando salió de la habitación, mandó a la enfermera que fuera con ella. Le quedaban otros pacientes por visitar, entre ellos una muchacha americana de quince años a la que habían educado basándose en el principio de que el único objeto de la infancia era pasarlo bien. La visita de Dick se debía a que la muchacha acababa de cortarse todo el pelo con unas tijeras para uñas. No era mucho lo que se podía hacer por ella: varios casos de neurosis en su familia y ni una cosa estable en su pasado a partir de la cual se pudiera construir algo. Su padre, que era una persona normal y concienzuda, había tratado de proteger a su nerviosa progenie de los problemas de la vida y lo único que había conseguido era que no desarrollaran capacidad alguna de hacer frente a las sorpresas que la vida inevitablemente ofrece. Poca cosa podía decirle Dick:

—Helen, cuando tengas alguna duda debes preguntar a una enfermera. Tienes que aprender a aceptar consejos. Prométeme que lo harás.

¿Qué valor tenía una promesa para una mente enferma? Dick vio después a un frágil exiliado del Cáucaso amarrado, para más seguridad, a una especie de hamaca que a su vez estaba sumergida en un baño medicinal caliente, y a las tres hijas de un general portugués que se deslizaban casi imperceptiblemente hacia la paresia. Fue a la habitación contigua a la de éstas y le dijo a un psiquiatra trastornado que estaba mejor, cada vez mejor, y el hombre trató de leer la verdad de lo que decía en su cara, pues lo único que todavía le ataba al mundo real era la seguridad que podía encontrar en las palabras del doctor Diver. Después de esto, Dick despidió a un enfermero por inepto y ya llegó la hora de comer.

XV

Las comidas con los pacientes eran una obligación cotidiana que Dick trataba de cumplir con resignación. El conjunto de comensales, entre los que, naturalmente, no se encontraban los residentes de la Eglantina o de las Hayas, parecía perfectamente normal a simple vista, pero siempre se cernía sobre ellos una pesada atmósfera de melancolía. Todos los médicos presentes conversaban entre sí, pero los pacientes, como si hubieran quedado agotados con los esfuerzos de la mañana o les deprimiera la compañía, hablaban poco y comían sin levantar la vista del plato.

Una vez terminado el almuerzo, Dick regresó a su casa. Nicole estaba en el salón y su rostro tenía una expresión extraña.

—Lee esto —le dijo.

Dick abrió la carta. Era de una mujer a la que habían dado de alta recientemente, si bien con cierto escepticismo por parte de los médicos. En ella le acusaba abiertamente de haber seducido a su hija, que había permanecido al lado de su madre durante la fase crucial de la enfermedad. Suponía que la señora Diver se alegraría de disponer de esa información porque así podría saber cómo era su marido «en realidad».

Dick leyó la carta por segunda vez. Aunque estaba escrita en un inglés claro y conciso, se podía saber que era la carta de una maníaca. En una ocasión, la muchacha, que era una morenita muy coqueta, le había pedido que la llevara en su coche a Zúrich y él había accedido, y por la tarde la había vuelto a llevar a la clínica. La había besado con indiferencia, más bien por complacerla. Después, ella había tratado de que la cosa llegara a más, pero Dick no tenía el menor interés, y luego, tal vez en consecuencia, la chica le había tomado aversión y se había llevado a su madre de la clínica.

—Es la carta de una perturbada —dijo—. No tuve relaciones de ningún tipo con esa chica. Ni siquiera me era simpática.

—Sí. Eso es lo que me gustaría creer —dijo Nicole.

—Supongo que no creerás lo que dice.

—Ya no sé qué creer.

Dick se sentó junto a ella y dijo, en tono de reproche:

—Esto es absurdo. Es la carta de una enferma mental.

—Yo fui una enferma mental.

Dick se puso en pie y habló en tono de más autoridad.

—Bueno, ya está bien de tonterías, Nicole. Ve a llamar a los niños y pongámonos en marcha.

Con el coche, que conducía Dick, fueron siguiendo los pequeños promontorios del lago, y el reflejo de la luz sobre el agua incendiaba el parabrisas. Pasaron, como por un túnel, entre cascadas de verdor. Era el coche de Dick, un Renault tan diminuto que todos sobresalían de él, excepto los niños, entre los cuales se elevaba la figura de la mademoiselle como un mástil en el asiento de atrás. Se conocían aquella carretera de memoria: sabían en qué punto exacto iban a sentir el olor de los pinos y del humo de las carboneras. El sol, que estaba alto y parecía tener una cara dibujada, golpeaba brutalmente los sombreros de paja de los niños.

Nicole estaba callada; a Dick le inquietaba su mirada fija y dura. A menudo se sentía solo junto a ella y muchas veces le cansaba con los breves torrentes de revelaciones de tipo personal que reservaba exclusivamente para él («Así es como soy» o «No, no, soy más bien así»), pero esa tarde se habría alegrado de que se pusieran a parlotear un rato de aquella manera: por lo menos habría tenido una idea de lo que estaba pensando. La situación era siempre más inquietante cuando se encerraba en sí misma y cerraba las puertas tras sí.

En Zug se bajó del coche la mademoiselle y los dejó. Antes de llegar a la feria de Agiri, los Diver tuvieron que adelantar a una caravana de apisonadoras gigantescas que les iban cediendo el paso. Dick aparcó el coche y, como Nicole le estaba mirando sin dar señales de querer moverse, dijo:

—Venga, cariño.

Los labios de ella se abrieron de pronto en una sonrisa tan espantosa que a Dick se le hizo un nudo en la garganta, pero hizo como que no la había visto y repitió:

—Venga. Que si no no pueden salir los niños.

—Sí, sí, ya voy —contestó, como arrancando las palabras de alguna historia que se estuviera desarrollando en su interior a tal velocidad que él no podía captarla—. No te preocupes, que ya voy.

—Pues ven, entonces.

Le dio la espalda a Dick cuando él se puso a caminar a su lado, pero seguía con la misma sonrisa, burlona y remota. Lanier le tuvo que repetir algo que le estaba diciendo varias veces y sólo entonces consiguió concentrar su atención en un objeto, un espectáculo de marionetas, que le sirvió como punto de orientación.

Dick no sabía muy bien qué hacer. La dualidad de puntos de vista en su relación con ella —el del marido y el del psiquiatra— entorpecía cada vez más sus facultades. Durante esos seis años Nicole le había hecho cruzar la línea divisoria en varias ocasiones, y le había desarmado al lograr inspirarle compasión o bien mediante algún rasgo de ingenio fantástico y sin relación con nada, de forma que sólo cuando ya había concluido el episodio y él mismo se había relajado, había tenido claridad mental suficiente para percatarse de que Nicole se había salido con la suya arrastrándole a un compartimiento no conforme a lo que él juzgaba razonable.

Tras una discusión con Topsy sobre si el Polichinela de aquel teatro de marionetas era el mismo Polichinela que habían visto el año anterior en Cannes, la familia reanudó su paseo a cielo abierto entre las casetas. Las anchas tocas de las mujeres, sus corpiños de terciopelo y sus faldas amplias y alegres de muchos cantones parecían de lo más recatado frente al colorido de los carromatos y las casetas pintados de azul y naranja. Se oía el tintineo lastimero de algún espectáculo pseudooriental.

De repente Nicole echó a correr, tan de repente que por un instante Dick no se dio cuenta. Vio a lo lejos su vestido amarillo mezclándose con el gentío, un punto de color ocre en la frontera entre lo real y lo irreal, y se lanzó tras ella. Ella corría en secreto y en secreto él la seguía. Cuando el calor de la tarde se volvía más sofocante e insoportable se dio cuenta de que con la huida de Nicole se había olvidado de los niños; giró sobre sus talones y volvió corriendo a por ellos, los agarró a cada uno por un brazo y recorrió ansiosamente con ellos las casetas.

—*Madame!* —le gritó a una joven que estaba tras una rueda de lotería blanca—. *Est-ce que je peux laisser ces petits avec vous deux minutes? C'est très urgent. Je vous donnerai dix francs.*

—*Mais oui.*

Hizo que los niños le siguieran adentro de la caseta.

—*Alors. Restez avec cette gentille dame.*

—*Oui, Dick.*

Echó a correr de nuevo, pero ya la había perdido de vista. Estuvo mirando en el tiovivo hasta que se dio cuenta de que daba vueltas con él a su misma velocidad y miraba siempre el mismo caballo. Se abrió paso entre la gente que había en la cantina y luego, recordando que Nicole sentía predilección por las echadoras de cartas, levantó el borde de la tela de una tienda y miró en el interior. Una voz monótona le saludó:

—*La septième fille d'une septième fille née sur les rives du Nil. Entrez, monsieur.*

Soltó la tela y corrió hacia el lugar en que terminaba la feria, junto al lago, donde una pequeña noria giraba lentamente contra el cielo. Allí encontró a Nicole.

Estaba sola en la barquilla que en aquel momento era la más alta de la noria y, al descender, vio que se estaba riendo a carcajadas. Se echó un poco hacia atrás, donde estaba la gente, la cual, a la siguiente vuelta de la noria, notó la risa excesivamente histérica de Nicole.

—*Regardez moi ça!*

—*Regarde donc cette Anglaise!*

Volvió a bajar. Esta vez la noria se iba parando y se apagaba su música; un grupo de personas se había congregado en torno a la vagoneta de Nicole, todas ellas impelidas, por la extraña manera en que reía, a sonreír idiotamente con ella. Pero en cuanto Nicole vio a Dick dejó de reír bruscamente; hizo un gesto de pasar de largo y huir de él, pero Dick la agarró por el brazo y se alejó con ella sin soltárselo.

—¿Por qué has perdido el control de esa manera?

—Sabes perfectamente por qué.

—No, no lo sé.

—¡No me hagas reír! ¡Venga, suéltame! ¿Es que crees que soy idiota? ¿Es que crees que no me di cuenta de cómo te miraba esa chica... esa morenita? ¡Oh, es tan absurdo todo esto! Una niña que no tendría más de quince años. ¿Es que crees que no me di cuenta?

—Venga, vamos a parar aquí un momento. Y cálmate.

Fueron a una mesa y se sentaron. Nicole tenía una expresión de profunda desconfianza y movía la mano por delante de los ojos como si su campo de visión estuviera obstruido.

—Necesito beber algo. Quiero un coñac.

—Coñac, no. Si quieres puedes tomar una cerveza.

—¿Por qué no puedo tomar coñac?

—Vamos a dejar eso. Mira: toda esa historia de la chica son delirios tuyos. ¿Entiendes esa palabra?

—Sí. Cada vez que veo algo que no quieres que vea son delirios míos.

Dick se sentía de algún modo culpable, como en una de esas pesadillas en las que se nos acusa de un crimen que sin duda reconocemos como algo que hemos vivido pero que al despertar comprendemos que no hemos cometido. Apartó los ojos de ella.

—He dejado a los niños con una gitana en una caseta. Deberíamos ir a por ellos.

—¿Quién te crees que eres? —dijo ella—. ¿Svengali?

Quince minutos antes formaban una familia. Pero ahora se veía obligado a arrinconar a Nicole con el hombro para que no escapara, y le parecía todo, su matrimonio, los hijos, un peligroso accidente.

—Vámonos a casa.

—¡A casa! —rugió Nicole, con la voz tan descontrolada que en los tonos más altos temblaba y se quebraba—. ¿A estarme sentada pensando que nos estamos pudriendo y que las cenizas de los niños se pudren en cada caja que abro? ¡Qué asco!

Dick notó, casi con alivio, que lo que decía le estaba sirviendo de catarsis, y Nicole, que estaba hipersensibilizada, leyó en el rostro de él su cambio de actitud. Su propio rostro se serenó y le rogó:

—¡Ayúdame, Dick! ¡Ayúdame!

A Dick le invadió una sensación de angustia. Era terrible que una torre tan hermosa no se mantuviera firme en el suelo, sino sólo suspendida, suspendida de él. Hasta cierto punto aquello era justo. Para eso estaban los hombres, para ser puntal e idea, viga maestra y logaritmo. Pero en cierto modo Dick y Nicole habían pasado a ser uno y el mismo, no seres opuestos y complementarios; ella era también Dick, era la médula de sus huesos. Él no podía ver cómo Nicole se desintegraba sin ser parte de esa desintegración. Su intuición se desbordó en ternura y compasión. No le quedaba más remedio que recurrir a los métodos modernos y hacer intervenir a un tercero: llamaría a una enfermera de Zúrich para que se hiciera cargo de ella durante la noche.

—*Tú* me puedes ayudar.

La dulzura con que trataba de imponer su voluntad le hacía perder el sentido a Dick.

—Tú me has ayudado otras veces y puedes ayudarme ahora.

—Sólo te puedo ayudar de la misma manera que antes.

—Alguien me podrá ayudar.

—Tal vez. Tú eres la que mejor te puedes ayudar. Vamos a buscar a los niños.

Había numerosos puestos de lotería con ruedas blancas. Dick se sobresaltó cuando preguntó en los primeros de ellos y le contestaron con gestos de no saber de qué estaba hablando. Nicole se mantenía apartada, con expresión agorera, negando a los niños, a los que no perdonaba que formaran parte de un mundo bien hecho que ella deseaba amorfo. Dick los encontró por fin, rodeados de mujeres que los examinaban con deleite como si fueran mercancías preciosas y de niños campesinos que los miraban con curiosidad.

—*Merci, monsieur. Ah, monsieur est trop généreux. C'était un plaisir, monsieur, madame. Au revoir, mes petits.*

Emprendieron el viaje de regreso embargados de una profunda tristeza; dentro del coche se sentía el peso de su recelo mutuo y su congoja, y las bocas apretadas de los niños revelaban el desencanto sufrido. La pesadumbre se presentaba con un color sombrío y terrible que les era desconocido. En algún momento, cuando ya estaban en las cercanías de Zug, Nicole hizo un esfuerzo desesperado y repitió una observación que había hecho antes acerca de una casa de un amarillo brumoso, algo apartada de la carretera, que parecía una pintura que no se hubiera secado del todo, pero fue sólo un intento de aferrarse a una cuerda que se estaba gastando con demasiada rapidez.

Dick trató de calmarse. La verdadera batalla comenzaría luego, cuando llegaran a la casa y se tuviera que pasar horas y horas procurando recomponer el universo para Nicole. No es desacertado que se diga de los esquizofrénicos que tienen doble personalidad: Nicole era alternativamente una persona a la que no hacía falta explicar nada y otra a la que nada se le podía explicar. Con ella era preciso insistir, afirmar, mantener siempre abierto el camino que conducía al mundo real y dificultar el acceso al camino por el que se huía de esa realidad. Pero la locura, con toda su brillantez y versatilidad, es comparable al agua de un dique que hábilmente logra filtrarse o desbordarse: se requiere el esfuerzo conjunto de muchas personas para combatir su acción. A Dick le parecía necesario que esa vez Nicole se curara con su propio esfuerzo. Quería esperar a que recordara todas sus crisis anteriores y se rebelara contra ellas. Cansinamente proyectaba reanudar el régimen que prácticamente habían interrumpido un año antes.

Dick había tomado un atajo que llevaba a la clínica a través de una colina. Al entrar en un breve tramo recto que corría paralelo a la ladera de la colina, pisó el acelerador y el coche viró bruscamente a la izquierda, luego a la derecha, derrapó y, mientras Dick, con Nicole chillándole al oído, trataba de arrancar la mano demente que se aferraba al volante, se enderezó, volvió a virar bruscamente y se salió de la carretera, corrió por entre unos matorrales, derrapó de nuevo y fue a empotrarse contra un árbol formando un ángulo de noventa grados.

Los niños chillaban y Nicole chillaba y maldecía y trataba de arañarle la cara a Dick. La primera preocupación de éste fue cuál sería la posición del coche y, al no poder calcularla, se desembarazó de Nicole, saltó por arriba y sacó a los niños del coche; entonces vio que el coche estaba en posición estable. Por un momento permaneció allí, tembloroso y jadeante, sin poder moverse.

—¡Eres...! —gritó.

Nicole reía a carcajadas. No estaba ni atemorizada ni avergonzada: como si aquello no le concerniera. Nadie que hubiera aparecido en aquel momento se podría haber imaginado que ella había sido la causante de todo. Reía como un niño que acabara de cometer alguna travesura.

—Tenías miedo, ¿verdad? —le dijo a Dick en tono acusatorio—. ¡Querías vivir!

Hablaba con tal autoridad, y él se encontraba tan aturdido, que se preguntó si realmente le había asustado perder su propia vida, pero al ver la tremenda tensión que había en el rostro de sus hijos, que miraban alternativamente a uno y a otro, sintió deseos de aplastar con sus manos aquella horrible máscara que sonreía.

Arriba de donde se encontraban ellos había una posada, a medio kilómetro si se iba por la sinuosa carretera, pero a menos de cien metros si se subía trepando; uno de sus costados asomaba por entre los árboles de la colina.

—Coge a Topsy de la mano —le dijo Dick a Lanier—, así, bien apretada, y subid por esa colina. ¿Ves ese caminito? Cuando lleguéis a la posada, diles: *«La voiture Divare est cassée»*. Seguro que enseguida viene alguien.

Lanier, que no estaba seguro de lo que había ocurrido, pero sospechaba que era algo oscuro y sin precedentes, preguntó:

—¿Y tú qué vas a hacer, Dick?

—Nosotros nos quedamos aquí junto al coche.

Ninguno de los dos niños miró a su madre antes de ponerse en marcha.

—¡Tened cuidado al cruzar la carretera! ¡Mirad a los dos lados! —les gritó Dick.

Él y Nicole se miraron de frente y sus ojos eran como ventanas iluminadas a cada lado de un patio interior. Nicole sacó una polvera, se miró en su espejito y se atusó el pelo en las sienes. Dick miró cómo los niños subían por la colina hasta que desaparecieron entre unos pinos a mitad de camino; luego, examinó el coche para ver los desperfectos que había sufrido y pensar en algún medio de volver a sacarlo a la carretera. Observando la tierra pudo ver la trayectoria que había seguido el coche en zigzag durante más de treinta metros. Le entró una violenta sensación de hastío que nada tenía que ver con la ira.

Unos minutos más tarde llegó corriendo el propietario de la posada.

—¡Dios mío! —exclamó—. ¿Cómo ocurrió? ¿Iban a mucha velocidad? ¡Qué suerte han tenido! ¡Si no llega a ser por ese árbol se hubieran caído rodando colina abajo!

Aprovechando la presencia tan real de Emile, con su amplio delantal negro y el sudor que le corría por las mejillas regordetas, Dick le señaló a Nicole con toda naturalidad para que le ayudara a sacarla del coche. Pero entonces ella saltó por el lado que había quedado más bajo, perdió el equilibrio, cayó de rodillas y se volvió a levantar enseguida. Mientras miraba las maniobras de los dos hombres para mover el coche, adoptó un aire desafiante. Dick, que pensaba que incluso esa actitud era preferible, le dijo:

—Vete con los niños, Nicole.

Cuando ya se había ido, recordó que había querido tomarse un coñac y que allá arriba tenían. Le dijo a Emile que no se preocupara por el coche, que esperarían a que llegara el chófer con el coche grande para remolcarlo hasta la carretera. Se fueron los dos a paso rápido hacia la posada.

XVI

—Tengo que salir de aquí —le dijo Dick a Franz—. Necesito un mes, tal vez más. Todo el tiempo que me sea posible.

—¡Pues claro, Dick! En eso era en lo que habíamos quedado. Fuiste tú el que insistió en quedarse. Si tú y Nicole...

—No quiero que Nicole venga conmigo. Quiero irme solo. Esta última experiencia me ha dejado hundido. Si logro dormir dos horas cada día, se debe a uno de los milagros de Zuinglio.

—Necesitas una verdadera cura de abstinencia.

—«Ausencia» es la palabra exacta. Mira: si me voy al Congreso Psiquiátrico de Berlín, ¿te las podrías arreglar para mantener la paz? Nicole lleva tres meses sin ninguna recaída y se entiende bien con su enfermera. ¡Dios santo! Eres la única persona en el mundo a la que puedo pedir este favor.

Franz soltó un gruñido y se preguntó si se podía confiar en que siempre fuera a pensar en el bien de su socio.

A la semana siguiente, en Zúrich, Dick fue al aeropuerto y tomó el avión para Múnich. Mientras se elevaba en el cielo envuelto en los rugidos del motor, sentía los miembros entumecidos y se dio cuenta de lo fatigado que estaba. Una calma total se apoderó de él y decidió dejar que de las enfermedades se ocuparan los enfermos, del sonido los motores y de los mandos el piloto. No tenía intención de asistir ni a una sola sesión del congreso.

Se lo imaginaba perfectamente todo: los nuevos opúsculos de Bleuler y Forel padre que podría asimilar mucho mejor en casa, la disertación del americano que curaba la demencia precoz sacándole las muelas al paciente o cauterizándole las amígdalas, y el respeto apenas teñido de ironía con que esta idea sería acogida, simplemente porque los Estados Unidos era un país muy rico y poderoso. Y los demás delegados de los Estados Unidos: el pelirrojo Schwartz con su cara de santo y su infinita paciencia tratando de conciliar dos mundos y docenas de alienistas de aire solapado e intereses puramente comerciales que asistirían al congreso en parte para hinchar su reputación, y de ese modo tener más posibilidades de conseguir los puestos más cotizados de expertos en criminología, y en parte para ponerse al corriente de los sofismas más recientes, que luego podrían incorporar a su repertorio y así contribuir más a la infinita confusión de todos los valores. Habría algún italiano cínico y algún discípulo de Freud de Viena. Entre todos destacaría claramente el gran Jung, suave, superenérgico, haciendo su recorrido entre los bosques de la antropología y las neurosis de los colegiales. Al principio el congreso tendría un cierto aire norteamericano, casi «rotario» en su ceremonial y procedimientos, luego lograría imponerse la vitalidad más homogénea de los europeos, y, finalmente, los americanos sacarían el as que tenían oculto: el anuncio de donaciones y fundaciones fabulosas, de excelentes instalaciones y centros de formación nuevos, y ante la enormidad de esas cifras, los europeos empalidecerían y se achantarían. Pero él no estaría allí para verlo.

El avión bordeaba las montañas del Vorarlberg y Dick se deleitó contemplando aquellos pueblecitos con su bucólico encanto. Siempre había cuatro o cinco a la vista, cada uno de ellos agrupado en torno a una iglesia. Qué sencillo resultaba todo observando la tierra a esa distancia.

Tan sencillo como manejar muñecos y soldados de plomo en un juego siniestro. Así es como veían las cosas los hombres de estado, los generales y todos los jubilados. De todos modos, ¡qué alivio se sentía!

Un inglés que estaba al otro lado del pasillo quiso entablar conversación, pero Dick había empezado a notar en los ingleses algo que le repelía. Inglaterra era como un hombre rico que después de una orgía desastrosa trata de ganarse a los miembros de su familia hablando con cada uno de ellos por separado, cuando a todos les resulta evidente que lo único que quiere es recuperar su dignidad para poder arrogarse su poder anterior.

Dick tenía consigo todas las revistas que había podido encontrar en el aeropuerto: *The Century, The Motion Picture, L'Illustration* y el *Fliegende Blätter,* pero resultaba más divertido bajar con la imaginación a aquellos pueblecitos y saludar a los personajes rurales. Se sentaba en las iglesias como se sentaba en la iglesia de su padre en Búfalo, rodeado de las ropas domingueras obligatoriamente almidonadas. Escuchaba las sabias palabras del Cercano Oriente, fue Crucificado, Muerto y Sepultado, en la alegre iglesia, y una vez más le entraba la preocupación de si debía poner cinco o diez centavos en el cepillo, pensando en la chica que estaba en el banco de detrás de él.

El inglés cambió de pronto unas palabras con él y le preguntó si le podía dejar las revistas, y Dick, contento de quedarse sin ellas, pensó en el viaje que le esperaba. Como un lobo bajo la piel de cordero de su traje de lana australiana de hebra larga, se imaginó todo un mundo de placeres: el Mediterráneo incorruptible, con el polvo entrañable de la antigüedad incrustado en los troncos de los olivos, la muchacha campesina de Savona, que tenía un rostro tan verde y tan rosa como el color de un misal iluminado. La tomaría en sus brazos y la pasaría al otro lado de la frontera...

... pero allí la abandonaría: debía seguir su camino hacia las islas griegas, las aguas oscuras de puertos desconocidos, la muchacha perdida en la orilla, la luna de las canciones populares. Una parte de la mente de Dick estaba ocupada por los recuerdos chillones de su infancia. Sin embargo, en esa desordenada tienda de saldos había conseguido mantener viva la precaria llama de la inteligencia.

Tommy Barban era un líder. Tommy era un héroe. Dick se lo encontró por casualidad en Múnich, en la Marienplatz, en uno de esos cafés en donde los tahúres de tres al cuarto echaban los dados en esteras con pretensiones de alfombra. Todo eran discusiones políticas y ruido de naipes en el ambiente.

Tommy estaba en una de las mesas y se reía con su risa marcial: ¡Umb-jajaja! ¡Umb-jajaja! Por lo general bebía poco. Su juego era el valor y sus camaradas le tenían siempre un poco de miedo. Hacía poco que un cirujano de Varsovia le había extirpado una octava parte de la superficie del cráneo, que se estaba soldando bajo el pelo, y el tipo más endeble de los que se encontraban en el café le podría haber matado simplemente golpeándole con el nudo de una servilleta.

—Te presento al príncipe Chillicheff...

Éste era un ruso de cara grisácea y estropeada que tendría unos cincuenta años.

—... y al señor McKibben, y al señor Hannan.

Este último, que era una especie de bola vivaracha de pelo y ojos negros, un verdadero payaso, le dijo inmediatamente a Dick:

—Antes de darle la mano, quiero que me explique una cosa: ¿por qué anda por ahí tonteando con mi tía?

—¿Cómo dice?

—Ya me ha oído. En todo caso, ¿qué es lo que tiene que hacer aquí en Múnich?

—¡Umb-jajaja! —rió Tommy.

—¿Es que no tiene usted tías? ¿Por qué no tontea con ellas?

Dick se echó a reír, con lo cual el otro cambió de táctica.

—Bueno. No vamos a hablar más de tías. ¿Cómo sé yo que no es todo un invento suyo? Llega usted aquí, un completo desconocido al que no hace ni media hora que conozco y me viene con no sé qué historia disparatada de sus tías. ¿Cómo puedo saber yo todas las cosas suyas que se ha callado?

Tommy rió de nuevo y luego dijo, afablemente pero con firmeza:

—Ya está bien, Carly. Siéntate, Dick. ¿Cómo estás? ¿Cómo está Nicole?

A Tommy ningún hombre le inspiraba mucha simpatía, ni tampoco sentía la presencia de otro hombre con mucha intensidad. Siempre estaba perfectamente relajado, preparado para el combate, como ocurre con los buenos deportistas que, cuando están de suplentes, están realmente descansando la mayor parte del tiempo, mientras que alguien menos preparado hace creer que está descansando pero la constante tensión nerviosa le deja físicamente agotado.

Hannan, que nunca se daba por vencido del todo, pasó a un piano que estaba al lado de la mesa y, con el rencor pintado en el rostro cada vez que miraba a Dick, se puso a jugar con el teclado, murmurando de vez en cuando «Tus tías» y, con una cadencia mortecina, «En todo caso, yo no he dicho tías. Lo que dije fue crías».

—Bueno, ¿cómo estás? —volvió a decir Tommy—. No tienes un aire tan... —no le salía la palabra—... tan desenvuelto como solías. Tan animado. Bueno, ya me entiendes.

Parecía una manera bastante enojosa de decirle que había perdido vitalidad y Dick iba a replicar con un comentario sobre los trajes extravagantes que llevaban

Tommy y el príncipe Chillicheff, de un corte y dibujo lo suficientemente fantásticos como para pasearse por Beale Street un domingo por la mañana, pero el príncipe se le adelantó.

—Veo que está mirando nuestros trajes —dijo—. Acabamos de volver de Rusia.

—Los hizo en Polonia el sastre de la Corte —dijo Tommy—. Absolutamente cierto. El propio sastre de Pilsudski.

—¿Han estado haciendo turismo? —preguntó Dick.

Se echaron a reír los dos, y el príncipe, a la vez que reía, le daba palmadas en la espalda a Tommy con gran exageración.

—Sí, hemos estado haciendo turismo. Eso es, turismo. Nos hemos recorrido todas las Rusias como turistas de honor.

Dick esperaba una aclaración. Se la hizo el señor McKibben en dos palabras.

—Se fugaron.

—¿Estaban prisioneros en Rusia?

—Yo —explicó el príncipe Chillicheff, mirando fijamente a Dick con sus ojos apagados de color amarillento—. No prisionero, sino oculto.

—¿Les costó mucho salir de allí?

—Un poco. Dejamos tres guardias rojos muertos en la frontera. Tommy dejó dos —dijo, levantando dos dedos a la manera de los franceses—. Yo dejé uno.

—Eso es lo que no entiendo —dijo el señor McKibben—. ¿Por qué se iban a oponer a que saliera de allí?

Hannan, que seguía sentado al piano, volvió la cabeza y, con un guiño, les dijo a los otros:

—Mac se cree que un comunista es un niño que hace la comunión.

Era el relato de una huida en la mejor tradición: un aristócrata escondido durante nueve años en la casa de un antiguo criado y trabajando en una panadería del Estado; su hija de dieciocho años que está en París y conoce a Tommy Barban... Mientras contaban la historia, Dick llegó a la conclusión de que la vida de aquel vestigio del pasado apergaminado y de cartón piedra no valía la de tres hombres jóvenes. Surgió la cuestión de si Tommy y Chillicheff habían pasado miedo.

—Cuando tenía frío —dijo Tommy—. Siempre me asusto cuando tengo frío. En la guerra siempre que tenía frío me entraba miedo.

McKibben se puso en pie.

—Me tengo que ir. Mañana por la mañana tengo que ir a Innsbruck en coche con mi mujer y mis hijos... y la institutriz.

—Yo también voy allí mañana —dijo Dick.

—¿De veras? —exclamó McKibben—. ¿Por qué no se viene con nosotros? Es un Packard grande y sólo vamos mi mujer, mis hijos y yo... y la institutriz.

—No, muchas gracias, pero...

—Bueno, no es realmente una institutriz —dijo al fin McKibben, dirigiendo a Dick una mirada bastante patética—. Y, además, mi mujer conoce a su cuñada, Baby Warren.

Pero Dick no estaba dispuesto a dejarse arrastrar a ciegas.

—He prometido a dos amigos que iba a ir con ellos.

McKibben puso cara de quedarse decepcionado.

—¡Ah! Bueno, en tal caso... Adiós.

Fue a desenganchar a dos fox terrier de raza atados a una mesa próxima, pero no se decidía a marcharse. Dick se imaginó el Packard abarrotado avanzando trabajosamente por la carretera de Innsbruck, con los McKibben y sus hijos, el equipaje, unos perros ladrando... y la institutriz.

—El periódico dice que se sabe quién lo mató —estaba diciendo Tommy—. Pero sus primos no querían que saliera en los periódicos porque ocurrió en un *speakeasy*. ¿Qué les parece?

—Es lo que se llama orgullo de familia.

Hannan tocó un acorde muy sonoro en el piano para atraer la atención de los otros.

—A mí me parece que las primeras cosas que hizo no se sostienen —dijo—. Incluso olvidándonos de los europeos hay por lo menos una docena de americanos que pueden hacer lo que North hacía tan bien como él.

Era la primera indicación que tenía Dick de que estaban hablando de Abe North.

—La única diferencia es que Abe lo hizo primero —dijo Tommy.

—No estoy de acuerdo —dijo Hannan—. La fama de que era un buen músico le vino de que, como bebía tanto, sus amigos tenían que explicar su conducta de alguna manera.

—¿Qué es lo que están diciendo de Abe North? ¿Qué le pasa? ¿Es que se ha metido en algún lío?

—¿Es que no ha leído *The Herald* esta mañana?

—No.

—Ha muerto. Lo mataron a golpes en un *speakeasy* en Nueva York. Sólo consiguió llegar arrastrándose al Racquet Club, donde murió.

—¿*Abe North*?

—Sí, claro. Dicen que...

—¿*Abe North*?

Dick se puso en pie.

—¿Están seguros de que ha muerto?

Hannan se volvió hacia McKibben:

—No fue el Racquet Club adonde llegó arrastrándose. Fue el Harvard Club. Estoy seguro de que no era socio del Racquet.

—Es lo que decía el periódico —insistió McKibben.

—Debe de ser un error. Estoy seguro.

—*Muerto a golpes en un speakeasy.*

—Pero da la casualidad de que conozco a casi todos los socios del Racquet Club —dijo Hannan—. Tiene que haber sido el Harvard Club.

Dick se levantó y también Tommy. El príncipe Chillicheff salió de su ensimismamiento —tal vez estaba estudiando una vez más las posibilidades que tenía de salir de Rusia algún día, pensamiento al que había dedicado tanto tiempo que era dudoso que pudiera abandonar de inmediato— y se dispuso a marcharse con ellos.

—*Abe North muerto a golpes.*

Iban camino del hotel, pero Dick era apenas consciente de adónde se dirigía. Tommy dijo:

—Estamos esperando que un sastre nos termine unos trajes para poder ir a París. Voy a trabajar con unos agentes de bolsa, pero no puedo presentarme ante ellos así como voy vestido. Todo el mundo en tu país está haciendo millones. ¿De verdad te vas mañana? Ni siquiera vamos a poder cenar contigo. Resulta que el príncipe tenía una vieja amiga en Múnich. La llamó por teléfono, pero hacía cinco años que había muerto, y vamos a cenar con las dos hijas.

El príncipe asintió con un gesto.

—Tal vez podría arreglarlo para que viniera también el doctor Diver.

—No, no —se apresuró a decir Dick.

Durmió profundamente y le despertaron los lentos acordes de una marcha fúnebre ante su ventana. Era una larga columna de hombres de uniforme que llevaban los típicos cascos de la guerra del 14, hombres gruesos con levita y chistera, burgueses, aristócratas, hombres del pueblo. Se trataba de una asociación de ex combatientes que iba a depositar coronas de flores en las tumbas de los caídos. La columna avanzaba lentamente, con un aire que evocaba un esplendor perdido, un esfuerzo del pasado, un dolor ya olvidado. Aunque la tristeza de sus caras era sólo de circunstancias, Dick sintió una emoción en la que se mezclaban el pesar por la muerte de Abe y el lamento por su propia juventud de diez años atrás.

XVIII

Dick llegó a Innsbruck al atardecer, envió su equipaje a uno de los hoteles y se fue caminando al centro. A la luz del crepúsculo, el emperador Maximiliano oraba de rodillas sobre su fúnebre comitiva de bronce; cuatro novicios de un seminario jesuita paseaban leyendo por los jardines de la universidad. Los recuerdos en mármol de antiguos asedios, bodas y aniversarios se desvanecieron rápidamente al ponerse el sol, y Dick tomó *erbsensuppe* con trocitos de salchicha, se bebió cuatro jarritas de Pilsener y rehusó un postre imponente llamado *kaiserschmarren*.

A pesar de la proximidad de las montañas, Suiza estaba lejos, y Nicole estaba lejos. Paseando por el jardín más tarde, cuando ya era completamente de noche, pensó en ella de manera desapasionada y comprendió que la quería por lo que de mejor había en ella. Recordó una ocasión en que la hierba estaba húmeda y ella había ido a su encuentro a paso ligero con las finas zapatillas empapadas por el rocío. Había puesto los pies encima de sus zapatos y se había apretado contra él, ofreciéndole la cara como un libro abierto en una página.

—Piensa en cuánto me quieres —había susurrado—. No te voy a pedir que me quieras siempre como ahora, pero sí te pido que lo recuerdes. Pase lo que pase, siempre quedará en mí algo de lo que soy esta noche.

Pero Dick se había alejado de ella para poder salvarse y se puso a pensar en ello. Se había perdido a sí mismo, aunque no hubiera podido decir la hora, el día o la semana, el mes o el año en que aquello había ocurrido. En otros tiempos había sido capaz de vencer las dificultades y resolvía la más enrevesada de las ecuaciones como si se tratara del problema más simple del menos complicado de sus pacientes. Pero entre el momento en que había encontrado a Nicole como una flor bajo una piedra del lago de Zúrich y el de su encuentro con Rosemary, aquella capacidad había desaparecido.

Aunque no era por naturaleza nada codicioso, el ejemplo de su padre, que había luchado por salir adelante en parroquias pobres, había despertado en él un deseo de tener dinero. No se trataba de la saludable necesidad de sentir seguridad: nunca se había sentido más seguro de sí mismo, más totalmente independiente, que en la época en que se casó con Nicole. Y, sin embargo, lo habían comprado como a un *gigoló* y de algún modo había permitido que encerraran su caudal en las cajas de seguridad de los Warren.

—Deberíamos haber celebrado un contrato de compraventa en toda la regla, pero todavía no se ha cerrado la transacción. He malgastado ocho años enseñando a los ricos las reglas más elementales de la ética, pero todavía no he dicho la última palabra. Todavía me quedan demasiadas cartas por jugar.

Prolongó su paseo entre los rosales descoloridos y los dulces helechos húmedos que apenas distinguía en la oscuridad. La temperatura era suave para el mes de octubre, pero hacía suficiente fresco como para que tuviera que llevar una chaqueta gruesa de *tweed* abotonada al cuello con una pequeña cinta elástica. Se destacó una silueta de la forma oscura de un árbol y Dick supo, sin necesidad de verla, que era la mujer con la que se había cruzado en el vestíbulo cuando salía. Había llegado a un punto en que se enamoraba de todas las mujeres bonitas que veía, de sus siluetas a lo lejos, de sus sombras en un muro.

La mujer le daba la espalda mientras contemplaba las luces de la ciudad. Dick encendió una cerilla y ella debió de oír el sonido, pero permaneció inmóvil.

¿Era aquello una invitación, o una indicación de que estaba ajena a todo? Dick llevaba mucho tiempo alejado del mundo en el que los deseos simples se satisfacen de una manera simple y se sentía torpe e inseguro. ¿No habría algún código secreto por el que se reconocieran entre sí rápidamente los que vagaban en la oscuridad de los balnearios?

Tal vez fuera él el que tuviera que dar el siguiente paso. Los niños, aunque no se conozcan, simplemente se sonríen y dicen: ¿Jugamos?

Se acercó un poco más y la sombra se hizo a un lado. Lo más probable era que le rechazara desdeñosamente tomándole por uno de esos viajantes sinvergüenzas de los que él había oído hablar en su juventud. El corazón le latía fuertemente ante la presencia de lo desconocido, lo inexplorado, lo que no se podía analizar ni explicar. De repente se dio la vuelta, y al mismo tiempo la muchacha rompió la figura que formaba su silueta contra el follaje, le dio un rodeo a un banco con paso no apresurado pero firme y tomó el sendero que llevaba de vuelta al hotel.

A la mañana siguiente, acompañado de un guía y otros dos hombres, Dick emprendió el ascenso al Birkkarspitze. ¡Qué magnífica sensación oír desde arriba los cencerros de las vacas que pastaban en los prados más altos! Dick deseaba que llegara ya la noche para estar en el albergue feliz con su fatiga y confiado en la autoridad del guía, deleitándose en su propio anonimato. Pero al mediodía el tiempo cambió. Cayó aguanieve y granizo y los truenos retumbaron en las montañas. Dick y uno de los otros dos excursionistas querían seguir, pero el guía se negó. Con gran pesar iniciaron el camino de regreso a Innsbruck, lleno de dificultades, con intención de volver a salir al día siguiente.

Después de haber cenado y de haberse bebido una botella de vino del país bastante fuerte en el comedor desierto, Dick sintió una gran desazón, sin saber por qué, hasta que se acordó del jardín. Se había cruzado con la muchacha en el vestíbulo antes de la cena y esta vez ella le había mirado con interés, pero aquello le seguía preocupando: ¿por qué? Si en mis tiempos podía haber conseguido a casi todas las mujeres bonitas que hubiera querido, ¿por qué empezar ahora? ¿Con un fantasma, con un fragmento de mi deseo? ¿Por qué?

Su imaginación trataba de arrastrarle, pero al final acabaron triunfando su viejo ascetismo y la falta de costumbre que en realidad tenía: ¡cielo santo! Lo mismo podría volver a la Riviera y acostarme con Janice Caricamento o con la chica de los Wilburhazy. ¿Voy a empequeñecer todo lo de estos años con algo tan vulgar y de tan poco valor?

Pero no conseguía calmarse, y se fue a la terraza y subió a su cuarto a reflexionar. El estar solo física y espiritualmente engendra soledad y la soledad engendra más soledad.

Una vez arriba, se puso a dar vueltas por la habitación pensando en aquello que le preocupaba y extendió las ropas de hacer montañismo sobre el radiador tibio para que se secaran. Volvió a ver el telegrama de Nicole, que todavía no había abierto, con el que ella le acompañaba diariamente en su viaje. No había querido abrirlo antes de la cena, tal vez por lo del jardín. Era un telegrama de Búfalo reexpedido desde Zúrich.

Tu padre ha muerto esta noche plácidamente.
Holmes.

Sintió un dolor tan agudo que tuvo que juntar todas sus fuerzas para poder resistirlo, pero no pudo evitar que se le extendiera por los riñones, por el estómago, por la garganta.

Volvió a leer el telegrama. Se sentó en la cama, jadeante y con la mirada fija. Su primera reacción fue la típica reacción egoísta de un niño ante la muerte de su padre o de su madre: ¿qué va a ser de mí ahora que no puedo contar con la protección más segura que tenía, la primera que tuve?

Una vez dominado ese terror ancestral, se puso otra vez a dar vueltas por la habitación, deteniéndose de vez en cuando a mirar el telegrama. Holmes era oficialmente coadjutor de su padre, pero, de hecho, y desde hacía ya diez años, era el párroco. ¿De qué había muerto? De viejo: tenía setenta y cinco años. Había vivido muchos años.

A Dick le entristecía que hubiera muerto solo. Su mujer y sus hermanos y hermanas habían muerto antes que él; tenía primos en Virginia, pero eran pobres y no podían permitirse viajar al norte. De modo que el telegrama lo había tenido que firmar Holmes. Dick quería mucho a su padre: siempre que tenía que tomar alguna decisión pensaba primero en lo que su padre hubiera opinado o hubiera hecho. Había nacido varios meses después de la muerte de dos hermanas de corta edad, y su padre, previendo cuál sería la reacción de su madre, había evitado que se convirtiera en un niño malcriado al encargarse él mismo de su educación. Aunque era un hombre sin gran vitalidad, se había impuesto aquella tarea.

En el verano padre e hijo bajaban caminando al centro para que les limpiaran los zapatos, Dick con su traje de marinero de dril almidonado y su padre siempre con su hábito de clérigo de corte impecable, muy orgulloso de su hijo, que era un niño muy guapo. Le enseñaba a Dick todo lo que sabía de la vida, que no era demasiado pero casi todo verdad, cosas simples, normas de conducta que correspondían a su rango de clérigo. «Una vez, en una ciudad a la que acababa de llegar, poco después de que me ordenaran, entré en una sala llena de gente y no sabía muy bien quién era la dueña de la casa. Varias personas que conocía se acercaron a mí, pero no les hice caso porque acababa de ver a una señora de pelo gris sentada junto a una ventana al otro extremo de la sala. Fui hasta ella y me presenté. Después de eso hice muchos amigos en aquella ciudad.»

Su padre había hecho aquello porque tenía buen corazón. Estaba seguro de lo que era y muy orgulloso de aquellas dos viudas tan dignas que le habían inculcado que no había nada superior a los «buenos instintos», el honor, la cortesía y el valor.

Siempre consideró que el pequeño capital que había dejado su esposa pertenecía a su hijo, y mientras cursaba estudios superiores y luego en la Facultad de Medicina le envió regularmente un cheque que cubría todos sus gastos cuatro veces al año. Era uno de esos hombres de los que en la era próspera se decía sentenciosamente: «Era todo un caballero, pero no tenía mucha energía».

Dick hizo que le trajeran un periódico. Sin dejar de dar vueltas y de leer y releer el telegrama que seguía abierto en su buró, decidió en qué barco se iba a ir a América. Luego puso una conferencia a Nicole en Zúrich, y mientras esperaba que se la dieran se acordó de muchas cosas y se preguntó si había sido siempre todo lo bueno que había querido ser.

XIX

Al estar todavía bajo la profunda impresión que le
había causado la muerte de su padre, la espléndida fachada de su patria, el puerto de Nueva York, le pareció a Dick
un espectáculo a la vez triste y grandioso. Pero una vez en
tierra, esa sensación que había tenido durante una hora se
esfumó y ya no la volvió a tener ni en las calles ni en los
hoteles ni en los trenes que le llevaron primero a Búfalo y
luego al sur, a Virginia, acompañando el cadáver de su
padre. Sólo en el tren correo que avanzaba lentamente
por la tierra arcillosa del condado de Westmoreland, entre bosques de arbustos y matorrales, se volvió a sentir
identificado con todo lo que le rodeaba. En la estación
vio una estrella que reconoció, y la luna fría sobre la bahía de Chesapeake. Oyó el chirrido de las ruedas de las
calesas al girar, las entrañables voces con su tono de pre-
suntuosa inocencia, el rumor de los indolentes ríos pri-
migenios, que discurrían suavemente con los suaves
nombres que les habían puesto los indios.

Al día siguiente enterraron a su padre en el ce-
menterio, entre un centenar de Divers, Dorseys y Hun-
ters. Sin duda se sentiría más a gusto allí, rodeado de todos aquellos familiares suyos. Arrojaron flores sobre la
tierra parduzca removida. Ya no había nada que atara a
Dick a aquella tierra y no creía que fuera a volver nunca.
Se arrodilló en el duro suelo. Conocía muy bien a todos
aquellos muertos. Conocía sus rostros curtidos por la in-
temperie y sus expresivos ojos azules, sus cuerpos enjutos
y tensos y sus almas forjadas por la nueva tierra en la
sombría espesura del siglo diecisiete.

—Adiós, padre mío. Adiós, antepasados. Adiós a todos.

En los embarcaderos de los vapores, con sus largos techos, uno se encuentra en un país que no es todavía aquel al que se dirige pero tampoco es ya el país del que va a partir. La nebulosa bóveda amarilla se llena del eco de todos los gritos. Al retumbo de los carretones se suma el de los baúles que se acumulan, el chirrido estridente de las grúas, el primer olor a mar. Uno anda apresurado aunque haya tiempo de sobra. Detrás queda el pasado, el continente. El futuro es la boca resplandeciente al costado del buque. El pasillo turbulento y mal iluminado es el presente, pero un presente demasiado confuso.

Al subir por la pasarela, la visión del mundo se reajusta, se encoge. Se es ciudadano de una república más pequeña que Andorra y ya no se está seguro de nada. Los hombres que están en la oficina del sobrecargo tienen una forma tan rara como los camarotes; los pasajeros y sus amigos lo miran todo con desdén. Luego llegan el lúgubre pitido ensordecedor, la tremenda vibración, y el barco, la idea humana, se pone en movimiento. El embarcadero y las caras que hay en él pasan de largo y por un instante el barco es un fragmento de ellos arrancado accidentalmente. De pronto las caras apenas se distinguen, ya no tienen voz, y el embarcadero es uno de tantos puntos borrosos a lo largo de los muelles. El puerto corre rápido hacia el mar.

Y con él corría Albert McKisco, que era, según los periódicos, la carga más preciada del buque. McKisco estaba de moda. Sus novelas eran refritos de las obras de los mejores novelistas de la época, toda una hazaña que no cabía menospreciar, y además, tenía un gran talento para edulcorar y degradar lo que copiaba, de modo que muchos lectores estaban encantados con lo fácil que les resultaba leer lo que él escribía. El éxito había mejorado su carácter, le había hecho más humilde. No se hacía ilusiones con respecto a sus aptitudes literarias: sabía que poseía más capacidad de trabajo que muchos hombres de superior talento y estaba decidido a disfrutar del éxito que había obtenido. «Todavía no he hecho nada que valga la pena», solía decir. «No creo poseer realmente genio. Pero si sigo intentándolo, tal vez llegue a escribir algún día un buen libro.» Peores intenciones que ésas han dado excelentes resultados. Las innumerables humillaciones del pasado habían quedado olvidadas. En realidad, la base psicológica de su éxito había sido su duelo con Tommy Barban, a raíz del cual, y a medida que se iba haciendo más borroso en su memoria, se había creado un amor propio del que carecía.

Al reconocer a Dick el segundo día de travesía, estuvo considerando primero si le saludaba o no, y luego se presentó en un tono cordial y tomó asiento a su lado. Dick dejó lo que estaba leyendo y, pasados unos minutos, que fue lo que tardó en comprender que McKisco había sufrido un cambio, que ya no tenía aquel complejo de inferioridad tan molesto, descubrió que se alegraba de hablar con él. McKisco estaba «muy impuesto» en más temas de los que dominaba el propio Goethe. Era interesante escuchar las innumerables mezcolanzas superficiales de ideas que presentaba como opiniones propias. Empezaron a tratarse y Dick comió varias veces con ellos. Los McKisco habían sido invitados a la mesa del capitán para las comidas, pero con incipiente esnobismo le dijeron a Dick que «no soportaban a aquella gente».

A Violet se la veía muy encopetada. La vestían los mejores modistos y no cesaba de maravillarse con los pequeños descubrimientos que las chicas de buena familia suelen hacer en la adolescencia. En realidad, podía haber aprendido todas aquellas cosas de su madre en Boise, pero su alma se había despertado melancólicamente en los pequeños cines de Idaho y no le había quedado tiempo para su madre. Ahora había sido «aceptada» —en un medio que comprendía a otros varios millones de personas— y era muy feliz, aunque su marido aún tenía que hacerla callar cuando daba muestras de excesiva ingenuidad.

Los McKisco se bajaron en Gibraltar. A la tarde siguiente, en Nápoles, en el autobús que les llevaba del hotel a la estación, Dick entabló conversación con una familia integrada por dos muchachas y su madre, que parecían desorientadas y nada felices. Ya se había fijado en ellas en el barco. Le invadió un deseo irresistible de ayudarlas, o de sentirse admirado. Consiguió hacerlas reír, las invitó a beber vino y observó satisfecho cómo iban recobrando su natural egoísmo. Les hizo creer que eran esto y lo otro y, siguiendo su plan hasta el final, bebió más de la cuenta para mantener la ilusión, y durante todo ese tiempo las mujeres estuvieron convencidas de que les había llovido un regalo del cielo. Se separó de ellas cuando la noche empezó a decaer y el tren a traquetear y resoplar entre Cassino y Frosinone. Después de unas extrañas despedidas a la americana en la estación de Roma, Dick se fue al hotel Quirinal más bien agotado.

Mientras aguardaba en recepción, levantó de pronto la cabeza, asombrado. Como si estuviera bajo los efectos de una bebida que le bajaba ardiendo por el estómago y de repente enviaba una llamarada al cerebro, vio a la persona que había ido a ver, la persona por la que había cruzado el Mediterráneo.

Rosemary le vio al mismo tiempo; le reconoció antes incluso de identificarlo. Le miró sorprendida y, dejando a la muchacha con la que estaba, se apresuró a ir a su encuentro. Procurando mantenerse erguido y conteniendo la respiración, Dick se volvió hacia ella. Al verla cruzar el vestíbulo con su belleza reluciente, como un caballo joven recién aceitado y con los cascos barnizados, se sintió como si despertara bruscamente de un sueño. Pero fue todo tan rápido que lo único que pudo hacer fue tratar de que no se diera cuenta de lo fatigado que estaba. En respuesta a la mirada confiada y llena de ilusiones de ella, improvisó una forzada pantomima con la que quería decir: «¡Con lo grande que es el mundo y te encuentro precisamente aquí!».

Ella puso sus manos enguantadas sobre las suyas en el mostrador de recepción.

—Dick..., estamos rodando *Qué grande era Roma*. O, por lo menos, eso creo. Podemos dejarlo cualquier día.

La miró fijamente, tratando de cohibirla un poco para que no viera tan claramente su cara sin afeitar y el cuello arrugado de la camisa con la que había dormido. Afortunadamente, ella tenía prisa.

—Empezamos muy temprano porque a eso de las once el cielo se nubla. Telefonéame a las dos.

Una vez en su cuarto, Dick consiguió calmarse. Pidió que lo despertaran al mediodía, se desnudó y se sumió literalmente en un profundo sueño.

No se despertó cuando lo llamaron sino a las dos, totalmente repuesto ya. Deshizo la maleta y dio los trajes a planchar y la ropa sucia a lavar. Se afeitó, se sumergió durante media hora en un baño caliente y luego desayunó. Caía el sol en Via Nazionale y dejó que entrara en su habitación abriendo las dobles cortinas con un tintineo de anillas metálicas. Mientras aguardaba a que le plancharan un traje, leyó en el *Corriere della Sera* sobre «*una novella di Sinclair Lewis Wall Street nella quale l'autore analizza la vita sociale di una piccola città Americana*». Luego trató de pensar en Rosemary.

Al principio no se le ocurría nada. Era joven y atractiva. De acuerdo. Pero también lo era Topsy. Suponía que en los últimos cuatro años habría tenido amantes y los habría querido. Bueno, ¿y qué? Uno no puede saber nunca el lugar que ocupa realmente en la vida de otra persona. Y, sin embargo, de esa inseguridad había nacido su afecto. Las mejores relaciones se establecen cuando uno quiere que perduren a pesar de conocer los obstáculos. El pasado volvía y Dick quería contener aquella elocuente entrega de sí misma que le hacía ella en su preciosa envoltura hasta que fuera sólo suya, hasta que ya no existiera fuera de él. Trató de pasar revista a todas las cosas hacia las que se podía sentir atraída: eran menos que cuatro años atrás. A los dieciocho años se puede ver a alguien que tiene treinta y cuatro a través del velo nebuloso de la adolescencia, pero a los veintidós años se ve a las personas de treinta y ocho con suficiente claridad. Además, en la época de su anterior encuentro, Dick estaba en un estado de especial sensibilidad afectiva, pero desde entonces su capacidad de entusiasmarse se había mermado bastante.

Cuando volvió el mozo, se puso una camisa blanca de cuello duro y una corbata negra con una perla; la cadena que sujetaba sus gafas de leer pasaba por otra perla del mismo tamaño que colgaba una pulgada más o menos por debajo. Al haber dormido, su cara había recobrado el tono marrón rojizo de muchos veranos en la Riviera, y para calentar el cuerpo se puso a hacer el pino sobre una silla hasta que se le cayeron de los bolsillos la estilográfica y unas monedas. A las tres llamó a Rosemary, la cual le invitó a subir. Como los ejercicios acrobáticos le habían dejado un poco aturdido, se detuvo en el bar a tomar un gin-tonic.

—¡Hola, doctor Diver!

Sólo debido a la presencia de Rosemary en el hotel pudo reconocer Dick inmediatamente al que lo llamaba. Era Collis Clay. Se le veía tan seguro de sí mismo como siempre, con aspecto de irle bien las cosas y unos carrillos enormes que antes no tenía.

—¿Sabe que Rosemary está aquí? —dijo Collis.

—Sí. Me la he encontrado.

—Estaba en Florencia y me enteré de que ella estaba aquí, así que me viene la semana pasada. No hay quien reconozca a la niña de mamá. Bueno, quiero decir —se corrigió— que era una chica tan bien educada por su madre y ahora es una mujer de mundo, ¿no? No se puede imaginar cómo tiene a estos chicos romanos. Hace lo que quiere con ellos.

—¿Usted está estudiando en Florencia?

—¿Yo? Sí, claro. Estudio arquitectura allí. Regreso el domingo. Me voy a quedar a ver las carreras.

Con gran dificultad, Dick consiguió impedir que pusiera su bebida a la cuenta que tenía en el bar, que parecía ya un informe de la bolsa de valores.

XX

Una vez que salió del ascensor, Dick siguió por un corredor tortuoso y al fin oyó una voz distante que salía de una puerta entreabierta y dirigió sus pasos hacia allí. Rosemary llevaba un pijama negro; en la habitación estaba todavía el carrito con los restos de la comida. Estaba tomando café.

—Sigues siendo muy guapa —dijo Dick—. Un poco más guapa incluso.

—¿Quieres café, jovencito?

—Perdona el aspecto que tenía esta mañana.

—Sí, tenías mal aspecto. ¿Te encuentras bien ya? ¿Quieres café?

—No, gracias.

—Estás otra vez muy bien. Esta mañana me asusté. Mamá va a venir el mes que viene, si seguimos rodando aquí. Siempre me pregunta si te he visto por aquí, como si pensara que vivimos en casas contiguas. A mamá siempre le gustaste. Pensaba que eras una persona que valía la pena que conociera.

—Pues me alegro de que todavía se acuerde de mí.

—¡Claro que se acuerda! —le aseguró Rosemary—. Muchísimo, además.

—Te he visto en alguna película que otra —dijo Dick—. Una vez hice que proyectaran *La niña de papá* sólo para mí.

—Pues en esta de ahora tengo un papel muy bueno, si no lo cortan.

Rosemary se levantó y le rozó el hombro a Dick al pasar por detrás de él. Llamó a recepción para que se llevaran el carrito y luego se acomodó en un sillón.

—Cuando te conocí era sólo una niña, Dick. Ahora soy una mujer.

—Quiero que me cuentes todo lo que has hecho estos años.

—¿Cómo está Nicole? ¿Y Lanier y Topsy?

—Están todos muy bien. Se acuerdan mucho de ti.

Sonó el teléfono. Mientras ella contestaba, Dick se puso a hojear dos novelas, una de Edna Ferber y la otra de Albert McKisco. Entró el camarero a llevarse el carrito. Privada de su presencia, Rosemary parecía más sola con su pijama negro.

—Tengo una visita... No, no muy bien. Tengo que ir a probarme un vestido para la película y puede que tarde mucho... No, ahora no.

Como si se hubiera sentido liberada al desaparecer el carrito, Rosemary sonrió a Dick. Era una sonrisa que parecía querer decir que los dos juntos habían conseguido librarse de todas las penalidades del mundo y ahora estaban en paz en su paraíso particular.

—Ya está hecho —dijo—. No sé si sabrás que me he pasado la última hora preparándome para recibirte.

Pero el teléfono volvió a sonar. Dick se levantó para quitar su sombrero de la cama y ponerlo en la banqueta del equipaje y Rosemary, alarmada, tapó el micrófono con la mano.

—¡No te estarás yendo!

—No.

Cuando terminó de hablar, Dick trató de conseguir que le dedicara la tarde a él, diciendo:

—Ahora espero que la gente me dé nutrimento.

—Yo también —convino Rosemary—. El hombre que me acaba de telefonear conoció una vez a un primo segundo mío. ¿Te imaginas que se pueda llamar a alguien por un motivo así?

Dejó la habitación a media luz en preparación para el amor. ¿Para qué si no iba a querer ocultarse a su vista? Las palabras que Dick le dirigía eran como cartas, como si tardaran un tiempo en llegar a ella después de que las hubiera pronunciado.

—Me cuesta estar aquí sentado, tan cerca de ti, sin besarte.

Entonces se besaron apasionadamente en el centro de la habitación. Ella se apretó contra él y luego volvió a su sillón.

No podían seguir así, en aquella situación meramente agradable. Había que avanzar o retroceder. Cuando, una vez más, sonó el teléfono, Dick fue al dormitorio y se tendió en la cama, con la novela de McKisco abierta. Enseguida entró Rosemary y se sentó junto a él.

—Tienes unas pestañas larguísimas —observó.

—Nos encontramos de nuevo en la fiesta de fin de curso. Entre los presentes está la señorita Rosemary Hoyt, que se vuelve loca por las pestañas...

Rosemary le besó y Dick la atrajo hacia sí para que se echara en la cama junto a él, y entonces se besaron hasta quedar ambos sin aliento. Rosemary tenía una respiración joven, apasionada y excitante. Sus labios estaban levemente agrietados pero eran suaves en las comisuras.

Eran todo brazos y piernas y pies y ropas y se debatían, él con los brazos y la espalda y ella con la garganta y los pechos, y de pronto Rosemary susurró:

—No, ahora no. Estas cosas tienen que seguir un cierto ritmo.

Como un niño llamado al orden, tuvo que reprimir bruscamente su pasión, apartándola a algún lugar de su cerebro, pero abrazó su cuerpo frágil y la alzó ligeramente por encima de él.

—No importa, cariño —le dijo sonriente.

Al mirar su rostro desde la nueva posición, vio que había cambiado: se reflejaba en él el brillo eterno de la luna.

—Sería justicia divina si fueras tú —dijo ella.

Se separó de él, fue hasta el espejo y se atusó el pelo desordenado con las manos. Luego acercó una silla a la cama y le acarició la mejilla a Dick.

—Dime toda la verdad sobre ti —le pidió él.

—Siempre te la he dicho.

—En parte. Pero nada concuerda.

Los dos se echaron a reír, pero Dick continuó:

—¿De verdad eres virgen?

—¡Nooo! —cantó—. Me he acostado con seiscientos cuarenta hombres, si es eso lo que quieres que te diga.

—No es asunto mío.

—¿Es que quieres estudiarme para luego sacarme en alguna tesis?

—Eres una chica de veintidós años perfectamente normal viviendo en el año mil novecientos veintiocho. Me imagino que habrás tenido más de una experiencia amorosa.

—Sí, pero todas se... frustraron —dijo.

Dick no acababa de creerla. No sabía si estaba levantando deliberadamente una barrera entre los dos o si todo era un medio de conseguir que valorara más su gesto cuando finalmente se entregara a él.

—Vamos a dar un paseo por el Pincio —sugirió Dick.

Se alisó las arrugas del traje y se pasó la mano por el pelo. De algún modo, el momento había pasado igual que había llegado. Durante tres años Dick había sido el modelo con el que Rosemary comparaba a todos los demás hombres y era inevitable que lo hubiera idealizado hasta otorgarle la estatura de un héroe. No quería que fuera como todos los demás y, sin embargo, allí estaba él, con las mismas exigencias que los otros, como si quisiera arrebatarle algo que era suyo y llevárselo en el bolsillo.

Mientras paseaban por el césped entre querubines y filósofos, faunos y cascadas, se agarró de su brazo acomodándose en él con una serie de pequeños reajustes, como si deseara hallar la posición definitiva porque se iba a quedar allí para siempre. Arrancó una ramita y la partió, pero no encontró jugo en ella. De pronto, al ver en el rostro de Dick lo que deseaba ver, le cogió la mano enguantada y se la besó. Luego se puso a juguetear como una chiquilla hasta que le hizo sonreír, y ella se echó a reír y empezaron a pasarlo bien.

—No puedo salir contigo esta noche, cariño, porque quedé con una gente hace mucho tiempo. Pero si te levantas temprano, te llevo mañana al rodaje.

Dick cenó solo en el hotel, se fue temprano a la cama, y a la mañana siguiente se encontró con Rosemary en el vestíbulo a las seis y media. En el coche, a su lado, resplandecía en toda su frescura, como recién creada, con el primer sol de la mañana. Salieron por Porta San Sebastiano y bajaron por Via Appia hasta llegar al inmenso decorado que representaba el Foro y que era más grande que el verdadero. Rosemary dejó a Dick en manos de un hombre que le sirvió de guía entre los grandes arcos y por las gradas y la arena del circo. Rosemary estaba rodando en un decorado que representaba una mazmorra para prisioneros cristianos y al rato fueron allí y vieron a Nicotera, uno de los muchos Valentinos en potencia, pavoneándose y haciendo poses ante una docena de «cautivas» de ojos melancólicos e inquietantes a causa del rímel.

Apareció Rosemary con una túnica que le llegaba a las rodillas.

—No te pierdas esto —le susurró a Dick—. Quiero que me des tu opinión. Todos los que han visto las primeras copias dicen...

—¿Qué son las primeras copias?

—Las tomas del día anterior, que se pasan para que las vea el director. Todos dicen que es la primera vez que tengo sex-appeal en una película.

—Pues yo no lo noto.

—¡Claro, tú no! Pero lo tengo.

Nicotera, en su piel de leopardo, se enfrascó en una conversación con Rosemary, mientras el electricista discutía con el director a la vez que se apoyaba en él. Finalmente, el director lo apartó bruscamente y se secó la frente sudorosa, y el guía de Dick comentó:

—Está otra vez cabreado. ¡Y qué cabreado!

—¿Quién? —preguntó Dick. Pero antes de que el otro pudiera contestar, el director se acercó a ellos con paso rápido.

—¿Quién está cabreado? ¡Tú eres el que está cabreado!

Se volvió a Dick y le habló con vehemencia, como si fuera miembro de un jurado:

—Cuando está él cabreado, se cree que todos los demás están tan cabreados como él.

Fijó su mirada iracunda en el guía un instante más y luego se puso a dar palmadas.

—¡Venga! ¡Todo el mundo a sus puestos!

Era como ir de visita a la casa de una familia numerosa en la que reinara el caos. Se le acercó a Dick una actriz y estuvo un rato hablando con él totalmente convencida de que era un actor que acababa de llegar de Londres. Al darse cuenta de su error, echó a correr despavorida. La mayoría de aquellos cineastas se sentían, o bien claramente superiores a la gente de fuera, o bien claramente inferiores, pero el primer sentimiento era el que predominaba. Eran gente a la vez arriesgada e industriosa; habían pasado a ocupar un lugar prominente en una nación que desde hacía una década sólo quería divertirse.

El rodaje finalizó porque empezaba a nublarse. Si bien la luz era perfecta para un pintor, para la cámara no podía compararse con el aire transparente de California. Nicotera siguió a Rosemary hasta el coche y le susurró algo al oído. Ella le miró sin sonreír al despedirse de él.

Dick y Rosemary comieron en el Castelli dei Cesari, un restaurante espléndido situado en una antigua villa desde la que se dominaban las ruinas de un foro de un período indeterminado de la decadencia. Rosemary tomó un combinado y un poco de vino y Dick bebió lo suficiente para que se disipara la sensación de insatisfacción que tenía. Después regresaron al hotel en el coche, sintiéndose animados y felices, con una especie de exaltación tranquila. Rosemary quería ser poseída por él y lo fue, y lo que había empezado en una playa como una obsesión infantil fue consumado al fin.

XXI

Rosemary tenía otro compromiso para cenar, una fiesta de cumpleaños de uno de los del equipo. Dick se encontró a Collis Clay en el vestíbulo del hotel, pero quería cenar solo y se inventó que tenía un compromiso para cenar en el Excelsior. Se tomó un combinado con Collis y el vago descontento que sentía se convirtió en impaciencia: ya no tenía ninguna excusa para seguir faltando de la clínica. Lo de Rosemary, más que una obsesión amorosa, era un recuerdo romántico. Nicole era su mujer. A menudo se sentía angustiado a causa suya, pero no por eso dejaba de ser su mujer. Dedicarle tiempo a Rosemary era darse gusto a sí mismo egoístamente. Pero dedicarle tiempo a Collis era perderlo de la manera más inútil.

En la entrada del Excelsior se encontró con Baby Warren. Sus ojos grandes y bonitos, que parecían exactamente de jaspe, se quedaron fijos en él con sorpresa y curiosidad.

—¡Pero, Dick, yo te hacía en América! ¿Está Nicole contigo?

—He regresado por Nápoles.

El brazalete negro que llevaba le recordó a Baby que tenía que decir:

—Siento mucho lo ocurrido.

Como era inevitable, cenaron juntos.

—Cuéntamelo todo —pidió Baby.

Dick le dio una versión de los hechos y Baby frunció el ceño. Necesitaba echarle la culpa a alguien de la tragedia de su hermana.

—¿Tú crees que el doctor Dohmler hizo lo que debía haber hecho con ella desde el principio?

—Hoy día los tratamientos no difieren mucho entre sí. Naturalmente, siempre se procura encontrar la persona adecuada para cada caso.

—Dick, no es que pretenda darte consejos ni saber mucho al respecto, pero ¿no crees que un cambio le podría sentar bien? ¿No sería mejor que saliera de ese ambiente, siempre rodeada de enfermos, y llevara una vida normal, como el resto de la gente?

—Pero tú tenías mucho interés en lo de la clínica —le recordó—. Me dijiste que nunca te ibas a sentir realmente tranquila con respecto a ella...

—Pero eso fue cuando estabais llevando aquella vida de ermitaños en la Riviera, en lo alto de una colina aislados del resto de la humanidad. Yo no digo que volváis a llevar esa vida. Estoy pensando, por ejemplo, en Londres. Los ingleses son la raza más equilibrada del mundo.

—No, no lo son —protestó Dick.

—Sí lo son. Yo los conozco muy bien. Lo que quiero decir es que sería estupendo que alquilarais una casa en Londres para la primavera. Sé de una casa en Talbot Square, que podríais alquilar amueblada, que es un ensueño. Viviríais entre ingleses, gente sensata y muy equilibrada.

Baby habría pasado a continuación a repetirle todos los viejos clichés propagandísticos de la guerra del 14 si él no se hubiera echado a reír, diciendo:

—Acabo de leer un libro de Michael Arlen, y si eso es...

Baby, blandiendo la cuchara de la ensalada; acabó con Michael Arlen de un solo movimiento.

—Arlen sólo escribe sobre degenerados. Yo me refiero a los ingleses que valen la pena.

Mientras ella ponía de esa manera el punto final sobre sus amigos, éstos fueron sustituidos en la mente de

Dick únicamente por una visión de los rostros ajenos e inexpresivos que poblaban los pequeños hoteles de Europa.

—Desde luego, no es asunto mío —repitió Baby como preliminar para un nuevo ataque—, pero dejarla totalmente sola en un ambiente como ése...

—Tuve que ir a América porque mi padre murió.

—No, si lo entiendo. Ya te he dicho lo que lo sentía.

Se puso a jugar nerviosamente con las uvas de cristal de su collar.

—Pero ahora tenemos *tanto* dinero. Hay dinero de sobra para cualquier cosa, y debería emplearse en curar a Nicole.

—En primer lugar, no me veo viviendo en Londres.

—¿Pero por qué no? No veo por qué no vas a poder trabajar allí tan bien como en cualquier otra parte.

Dick se retrepó en su asiento y la observó. No cabía duda de que, si alguna vez había sospechado la sórdida verdad, la verdadera razón de la enfermedad de Nicole, había decidido negársela a sí misma y la había arrinconado en algún armario polvoriento como hacía con las pinturas que compraba por equivocación.

Continuaron la conversación en el Ulpia, que estaba en un sótano lleno de toneles de vino; un guitarrista muy dotado rasgueaba estruendosamente los acordes de *Suona Fanfara Mia*. Collis Clay se acercó a saludarlos y se sentó con ellos.

—Es posible que yo no fuera la persona adecuada para Nicole —dijo Dick—. Pero, en todo caso, es muy probable que se hubiera casado con alguien parecido a mí, alguien en quien ella pensara que podía apoyarse... indefinidamente.

—¿Tú crees que podría ser más feliz con algún otro? —exclamó de pronto Baby, como si estuviera pensando en voz alta—. Porque, si es así, se podría arreglar.

Pero en cuanto vio a Dick estallar en una risa incontrolable, se dio cuenta de lo ridícula que había sido su observación.

—Bueno, ya me entiendes —dijo, como para tranquilizarle—. No te vayas a creer que no estamos agradecidos por todo lo que has hecho. Y nos consta que no ha sido fácil.

—¡Por Dios, Baby! —protestó—. Si yo no quisiera a Nicole, tal vez fuera diferente.

—¿Pero realmente la quieres? —preguntó alarmada.

Collis estaba empezando a enterarse de la conversación y Dick se apresuró a cambiar de tema:

—¿Y por qué no hablamos de otra cosa? De ti, por ejemplo. ¿Por qué no te casas? Alguien nos dijo que estabas prometida a Lord Paley, el primo de...

—Oh, no.

Se volvió tímida y esquiva.

—Eso fue el año pasado.

—¿Por qué no te casas? —insistió Dick con obstinación.

—No sé. A uno de los hombres que quise lo mataron en la guerra y el otro me dejó.

—Cuéntamelo. Háblame de tu vida privada, Baby, de lo que piensas de las cosas. Nunca lo haces. Siempre hablamos de Nicole.

—Los dos eran ingleses. No creo que haya en el mundo un tipo de hombre superior a un inglés de primera, ¿no estás de acuerdo? O si lo hay, yo no lo he conocido. Este hombre... Oh, es una historia muy larga. Detesto las historias largas. ¿Tú no?

—¡Desde luego! —dijo Collis.

—Yo no. Me gustan si son buenas.

—Eso es algo que tú haces tan bien, Dick. Eres capaz de mantener a un grupo animado con una frasecita de nada o un comentario de cuando en cuando. Me parece un don envidiable.

—Es un truco —se limitó a decir Dick. Con ésa eran tres las opiniones de ella con las que no estaba de acuerdo.

—Por supuesto, me gusta observar las convenciones sociales. Me gusta que las cosas sean como deben ser, y en gran escala. A ti tal vez no te guste eso, pero debes reconocer que es un signo de solidez en mí.

Esta vez Dick ni siquiera se molestó en disentir de su opinión.

—Por supuesto, sé que la gente va diciendo que Baby Warren recorre toda Europa siempre a la caza de la última novedad y se está perdiendo lo mejor de la vida, pero creo, por el contrario, que soy una de las pocas personas que sabe discernir realmente qué es lo mejor. He conocido a la gente más interesante de mi época.

Su voz se hizo opaca contra el sonido agudo de un nuevo número de guitarra, pero logró imponerse a él.

—He cometido muy pocos errores graves.

—Sólo los más graves, Baby.

Había notado un destello burlón en la mirada de Dick y cambió de conversación. Parecía imposible que pudieran tener nada en común. Sin embargo, había algo en ella que Dick admiraba, y se despidió de ella en el Excelsior con una serie de lisonjas que la dejaron deslumbrada.

Al día siguiente, Rosemary insistió en invitar a comer a Dick. Fueron a una pequeña *trattoria* que llevaba un italiano que había estado trabajando en América y comieron huevos con jamón y *gofres*. Después volvieron al hotel. Dick había descubierto que no estaba enamorado de ella, ni ella tampoco lo estaba de él, pero aquel descubrimiento, en lugar de ser causa de que disminuyera su pasión por ella, había hecho que aumentara. Ahora que sabía que no iba a ocupar un lugar más importante en su vida, se había convertido para él en una mujer misteriosa. Suponía que era eso simplemente lo que querían decir muchos hombres cuando decían que estaban enamorados. Pero aquello nada tenía que ver con la apasionada sumisión del alma, la inmersión de todos los colores en un solo tinte oscuro que había sido su amor por Nicole. Cuando pensaba, por ejemplo, en la posibilidad de que Nicole muriera, o se hundiera en un vacío mental absoluto, o se enamorara de otro hombre, se sentía físicamente enfermo.

Nicotera estaba en la salita de Rosemary y los dos hablaban de algún asunto profesional. Cuando Rosemary le dio a entender que ya era hora de que se fuera, se marchó entre protestas jocosas y dirigiéndole a Dick una mirada bastante insolente. Como de costumbre, el teléfono no cesó de sonar, y Rosemary estuvo hablando unos diez minutos mientras Dick se impacientaba cada vez más.

—Vamos a mi habitación —sugirió, y ella aceptó.

Rosemary se echó en el amplio sofá con la cabeza apoyada en las rodillas de Dick y él se puso a jugar con los graciosos mechones que le caían sobre la frente.

—¿Me dejas que siga siendo curioso? —preguntó.

—¿Qué quieres saber?

—De hombres. Tengo curiosidad, por no decir un deseo enfermizo.

—¿Lo que quieres saber es cuánto tardé después de conocerte a ti?

—O antes.

—Oh, no.

Pareció ofenderse.

—No hubo nada antes. Tú fuiste el primer hombre por el que sentí algo. Y sigues siendo el único por el que realmente siento algo.

Reflexionó un instante.

—Creo que fue un año después, más o menos.

—¿Quién era?

—Oh, un hombre.

Ante su evasiva, la acosó.

—¿A que yo mismo te lo puedo decir? La primera historia fue insatisfactoria y después hubo una gran laguna. La segunda fue mejor, pero en realidad no estabas enamorada de él. La tercera estuvo bien...

Era una tortura para él, pero siguió.

—Luego tuviste lo que era evidentemente una verdadera relación, pero para entonces ya habías empezado a preocuparte de no tener nada que ofrecer al hombre que finalmente amaras.

Se sentía cada vez más intransigente.

—Después tuviste media docena de aventuritas intrascendentes, hasta el momento actual. ¿Ha sido así o no?

Ella rompió a reír, pero tenía lágrimas en los ojos.

—No has acertado ni una —dijo, y Dick sintió un gran alivio—. Pero algún día encontraré a alguien a quien pueda amar de verdad y no le dejaré escapar.

En ese momento sonó el teléfono y Dick reconoció la voz de Nicotera, que preguntaba por Rosemary. Tapó el micrófono con la mano.

—¿Quieres hablar con él?

Rosemary fue al teléfono y farfulló unas palabras en italiano que Dick no entendió.

—El día se pasa rápido con tanto hablar por teléfono —dijo Dick—. Son más de las cuatro y tengo una cita a las cinco. Más vale que vayas a divertirte con tu *signor* Nicotera.

—No seas tonto.

—Pues, entonces, creo que mientras esté yo aquí no deberías contar con él.

—No es tan fácil como crees.

Se había puesto a llorar de pronto.

—Dick, de verdad te quiero. No he querido a nadie como a ti. Pero ¿qué me puedes ofrecer tú?

—¿Y qué puede ofrecerle a nadie ese Nicotera?

—Es distinto.

«Porque la juventud atrae a la juventud.»

—¡Es un latino aceitoso! —dijo. Estaba loco de celos; no quería volver a sufrir.

—Es sólo un crío —dijo Rosemary, lloriqueando—. Sabes muy bien que para mí no hay nadie por encima de ti.

Dick reaccionó rodeándola con los brazos, pero ella se echó hacia atrás como si le fallaran las fuerzas. La tuvo así abrazada un rato, como si fueran las últimas notas de un adagio. Tenía los ojos cerrados y le colgaban los cabellos como a una ahogada.

—Dick, suéltame. No me he sentido más confusa en toda mi vida.

Era un pájaro malhumorado de penacho rojo e instintivamente se apartó de él, como si sus celos injustificados amenazaran con aplastar otros atributos que ella valoraba, como el respeto y la comprensión.

—Quiero saber la verdad —dijo Dick.

—De acuerdo. Nos vemos mucho y quiere casarse conmigo, pero yo no quiero. Eso es todo. ¿Qué quieres que haga yo? Tú nunca me has dicho que quieras casarte conmigo. ¿Qué quieres, que me pase el resto de mi vida tonteando con imbéciles como Collis Clay?

—¿Estabas anoche con Nicotera?

—¿Y a ti qué te importa? —contestó entre sollozos—. Perdóname, Dick. Claro que te importa. Tú y mamá sois las únicas personas que quiero en el mundo.

—¿Y Nicotera?

—¡Y yo qué sé!

Sus respuestas tenían un aire tan evasivo que la menor cosa que decía adquiría un significado oculto.

—¿Es lo mismo que sentías por mí en París?

—Me siento a gusto y feliz cuando estoy contigo. En París era diferente. ¡Pero cómo se puede saber lo que se ha sentido años atrás! ¿Acaso tú puedes?

Dick se levantó y fue a coger la ropa que se iba a poner para salir. Aunque se le llenara el corazón de toda la amargura y el odio del mundo, no se iba a volver a enamorar de ella.

—¡Nicotera no me importa nada! —afirmó Rosemary—. Pero mañana tengo que ir a Livorno con todo el equipo. ¡Oh, por qué habrá tenido que pasar esto!

De nuevo se puso a llorar.

—¡Qué rabia me da! ¿Por qué tuviste que venir? ¿No habría sido mejor que nos hubiéramos quedado con el recuerdo? Me siento como si me hubiera peleado con mamá.

Al empezar Dick a vestirse, Rosemary se levantó y fue hacia la puerta.

—No voy a ir a la fiesta de esta noche.

Era su último esfuerzo.

—Me quedaré contigo. De todas maneras, no me apetece nada ir.

Dick empezó a sentir una nueva oleada de emoción, pero se contuvo.

—Estaré en mi cuarto —dijo ella—. Adiós, Dick.

—Adiós.

—¡Qué rabia me da! ¡Qué rabia! ¿Pero qué es lo que nos pasa realmente?

—Hace mucho tiempo que me lo pregunto.

—¿Y por qué me lo has tenido que volver a traer?

—Debo de ser como la peste —dijo Dick pausadamente—. Parece que ya no puedo hacer feliz a nadie.

XXII

Después de la cena, había cinco personas en el bar del Quirinal: una fulana italiana de bastante clase, que estaba sentada en un taburete e insistía en darle conversación al barman, el cual se limitaba a decir de vez en cuando con aire de aburrimiento: «Sí... Sí... Sí», un egipcio menudo con pretensiones sociales, que sin duda se sentía solo pero desconfiaba de la mujer, y los dos americanos.

Dick era siempre vivamente consciente de su entorno, mientras que a Collis Clay, que vivía de una manera vaga, las impresiones más agudas se le disolvían en un aparato de registro que se le había atrofiado a una edad muy temprana, de modo que el primero hablaba y el segundo escuchaba como el que está sentado donde hay una corriente de aire.

Dick, que se había quedado agotado con todo lo que había ocurrido esa tarde, se estaba desquitando con los habitantes de Italia. Miraba en torno suyo como si esperara que algún italiano que se encontrara en el bar oyera lo que decía y se sintiera ofendido.

—Esta tarde fui a tomar el té con mi cuñada. Nos dieron la última mesa libre y entonces aparecieron dos tipos y se pusieron a mirar a ver si encontraban una mesa, pero no había ninguna libre. Así que uno de ellos se acercó a donde estábamos y dijo: «¿No está reservada esta mesa para la princesa Orsini?», y yo le dije: «No había nada que lo indicara», y él dijo: «Pues creo que está reservada para la princesa Orsini». No le pude ni contestar.

—¿Y qué hizo él?

—Se marchó.

Dick se revolvió en su silla.

—No me gusta esta gente. El otro día dejé a Rosemary dos minutos delante de una tienda y un militar se puso a dar vueltas delante de ella haciendo ademán de quitarse la gorra.

—No sé —dijo Collis al cabo de un rato—. Prefiero estar aquí que en París con alguien tratando de robarme la cartera cada minuto.

Lo estaba pasando muy bien y se resistía contra todo lo que amenazara con aguarle la fiesta.

—No sé —insistió—. No se está tan mal aquí.

Dick trató de representarse alguna imagen de los últimos días que se le hubiera quedado grabada en la mente. El paseo hasta las oficinas del American Express pasando por delante de las olorosas pastelerías de Via Nazionale y luego atravesando el pestilente túnel que desembocaba en las escalinatas de la Plaza de España, donde se elevaba su espíritu al ver los puestos de flores y la casa en la que había muerto Keats. Sólo le importaba la gente; en los lugares apenas se fijaba: lo único que le interesaba de ellos era el tiempo que hacía hasta que algún hecho tangible les daba color. El color de Roma era el del final de su sueño con respecto a Rosemary.

Apareció un botones que le entregó una nota.

«No he ido a la fiesta —decía—. Estoy en mi habitación. Nos vamos a Livorno mañana a primera hora.»

Dick le volvió a dar la nota al muchacho con una propina.

—Dile a la señorita Hoyt que no me has encontrado.

Luego se volvió a Collis y le sugirió ir al Bonbonieri.

Examinaron a la fulana que estaba en el bar con el mínimo de interés que exigía su profesión y ella los miró a su vez, provocativa. Atravesaron el desierto vestíbulo abrumado por los tapices que conservaban en los pomposos pliegues el polvo de la época victoriana y saludaron con un gesto al portero de noche, que devolvió el saludo con el rencoroso servilismo propio de los sirvientes nocturnos. Luego tomaron un taxi que los llevó por calles tristonas en el relente de la noche de noviembre. No se veía ninguna mujer por las calles, sólo hombres pálidos con abrigos oscuros abotonados hasta el cuello que formaban pequeños grupos junto a los bordillos de fría piedra.

—¡Ay, Dios! —suspiró Dick.

—¿Qué ocurre?

—Estaba pensando en el hombre ese de esta tarde. «Esta mesa está reservada para la princesa Orsini.» ¿Sabe lo que son esas viejas familias romanas? Un hatajo de bandidos. Ellos fueron los que se apoderaron de los templos y los palacios después de la caída de Roma y saquearon al pueblo.

—A mí me gusta Roma —insistió Collis—. ¿Por qué no prueba a ir a las carreras?

—No me gustan las carreras.

—Pero va cantidad de mujeres...

—Estoy seguro de que aquí no hay nada que me pueda gustar. A mí me gusta Francia, donde todo el mundo se cree que es Napoleón. Aquí todo el mundo se cree que es Jesucristo.

En el Bonbonieri bajaron al cabaret, una sala hecha con paneles de aspecto irremediablemente transitorio en medio de la fría piedra. Una orquesta tocaba desganadamente un tango y unas doce parejas ocupaban la amplia pista con esos pasos de baile complicados y afectados que a un norteamericano le ofenden a la vista. El exceso de camareros excluía la posibilidad de que se produjera el tipo de alboroto que hasta unos pocos tipos bulliciosos pueden crear. Lo único que animaba aquella escena era un aire general de estar esperando que algo —no se sabía si el baile, la noche o el equilibrio de fuerzas que la sostenían— cesara. Era suficiente para convencer al cliente impresionable de que lo que andaba buscando, fuera lo que fuera, no lo iba a encontrar allí.

Para Dick aquello estaba clarísimo. Miró en torno suyo confiando en encontrar algo que pudiera distraer su mente, ya que no despertar su imaginación, durante una hora. Pero no había nada, y al cabo de un rato se volvió a Collis. Había hecho partícipe a éste de algunos de sus pensamientos actuales y ya estaba harto de tener un público con tan poca memoria y tan poco receptivo. Media hora con Collis bastaba para que su propia energía vital se viera claramente afectada.

Se bebieron una botella de vino espumoso italiano y Dick se puso pálido y empezó a armar bulla. Invitó al director de la orquesta a que fuera a su mesa. Era un negro de las Bahamas engreído y desagradable, y a los pocos minutos se pusieron a discutir.

—Usted dijo que me sentara.

—Está bien. Y le di cincuenta liras, ¿no?

—Está bien. Está bien. Está bien.

—Está bien. Le di cincuenta liras, ¿no? ¡Y entonces usted me dijo que pusiera algo más en la trompeta!

—Usted me dijo que me sentara. ¿Sí o no?

—Le dije que se sentara pero le di cincuenta liras. ¿Sí o no?

—Está bien. Está bien.

El negro se levantó con aire desabrido y se marchó, dejando a Dick de peor humor aún del que estaba. Pero vio una chica al otro extremo de la sala que le sonreía e inmediatamente las difusas formas romanas que le rodeaban adquirieron un aire más asequible y cotidiano. Era una inglesita rubia con una cara muy inglesa, bonita y de aspecto saludable, y le volvió a sonreír. Dick entendía perfectamente aquel tipo de sonrisa, que negaba toda posibilidad de contacto carnal aun cuando pareciera que lo estaba proponiendo.

—O no sé jugar al bridge o ésa ha sido una jugada muy rápida —dijo Collis.

Dick se levantó y atravesó la sala hasta llegar a donde estaba ella.

—¿Quiere bailar?

El inglés de mediana edad con el que estaba sentada dijo, casi disculpándose:

—Yo me voy a ir pronto.

Tan excitado estaba Dick que se le había pasado la embriaguez. Bailó con la muchacha, que le sugería las cosas más agradables de Inglaterra; en su voz diáfana estaba implícita la historia de unos jardines tranquilos rodeados por el mar. Se echó ligeramente hacia atrás para mirarla; sentía tan sinceramente lo que le decía que le temblaba la voz. Ella prometió ir a sentarse con ellos dos en cuanto se marchara su acompañante. Éste, cuando Dick la acompañó a la mesa después del baile, se deshizo en disculpas y sonrisas.

De vuelta en su mesa, Dick pidió otra botella de vino espumoso.

—Se parece a una artista de cine —dijo—. No me acuerdo de cuál.

Miró hacia donde estaba la muchacha con impaciencia.

—No sé por qué no viene ya.

—Me gustaría trabajar en el cine —dijo Collis, pensativo—. Mi padre espera que trabaje con él, pero no me atrae mucho. ¡Veinte años sentado en una oficina en Birmingham!

Parecía resistirse con la voz a la presión de la civilización materialista.

—¿Es que lo considera un trabajo indigno de usted? —sugirió Dick.

—No, no quiero decir eso.

—Yo creo que sí.

—¿Y usted qué sabe? ¿Por qué no se pone a ejercer la medicina, si tanto le gusta trabajar?

Dick había conseguido que también el otro se pusiera de pésimo humor, pero como al mismo tiempo la bebida los tenía en un estado de semi-inconsciencia, enseguida olvidaron el incidente. Collis se levantó para irse y se dieron un apretón de manos cordial.

—Piénseselo bien —dijo Dick en tono solemne.

—¿Qué es lo que me tengo que pensar bien?

—Pues eso.

Tenía idea de que era algo relacionado con que tenía que ponerse a trabajar con su padre. Un buen consejo.

Clay se esfumó. Dick se acabó la botella y luego volvió a bailar con la chica inglesa, forzando a su cuerpo reacio a dar vueltas atrevidas y pasos de marcha llenos de decisión por la pista de baile. Y de pronto ocurrió algo inexplicable. Estaba bailando con la chica, paró la orquesta y ella había desaparecido.

—¿La ha visto usted?

—¿A quién?

—A la chica con la que estaba bailando. Ha desaparecido de repente. Tiene que estar aún en el local.

—¡No! ¡No! Ésos son los lavabos de señoras.

Se quedó en la barra del bar. Había otros dos hombres allí, pero no se le ocurría nada con que iniciar una conversación. Les podría haber contado todo lo que sabía de Roma y los orígenes violentos de las familias Colonna y Gaetani, pero se daba cuenta de que, como comienzo, resultaba más bien abrupto. De la repisa de los cigarros se cayó de repente al suelo toda una hilera de muñecas rusas; se armó el alboroto consiguiente y Dick tenía la sensación de ser él el que lo había causado, así que volvió al cabaret y se tomó un café cargado. Collis se había marchado, la inglesita se había marchado y no parecía que pudiera hacer otra cosa que regresar al hotel y dejarse caer en la cama, deprimido como estaba. Pagó la cuenta y recogió el sombrero y el abrigo.

Había agua sucia en los arroyos y entre los toscos adoquines; empañaba el aire de la mañana una bruma pantanosa de la Campagna, como el sudor de cultivos agotados. Dick se vio rodeado por un cuarteto de taxistas a los que les bailaban los ojillos en sus bolsas oscuras. Apartó de un manotazo a uno de ellos que en su insistencia parecía echársele encima.

—*Quanto a Hotel Quirinal?*

—*Cento lire.*

Seis dólares. Hizo un gesto negativo con la cabeza y ofreció treinta liras, que era el doble de la tarifa de día, pero se encogieron de hombros como un solo hombre e hicieron ademán de alejarse.

—*Trenta-cinque lire e mancie* —dijo con firmeza.

—*Cento lire.*

Se puso a hablar en inglés.

—¡Pero si está a menos de un kilómetro! Les pago cuarenta liras.

—Oh, no.

Estaba muy cansado. Abrió la puerta de uno de los taxis y se metió dentro.

—¡Hotel Quirinal! —dijo al taxista, que seguía obstinado fuera del taxi—. Deje de mirarme con esa cara de burla y lléveme al Quirinal.

—Ah, no.

Dick salió del taxi. Junto a la puerta del Bonbonieri un hombre estaba discutiendo con los taxistas y trató de explicarle a Dick cuál era la actitud de éstos; uno de ellos volvió a acercarse, insistiendo y gesticulando, y Dick lo apartó de un empujón.

—Quiero ir al Hotel Quirinal.

—Dise quiere siento lire —explicó el intérprete.

—Sí, ya lo sé. Le doy cincuenta liras. Lárguese de una vez.

Esto último se lo había dicho al que más insistía, que había vuelto a pegársele. El hombre le miró y escupió con desprecio.

Dick sintió cómo se le acumulaba de golpe toda la vehemente impaciencia de esa semana hasta no quedarle otro desahogo que la violencia, que era el recurso tradicional, el recurso honorable de su país; dio un paso adelante y abofeteó a aquel hombre.

Se lanzaron todos sobre él, amenazantes, agitando los brazos y tratando de rodearle sin conseguirlo. Dick, de espaldas contra la pared, asestaba golpes al azar, medio riéndose, y durante unos minutos representaron ante la puerta aquella parodia de pelea, en la que todo eran empujones, acometidas frustradas y puñetazos en el vacío. De pronto Dick dio un traspié y se cayó al suelo; se había hecho daño, pero trató de levantarse luchando contra brazos que de repente se apartaron. Había intervenido alguien, una voz nueva, y empezó una nueva discusión, pero él se apoyó en la pared, jadeante y furioso por el oprobio de que había sido objeto. Se daba cuenta de que nadie se ponía de su parte, pero se negaba a considerar que la razón no fuera suya.

Iban a ir a la comisaría de policía a zanjar aquel asunto. Recuperaron su sombrero y se lo entregaron; alguien le agarró del brazo sin hacer presión apenas y, junto con los taxistas, dio la vuelta a la esquina y entró en una habitación inhóspita en donde unos *carabinieri* holgazaneaban a la luz mortecina de una bombilla.

Ante una mesa estaba sentado un capitán, a quien el solícito individuo que había parado la pelea le explicó detalladamente en italiano lo que había pasado, señalando de vez en cuando a Dick y dejándose interrumpir por los taxistas, que soltaban entrecortados insultos y acusaciones. El capitán comenzó a sacudir la cabeza con impaciencia. Levantó la mano y la hidra de cuatro cabezas, con unas cuantas exclamaciones últimas, cesó su discurso. Luego se volvió a Dick.

—¿Habla italiano? —preguntó.

—No.

—¿Habla *français*?

—*Oui* —dijo Dick, mirándole ceñudo.

—*Alors. Écoute. Va au Quirinal. Espèce d'endormi. Écoute: vous êtes saoûl. Payez ce que le chauffeur demande. Comprenez-vous?*

Dick negó con la cabeza.

—*Non, je ne veux pas.*

—*Come?*

—*Je paierai quarante lires. C'est bien assez.*

El capitán se levantó.

—*Écoute!* —gritó en tono amenazador—. *Vous êtes saoul. Vous avez battu le chauffeur. Comme ci, comme ça.*

Se puso a dar golpes al aire, acalorado, con la mano derecha y luego con la izquierda.

—*C'est bon que je vous donne la liberté. Payez ce qu'il a dit: cento lire. Va au Quirinal.*

Furioso al sentirse humillado, Dick se encaró con él.

—Muy bien.

Se dirigió ciego de rabia a la puerta. Ante él, mirándole con aire socarrón, estaba el que le había llevado a la comisaría.

—¡Me iré! —gritó—. Pero antes le voy a dar su merecido a este tipo.

Pasó ante los *carabinieri,* que le miraban boquiabiertos, y al llegar al que sonreía burlón le asestó un formidable directo con la izquierda en la mandíbula. El hombre cayó desplomado.

Por un momento se quedó contemplándolo con salvaje expresión de triunfo. Pero justo cuando le empezaba a entrar un asomo de duda todo pareció dar vueltas en torno suyo. Lo derribaron a porrazos y se pusieron a darle puñetazos y puntapiés con las botas a un ritmo salvaje. Sintió que se le partía la nariz como si fuera un trozo de madera y que se le saltaban los ojos como si estuvieran sujetos con gomas dentro de la cabeza. De un fuerte pisotón le hicieron astillas una costilla. Perdió el conocimiento momentáneamente y cuando lo recobró lo habían sentado y le estaban poniendo unas esposas. Se resistió automáticamente. El teniente de paisano al que había derribado se tocaba la mandíbula con un pañuelo y luego lo examinaba para ver si tenía sangre. Se acercó a Dick, afirmó los pies en el suelo y, tomando impulso con el brazo, lo tumbó de un solo golpe.

Mientras el doctor Diver yacía inmóvil en el suelo, le echaron agua encima con un cubo. Luego le arrastraron, agarrándole por las muñecas y, logrando abrir un ojo apenas, reconoció, a través de una bruma ensangrentada, el rostro espectral de uno de los taxistas.

—Vaya al hotel Excelsior —le dijo con un hilillo de voz—. Avise a la señorita Warren. ¡Doscientas liras! Señorita Warren. *Due centi lire.* ¡Oh, cerdos...! Oh, Dios...

Se ahogaba y sollozaba mientras le seguían arrastrando a través de la bruma ensangrentada por vagas superficies irregulares hasta que llegaron a un cuartucho y lo dejaron caer sobre un suelo empedrado. Los demás salieron, se oyó un portazo y se encontró solo.

XXIII

Baby Warren había estado tendida en la cama hasta la una leyendo uno de los relatos curiosamente insulsos de Marion Crawford cuya acción ocurría en Roma; cuando lo terminó, se levantó y se puso a mirar por la ventana lo que pasaba en la calle. Enfrente del hotel, dos *carabinieri,* de apariencia ridícula con las capas que los envolvían y las gorras de arlequín, se movían pesadamente de un lado a otro, como la vela mayor de un barco al virar éste, y mirándolos se acordó del oficial de la Guardia que le había dirigido miradas intensas durante el almuerzo. Tenía la arrogancia propia de los hombres altos de un país de bajos, como si no tuviera otra obligación que la de ser alto. Si se le hubiera acercado y le hubiera dicho: «¡Vámonos!», le habría contestado: «¿Y por qué no?», o al menos eso era lo que pensaba ahora, pues todo le seguía pareciendo irreal en aquel ambiente que le era tan ajeno.

Vagaron sus pensamientos, pasando lentamente del oficial a los dos *carabinieri* y de éstos a Dick. Se volvió a meter en la cama y apagó la luz.

Un poco antes de las cuatro la despertaron bruscamente unos golpes en la puerta.

—Sí. ¿Quién es?

—El portero, señora.

Se puso el kimono y abrió la puerta con aire soñoliento.

—Su amigo Divere está en lío. Lío con la policía y está en prisión. Mandó taxi para decir.y el taxista dice que prometió doscientas liras.

Hizo una prudente pausa para ver si estaba de acuerdo con esa cifra y luego siguió.

—El taxista dice que el señor Divere está en mucho lío. Ha peleado con la policía y está herido muy mal.

—Bajo enseguida.

El corazón le latía furiosamente mientras se vestía. Diez minutos después salía del ascensor al vestíbulo en penumbra. El taxista que había traído el recado se había marchado ya; el portero le consiguió otro taxi y le dijo al taxista las señas de la cárcel. Mientras iban en el taxi, la oscuridad empezaba a disiparse lentamente y los nervios de Baby, aún no despiertos del todo, se resentían de aquel inestable equilibrio entre la noche y el día. En su mente inició una carrera contra el día. A veces, en las anchas avenidas, era ella la que ganaba, pero cada vez que la incipiente claridad hacía una pequeña pausa, se veía empujada por ráfagas de viento que, impacientes, la obligaban a continuar su lenta ascensión. El taxi pasó ante una ruidosa fuente cuya agua al caer formaba una sombra voluminosa, torció y se metió en una callejuela de trazado tan curvo que los edificios se habían combado y estirado para poder seguirlo, pasó dando tumbos y traqueteando por suelos adoquinados y se paró con una sacudida ante dos garitas de centinela que destacaban contra un muro húmedo y verdoso. De pronto, desde la oscuridad violácea de un corredor llegó la voz de Dick, que gritaba desgañitándose.

—¿No hay ningún inglés? ¿No hay ningún americano? ¿No hay ningún inglés? ¿No hay ningún...? ¡Oh, Dios! ¡Cerdos italianos!

Su voz se apagó y Baby oyó un ruido sordo de golpes en la puerta. Luego volvió a oírse la voz de Dick.

—¿Es que no hay ahí ningún americano? ¿Ningún inglés?

Baby recorrió el pasillo siguiendo la voz hasta que, al llegar a un patio, se quedó un momento desorientada y por fin localizó la salita de guardia de donde procedían los gritos. Dos *carabinieri* se pusieron en pie sobresaltados al verla, pero Baby pasó ante ellos rápidamente y se dirigió a la puerta de la celda.

—¡Dick! —exclamó—. ¿Qué es lo que ha pasado?

—Me han sacado un ojo —dijo Dick con voz lastimera—. Me pusieron las esposas y luego me golpearon, los malditos... los...

Baby, echando chispas por los ojos, dio un paso hacia los dos *carabinieri*.

—¿Qué le han hecho? —murmuró, con tal fiereza que los dos se echaron hacia atrás previendo que iba a tener un acceso de ira.

—*Non capisco inglese.*

Los maldijo en francés. Su furia era tal que dominaba todo aquel espacio y envolvía a los dos hombres, hasta que éstos se amilanaron y trataron de quitarse de encima todo el peso de la culpa que dejaba caer sobre ellos.

—¡Hagan algo! ¡Hagan algo!

—No podemos hacer nada mientras no nos lo ordenen.

—*Bene. Bei-nei! Bene!*

Una vez más consiguió Baby que su cólera les afectara de tal modo que se deshicieron en disculpas por no poder hacer nada y se miraron convencidos de que debía de haber pasado algo terrible. Baby fue hasta la puerta de la celda, se apoyó en ella, casi acariciándola, como si de ese modo Dick pudiera sentir su presencia y su poder, y exclamó:

—Me voy a la Embajada. Volveré.

Tras lanzar a los *carabinieri* una última mirada furibunda, salió apresuradamente de allí.

Fue en taxi hasta la Embajada americana y al llegar allí tuvo que pagar al taxista, que se negaba a esperarla. Seguía siendo de noche cuando subió las escaleras y apretó el timbre. Tuvo que apretarlo tres veces hasta que al fin le abrió la puerta el portero con aire soñoliento.

—Necesito ver a alguien —dijo ella—. A quien sea. Pero dese prisa.

—No hay nadie despierto todavía, señora. No abrimos hasta las nueve.

Con un gesto de impaciencia, Baby pasó por alto aquella mención de la hora.

—Es importante. Le han dado una paliza terrible a una persona..., a un ciudadano americano. Está en la cárcel italiana.

—No hay nadie despierto. A las nueve...

—No puedo esperar. Le han sacado un ojo..., es mi cuñado, y se niegan a dejarlo en libertad. ¿No se da cuenta de que tengo que hablar con alguien? ¿Está usted loco? ¿Qué hace ahí parado mirándome como un idiota?

—Yo no puedo hacer nada, señora.

—¡Tiene que despertar a quien sea!

Le agarró por los hombros y le dio una sacudida violenta.

—Es un asunto de vida o muerte. Como no despierte a alguien, no respondo de lo que le pase a usted...

—Haga el favor de no ponerme las manos encima, señora.

Desde arriba, a espaldas del portero, llegó como flotando una voz cansina con acento de Groton.

—¿Qué pasa ahí?

El portero contestó aliviado.

—Es una señora. Y me está agrediendo.

Había dado un paso atrás para contestar y Baby irrumpió en el vestíbulo. En uno de los rellanos superiores de la escalera había un joven de aspecto singular, envuelto en una bata persa blanca con bordados, que claramente acababa de despertarse. Tenía la cara rosa, pero de un rosa monstruoso y artificial, vivo y a la vez inanimado, y tenía la boca tapada con lo que parecía ser una mordaza. Al ver a Baby movió la cabeza hacia atrás para que quedara en penumbra.

—¿Qué pasa? —repitió.

Baby se lo explicó, abriéndose paso en su agitación hacia las escaleras. Mientras le contaba lo sucedido, se dio cuenta de que lo que había tomado por mordaza era en realidad una especie de venda para el bigote y que tenía la cara cubierta de crema de color rosa, lo que encajaba perfectamente en aquella pesadilla que estaba viviendo. Lo que tenía que hacer, insistió con vehemencia, era acompañarla a la cárcel inmediatamente y sacar de allí a Dick.

—Mal asunto es ése —dijo él.

—Sí —asintió Baby en tono conciliatorio—. ¿Qué?

—Eso de enfrentarse a la policía.

Empezó a insinuarse en su voz un tono de ofensa personal.

—Me temo que no se va a poder hacer nada hasta las nueve.

—¡Hasta las nueve! —repitió Baby horrorizada—. ¡Pero algo podrá hacer usted! ¿Por qué no viene a la cárcel conmigo para asegurar que no le vuelvan a hacer daño?

—No estamos autorizados para ese tipo de cosas. De eso se encarga el Consulado. El Consulado abre a las nueve.

La impasibilidad de su rostro, constreñido por la tira que sujetaba el bigote, acabó de irritar a Baby.

—Pues no puedo esperar hasta las nueve. Mi cuñado dice que le han sacado un ojo. ¡Está herido de gravedad! Tengo que volver allí. Tengo que encontrar un médico.

Decidió no dominarse más y lloraba exasperadamente al hablar, pues sabía que una escena de nervios tendría más efecto sobre él que todo lo que pudiera decir.

—Tiene que hacer algo para arreglarlo. Su obligación es proteger a los ciudadanos americanos cuando tienen algún problema.

Pero él era de la costa este y más duro de lo que Baby esperaba. Moviendo la cabeza con un gesto que indicaba que estaba teniendo mucha paciencia con ella, a pesar de que se negaba a entender su posición, se ciñó más la bata persa y descendió unos peldaños.

Dele a esta señora las señas del Consulado —le dijo al portero— y busque las señas y el teléfono del doctor Colazzo y déselos también.

Se volvió a Baby con la expresión de un Cristo enojado.

—Señora mía: el cuerpo diplomático representa al Gobierno de los Estados Unidos ante el Gobierno de Italia. No le incumbe para nada la protección de los ciudadanos, salvo si recibe instrucciones específicas del Departamento de Estado. Su cuñado ha infringido las leyes de este país y lo han metido en la cárcel, igual que podrían meter en la cárcel a un italiano en Nueva York. Los únicos que lo pueden poner en libertad son los tribunales italianos y si su cuñado tiene motivos para presentar una denuncia, puede usted obtener asistencia y asesoramiento en el Consulado, que se encarga de proteger los derechos de los ciudadanos americanos. El Consulado no abre hasta las nueve. Yo no podría hacer nada aunque se tratara de mi propio hermano y...

—¿No podría llamar usted al Consulado? —interrumpió Baby.

—No podemos injerirnos en los asuntos del Consulado. A las nueve, cuando el cónsul llegue...

—¿No me puede dar usted la dirección de su domicilio?

Tras una minúscula pausa, negó con la cabeza. Cogió la nota que el portero le tendía y se la entregó a Baby.

—Y ahora, si me lo permite...

Se las había arreglado para llevarla hasta la puerta; durante un instante, la luz violeta del alba iluminó crudamente la máscara rosa y la tira de tela que sujetaba el bigote. Y, de pronto, Baby se encontró sola en la escalinata: había estado en la Embajada diez minutos.

La plaza a la que daba estaba casi totalmente vacía: sólo había un viejo recogiendo colillas con un palo con púas. Baby tomó un taxi y fue al Consulado, pero allí no había más que tres pobres mujeres fregando las escaleras. No consiguió hacer que entendieran que quería saber la dirección del cónsul. De pronto le volvió a entrar la preocupación y salió corriendo y le dijo al taxista que la llevara a la cárcel. Aquél no sabía dónde estaba, pero usando las palabras *sempre diretto, destra* y *sinistra* consiguió que la llevara hasta un lugar cercano, donde se bajó y se lanzó a explorar un laberinto de callejas que creía reconocer. Pero todos los edificios y las callejas parecían iguales. Siguiendo una pista salió a la Plaza de España y se animó al ver la palabra «American» en el rótulo de las oficinas de la American Express. Había luz en la ventana y atravesó la plaza apresuradamente, pero la puerta estaba cerrada y vio que eran las siete en el reloj que había dentro. Entonces se acordó de Collis Clay.

Recordaba cómo se llamaba su hotel, una villa anticuada forrada de felpa roja que estaba enfrente del Excelsior. La mujer que estaba en recepción no parecía dispuesta a ayudarla: no estaba autorizada a entrar sin avisar en el cuarto del señor Clay y se negaba a dejar subir sola a la señorita Warren; finalmente, tras convencerse de que no se trataba de un asunto amoroso, la acompañó arriba.

Collis yacía desnudo en su cama. La noche anterior había llegado bastante borracho y, al despertarse, tardó un rato en darse cuenta de que estaba desnudo. Trató de compensarlo con un exceso de recato. Se llevó la ropa al cuarto de baño y se vistió apresuradamente, mientras murmuraba para sus adentros: «¡Caray! Desde luego me ha visto todo lo que me podía ver». Tras hacer varias llamadas telefónicas, averiguaron dónde estaba la cárcel y allí se dirigieron.

La puerta de la celda estaba abierta y Dick estaba repantigado en una silla en la sala de guardia. Los *carabinieri* le habían limpiado parte de la sangre que tenía en la cara, le habían peinado someramente y le habían encasquetado el sombrero de forma que le tapara casi toda la cara. Baby permaneció en la entrada. Estaba temblando.

—El señor Clay se quedará contigo —dijo—. Voy a ver si consigo ver al cónsul y traerte un médico.

—Muy bien.

—No hagas nada y quédate tranquilo.

—Sí.

—Hasta luego.

Fue en taxi hasta el Consulado. Ya eran más de las ocho y la dejaron esperar en la antesala. El cónsul llegó hacia las nueve, y Baby, histérica por lo impotente y lo agotada que se sentía, repitió toda la historia. El cónsul se irritó. Le dijo que no había que enzarzarse en peleas en una ciudad extraña, pero lo que más parecía importarle era que esperase afuera. Con desesperación, Baby leyó en sus ojos de persona mayor que deseaba mezclarse lo menos posible en aquella catástrofe. Mientras esperaba una decisión suya, empleó el tiempo en telefonear a un médico para que fuera a ocuparse de Dick. Había otras personas en la antesala y a algunas de ellas las hicieron pasar al despacho del cónsul. Pasada media hora, Baby aprovechó el momento en que salía alguien para pasar precipitadamente por delante de la secretaria y meterse en el despacho.

—¡Esto es intolerable! A un norteamericano le han dado una paliza que casi lo matan y lo han metido en la cárcel y usted no hace nada por ayudarle.

—Un momento, señora...

—Ya he esperado bastante. ¡Venga inmediatamente conmigo a la cárcel y sáquelo de allí!

—Señora...

—Mi familia es muy importante en los Estados Unidos —se le iba endureciendo el gesto a medida que hablaba—. Si no fuera por el escándalo que... Ya me encargaré yo de que queden bien informadas las personas pertinentes de la indiferencia que ha mostrado usted en este asunto. Si mi cuñado fuera ciudadano británico, hace ya horas que estaría en libertad, pero a usted le preocupa más lo que pueda pensar la policía que cumplir con sus deberes de cónsul.

—Señora...

—Póngase el sombrero y venga conmigo inmediatamente.

Que mencionara su sombrero pareció alarmar al cónsul, que empezó a limpiarse los cristales de las gafas apresuradamente y a desordenar sus papeles. De nada le sirvió aquello: tenía ante sí a la Mujer Norteamericana en estado de excitación; nada podía hacer ante aquel temperamento irracional que barría con todo, que había acabado con el espíritu de toda una raza y había convertido todo un continente en una guardería infantil. Telefoneó al vicecónsul: Baby había ganado.

Dick estaba sentado al sol que entraba profusamente por la ventana de la sala de guardia. Con él estaban Collis y dos *carabinieri,* y todos parecían esperar que pasara algo. Con la limitada visión que le quedaba en un ojo, Dick podía ver a los *carabinieri.* Eran campesinos toscanos con el labio superior corto y le resultaba difícil relacionarlos con la brutalidad de la noche anterior. Le pidió a uno de ellos que le trajera un vaso de cerveza.

La cerveza le puso un poco alegre y por un momento consideró todo lo ocurrido con cierto humor sarcástico. Collis tenía la impresión de que la muchacha inglesa tenía algo que ver con todo el lío, pero Dick estaba seguro de que había desaparecido mucho antes de que ocurriera nada. Collis seguía dando vueltas al hecho de que la señorita Warren lo hubiera encontrado desnudo en la cama.

A Dick se le había pasado algo la indignación y tenía una profunda sensación de irresponsabilidad penal. Lo que le había ocurrido era tan horrible que nada podía cambiarlo, salvo que consiguiera borrarlo totalmente de su memoria y, como esto no era nada probable, estaba desesperado. A partir de aquel momento iba a ser una persona diferente, y en el estado de hipersensibilidad en que se encontraba, se hacía ideas sumamente extrañas de cómo iba a ser esa nueva persona. Aquello parecía tener el carácter impersonal de un caso de fuerza mayor. Ningún ario adulto es capaz de sacar provecho de una humillación. Si llega a perdonarla, es porque ya ha pasado a formar parte de su vida, se ha identificado con aquello que le humilló. Pero en este caso no parecía posible que ello ocurriera.

Cuando Collis habló de tomar represalias, Dick sacudió la cabeza y no dijo nada. Entonces entró en la sala con tres hombres un teniente de *carabinieri* de aspecto reluciente, desplegando gran energía y vitalidad, y los guardias saltaron a posición de firmes. Agarró la botella de cerveza vacía y reprendió severamente a sus subordinados. Estaba animado de un nuevo sentido del orden, y lo primero que había que hacer era sacar aquella botella de cerveza de la sala de guardia. Dick miró a Collis y se echó a reír.

Llegó el vicecónsul, un joven recargado de trabajo que se llamaba Swanson, y se dirigieron al juzgado, Collis y Swanson uno a cada lado de Dick y los dos *carabinieri* detrás, a corta distancia. Era una mañana brumosa, amarillenta. Las plazas y los soportales estaban llenos de gente, y Dick, con el sombrero calado hasta las orejas, caminaba deprisa, marcando el ritmo de la marcha, hasta que uno de los *carabinieri* de piernas cortas se adelantó para quejarse. Swanson lo tranquilizó.

—Les he deshonrado, ¿no? —dijo Dick en tono jovial.

—Se expone uno a que lo maten luchando con italianos —replicó Swanson tímidamente—. Por esta vez quizá lo dejen en libertad, pero si fuera usted italiano no le libraba nadie de pasar un par de meses en la cárcel.

—¿Ha estado usted en la cárcel alguna vez?

Swanson se echó a reír.

—Me cae bien —le anunció Dick a Clay—. Es un joven muy agradable y da excelentes consejos, pero apuesto a que él también ha estado en la cárcel. Seguro que se ha pasado semanas encerrado.

Swanson volvió a reír.

—Lo que le quiero decir es que tenga más cuidado. No sabe cómo es esta gente.

—¡Sé perfectamente cómo son! —exclamó Dick, irritado—. Son unos canallas.

Y volviéndose a los *carabinieri,* les dijo:

—¿Han oído eso?

—Le tengo que dejar —dijo Swanson precipitadamente—. Ya se lo dije a su cuñada y..., nuestro abogado le estará esperando arriba en la sala. Sea prudente.

—Adiós —dijo Dick, dándole la mano cortésmente—. Muchísimas gracias. Presiento que va usted a hacer carrera.

Con una última sonrisa, Swanson se marchó apresuradamente, y su cara volvió a adoptar la expresión oficial de desaprobación.

Entonces pasaron a un patio rodeado por sus cuatro lados de escaleras exteriores que llevaban a las salas del piso superior. Al cruzar el patio fueron recibidos con una serie de gruñidos, siseos y abucheos por los grupos de gente que había allí, al parecer esperando a alguien, y oyeron voces llenas de ira y desprecio. Dick miró a su alrededor sin comprender.

—¿Qué es eso? —preguntó horrorizado.

Uno de los *carabinieri* dijo unas palabras a un grupo de hombres y dejaron de oírse las voces.

Entraron en la sala del tribunal. Un abogado italiano de aspecto zarrapastroso, enviado por el Consulado, le estuvo hablando al juez un largo rato mientras Dick y Collis esperaban a un lado. Alguien que sabía inglés y que estaba junto a la ventana que daba al patio se les acercó y les explicó el motivo de aquel tumulto con que se habían encontrado a su paso por el patio. Un individuo de Frasead que había violado y matado a una niña de cinco años tenía que comparecer esa mañana y la gente había supuesto que era Dick.

Pasados unos minutos, el abogado le dijo a Dick que era libre. El tribunal consideraba que ya había recibido suficiente castigo.

—¡Suficiente! —exclamó Dick—. ¿Y castigo por qué?

—Vámonos —dijo Collis—. No puede hacer ya nada.

—¿Pero qué es lo que hice, aparte de pelearme con unos taxistas?

—Ellos alegan que se acercó a un inspector de policía como si fuera a darle la mano y le dio un puñetazo.

—¡Eso no es cierto! Le dije que le iba a dar un puñetazo... No sabía que era inspector de policía.

—Es mejor que se vaya —le apremió el abogado.

—Vámonos.

Collis le agarró del brazo y bajaron las escaleras.

—¡Quiero pronunciar un discurso! —gritó Dick—. Quiero explicar a esta gente cómo violé a una niña de cinco años. Seguramente fui yo...

—Vamos.

Baby les aguardaba con un médico en un taxi. Dick no tenía ganas de mirarla y le desagradó el médico, que con sus modales severos demostraba pertenecer a uno de los tipos de europeo más insoportables: el moralista de país latino. Dick resumió su versión de lo que había ocurrido, pero los otros no parecían tener mucho que decir. En su habitación del Quirinal el médico le limpió la sangre que aún le quedaba en la cara y el sudor grasiento, le compuso la nariz y las costillas y los dedos fracturados, le desinfectó las heridas más leves y le cubrió el ojo con una venda, esperando que así se curara. Dick pidió una pequeña dosis de morfina, pues seguía despabilado y lleno de energía nerviosa. Con la morfina consiguió dormirse. El médico y Collis se marcharon y Baby se quedó con él hasta que llegara una enfermera que habían pedido en el sanatorio inglés. Había sido una noche terrible, pero a ella le quedaba la satisfacción de saber que, a partir de aquel momento, e independientemente de cuál hubiera sido el comportamiento anterior de Dick, su familia tenía una superioridad moral sobre él que podría hacer valer mientras les siguiera siendo de alguna utilidad.

Libro Tercero

I

La señora Kaethe Gregorovius alcanzó a su esposo en el camino de su chalé.

—¿Qué tal estaba Nicole? —preguntó, como de pasada; pero su hablar jadeante reveló que tenía la pregunta en su mente mientras se acercaba a él.

Franz la miró sorprendido.

—Nicole no está enferma. ¿Por qué me lo preguntas, cariño?

—Como la ves tanto. Pensaba que estaría enferma.

—Mejor hablemos de eso dentro de la casa.

Kaethe accedió sumisamente. Como su marido tenía el despacho en el edificio donde estaban las oficinas y los niños estaban en el cuarto de estar con su profesor particular, subieron al dormitorio.

—Perdona, Franz —dijo Kaethe antes de que él pudiera hablar. Perdona, cariño. No tenía que habértelo dicho. Sé cuáles son mis obligaciones y estoy orgullosa de ellas. Pero entre Nicole y yo hay como una corriente de antipatía mutua.

—¡Los pájaros en sus nidos viven en armonía! —soltó Franz con voz de trueno. Pero al darse cuenta de que el tono no resultaba apropiado a lo que trataba de expresar, repitió la frase en el tono pausado y mesurado con el que su viejo maestro, el doctor Dohmler, conseguía dar significado a la afirmación más banal—. Los pájaros... en... sus... nidos... ¡viven en armonía!

—Sí, ya lo sé. No creo que puedas decir que no me he comportado correctamente con Nicole en todo momento.

—Lo que sí puedo decir es que te falta sentido común. Nicole es en cierto modo una persona enferma... y tal vez lo siga siendo el resto de su vida. Mientras no esté aquí Dick, me siento responsable de ella.

Pareció dudar; a veces, medio en broma, trataba de ocultarle noticias a Kaethe.

—Esta mañana hemos recibido un telegrama de Roma. Dick ha estado con gripe y regresa mañana.

Tranquilizada, Kaethe siguió hablando del tema que le interesaba en un tono menos personal:

—Creo que Nicole está menos enferma de lo que pensamos. Lo que hace es utilizar su enfermedad como instrumento de poder. Debería trabajar en el cine, como esa Norma Talmadge que tanto te gusta. Eso es lo que les gustaría hacer a todas las mujeres americanas.

—¿Es que tienes celos de Norma Talmadge, en una película?

—No me gustan los americanos. Son unos egoístas. ¡Unos egoístas!

—Y Dick, ¿te gusta?

—Sí, Dick sí —reconoció—. Pero él es diferente. Piensa también en los demás.

«Igual que Norma Talmadge —pensó Franz—. Norma Talmadge debe de ser una mujer buena y generosa, aparte de muy bonita. Yo creo que la obligan a hacer papeles insulsos. Norma Talmadge debe de ser una mujer a la que sería un gran honor conocer.»

Kaethe se había olvidado ya de Norma Talmadge, una sombra vívida que le había causado una profunda inquietud una noche, cuando regresaban en el coche después de haber visto una película en Zúrich.

—Dick se casó con Nicole por su dinero —dijo—. Ése fue su fallo. Tú mismo me lo insinuaste una noche.

—No seas maliciosa.

—No debería haberlo dicho —se retractó—. Todos tenemos que vivir juntos como pájaros, como dices tú. Pero no resulta fácil cuando Nicole se comporta como..., cuando se echa hacia atrás un poco, como conteniendo la respiración..., ¡como si yo oliera mal!

Sin pretenderlo, Kaethe había dicho algo que era muy cierto. Ella sola hacía casi todo el trabajo de la casa y, como era muy austera, se compraba muy poca ropa. Cualquier dependienta de comercio norteamericana, que se lava dos mudas cada noche, habría percibido en la persona de Kaethe indicios del sudor del día anterior reavivado, que más que un olor eran los restos amoniacales de una eternidad de trabajos caseros y deterioro físico. Para Franz aquello era tan natural como el aroma fuerte y pesado que despedía el pelo de Kaethe, y de faltarle lo hubiera echado igualmente de menos. Pero para Nicole, que había nacido detestando el olor de los dedos de la niñera que la vestía, equivalía a una ofensa que sólo podía tratar de sobrellevar lo mejor que podía.

—Y lo mismo con los niños —siguió Kaethe—. No le gusta que jueguen con los nuestros.

Pero Franz ya había oído bastante:

—Ten cuidado con lo que dices. ¿No te das cuenta de que si hablas así me puedes perjudicar profesionalmente? ¿No comprendes que tenemos la clínica gracias al dinero de Nicole? Venga, vamos a comer.

Kaethe se dio cuenta de que habría hecho mejor en callarse, pero lo último que dijo Franz le recordó que había otros americanos aparte de Nicole que tenían dinero, y una semana más tarde volvió a expresar la animadversión que sentía hacia Nicole con otras palabras.

Fue con ocasión de la cena a la que invitaron a los Diver para celebrar el regreso de Dick. No habían dejado aún de oírse sus pasos en el camino de grava cuando cerró la puerta y le dijo a Franz:

—¿No te has fijado en los ojos de Dick? ¡Ha debido de llevar una vida de crápula!

—No te precipites, por favor —le pidió Franz—.

Dick me dijo lo que había pasado en cuanto llegó. Estuvo boxeando en el trasatlántico. Los americanos practican mucho el boxeo cuando viajan en trasatlánticos.

—¿Quieres que me lo crea? —repuso ella en tono burlón—. Le duele un brazo cuando lo mueve y tiene una herida en la sien que todavía no le ha cicatrizado. Se nota el punto donde le han cortado el pelo.

Franz no se había fijado en esos detalles.

—¿Qué? —siguió Kaethe—. ¿Crees que ese tipo de cosas le hacen algún bien a la clínica? Esta noche se le notaba en el aliento que había estado bebiendo y no es la primera vez que lo noto desde que ha vuelto.

Y en tono más pausado, para dar mayor solemnidad a sus palabras, añadió:

—Dick ya no es una persona seria.

Franz empezó a subir las escaleras y se encogió de hombros como para quitarse de encima aquella persistencia de su mujer. Al llegar al dormitorio se volvió a ella.

—Dick es un hombre serio y brillante. No me cabe la menor duda. Se le considera el más brillante de todos los que han obtenido el título de neuropatología en Zúrich en los últimos años. Más brillante de lo que yo podré ser nunca.

—¡Qué vergüenza!

—Es la verdad. La vergüenza sería no reconocerlo. Cuando los casos son muy complicados, tengo que recurrir a Dick. Todo lo que ha publicado sigue siendo lo definitivo en su especialidad. Ve a cualquier biblioteca médica y pregunta. La mayoría de los estudiantes se creen que es inglés. No se pueden imaginar que una mente así haya podido salir de América.

Al sacar el pijama de debajo de la almohada emitió unos gruñidos familiares.

—No entiendo por qué hablas de esa manera, Kaethe. Yo pensaba que te era simpático.

—¡Qué vergüenza! —dijo Kaethe—. Tú eres el que de verdad hace el trabajo. Es como lo de la liebre y la tortuga, y en mi opinión la liebre ya ha dejado prácticamente de correr.

—¡Calla! ¡Calla!

—Bien, me callo. Pero es la verdad.

Franz dio un enérgico manotazo al aire.

—¡Cállate de una vez!

Pero el resultado de la discusión fue que habían intercambiado realmente puntos de vista. Kaethe reconoció para sus adentros que se había mostrado demasiado severa con respecto a Dick, al que admiraba y cuya presencia le imponía respeto, y que, además, siempre le había hecho caso y se había mostrado comprensivo con ella. En cuanto a Franz, una vez que llegó a calar en él lo que había dicho Kaethe sobre Dick, nunca más volvió a pensar que éste fuera una persona seria. Y, con el tiempo, llegó a convencerse a sí mismo de que nunca había pensado que lo fuera.

II

Dick le contó a Nicole una versión expurgada de su desastrosa noche en Roma; según esa versión, había salido caballerosamente en defensa de un amigo que había bebido más de la cuenta. Podía contar con que Baby Warren no se iría de la lengua, puesto que le había descrito los efectos desastrosos que podía tener sobre Nicole el saber la verdad de lo ocurrido. Todo esto, sin embargo, era juego de niños comparado con la mella que en él mismo había hecho aquel episodio.

Su reacción consistió en una dedicación tan intensa a su trabajo que Franz, que estaba tratando de romper su asociación con él, no conseguía hallar fundamento para iniciar un desacuerdo. Una amistad digna de tal nombre no se puede destruir en una hora sin dejar alguna herida abierta, así que Franz se empeñó en creer, hasta llegar a convencerse totalmente, que Dick daba curso a sus razonamientos y sus impulsos emocionales a tal velocidad que su misma vibración le aturdía la mente; si bien ese contraste con su propia personalidad antes lo consideraba una virtud en su relación. O sea, que la burda necesidad obliga a hacer zapatos de lo que el año anterior era piel de animal.

Pero hasta que llegó mayo no tuvo Franz oportunidad de meter la primera cuña. Un día, al mediodía, entró Dick en su despacho pálido y con aspecto de estar cansado y, al sentarse, dijo:

—Bueno, se acabó.

—¿Ha muerto?

—Le falló el corazón.

Dick se había dejado caer agotado en la silla más próxima a la puerta. Había permanecido tres noches enteras a la cabecera de aquella artista anónima cubierta de pústulas a la que había llegado a tomar cariño, oficialmente para administrarle dosis de adrenalina pero en realidad para tratar de arrojar alguna luz, por tenue que fuera, en la oscuridad que se avecinaba.

Dándose cuenta sólo a medias de cómo se sentía, Franz se apresuró a emitir un juicio:

—Era neurosífilis. Todos los Wasserman que pudiéramos haber hecho no me harían cambiar de opinión. El fluido cerebroespinal...

—¡Qué más da! —dijo Dick—. ¡Qué diablos puede importar ya! Si tanto le importaba su secreto que quería llevárselo a la tumba, déjala en paz.

—Me parece que deberías tomarte un día de descanso.

—No te preocupes. Me lo voy a tomar.

Franz había encontrado la oportunidad que esperaba. Levantando la vista del telegrama que le estaba escribiendo al hermano de aquella mujer, le preguntó a Dick.

—¿O no preferirás hacer un pequeño viaje?

—En este momento no.

—No me refiero a unas vacaciones. Se trata de un caso que tenemos en Lausana. Me he pasado toda la mañana al teléfono con un chileno...

—Fue tan valiente hasta el final —dijo Dick—. Y tardó tanto en morir.

Franz hizo un gesto de comprensión con la cabeza y Dick logró dominarse.

—Perdona que te interrumpiera.

—Esto será un cambio. Un padre que tiene problemas con su hijo y no consigue hacerle venir acá. Quiere que vaya alguien allí a verle.

—Pero ¿de qué se trata? ¿Alcoholismo? ¿Homosexualidad? Al decir Lausana...

—De todo un poco.

—Bien, iré. ¿Hay dinero por medio?

—Yo diría que mucho. Cuenta con estar allí dos o tres días y tráete al muchacho aquí si necesita tratamiento. En todo caso, tómatelo con calma; procura combinar trabajo y placer.

Después de dormir dos horas en el tren Dick se sintió como nuevo, y se dirigió a la entrevista con el señor Pardo y Ciudad Real con excelente estado de ánimo.

Ese tipo de entrevistas se parecían mucho las unas a las otras. Muchas veces la histeria de que daba muestras el representante de la familia era tan interesante desde el punto de vista psicológico como el estado del paciente. Esta entrevista no constituyó una excepción: el señor Pardo y Ciudad Real, un apuesto español de porte noble y pelo gris como el acero, con todos los atributos de la riqueza y el poder evidentes en su persona, daba vueltas como enloquecido por su *suite* del Hotel des Trois Mondes mientras le contaba la historia de su hijo con el mismo descontrol que podría tener una mujer ebria.

—Ya no sé qué hacer. Lo he intentado todo. Mi hijo es un pervertido. Lo era ya en Harrow. Lo era en el King's College en Cambridge. No tiene ya remedio. Y ahora que encima bebe, es cada vez más evidente lo que es, y los escándalos son constantes. Como le digo, lo he intentado todo. Elaboré un plan con un médico amigo mío: se fueron juntos a hacer un viaje por España. Todas las tardes le ponía a Francisco una inyección de polvo de cantárida y luego se iban los dos juntos a un burdel renombrado. Durante una semana o así la cosa pareció funcionar, pero al final no dio ningún resultado. Hasta que la semana pasada, en esta misma habitación, o más bien en ese cuarto de baño —lo señaló—, hice que Francisco se desnudara hasta la cintura y le azoté con una fusta.

Exhausto por la emoción se sentó, y entonces dijo Dick:

—Eso que hizo fue una tontería, y el viaje a España también fue absurdo.

Dick estaba tratando de contener la hilaridad que le producía aquello. ¡Que un médico de renombre se hubiera prestado a aquel experimento de aficionados!

—Señor, debo decirle que en estos casos no podemos prometer nada. En lo que respecta a la bebida, muchas veces conseguimos algo, siempre que el paciente colabore. Primero de todo tengo que ver al muchacho y tratar de ganarme su confianza para ver hasta qué punto es consciente del problema.

El joven con el que se sentó en la terraza tenía unos veinte años y era despierto y bien parecido.

—Me gustaría saber qué es lo que piensas tú —dijo Dick—. ¿Tú crees que la situación va a peor? ¿Y quieres hacer algo al respecto?

—Supongo que sí —dijo Francisco—. Soy muy desgraciado.

—¿Tú crees que se debe a la bebida o a la anormalidad?

—Creo que la bebida es una consecuencia de lo otro.

Estuvo serio un rato, pero de pronto le entró un deseo irreprimible de tomarlo todo a broma y se echó a reír, diciendo:

—No tiene remedio. En King's me llamaban la reina de Chile. Y ese viaje a España sólo sirvió para hacerme sentir náuseas sólo de ver a una mujer.

Dick le interrumpió secamente.

—Si estás a gusto en esta situación tan confusa, nada puedo hacer yo y estoy perdiendo el tiempo contigo.

—No, no. Vamos a hablar. La mayor parte de los otros me inspiran tal desprecio…

Había rasgos de virilidad en el muchacho, pervertidos por la resistencia activa que oponía ahora a su padre. Pero tenía en los ojos la típica expresión maliciosa que los homosexuales adoptan al tratar el tema.

—Es una vida clandestina, en el mejor de los casos —le dijo Dick—. Le tendrás que dedicar toda tu vida a eso y sus consecuencias y no te va a quedar tiempo ni energías para realizar ninguna otra actividad decente o social. Si quieres enfrentarte al mundo tendrás que empezar por controlar tu sensualidad y, en primer lugar, la bebida, que es la que la provoca.

Hablaba maquinalmente, pues ya había decidido abandonar aquel caso diez minutos antes. Tuvieron una agradable conversación durante la hora siguiente, y el muchacho le habló de su país, Chile, y de sus ambiciones. Era lo más cerca que Dick había estado nunca de entender ese tipo de personalidad desde un punto de vista que no fuera el patológico. Llegó a la conclusión de que lo que le permitía a Francisco cometer desafueros era precisamente ese encanto que tenía y, para Dick, el encanto siempre había tenido una existencia independiente, ya fuera el comportamiento absurdamente heroico de la desgraciada que había muerto aquella mañana en la clínica o la valerosa elegancia que ese joven descarriado transmitía a un tema tan viejo y sórdido. Dick trató de dividir ese encanto en fragmentos lo suficientemente pequeños como para poder acumularlos, pues se daba cuenta de que la totalidad de una vida podía diferir en calidad de los elementos que la componían, y también de que la vida a partir de los cuarenta años sólo parecía poder ser observada en fragmentos. Su amor por Nicole o Rosemary, su amistad con Abe North o con Tommy Barban en el mundo destrozado de la posguerra. En todos esos contactos, cada una de las personas se había apretado a él tan estrechamente que había llegado a asumir su personalidad como propia. Parecía que la única opción era aceptarlo todo o quedarse sin nada. Era como si estuviera condenado a cargar el resto de su vida con algunos seres que había conocido y querido años atrás y a sentirse una persona completa únicamente en la medida en que ellos también lo fueran. Algo tenía que ver la soledad con aquello: era tan fácil ser amado y tan difícil amar.

Mientras estaba sentado en la terraza con el joven Francisco, apareció ante sus ojos un fantasma del pasado. De entre los arbustos surgió un hombre alto que se contoneaba al andar de una manera muy curiosa y que se dirigía hacia donde estaban Dick y Francisco con cierta indecisión. Tan poco resuelto parecía a hacer notar su presencia en aquel paisaje vibrante que por un momento Dick apenas reparó en él. Pero enseguida se tuvo que levantar y darle la mano con aire abstraído mientras pensaba: «¡Dónde he ido a caer!» y trataba de acordarse de cómo se llamaba aquel tipo.

—Es usted el doctor Diver, ¿verdad?

—Vaya, vaya. Y usted es el señor Dumphry, ¿no?

—Royal Dumphry. Tuve el placer de cenar una noche en su encantador jardín.

—Claro.

Dick trató de frenar el entusiasmo del señor Dumphry y pasó al terreno de la cronología, que resultaba más impersonal.

—Fue en mil novecientos... veinticuatro. No, no, veinticinco.

Dick había permanecido de pie, pero Royal Dumphry, que tan tímido se había mostrado al principio, parecía estar ya completamente a sus anchas. Le dijo algo a Francisco en un tono frívolo que denotaba cierta confianza con él, pero aquél, claramente incómodo en su presencia, se alió con Dick para tratar de librarse de él.

—Doctor Diver. Antes de que se vaya, le quiero decir una cosa. Jamás olvidaré esa noche en su jardín, lo amables que fueron usted y su esposa. Es uno de los mejores recuerdos que tengo, uno de los más felices. Siempre he pensado que era el grupo de gente más civilizado que he conocido en mi vida.

Dick había iniciado una retirada de cangrejo hacia la puerta más próxima del hotel.

—Me alegra que tenga tan buen recuerdo. Ahora, si me lo permite, tengo que ir a ver a...

—Sí, ya entiendo —dijo Royal Dumphry en tono de conmiseración—. He oído decir que se está muriendo.

—¿Quién se está muriendo?

—Quizá no debiera haberlo dicho. Pero es que tenemos el mismo médico.

Dick se detuvo y le miró con asombro.

—¿De quién está hablando?

—Pues del padre de su mujer. Tal vez no debiera...

—¿De *quién*?

—¿Quiere decir que soy el primero en...?

—¿Quiere decir que el padre de mi mujer está aquí, en Lausana?

—Creía que lo sabía. Creía que estaba aquí por esa razón.

—¿Qué médico le está atendiendo?

Dick apuntó el nombre apresuradamente en una agenda, se disculpó y corrió a una cabina telefónica.

Al doctor Dangeu no le venía mal ver inmediatamente al doctor Diver en su casa.

El doctor Dangeu era un joven ginebrino. Por un momento se temió que iba a perder a aquel paciente tan rico, pero en cuanto habló con Dick se tranquilizó y le reveló que el señor Warren estaba, efectivamente, agonizando.

—Sólo tiene cincuenta años, pero el hígado ha dejado ya de regenerarse. El factor que lo ha precipitado es el alcoholismo.

—¿No responde al tratamiento?

—Ya no puede tomar nada salvo líquidos. Le doy tres días más, o, como mucho, una semana.

—¿Está enterada de su estado su hija mayor, la señorita Warren?

—Por propio deseo del paciente no lo sabe nadie salvo su criado. Hasta esta misma mañana no se lo he comunicado a él, y le ha impresionado mucho, aunque desde el principio de su enfermedad ha dado muestras de una resignación casi piadosa.

Dick reflexionó un momento.

—Bien...

Parecía que tardaba en decidirse.

—En todo caso, yo me hago cargo de todo lo que concierne a la familia. Pero me imagino que querrían consultar con algún especialista.

—Como usted vea.

—Me permito hablar en nombre de sus hijas para pedirle a usted que haga venir a uno de los especialistas más eminentes de esta zona: el doctor Herbrugge, de Ginebra.

—Sí, ya había pensado en Herbrugge.

—Entre tanto, como voy a estar aquí por lo menos todo el día de hoy, seguiré en contacto con usted.

Por la tarde Dick fue a ver al señor Pardo y Ciudad Real y conversó con él.

—Tenemos muchas tierras en Chile —dijo el señor Pardo—. Mi hijo podría encargarse de administrarlas. O, si no, podría colocarle en doce empresas en París, en la que él eligiera.

Fue de una ventana a otra, sacudiendo la cabeza. Caía una lluvia primaveral tan alegre que ni siquiera los cisnes habían sentido necesidad de guarecerse de ella.

—¡Mi único hijo! ¿No se lo podría llevar usted?

El español se arrodilló de pronto a los pies de Dick.

—¿No puede usted curar a mi único hijo? Yo tengo confianza en usted. Podría llevárselo y curarlo.

—Es imposible internar a una persona por ese motivo. Y aunque pudiera no lo haría.

El español se puso en pie.

—Me he precipitado... Me he dejado llevar por...

Cuando bajaba al vestíbulo, Dick se encontró al doctor Dangeu en el ascensor.

—Iba a telefonear a su habitación —le dijo—. ¿Podemos hablar en la terraza?

—¿Ha muerto el señor Warren? —preguntó Dick.

—Está igual. La consulta es mañana por la mañana. Pero se ha empeñado en ver a su hija..., a la esposa de usted. Parece ser que hubo ciertas diferencias...

—Estoy al corriente de todo.

Los dos médicos se observaron un momento mientras reflexionaban.

—¿Por qué no habla usted con él antes de tomar una decisión? —sugirió Dangeu—. Tendrá una muerte plácida: simplemente se irá debilitando hasta apagarse del todo.

Haciendo un esfuerzo, Dick accedió.

—Está bien.

La *suite* en la que Devereux Warren se estaba debilitando y apagando plácidamente era del mismo tamaño que la del señor Pardo y Ciudad Real. En todo el hotel había muchas habitaciones en las que despojos adinerados, fugitivos de la justicia y pretendientes al trono de principados mediatizados vivían de derivados del opio o barbitúricos escuchando eternamente, como en una radio inevitable, las groseras canciones de sus viejos pecados. Este rincón de Europa, más que atraer a la gente, lo que hace es aceptarla sin hacerle preguntas inconvenientes. Dos caminos se cruzan aquí: el de los que se dirigen a sanatorios antituberculosos u otros sanatorios privados en las montañas y el de los que han dejado de ser *persona grata* en Francia o Italia.

La *suite* estaba medio a oscuras. Una monja con cara de santa cuidaba al enfermo, el cual agitaba un rosario sobre las sábanas blancas con sus dedos descarnados. Seguía siendo bien parecido y su voz, al hablarle a Dick, después de que Dangeu los hubiera dejado solos, aún tenía el tono distintivo de su personalidad.

—Al final de nuestra vida llegamos a comprender muchas cosas. Hasta este momento, doctor Diver, no había podido entender realmente lo que ocurrió.

Dick no dijo nada.

—He sido un mal hombre. Bien sabe usted que no tengo realmente ningún derecho a volver a ver a Nicole, y sin embargo, un ser superior a usted y a mí nos dice que hay que compadecer y perdonar al prójimo.

Se encontraba tan débil que se le cayó el rosario de las manos y se deslizó por la superficie lisa del cubrecama. Dick lo recogió y se lo dio.

—Si pudiera ver a Nicole aunque sólo fuera por diez minutos, me iría contento de este mundo.

—No es una decisión que pueda tomar yo solo —dijo Dick—. Nicole no es fuerte.

Aunque ya había tomado una decisión, hizo como que dudaba.

—Le puedo exponer el caso a mi socio en la clínica.

—Estaré de acuerdo con lo que su socio decida, doctor. Es tanto lo que le debo a usted.

Dick se levantó rápidamente.

—Le comunicaré lo que se haya decidido por medio del doctor Dangeu.

Una vez en su habitación, telefoneó a la clínica del lago de Zug. Al cabo de un largo rato contestó Kaethe desde su casa.

—Quiero hablar con Franz.

—Franz se ha ido a la montaña. Yo me voy ahora. ¿Quieres que le diga algo, Dick?

—Se trata de Nicole. Su padre se está muriendo aquí en Lausana. Díselo a Franz. Él se dará cuenta de lo importante que es. Y dile que me telefonee inmediatamente.

—Se lo diré.

—Dile que estaré en la habitación del hotel de tres a cinco, y luego de siete a ocho, y a partir de esa hora me podrá encontrar en el comedor.

Con la preocupación de las horas se le olvidó añadir que no le debía decir nada a Nicole, y cuando se acordó, Kaethe ya había colgado el teléfono. Pero sin duda se daría cuenta de que no se lo debía decir.

Kaethe no tenía exactamente la intención de decirle a Nicole lo de la llamada mientras subía por la desierta colina de flores silvestres y vientos secretos adonde iban los pacientes a esquiar en invierno y a hacer montañismo en primavera. Al bajarse del tren vio a Nicole capitaneando a los niños en un animado juego que les había organizado. Se acercó a Nicole y, pasándole suavemente el brazo por los hombros, le dijo:

—¡Qué bien se te dan los niños! Este verano tendrías que dedicar más tiempo a enseñarles a nadar.

El juego les había acalorado, y Nicole tuvo un reflejo tan automático liberándose del brazo de Kaethe que cayó en la grosería. Kaethe se quedó en una postura desmañada, con la mano colgando en el vacío, y entonces reaccionó también, verbalmente y de manera deplorable.

—¿Es que creías que te iba a abrazar? —le espetó—. Era sólo por Dick. Acabo de hablar por teléfono con él y siento mucho...

—¿Es que le ha pasado algo a Dick?

Kaethe se dio cuenta inmediatamente de su error, pero ya no se podía echar atrás y no le quedaba más remedio que contestar a Nicole, que la acosaba con la misma pregunta: «¿Qué es lo que sientes mucho?».

—No, no le pasa nada a Dick. Tengo que hablar con Franz.

—Sí. *Sí* le pasa algo.

Parecía aterrada, y los niños, que estaban muy cerca, al verla se habían asustado también. Kaethe tuvo que soltarlo:

—Tu padre está enfermo en Lausana. Dick quiere hablar con Franz de eso.

—¿Está muy grave? —preguntó Nicole, y en ese momento apareció Franz con su aire de médico campechano. Kaethe, agradecida, le pasó la carga a él. Pero el mal ya estaba hecho.

—Me voy a Lausana —anunció Nicole.

—Un momento —dijo Franz—. No creo que sea aconsejable. Tengo que hablar primero por teléfono con Dick.

—¡Entonces perderé el tren de bajada —protestó Nicole— y también el tren que sale a las tres de Zúrich! Si mi padre se está muriendo, tengo que...

Dejó la frase en el aire, no se atrevía a decirlo.

—*Tengo* que ir. Tengo que correr si no quiero perder el tren.

Al decir esto ya había empezado a correr hacia la hilera de vagones chatos que coronaban la colina pelada con una explosión de vapor y ruido. Volviendo la cabeza, gritó:

—¡Si telefoneas a Dick, dile que voy para allá, Franz!

Dick estaba en su habitación del hotel leyendo *The New York Herald* cuando irrumpió la monja con aspecto de golondrina, y al mismo tiempo se puso a sonar el teléfono.

—¿Se ha muerto? —le preguntó Dick a la monja, esperanzado.

—*Monsieur, il est parti.* Se ha marchado.

—*Comment?*

—*Il est parti.* ¡Y tampoco están su criado ni el equipaje!

Parecía increíble. ¡Que un hombre en su estado se levantara y se marchara!

Dick contestó al teléfono. Era Franz.

—No deberías habérselo dicho a Nicole —protestó.

—Fue Kaethe la que cometió la imprudencia de decírselo.

—Supongo que fue culpa mía. A las mujeres sólo se les pueden decir las cosas cuando ya han pasado. Bueno, en todo caso, iré a recibir a Nicole. Pero, Franz, no te puedes imaginar lo que ha pasado: el viejo se levantó de la cama y echó a andar...

—¿Que qué dices? ¿Qué dices?

—Pues eso: que el viejo Warren echó a andar. ¡A andar!

—¿Y por qué no?

—Pues porque se suponía que se estaba muriendo de un colapso general. Y se levantó y se marchó, me imagino que a Chicago..., no sé, la enfermera está aquí conmigo. No sé, Franz, acabo de enterarme..., llámame más tarde.

Las dos horas siguientes se le fueron prácticamente en averiguar los movimientos de Warren. El paciente había aprovechado un momento en el cambio de turno de enfermeras para bajar al bar, donde se había atizado cuatro whiskies, y luego había pagado su cuenta del hotel con un billete de mil dólares, dejando instrucciones en recepción para que le mandaran la vuelta a sus señas, y se había marchado, se suponía que a América. Una carrera de última hora de Dick y Dangeu a la estación para ver si conseguían llegar antes de que se hubiera ido dio como único resultado que Dick no fuera a recibir a Nicole; cuando por fin se encontraron en el vestíbulo del hotel, ella parecía de pronto muy cansada y tenía los labios fruncidos de una manera que inquietó a Dick.

—¿Cómo está papá? —le preguntó.

—Mucho mejor. Se ve que, a pesar de todo, aún le quedaban muchas energías.

Vaciló, y luego se lo dijo con toda naturalidad.

—Lo cierto es que se levantó y se fue.

Como tenía ganas de beber algo, pues se le había pasado la hora de la cena en la búsqueda, la condujo, confusa como estaba, al bar-restaurante, y después de que se sentaran en dos sillones de cuero y de pedir un whisky con soda y hielo y una cerveza, continuó:

—El médico que le atendía debió de equivocarse en el diagnóstico o algo así. Espera un momento. Ni siquiera he tenido tiempo de pensarlo.

—¿Se ha *ido*?

—Cogió el tren de la tarde para París.

Permanecieron un rato en silencio. Nicole parecía sumida en una inmensa y trágica apatía.

—Fue una reacción instintiva —dijo por fin Dick—. Se estaba muriendo realmente, pero trató de recuperar el ritmo vital. No es la primera persona que salta de su lecho de muerte. Es como un viejo reloj: lo sacudes y por puro hábito se pone a andar de nuevo. Tu padre...

—No me lo digas. No quiero saberlo —dijo Nicole.

—Lo que más fuerza le dio fue el miedo —prosiguió Dick—. Le entró miedo y por eso saltó de la cama. Es probable que viva hasta los noventa años.

—No quiero oír nada más —dijo ella—. Por favor. No lo puedo soportar.

—Está bien. El jovenzuelo al que vine a ver es un caso perdido. Podemos irnos mañana mismo.

—No sé por qué tienes que entrar en contacto con ese tipo de cosas —estalló Nicole.

—Ah, ¿no lo sabes? Hay veces que tampoco lo sé yo.

Ella le tocó la mano.

—Oh, perdona, Dick. No sé cómo he dicho eso.

Alguien había llevado un gramófono al bar y se quedaron un rato en silencio escuchando *La boda de la muñeca pintada*.

III

Pasó una semana. Una mañana, al ir a ver si había correo para él, Dick se dio cuenta de que se había producido un cierto alboroto afuera: uno de los pacientes, Von Cohn Morris, se marchaba. Sus padres, que eran australianos, estaban colocando su equipaje con vehemencia en una gran limusina y, a su lado, el doctor Ladislau trataba sin ningún resultado de oponer sus gestos de protesta a los violentos ademanes de Morris padre. Morris hijo estaba observando aquella operación de embarque con indiferencia no exenta de ironía cuando se acercó el doctor Diver.

—¿No es esto un poco precipitado, señor Morris?

El señor Morris dio un respingo al ver a Dick. Su cara rubicunda y los grandes cuadros de su traje parecían apagarse y encenderse como luces eléctricas. Se acercó a Dick como si le fuera a pegar.

—Ya era hora de que nos marcháramos. Nosotros y los que vinieron con nosotros —empezó a decir, e hizo una pausa para tomar aliento—. Ya era hora, doctor Diver. Ya era hora.

—¿Por qué no viene a mi despacho? —sugirió Dick.

—¡No! Hablaré con usted, pero no quiero saber nada de usted y su clínica.

Amenazó a Dick con un dedo.

—Se lo estaba diciendo a este médico. Ha sido una pérdida de tiempo y de dinero.

El doctor Ladislau esbozó un gesto que pretendía ser una negación, lo que puso de manifiesto su tendencia, tan eslava, a evadirse con gestos vagos. Dick nunca había sentido ninguna simpatía por Ladislau. Se las arregló para arrastrar al australiano, en su acaloramiento, hacia su despacho y trató de convencerle de que entrara, pero él se negó.

—Es usted precisamente el culpable, doctor Diver. *Usted*. Acudí al doctor Ladislau porque no había manera de encontrarlo a usted, doctor Diver, y porque el doctor Gregorovius no va a regresar hasta esta tarde, y yo no podía esperar. ¡No, señor! Después de que mi hijo me lo contara todo no podía esperar ni un minuto más.

Se acercó con aire amenazador a Dick, que mantenía las manos lo suficientemente separadas del cuerpo como para contener un ataque suyo en caso necesario.

—Mi hijo está aquí para curarse de su alcoholismo y nos ha dicho que ha notado en su aliento que usted también bebe. ¡Sí, señor!

Olisqueó exageradamente para ver si notaba algo, pero no pareció tener mucho éxito.

—Y Von Cohn dice que notó que usted había bebido, no una vez sino dos. Mi señora y yo no hemos probado una gota de alcohol en nuestra vida. Ponemos a Von Cohn en sus manos para que lo cure, ¡y en un mes nota dos veces por su aliento que usted ha bebido! ¿Qué manera de curar es ésa?

Dick no sabía muy bien qué hacer: el señor Morris era muy capaz de hacer una escena en la explanada de la clínica.

—Tenga usted en cuenta, señor Morris, que algunas personas no van a renunciar a lo que para ellas es un alimento sólo porque su hijo...

—¡Pero usted es un médico, maldita sea! —gritó furioso Morris—. Si un obrero se bebe una cerveza, allá él. Pero usted se supone que está aquí para curar.

—Bueno, ya está bien. Su hijo vino aquí porque era un cleptómano.

—¿Y por qué lo era? —dijo casi chillando—. Por la bebida. Por la negra bebida. ¿Sabe de qué color es el negro? ¡Negro! ¿Sabe por qué colgaron a un tío mío? ¡Por la bebida! ¡Y mando a mi hijo a un sanatorio y hay un médico que apesta a alcohol!

—Haga el favor de marcharse.

—¿Que haga el favor? ¡Somos *nosotros* los que queremos irnos!

—Si se mostrara usted un poco más sereno, le podríamos decir cuáles han sido los resultados del tratamiento hasta la fecha. Naturalmente, dada su actitud, no queremos que su hijo siga siendo paciente nuestro.

—¿Sereno? ¿Se atreve usted a hablarme a mí de estar sereno?

Dick llamó al doctor Ladislau y, al acercarse, le dijo:

—¿Haría el favor de despedir al paciente y a su familia en representación de la clínica?

Le hizo un ligero saludo a Morris y se metió en su despacho, quedándose rígido un rato nada más cerrar la puerta. Estuvo observando hasta que se alejó el coche la partida de aquellos padres groseros con su retoño insulso y degenerado. Era fácil pronosticar el paso de aquella familia por Europa, intimidando a gente superior a ellos con su exceso de ignorancia y de dinero. Pero lo que ocupó el pensamiento de Dick tras la desaparición de aquella caravana fue la cuestión de si podía haber provocado él el incidente en alguna medida. En las comidas bebía clarete, antes de acostarse se tomaba algo caliente mezclado por lo general con ron y a veces se tomaba una ginebra o dos por la tarde, pero la ginebra era la bebida más difícil de detectar en el aliento. Estaba tomando, como promedio, casi medio litro de alcohol al día, demasiado para que su organismo lo pudiera eliminar.

Venciendo la tentación que sentía de justificar su hábito, fue a su escritorio y se puso por escrito, como si fuera una receta, un régimen para reducir a la mitad la cantidad de alcohol que consumía. A los médicos, a los chóferes y a los pastores protestantes no se les debía notar nunca en el aliento que habían bebido, como no ocurría con los pintores, los corredores de comercio y los oficiales de caballería. Lo único que Dick se reprochaba era su falta de discreción. Pero el asunto no se había aclarado ni mucho menos media hora después cuando Franz, que se sentía como nuevo después de pasar quince días en la montaña, apareció en la clínica, tan ansioso de reanudar su trabajo que ya estaba inmerso en él antes incluso de llegar a su despacho. Allí lo encontró Dick.

—¿Qué tal en el Everest?

—Con la marcha que llevábamos desde luego podíamos haber escalado el Everest. No creas que no lo pensamos. ¿Qué tal por aquí? ¿Cómo están mi Kaethe y tu Nicole?

—Por el lado doméstico, todo bien. Pero ¡qué escena tan desagradable hemos tenido esta mañana, Franz!

—¿Sí? ¿Qué es lo que pasó?

Dick se paseó por la habitación mientras Franz llamaba por teléfono a su casa. En cuanto terminó de hablar con su familia, dijo Dick:

—Morris padre se llevó a su hijo. ¡Menudo alboroto armó!

A Franz le desapareció toda la animación del rostro.

—Sabía que se había marchado porque me he encontrado a Ladislau en la terraza.

—¿Y qué te ha dicho Ladislau?

—Únicamente que el joven Morris se había ido. Que tú me contarías lo que había pasado. ¿Qué ha pasado, pues?

—Las típicas razones absurdas.

—Ese chico era un diablo.

—Era un caso para anestesia, estoy de acuerdo. Bueno, la cosa es que cuando aparecí yo el padre ya había amilanado a Ladislau de tal manera que parecía un súbdito de las colonias. ¿Qué vamos a hacer con Ladislau? ¿Crees que debería seguir aquí? Yo creo que no. Es un pobre hombre. No sabe hacer frente a ninguna situación.

Dick dudaba entre decir la verdad o no y dio unos pasos como para darse tiempo y poder resumir mejor su relato. Franz estaba apoyado en el borde de su escritorio; todavía no se había quitado el capote de hilo y los guantes que usaba para viajar. Dick dijo:

—Una de las cosas que el chico dijo a su padre fue que tu distinguido colaborador era un borracho. Ese hombre es un fanático, y su vástago, al parecer, descubrió huellas de vino del país en mí.

Franz se sentó, musitando algo mientras se mordía el labio inferior.

—Ya me lo contarás todo con detalle —dijo al fin.

—¿Y por qué no ahora? —sugirió Dick—. Tú me conoces. Sabes que lo último que haría sería abusar de la bebida.

Sus ojos se encontraron con los de Franz, un doble destello que duró unos segundos.

—Ladislau dejó que ese hombre se excitara tanto que tuve que ponerme a la defensiva. Podía haber habido otros pacientes delante, y ya te puedes suponer lo difícil que puede ser defenderse en una situación así.

Franz se quitó los guantes y el capote. Abrió la puerta y le dijo a su secretaria: «Que nadie nos moleste». Nada más volver se puso a mirar el correo que tenía sobre la larga mesa sin saber muy bien lo que hacía, como suele ocurrir en esas situaciones: trataba en realidad de hallar una máscara apropiada para lo que tenía que decir.

—Dick, sé perfectamente que eres una persona sobria y equilibrada, aun cuando no estemos totalmente de acuerdo en lo que concierne al alcohol. Pero ha llegado el momento... Dick, quiero ser franco contigo. No me ha pasado desapercibido que en varias ocasiones habías estado bebiendo cuando no era el momento de hacerlo.

Habrá alguna razón. ¿Por qué no te tomas otras vacaciones? Te sentará bien la abstinencia.

—Ausencia —le corrigió Dick maquinalmente—. Marcharme no es ninguna solución.

Se sentían los dos irritados; para Franz, sobre todo, era un fastidio encontrarse con aquello a su vuelta.

—A veces parece que no tengas sentido común, Dick.

—Nunca he entendido qué quiere decir el sentido común cuando se trata de problemas complicados. A menos que quiera decir que un médico general puede ser más eficaz, para no importa qué caso, que un especialista.

A Dick le repugnaba aquella situación de manera indecible. Tener que dar explicaciones, poner parches, no era natural a su edad. Era preferible seguir escuchando el eco resquebrajado de una antigua verdad.

—Esto no tiene ningún futuro —dijo de pronto.

—Ya lo había pensado —reconoció Franz—. Has perdido la fe en este proyecto, Dick.

—Es cierto. Será mejor que lo deje. Podríamos llegar a un acuerdo para reembolsar gradualmente a Nicole el dinero que ha puesto.

—También había pensado en eso, Dick. Lo veía venir. Voy a conseguir financiación de otra fuente y creo que podrás recuperar tu inversión para fines de este año.

Dick no pretendía tomar una decisión tan rápida y le sorprendió que Franz accediera a la ruptura con tanta facilidad, pero se sintió aliviado. Desde hacía mucho tiempo venía sintiendo, y ello no dejaba de desesperarle, que se estaban desintegrando los principios morales de su profesión hasta no llegar a ser más que un peso muerto.

IV

Los Diver decidieron regresar a la Riviera, que consideraban su casa. Como habían vuelto a alquilar Villa Diana para el verano, optaron por dividir el tiempo que quedaba entre balnearios alemanes y ciudades francesas en las que había catedrales, donde siempre se sentían a gusto por unos días. Dick escribía algo, pero sin ninguna meta precisa. Era uno de esos períodos de la vida en los que sólo cabía esperar no que Nicole se restableciera, puesto que su salud siempre parecía mejorar con los viajes, ni tampoco que surgiera un trabajo, sino simplemente esperar. El único factor que daba algún sentido a ese período eran los niños.

El interés de Dick por ellos aumentaba conforme se hacían mayores, y ya tenían once y nueve años. Se las había arreglado para llegar hasta sus hijos saltándose a la gente que contrataba para que se ocupara de ellos, pues seguía el principio de que tanto el forzar a los niños a que hicieran cosas como el temor a forzarles no podían sustituir adecuadamente a la observación paciente y atenta y la comprobación, balance y evaluación de las cuentas rendidas, de forma que nunca descendieran por debajo de un cierto nivel en lo que concernía a sus obligaciones. Llegó a conocerlos mucho mejor que Nicole y, con la ayuda de los vinos de varios países, que le ponían de muy buen humor, hablaba y jugaba con ellos largo rato. Poseían ese encanto melancólico, casi triste, de los niños que aprenden muy pronto a no llorar o reír con total espontaneidad; no parecía que nada en general les produjera gran emoción y parecían aceptar la simple disciplina a la que estaban sujetos y los simples placeres que les estaban permitidos. Habían sido educados para no exteriorizar demasiado sus sentimientos, según el criterio que, de acuerdo con la experiencia de las familias tradicionales del mundo occidental, parecía aconsejable. Dick, por ejemplo, era de la opinión de que lo que más desarrollaba el sentido de la observación era el silencio impuesto.

Lanier era un niño desconcertante con una curiosidad inhumana. «¿Y cuántos perros de Pomerania harían falta para vencer a un león, papá?» era uno de los tipos de pregunta con que solía acosar a Dick. Topsy era menos complicada. Tenía nueve años y era muy rubia y tan exquisita de rasgos y figura como Nicole, lo que al principio no había dejado de preocupar a Dick. Últimamente se había vuelto tan robusta como cualquier otra niña norteamericana. Estaba satisfecho con ambos, pero sólo se lo hacía saber de manera tácita. Nunca dejaba de castigarlos cuando no se comportaban como debían. «Si uno no aprende en su propia casa a comportarse como es debido —decía Dick— lo tiene que aprender luego en la vida a base de latigazos y es demasiado doloroso. ¿Qué me importa que Topsy "me adore" o no? No la estoy educando para que sea mi esposa.»

Otro elemento que hacía que aquel verano y otoño fueran especiales para los Diver era la abundancia de dinero. Con el reembolso del capital que habían invertido en la clínica, sumado a la prosperidad de los negocios en los Estados Unidos, disponían de tal cantidad que sólo pensar en cómo gastarlo y en qué era ya de por sí una ocupación. Viajaban en un plan que parecía fabuloso.

Observémosles, por ejemplo, en el tren que está llegando a la estación de Boyen, donde van a permanecer quince días. Los preparativos en el coche-cama han empezado en la frontera con Italia. La criada de la institutriz y la de madame Diver, que viajaban en segunda, han venido a ayudar a bajar el equipaje y los perros. Mademoiselle Belois se encargará de supervisar el equipaje de mano, y de los *sealyham* se ocupará una criada y del par de pequineses la otra. La razón de que una mujer quiera rodearse de vida no es necesariamente que sea pobre de espíritu. Se puede deber a un exceso de intereses y, salvo en sus períodos de recaída, Nicole era perfectamente capaz de ocuparse de todo. Pensemos, por ejemplo, en la gran cantidad de bultos pesados que formaban su equipaje. Iban a ser descargados del furgón cuatro baúles de ropa, otro lleno de zapatos, tres llenos de sombreros y dos cajas de sombreros, varios baúles con las pertenencias de la servidumbre, un archivador portátil, un botiquín, una caja que contenía un infiernillo, un juego para comidas campestres, cuatro raquetas de tenis en prensas y cajas, un gramófono y una máquina de escribir. Distribuidos en los compartimientos reservados a la familia y su séquito había además otras dos docenas de maletines, bolsas y paquetes, todo ello enumerado y etiquetado, incluso la caja de los bastones. De esa manera podían comprobar en dos minutos en cualquier andén si se había descargado todo y separar los objetos que iban a dejar en consigna de los que iban a llevar consigo, según pertenecieran a la «lista de viajes ligeros» o a la «lista de viajes serios», revisadas constantemente, que Nicole llevaba siempre en su bolso en placas de borde metálico. Había ideado el sistema de niña, cuando viajaba con su madre, cuya salud ya era frágil. Equivalía al sistema de un oficial de intendencia que tenía que pensar en los estómagos y los pertrechos de tres mil soldados de su regimiento.

Los Diver y sus acompañantes pasaron del tren al temprano crepúsculo del valle. Las gentes del pueblo contemplaban aquel desembarco con un temor reverente similar al que había acompañado a Lord Byron en sus peregrinajes por Italia un siglo atrás. Su anfitriona era la condesa de Minghetti, que hasta hacía poco se llamaba Mary North. El viaje que había comenzado en una habitación encima de la tienda de un empapelador en Newark había acabado en una boda fuera de lo corriente.

«Conde de Minghetti» no era más que un título pontificio. Al marido de Mary la riqueza le venía de que era propietario de unos yacimientos de manganeso en Asia sudoccidental que él mismo explotaba. No tenía la piel lo suficientemente clara como para poder viajar en coche-cama al sur de la línea Mason-Dixon; era de la mezcla cabilo-bereber-sabeo-hindú que se extiende por África del Norte y Asia, más favorablemente dispuesta hacia los europeos que los rostros mestizos que se ven en los puertos.

Al encontrarse frente a frente las dos casas princi-pescas, la de Oriente y la de Occidente, en el andén de la estación, el esplendor de los Diver se quedó en sencillez de pioneros en comparación. Sus anfitriones iban acom-pañados de un mayordomo italiano con bastón, otros cuatro sirvientes con turbante que iban en motocicletas y dos mujeres con el rostro a medias velado que se mante-nían detrás de Mary a una respetuosa distancia y que sa-ludaron con una zalema a Nicole, a la cual el gesto le causó un sobresalto.

Para Mary, al igual que para los Diver, aquel reci-bimiento tenía algo de cómico. Mary soltó una risita ner-viosa, como disculpándose y quitándole importancia a la cosa, pero cuando les presentó a su esposo por su título asiático, su voz se elevó pletórica de orgullo.

Ya en sus habitaciones, mientras se vestían para la cena, Dick y Nicole intercambiaron muecas de estupe-facta admiración. Los ricos que quieren que se les tenga por democráticos fingen en privado que el lujo y la os-tentación les arrebata.

—La pequeña Mary North sabe lo que quiere —murmuró Dick a través de su crema de afeitar—. Abe la educó y ahora se ha casado con un Buda. Si Europa llega a hacerse un día bolchevique, acabará siendo la no-via de Stalin.

Nicole levantó la vista de su neceser y miró en torno suyo.

—Ten cuidado con lo que dices, Dick.

Pero a continuación se echó a reír.

—Son de lo más distinguido. Creo que los barcos de guerra disparan salvas en su honor o los saludan o algo así. En Londres Mary va en la carroza real.

—Muy bien —asintió Dick. Al oír que Nicole estaba en la puerta pidiéndole alfileres a alguien, dijo, elevando la voz—: ¿No me podrían traer un whisky? ¡Siento el aire de montaña!

—Ella se encargará de eso —dijo Nicole a través de la puerta del baño—. Era una de las mujeres que estaban en la estación. Se ha quitado el velo.

—¿Qué te ha contado Mary de su vida? —preguntó Dick.

—No mucho. Sólo le interesa el gran mundo. Me ha hecho un montón de preguntas sobre mi genealogía y ese tipo de cosas, como si yo supiera algo. Parece ser que el marido tiene dos hijos muy morenitos de un matrimonio anterior, y uno de ellos tiene no sé qué enfermedad asiática que nadie puede diagnosticar. Tengo que advertírselo a los niños. Me parece muy raro. Espero que Mary lo entienda.

Se quedó pensativa un instante.

—Claro que lo entenderá —dijo Dick para tranquilizarla—. Lo más probable es que ese niño guarde cama.

Durante la cena Dick estuvo charlando con Hosain, que había estudiado en un colegio inglés. Hosain quería saber cosas de la Bolsa y de Hollywood, y Dick, con la imaginación desatada por el champán, le contó un sinfín de historias disparatadas.

—¿Billones? —preguntó Hosain incrédulo.

—Trillones —le aseguró Dick.

—Nunca me había dado cuenta de hasta qué punto...

390

—Bueno, tal vez sean millones —admitió Dick—. Se pone a disposición de cada huésped del hotel un harén, o el equivalente de un harén.

—¿Aunque no sean actores ni directores?

—A cada huésped del hotel. Incluso a los viajantes de comercio. Figúrese que a mí se ofrecieron a mandarme doce candidatas, pero Nicole dijo que ni hablar.

Cuando estuvieron solos en su habitación, Nicole le reprendió.

—¿Por qué bebiste tanto? ¿Y por qué usaste la palabra negroide delante de él?

—Perdona, quise decir aneroide. Fue un lapsus.

—Cuando actúas así no te reconozco, Dick.

—Te pido perdón otra vez. Me temo que cada vez me voy pareciendo menos al Dick que tú conoces.

Esa noche Dick abrió una ventana del cuarto de baño que daba a un patio estrecho y en forma de tubo, más bien lúgubre, al que en aquel momento llegaban los ecos de una música melancólica y extraña, triste como el sonido de una flauta. Dos hombres salmodiaban un cántico en un idioma o dialecto oriental lleno de kas y eles. Dick asomó la cabeza pero no consiguió verlos. Era evidente que los sonidos tenían un significado religioso y, como se sentía muy cansado e incapaz de experimentar emoción alguna, dejó que rezaran por él también, aunque no sabía muy bien con qué intención, como no fuera la de que no se perdiera en aquella melancolía en la que estaba cada vez más sumido.

Al día siguiente, en la ladera de una montaña de escaso arbolado cazaron unas aves canijas, parientas lejanas y pobres de la perdiz. Era una pálida imitación de una cacería inglesa, con un grupo de ojeadores tan inexpertos que para no dar a alguno de ellos Dick sólo podía apuntar directamente por encima de sus cabezas.

Cuando regresaron, Lanier les estaba esperando en su *suite*.

—Papá, me dijiste que si nos acercábamos al niño enfermo te lo dijera inmediatamente.

Nicole empezó a dar vueltas por la habitación, automáticamente en guardia.

—Mamá —continuó Lanier, volviéndose a ella—, el niño se da un baño todas las tardes y hoy se bañó justo antes que yo y me tuve que bañar en la misma agua que había usado él, que estaba sucia.

—¿Cómo? ¿Qué me estás diciendo?

—Vi cómo sacaban a Tony del baño y luego me dijeron que me metiera yo y el agua estaba sucia.

—Pero... ¿te bañaste?

—Sí, mamá.

—¡Dios mío! —exclamó Nicole, mirando a Dick.

—¿Por qué no te preparó el baño Lucienne? —quiso saber Dick.

—Porque no sabe. El calentador funciona muy raro. Anoche se quemó el brazo y le ha tomado miedo. Por eso una de esas dos mujeres...

—Entra en nuestro cuarto de baño y date un baño ahora mismo.

—No digáis que he sido yo el que os lo ha dicho —dijo Lanier desde la puerta.

Dick entró en el baño y roció la bañera de azufre. Tras cerrar la puerta, le dijo a Nicole:

—Tenemos que decirle las cosas claras a Mary. O, si no, será mejor que nos marchemos.

Nicole se mostró de acuerdo y él prosiguió:

—La gente se cree que sus hijos son por naturaleza más limpios que los de los demás y que sus enfermedades son menos contagiosas.

Dick se sirvió una bebida y se puso a masticar furiosamente una galleta al ritmo del agua que iba llenando la bañera.

—Tienes que decirle a Lucienne que aprenda a usar el calentador —sugirió.

En ese momento apareció en la puerta la mujer asiática en persona.

—La condesa...

Dick la hizo pasar y cerró la puerta.

—¿Está mejor el niño enfermo? —le preguntó amablemente.

—Mejor, sí, pero todavía tiene las erupciones con frecuencia.

—¡Qué pena! Lo siento mucho. Pero, ¿sabe usted?, a nuestros hijos no se les debe bañar en la misma agua. Eso de ninguna manera. Estoy seguro de que su señora se habría puesto furiosa de haber sabido que usted ha hecho una cosa así.

—¿Yo?

La mujer se había quedado estupefacta.

—Pero yo lo único que sé es que su criada tenía problemas con el calentador. Le expliqué cómo funcionaba y dejé correr el agua.

—Pero con una persona enferma tiene que vaciar la bañera totalmente y luego limpiarla.

—¿Yo?

Con dificultad, como si se ahogara, la mujer respiró profundamente, y con un sollozo convulsivo salió precipitadamente de la habitación.

—No vamos a dejar que se familiarice con la civilización occidental a costa nuestra —dijo Dick en tono severo.

Esa noche, durante la cena, decidió que no había más remedio que acortar aquella visita. Acerca de su propio país Hosain sólo parecía haber observado que había muchas montañas y algunas cabras y cabreros. Era un joven reservado, y hacerle hablar habría requerido un auténtico esfuerzo por parte de Dick, del tipo que ya a aquellas alturas sólo dedicaba a su familia. Poco después de terminar la cena, Hosain dejó a Mary sola con los Diver, pero lo que antes les había unido ya no existía: entre ellos se interponían todas las esferas sociales que Mary, incansable, se proponía conquistar. Dick se sintió aliviado cuando, a las nueve y media, Mary recibió una nota y, tras leerla, se levantó.

—Tendréis que perdonarme. Mi marido va a salir para un corto viaje y tengo que estar con él.

A la mañana siguiente, casi pisándole los talones al criado que les llevó el desayuno, Mary entró en su habitación. Estaba ya vestida, a diferencia de ellos, y tenía aspecto de llevar levantada ya un tiempo. El esfuerzo que estaba haciendo por contener la ira endurecía su rostro.

—¿Qué historia es esa de que Lanier se ha bañado en una bañera llena de agua sucia?

Dick empezó a protestar, pero ella le interrumpió.

—¿Qué historia es esa de que ordenasteis a la hermana de mi marido que le limpiara la bañera a Lanier?

Permaneció de pie fulminándoles con la mirada, mientras ellos, sentados en la cama e inmovilizados por el peso de las bandejas, se sentían impotentes como ídolos. Los dos exclamaron al unísono:

—¡Su hermana!

—¡Que ordenasteis a una de sus hermanas que limpiara una bañera!

—No es cierto —respondieron los dos a la vez, como si se hubieran puesto de acuerdo—. Se lo dije a la criada nativa.

—Se lo dijisteis a la hermana de Hosain.

Lo único que a Dick se le ocurrió decir fue:

—Yo creía que eran dos criadas.

—Se te había dicho que eran *Himadoun.*

—¿Qué?

Dick se levantó de la cama y se puso una bata.

—Te lo expliqué anteanoche, cuando estábamos junto al piano. No me digas que estabas tan alegre que no te enteraste de nada.

—¿Eso fue lo que me dijiste? No oí el comienzo.

No lo relacioné con... No lo relacionamos, Mary. En fin, lo único que podemos hacer es ir a verla y pedirle disculpas.

—¡Ir a verla y pedirle disculpas! Te expliqué que cuando se casa el mayor de la familia, o sea, cuando el hermano mayor se casa, las dos hermanas mayores se dedican a ser *Himadoun,* a ser las damas de la mujer del hermano.

—¿Por eso fue por lo que Hosain se marchó de la casa anoche?

Mary vacilaba, pero al fin asintió.

—No tuvo más remedio que hacerlo. Se marcharon todos. Su honor lo exigía.

Ya se habían levantado de la cama los dos y se estaban vistiendo. Mary continuó:

—¿Y qué es esa historia del agua del baño? ¡Como si pudiera ocurrir una cosa así en esta casa! Vamos a preguntárselo a Lanier.

Dick se sentó en el borde de la cama y le indicó a Nicole con un gesto discreto que ahora le correspondía a ella hacerse cargo. Entre tanto, Mary había ido a la puerta y le decía algo en italiano a uno de los criados.

—Espera un momento —dijo Nicole—. No puedo permitir esto.

—Tú nos acusaste —le respondió Mary, en un tono que jamás había usado con Nicole—. Tengo derecho a saber lo que pasó.

—Me niego a que hagas venir al niño.

Nicole se echó encima el vestido como si fuera una cota de malla.

—No importa —dijo Dick—. Que venga Lanier. Vamos a zanjar este asunto de la bañera, sea verdad o no.

Lanier, que estaba a medio vestir física y mentalmente, se quedó mirando, sin entender, la expresión de ira de los adultos.

—Dime una cosa, Lanier —empezó Mary—. ¿Por qué creíste que te habías bañado en un agua que ya se había usado?

—Habla —añadió Dick.

—Pues porque estaba sucia.

—¿Es que no oías desde tu cuarto, que está justo al lado, que se estaba llenando otra vez la bañera?

Lanier admitió que existía tal posibilidad, pero reiteró su argumento: el agua estaba sucia. Estaba un poco asustado y trató de pensar en lo que tenía que decir.

—No podía haberse llenado otra vez porque...

Le apremiaron a que continuara.

—¿Por qué no?

El aspecto que presentaba, envuelto en su pequeño kimono, inspiraba compasión a sus padres, pero a Mary le estaba haciendo perder la paciencia cada vez más. Al fin dijo:

—El agua estaba sucia. Estaba jabonosa.

—Ni siquiera estás seguro de lo que estás diciendo —empezó a decir Mary, pero Nicole la interrumpió.

—No le hables así, Mary. Si había restos de jabón en el agua, era lógico pensar que estaba sucia. Su padre le había dicho que...

—Es imposible que hubiera restos de jabón en el agua.

Lanier miró con reproche a su padre, que le había traicionado. Nicole le dio la vuelta agarrándolo por los hombros e hizo que saliera de la habitación. Dick rompió la tensión con una carcajada.

Entonces, Mary, como si aquel sonido le hubiera recordado el pasado, su vieja amistad, se dio cuenta de hasta qué punto se había alejado de ellos y dijo en un tono conciliador:

—Con niños ya se sabe.

A medida que se iba acordando de cosas del pasado, se sentía más incómoda.

—Sería una tontería que os marcharais. Hosain pensaba hacer este viaje de todas formas. Al fin y al cabo, sois mis invitados y fue simplemente un despiste por vuestra parte.

Pero Dick, aún más irritado por aquella falta de franqueza y por el uso de la palabra «despiste», le dio la espalda y comenzó a recoger sus cosas, mientras decía:

—Siento mucho lo de las dos jóvenes. Me gustaría pedirle disculpas a la que vino aquí.

—¡Si me hubieras escuchado cuando te lo dije junto al piano!

—Te has vuelto tan aburrida, Mary. Te escuché todo lo que pude.

—Cállate, Dick —le aconsejó Nicole.

—Le devuelvo el cumplido —dijo Mary, enojada—. Adiós, Nicole.

Y salió de la habitación.

Después de aquello, era impensable que fuera a despedirlos; el mayordomo arregló todo lo relativo a su partida. Dick dejó unas notas convencionales de despedida para Hosain y sus hermanas. No tenían más remedio que marcharse, pero todos, y en especial Lanier, estaban de mal humor.

—Insisto —reiteró Lanier cuando ya estaban en el tren— en que el agua del baño estaba sucia.

—Ya está bien —dijo su padre—. Será mejor que lo olvides, a no ser que quieras que me divorcie de ti. ¿No sabías que hay una nueva ley en Francia que permite a un padre divorciarse de su hijo?

Lanier rompió a reír, encantado con la broma, y los Diver volvieron a estar unidos. Dick se preguntó si aquello se podría repetir muchas más veces.

V

Nicole fue hasta la ventana y se inclinó sobre el alféizar para observar la disputa cada vez más acalorada que estaba teniendo lugar en la terraza. El reflejo del sol abrileño daba un tono rosado al rostro beatífico de Augustine, la cocinera, y azul al cuchillo de carnicero que ésta esgrimía en su mano temblona de borracha. Había estado trabajando para ellos desde su regreso a Villa Diana en febrero.

Había un toldo que le obstruía la vista a Nicole, por lo que sólo alcanzaba a ver la cabeza de Dick y una mano con la que sostenía uno de sus pesados bastones con empuñadura de bronce. El cuchillo y el bastón, que se amenazaban mutuamente, eran como un trípode y una espada corta en un combate de gladiadores. Le llegó primero la voz de Dick, que decía:

—... como si se quiere beber todo el vino de cocinar, pero una botella de Chablis-Moutonne, eso sí que no...

—¡Mira quién fue a hablar de beber! —gritó Augustine, blandiendo su sable—. ¡Usted que se pasa la vida bebiendo!

Nicole gritó por encima del toldo:

—¿Qué pasa, Dick?

Dick le contestó en inglés:

—La mujer esta, que se está liquidando los mejores vinos de la bodega. La voy a despedir. O, por lo menos, eso es lo que estoy tratando de hacer.

—¡Dios santo! A ver si te da con ese cuchillo que lleva.

Augustine agitó el cuchillo hacia donde estaba Nicole. Sus labios de vieja eran dos pequeñas cerezas entrecruzadas.

—No sé si sabrá usted, señora, que su marido, cuando está en su casita bebe más que un jornalero...

—¡Cállese la boca y váyase de una vez! —la interrumpió Nicole—. Vamos a llamar a los gendarmes.

—¿A los gendarmes? ¿Con un hermano que tengo en el cuerpo? ¿Usted, una americana asquerosa?

Dick le gritó a Nicole en inglés:

—Llévate a los niños de la casa hasta que arregle esto.

—¡Asquerosos americanos, que vienen aquí y se beben nuestros mejores vinos! —chilló Augustine con voz de agitadora revolucionaria.

Dick le habló en tono aún más tajante.

—¡Debe irse inmediatamente! Le pagaré lo que le debemos.

—¡Claro que me pagará! ¡Faltaría más! Y para que lo sepa...

Se acercó más a él y blandió el cuchillo con tal furia que Dick levantó el bastón, en vista de lo cual corrió a la cocina y regresó con el cuchillo de trinchar y una hachuela.

La situación no era muy agradable. Augustine era una mujer fuerte y tratar de desarmarla podía acarrear graves consecuencias para su persona, aparte de las serias complicaciones jurídicas a que debía hacer frente todo aquel que agrediera a un ciudadano francés. Dick optó por tratar de meterle miedo y le dijo a Nicole:

—Telefonea a la comisaría de policía.

Luego, señalándole las armas que llevaba, le dijo a Augustine:

—Esto significa la cárcel para usted.

—¡Ja, ja, ja!

Pero, a pesar de su risa demoníaca, no se acercó más. Nicole telefoneó a la policía, pero la respuesta que recibió era casi un eco de la risa de Augustine. Oyó murmullos y voces que parecían pasarse la información y de pronto se cortó la comunicación.

Volvió a la ventana y le gritó a Dick:

—¡Ofrécele más de lo que le debemos!

—¡Si pudiera llamar yo por teléfono!

Pero como esto parecía impracticable, Dick tuvo que capitular. Por cincuenta francos, que se vieron aumentados a cien al no poder evitar Dick sucumbir a la tentación de librarse de ella cuanto antes, Augustine entregó su posición al enemigo, cubriéndose la retirada con gritos de «*Salaud!*» que sonaban como explosiones de metralla. No se iría hasta que no apareciera su sobrino para cargar con su equipaje. Dick, que aguardaba cautelosamente en las inmediaciones de la cocina, oyó descorchar una botella, pero lo dejó pasar. No hubo ya más incidentes. Cuando llegó el sobrino, deshaciéndose en disculpas, Augustine le dijo adiós a Dick con una cordial sonrisa y gritó «*Au revoir, madame! Bonne chance!*» en dirección a la ventana donde estaba Nicole.

Los Diver se fueron a Niza y cenaron una bullabesa, que es una sopa de pescado y langostas pequeñas muy condimentada con azafrán, acompañada de una botella de Chablis frío. Dick dijo que le daba pena Augustine.

—Pues a mí no me da ninguna —dijo Nicole.

—A mí sí. Y, sin embargo, la hubiera arrojado por el acantilado.

Habían llegado ya a un punto en que no se atrevían a hablar de casi nada. Rara vez se les ocurría algo que decir cuando debían decirlo; siempre les venía lo que debían haber dicho cuando había pasado el momento y el otro no estaba ya en disposición de escuchar. Aquella noche, el incidente con Augustine les había hecho salir de sus respectivos mundos interiores. La mezcla de calor y frío de la sopa condimentada y el vino seco fue un estímulo para que hablaran.

—No podemos seguir así —empezó Nicole—. ¿O sí? ¿Qué piensas tú?

Sorprendida de que Dick, de momento, no lo negara, continuó:

—Hay momentos en que pienso que todo es culpa mía. He sido tu perdición.

—¿Entonces ya estoy perdido? —preguntó Dick afablemente.

—No he querido decir eso. Pero antes querías hacer cosas creativas y ahora parece que quieras destruirlo todo.

Nicole temblaba por haberse atrevido a criticarlo en términos tan absolutos, pero su prolongado silencio la asustaba todavía más. Se imaginaba que algo debía de estarse fraguando tras aquel silencio, tras aquellos penetrantes ojos azules y aquel interés casi anormal en sus hijos. Tenía estallidos de mal humor, nada acordes con su carácter, que la sorprendían. De repente desenrollaba un largo pergamino de desprecio hacia alguna persona, raza, clase, forma de vida o manera de pensar. Era como si en su interior se estuviera desarrollando toda una historia de evolución imprevisible, sobre la cual ella sólo podía hacer conjeturas en los momentos en que brotaba a la superficie.

—Al fin y al cabo, ¿qué sacas tú con esto? —le preguntó.

—Saber que cada día que pasa estás más fuerte. Saber que tu enfermedad sigue la ley de la utilidad decreciente.

Su voz le llegaba desde muy lejos, como si hablara de algo remoto y académico. La inquietud que sentía la hizo exclamar: «¡Dick!», y le alargó la mano a través de la mesa. Por un reflejo instintivo, Dick retiró la suya y dijo: «Pero hay que pensar en toda la situación, ¿no? No se trata sólo de ti». Le cubrió la mano con la suya y, con aquella agradable voz con la que en otros tiempos conspiraba para inventar diversiones, travesuras, ventajas y goces, dijo:

—¿Ves aquel barco?

Era el yate de T. F. Golding, anclado plácidamente entre las suaves olas de la bahía de Niza, siempre dispuesto a iniciar una travesía romántica para la que realmente no necesitaba moverse.

—¿Por qué no vamos ahora y les preguntamos a todos los que haya a bordo si tienen algún problema? Así sabremos si son felices o no.

—Pero si apenas le conocemos —objetó Nicole.

—Insistió en que fuéramos. Además, Baby le conoce. Casi se casa con él. Estuvo a punto, ¿no?

Salieron del puerto en una lancha alquilada ya en pleno anochecer estival y en el *Margin* comenzaban a brotar las luces por todas partes. A medida que se iban acercando, le entraban más escrúpulos a Nicole.

—Está dando una fiesta...

—Debe de ser la radio —sugirió Dick.

Los llamaron desde el barco. Un hombre muy corpulento de pelo blanco que llevaba un traje blanco estaba tratando de identificarlos y gritó:

—¿Son los Diver?

—¡Ah del barco!

Su lancha se detuvo bajo la escalera de cámara. Golding dobló el corpachón para ayudar a Nicole a subir a bordo.

—Han llegado justo a tiempo para la cena.

En la popa estaba tocando una pequeña orquesta:

Me entregaré a ti cuando me lo pidas,
pero hasta entonces no me pidas que me porte bien...

Y mientras los brazos gigantescos de Golding los conducían hacia la popa sin tocarlos, Nicole se arrepintió aún más de haber ido y aumentó su enojo con Dick. Como se habían mantenido al margen de la vida alegre de la Riviera en una época en que ese tipo de vida era incompatible con el trabajo de Dick y el estado de Nicole, habían adquirido fama de rehusar todas las invitaciones. En los años subsiguientes, las sucesivas nuevas remesas habían interpretado su ausencia en el sentido de que no caían demasiado bien. No obstante, Nicole consideraba que, una vez que habían adoptado esa actitud, no valía la pena comprometerla gratuitamente por un momento de debilidad.

Al pasar al salón principal vieron frente a sí siluetas que parecían bailar en la penumbra de la popa circular. Era una especie de espejismo provocado por el encanto de la música, la extraña iluminación y la presencia del agua que los rodeaba. En realidad, sólo unos cuantos camareros se movían por el salón. Todos los invitados estaban recostados en un diván muy amplio que seguía la curva de la cubierta. Distinguieron un vestido blanco, otro rojo, otro de color indefinido y las pecheras almidonadas de varios hombres, uno de los cuales, que se levantó y se dio a conocer, fue causa de que Nicole soltara un inesperado gritito de alegría.

—¡Tommy!

Haciendo caso omiso de su afrancesado gesto de besarle la mano, Nicole apretó su rostro contra el suyo. Se sentaron, o, más bien, se echaron en aquel diván propio de emperadores romanos. El apuesto Tommy tenía la tez tan morena que había perdido el tono agradable del bronceado sin llegar a adquirir el bello tono azulado de los negros: simplemente parecía cuero gastado. El exotismo de su cambio de pigmentación por soles desconocidos, los alimentos producidos en suelos extraños que había consumido, su lengua entorpecida por la tensión a la que la habían sometido los innumerables dialectos, sus reacciones adaptadas a imprevisibles peligros... Todas aquellas cosas fascinaban e infundían seguridad a Nicole.

En el momento del encuentro se apoyó espiritualmente en su pecho y se dejó llevar. Luego, volvió a afirmarse en ella el instinto de conservación y, nuevamente refugiada en su propio mundo, trató de conversar despreocupadamente.

—Tienes aspecto de aventurero de los que salen en las películas. Pero ¿por qué tienes que pasarte tanto tiempo por ahí?

Tommy Barban la miraba, sin entender lo que decía pero atento; sus pupilas centelleaban.

—Cinco años —continuó ella en un tono gutural, con el que quería dar a entender burlonamente que no era nada—. *Demasiado* tiempo. ¿Es que no podrías limitarte a matar un determinado número de seres cada vez y luego regresar y respirar el mismo aire que nosotros por una temporada?

En su adorada presencia, Tommy se europeizaba rápidamente.

—*Mais pour nous autres héros il faut du temps, Nicole. Nous ne pouvons pas faire de petits exercices d'héroisme. Il faut faire les grandes compositions.*

—Háblame en inglés, Tommy.

—*Parlez-moi en français, Nicole.*

—Pero el sentido es diferente en cada idioma. En francés puedes ser heroico y galante sin por ello perder la dignidad, y tú lo sabes. Mientras que en inglés no puedes ser heroico y galante sin resultar al mismo tiempo un poco absurdo, y también lo sabes. Eso me da ventaja a mí.

—Pero al fin y al cabo... —dijo Tommy, y se echó de pronto a reír—. Hasta en inglés soy valiente, heroico y todo lo demás.

Ella fingió haberse quedado atónita de admiración, pero no logró desconcertarlo.

—Yo sólo sé lo que veo en las películas —dijo Tommy.

—¿Es todo exactamente como en el cine?

—Las películas no están tan mal. Mira Ronald Colman. ¿Has visto las películas que ha hecho sobre el *Afrika Corps*? No están nada mal.

—Muy bien. Cada vez que vaya al cine sabré que a ti te estarán pasando las mismas cosas en ese momento.

Mientras hablaba, Nicole advirtió la presencia de una joven menuda, pálida y bonita, con un pelo rubio platino muy atractivo que las luces de cubierta hacían que pareciera casi verde. Estaba sentada al otro lado de Tommy y lo mismo podía haber tomado parte en su conversación que en la de sus otros vecinos. Era evidente que había estado monopolizando a Tommy, porque, al perder toda esperanza de que le siguiera dedicando su atención, se levantó de mal talante y atravesó la sección de la cubierta en forma de media luna con aire malhumorado.

—Al fin y al cabo, soy un héroe —dijo Tommy con toda tranquilidad, sólo a medias bromeando—. Por lo general, tengo un coraje fiero. Como el coraje de un león, o el de un borracho.

Nicole esperó a que se apagara en la mente de Tommy el eco de su jactancia. Suponía que era la primera vez que hacía un tipo de declaración semejante. Paseó la mirada entre aquellos desconocidos y halló a los neuróticos rabiosos de siempre que fingían aplomo, que eran amantes del campo únicamente porque les horrorizaba la ciudad, el sonido de sus propias voces que eran las que habían impuesto el tono y el volumen. Preguntó:

—¿Quién es la mujer de blanco?

—¿La que estaba a mi lado? Lady Caroline Sibly-Biers.

Su voz les llegaba desde el otro lado de cubierta y por un momento escucharon lo que decía.

—*Ese tipo es un sinvergüenza, pero un contrincante temible. Nos pasamos toda la noche jugando al chemin de fer y me debe mil francos suizos.*

Tommy rió y dijo:

—En estos momentos es la mujer más malvada de Londres. Cada vez que regreso a Europa me encuentro con una nueva cosecha de mujeres más malvadas de Londres. Ésta es el modelo más reciente, aunque tengo entendido que ahora mismo hay otra que es casi tan malvada como ella.

Nicole volvió a mirar a la mujer que estaba al otro lado de cubierta. Se la veía frágil, con aspecto de tísica. Parecía increíble que aquellos hombros tan estrechos, aquellos brazos tan raquíticos pudieran sostener tan alto el estandarte de la decadencia, última enseña del moribundo imperio. Más se parecía a una de aquellas chicas modernas de pecho liso que dibujaba John Held que a la serie de rubias altas y lánguidas que venían siendo el modelo de pintores y novelistas desde antes de la guerra.

Golding se les acercó, tratando de disimular la resonancia de su enorme cuerpo, que transmitía su voluntad como a través de un amplificador gigantesco, y Nicole, que seguía reacia, tuvo que ceder a sus reiterados argumentos: que el *Margin* iba a zarpar rumbo a Cannes inmediatamente después de la cena; que aunque ya hubieran cenado, aún les cabría algo de caviar y champán; que de todas formas Dick estaba en aquel momento hablando por teléfono con Niza y le estaba diciendo a su chófer que les llevara el coche a Cannes y lo dejara delante del Café des Alliés, en donde podrían recogerlo los Diver.

Pasaron al comedor y Nicole vio que Dick estaba sentado al lado de Lady Sibly-Biers. Su tez, normalmente rubicunda, se veía muy pálida. Estaba hablando en tono dogmático, pero a Nicole sólo le llegaban retazos de lo que decía:

—... para ustedes los ingleses, muy bien. Están organizando una danza macabra..., los cipayos en el fuerte destruido. Quiero decir, los cipayos en la puerta y alegría en el fuerte y todo eso. El sombrero verde. El sombrero aplastado. No hay futuro...

Lady Caroline le contestaba lacónicamente, sobre todo con el desalentador «¿Qué?», el «¡Claro!», de doble filo y el deprimente «¡Qué bien!», que siempre parecen anunciar un peligro inminente, pero Dick no parecía captar en absoluto aquellas señales de advertencia. De pronto hizo una declaración particularmente vehemente cuyas palabras no alcanzó a oír Nicole, pero vio que a la joven se le ensombrecía el rostro y se ponía nerviosa, y oyó que le respondía con brusquedad:

—Una cosa es un tipo cualquiera y otra muy distinta es un amigo.

Había vuelto a ofender a alguien. ¿Es que no podía estarse callado un rato más? ¿Cuánto rato más? Hasta la muerte.

En el piano, acompañándose con notas graves, un joven escocés de pelo rubio que formaba parte de la orquesta (llamada, según se podía leer en el tambor, *The Ragtime College Jazzes of Edinboro*) se había puesto a cantar con voz monótona, al estilo de Danny Deever. Pronunciaba las palabras con gran precisión, como si a él mismo le impresionaran hasta casi no poderlas soportar.

> *Había una jovencita endemoniada*
> *que saltaba cuando oía una campana.*
> *Como era una chica mala, mala, mala*
> *saltaba cuando oía una campana.*
> *La endemoniada (bumbumbum),*
> *la endemoniada (tututu)...*
> *Había una jovencita endemoniada...*

—¿Qué diablos es eso? —cuchicheó Tommy a Nicole.

La chica que tenía al otro lado le dio la respuesta:

—La letra es de Caroline Sibly-Biers y la música es suya.

—*Quel enfantillage!* —murmuró Tommy al empezar la siguiente estrofa, que se refería a otros caprichos de la nerviosa dama—. *On dirait qu'il récite du Racine!*

En apariencia al menos, Lady Caroline no prestaba ninguna atención a aquella interpretación de su obra. Al examinarla de nuevo, Nicole se quedó impresionada, no por sus características o su personalidad, sino por toda la fuerza que parecía emanar de una actitud. Nicole la consideraba temible y su punto de vista se vio confirmado en cuanto se levantaron de la mesa. Dick permaneció en su asiento con una extraña expresión en el rostro, y de pronto se lanzó a hablar con brusca torpeza.

—No me hace ninguna gracia lo que insinúan esos cuchicheos ensordecedores de los ingleses.

Lady Caroline, que estaba ya cerca de la puerta, se dio la vuelta y regresó a donde estaba Dick. En un tono cortante y lo suficientemente alto como para que todos pudieran oírla, dijo:

—Me ha estado provocando todo el tiempo, hablando mal de mis compatriotas y hablando mal de mi amiga Mary Minghetti. Lo único que he dicho es que se le ha visto en Lausana acompañado de una gente de dudoso aspecto. ¿Es eso un cuchicheo ensordecedor? ¿O no será más bien que a *usted* le ensordece?

—¿Por qué no levanta más la voz? —dijo Dick, pero no con la suficiente rapidez—. Así que soy un famoso...

Pero su frase quedó ahogada por la voz de Golding que, diciendo «¡Venga, venga!», hizo salir a todos sus invitados con la amenaza de su tremenda corpulencia. Ya en la puerta Nicole volvió la cabeza y vio que Dick seguía sentado a la mesa. Estaba furiosa con aquella mujer por haber hecho una afirmación tan descabellada, pero también lo estaba con Dick por haber hecho que fueran allí, por haber bebido más de la cuenta, por no haber sabido contener su tendencia a los comentarios mordaces y por haber dejado que lo humillaran. Y, al mismo tiempo, se sentía un poco culpable porque sabía que ella había sido la primera en provocar la irritación de la inglesa al acaparar a Tommy Barban desde el momento en que llegó.

Un momento después vio a Dick junto a la pasarela. Estaba hablando con Golding y parecía totalmente sereno. Después pasó una media hora sin que se le viera por cubierta y Nicole, interrumpiendo un complicado juego malayo para el que se necesitaban una cuerda y granos de café, se levantó y le dijo a Tommy:

—Voy a ver si encuentro a Dick.

Desde la cena el yate iba rumbo oeste. La hermosa noche fluía a ambos lados, los motores diésel zumbaban suavemente y, cuando Nicole llegó a la proa, una ráfaga de viento primaveral le sacudió abruptamente el cabello y sintió una punzada de dolor al ver a Dick en un ángulo, junto al asta de la bandera. Al reconocerla, dijo con voz serena:

—Qué noche tan hermosa, ¿no?

—Estaba preocupada.

—¿Ah, sí? ¿Estabas preocupada?

—Por favor, no me hables así. Me gustaría tanto poder hacer algo por ti, por poco que fuera.

Dick le dio la espalda, se volvió hacia el velo de luz que formaban las estrellas por el lado de África.

—Estoy convencido de ello, Nicole. Y a veces pienso que cuanto más poco fuera, más te gustaría.

—No me hables así, por favor. No digas esas cosas.

En su rostro, pálido a la luz que la espuma blanca recogía y luego proyectaba hacia el brillante cielo, no había el menor signo de que estuviera disgustado, en contra de lo que se esperaba Nicole. Parecía incluso indiferente a todo. Fue centrando en ella la mirada gradualmente, como si fuera una pieza de ajedrez que tuviera que mover, y con la misma lentitud la agarró por la muñeca y la atrajo hacia sí.

—Tú fuiste mi perdición, ¿no? —dijo con dulzura—. Entonces estamos los dos perdidos. Así que...

Nicole se quedó helada de espanto y le ofreció la otra muñeca para que se la agarrara. De acuerdo. Iría con él. En aquel instante de total entrega y abnegación volvió a sentir con intensidad la belleza de la noche. De acuerdo. Iría con él...

Pero, inesperadamente, era libre otra vez, y Dick le dio la espalda y suspiró.

Las lágrimas le caían por el rostro a Nicole. Enseguida oyó los pasos de alguien que se acercaba. Era Tommy.

—¡Ah, lo has encontrado! —dijo—. Nicole pensaba que seguramente te habías arrojado por la borda, Dick, porque esa zorra inglesa te dejó en ridículo.

—Es un marco perfecto para arrojarse por la borda —se limitó a observar Dick.

—¿Verdad que sí? —se apresuró a decir Nicole—. ¿Por qué no pedimos unos salvavidas y saltamos? Creo que deberíamos hacer algo espectacular. Ya nos hemos reprimido bastante toda nuestra vida.

Tommy observaba por turno a ambos tratando de averiguar cuál era la situación.

—Le preguntaremos a Lady Beer-and-Ale qué es lo que hay que hacer. Debe de estar al corriente de lo más moderno. Y deberíamos memorizar su canción «Había una jovencita de l'enfer». Yo la traduciré y haré una fortuna con ella en el Casino.

—¿Eres rico, Tommy? —le preguntó Dick mientras se dirigían al otro extremo del barco.

—Tal como van ahora las cosas, no. Me cansé del asunto de la Bolsa y me largué. Pero tengo acciones muy sólidas en manos de algunos amigos que se cuidan de ellas. Todo marcha bien.

—Dick se está haciendo rico —dijo Nicole. Al reaccionar, le empezaba a temblar la voz.

En la cubierta de popa Golding había azuzado con sus manotas a tres parejas para que se pusieran a bailar. Nicole y Tommy se sumaron a ellas y Tommy comentó:

—Me da la impresión de que Dick está bebiendo mucho.

—No. Bebe con moderación —contestó ella, por lealtad.

—Hay personas que saben beber y otras que no saben. Es evidente que Dick pertenece a la segunda categoría. Deberías decirle que no beba.

—¿Yo? —exclamó Nicole, sorprendida—. ¿Decirle yo a Dick lo que debe o no debe hacer?

Pero Dick seguía entre ausente y soñoliento cuando entraron en el muelle de Cannes. Golding tuvo que depositarlo prácticamente en la lancha del *Margin* y su presencia hizo que Lady Caroline se cambiara ostensiblemente de sitio. Ya en tierra Dick se despidió de ella haciendo una reverencia exagerada y por un instante pareció que le iba a dedicar una de sus frases ingeniosas, pero Tommy le clavó el codo con toda intención y se dirigieron al coche que les estaba aguardando.

—Yo conduzco —sugirió Tommy.

—No te molestes. Podemos coger un taxi.

—Me apetece llevaros, si me podéis dar alojamiento.

Dick, que estaba en el asiento de atrás, permaneció silencioso y alicaído hasta que dejaron atrás el monolito amarillo de Golfe-Juan y luego el carnaval incesante de Juan-les-Pins, con su noche musical y estridente en muchas lenguas. Pero cuando el coche empezaba a subir la colina que llevaba a Tarmes, se incorporó súbitamente en su asiento, impulsado por el cambio de velocidad del vehículo, y comenzó a soltar un discurso:

—Una encantadora representante de la...

Vaciló un instante.

—... una empresa de... Tráigame sesos vacíos a la inglesa...

Y dicho esto se sumió en un plácido sueño, arropado por la oscuridad cálida y suave, y de vez en cuando dejaba escapar pequeños eructos de satisfacción.

VI

A la mañana siguiente, temprano, Dick entró en el cuarto de Nicole.

—He estado esperando hasta que te oí levantarte. Huelga decir que lamento mucho lo de anoche, pero ¿qué te parece si no intentamos analizarlo?

—Me parece perfecto —respondió Nicole fríamente, mirándose en el espejo.

—¿Nos trajo Tommy a casa o lo he soñado?

—Sabes perfectamente que nos trajo él.

—Sí, parece probable —reconoció—, sobre todo teniendo en cuenta que acabo de oírle toser. Creo que voy a ir a verle.

Casi por primera vez en su vida, Nicole se alegró de que la dejara sola. Parecía haber perdido por fin aquella horrible facultad suya de tener siempre razón.

Tommy acababa de despertarse y estaba esperando que le llevaran el *café au lait*.

—¿Te encuentras bien? —le preguntó Dick.

Al quejarse Tommy de que le dolía la garganta, adoptó una actitud profesional.

—Lo mejor será que uses algún gargarismo.

—¿Tienes tú algo?

—Por raro que parezca, no. Pero a lo mejor Nicole tiene.

—No la molestes.

—No, si ya se ha levantado.

—¿Cómo está?

Dick se dio la vuelta lentamente.

—¿Esperabas que se hubiera muerto por haberme emborrachado yo?

Su tono de voz era amable.

—Nicole se ha hecho más fuerte que un pino de Georgia, que es la madera más dura que se conoce, con la excepción de la del guayaco de Nueva Zelanda...

Nicole, que iba al piso de abajo, oyó el final de la conversación. Sabía desde siempre que Tommy estaba enamorado de ella. También sabía que aquél había llegado a aborrecer a Dick y que Dick se había dado cuenta de ello antes que el propio Tommy y había tratado de reaccionar de manera positiva frente a aquella pasión solitaria. Ese pensamiento le procuró un momento de completa satisfacción como mujer. Mientras se inclinaba sobre la mesa en la que sus hijos tomaban el desayuno y le daba instrucciones a la institutriz, sabía que había dos hombres en el piso de arriba que se preocupaban por ella.

Más tarde, en el jardín, se sintió feliz. No quería que ocurriera nada, sino sólo que la situación se mantuviera en suspenso mientras pasaba de la mente de uno a la del otro como una pelota. Hacía tanto tiempo que no existía, ni siquiera como pelota.

—Qué bien, conejitos, ¿verdad? ¿O no está bien? ¡Eh, conejo, eh, estoy hablando contigo! ¿Te parece que está bien? ¿O te parece todo más bien raro?

El conejo, después de una vida en la que prácticamente no había tenido ninguna otra experiencia, aparte de la de comer hojas de col, tras varios olfateos tentativos acabó por darle la razón.

Nicole siguió con las tareas que solía hacer en el jardín. Las flores que iba cortando las depositaba en los lugares habituales de donde las recogería más tarde el jardinero para llevarlas a la casa. Al acercarse al muro sobre el acantilado, sintió de pronto un gran deseo de comunicarse con alguien, pero como no había nadie con quien hacerlo, se detuvo y se puso a reflexionar. Le parecía un poco perturbadora la idea de estar interesada en otro hombre. Pero otras mujeres tienen amantes. ¿Por qué no los voy a tener yo? En aquella hermosa mañana de primavera desaparecían todas las inhibiciones del mundo masculino y podía razonar tan alegremente como una flor mientras el viento agitaba su cabello hasta hacer que su cabeza se moviera también con él. Otras mujeres han tenido amantes. Las mismas fuerzas que la noche anterior la habían impulsado a seguir a Dick hasta la muerte ahora hacían que su cabeza se moviera al viento y se sintiera contenta y feliz con su razonamiento: ¿Por qué no los voy a tener yo?

Se sentó en el bajo muro y contempló el mar. Pero en otro mar, el ancho mar de la imaginación, había pescado algo tangible que podía colocar junto al resto de su botín. Si espiritualmente no necesitaba ser para siempre una con el Dick que había descubierto la noche anterior, debía ser alguna cosa aparte, no sólo una imagen en su mente, condenada a interminables desfiles en torno a la circunferencia de una medalla.

Nicole había elegido esa parte del muro para sentarse porque al otro lado el acantilado se convertía gradualmente en un prado en declive en donde había un huerto. Por entre las ramas de unos árboles vio a dos hombres que llevaban unos rastrillos y unas azadas, que hablaban en un contrapunto de provenzal y dialecto nizardo. Atraída por sus palabras y gestos, consiguió captar el sentido de lo que decían:

—Aquí mismo fue donde la tumbé.

—Yo la gocé detrás de aquellas viñas.

—A ella le da todo igual. Y a él también. Fue ese maldito perro. Bueno, pues aquí fue donde la tumbé.

—¿Tienes el rastrillo?

—¡Pero si lo tienes tú, animal!

—Bueno, ¡y a mí qué me importa dónde la tumbaste! Desde que me casé, doce años hace ya, no había sentido ni siquiera los pechos de una mujer contra mi pecho hasta esa noche. Y ahora vienes tú y me dices...

—Déjame que te cuente lo del perro...

Nicole los observaba a través de las ramas. Lo que estaban diciendo parecía tener sentido: para una persona es buena una cosa y para otra, otra cosa diferente. Sin embargo, la conversación que había sorprendido pertenecía a un mundo exclusivamente de hombres. Mientras se dirigía de vuelta a la casa, ya no sabía muy bien qué pensar

Dick y Tommy estaban en la terraza. Pasó de largo y entró en la casa. Luego volvió a salir con un cuaderno de bosquejos y se puso a dibujar la cabeza de Tommy.

—Manos que no paran, rueca que salta —dijo Dick jovialmente.

¿Cómo podía hablar tan a la ligera cuando el color no le había vuelto a las mejillas y la espuma caoba de la barba parecía tan roja como sus ojos? Nicole se volvió a Tommy y dijo:

—Siempre se me ocurre algo que hacer. Hace años tenía un monito de la Polinesia que era muy gracioso y travieso y me podía pasar horas y horas jugando con él. Hasta que la gente empezó a gastar bromas de lo más siniestro y grosero.

Mientras hablaba evitaba mirar a Dick a propósito. Éste se excusó y entró en la casa. Nicole vio cómo se servía dos vasos de agua y se endureció más aún.

—Nicole... —empezó Tommy, pero se interrumpió para aclararse la garganta, que le raspaba.

—Te voy a traer un ungüento de alcanfor especial —dijo Nicole—. Es americano. Dick tiene mucha fe en él. No tardo ni un minuto.

—No, si me tengo que ir ya.

Dick volvió a salir y se sentó.

—¿En qué tengo mucha fe?

Cuando Nicole regresó con el tarro, ninguno de los dos se había movido, aunque ella tuvo la impresión de que habían mantenido una animada conversación sobre algún tema sin importancia.

El chófer estaba en la puerta con un maletín que contenía la ropa que había llevado Tommy la noche anterior. Ver a Tommy con ropas que le había prestado Dick le producía una falsa emoción a Nicole, como si Tommy no pudiera permitirse el lujo de comprárselas él mismo.

—En cuanto llegues al hotel te das fricciones en la garganta y el pecho y luego lo inhalas —dijo Nicole.

—Oye —murmuró Dick cuando Tommy ya bajaba las escaleras—, no le des todo el tarro a Tommy. Aquí ya no les queda y hay que pedirlo a París.

Desde donde estaba ahora Tommy podía oír lo que decían, y los tres permanecieron un momento inmóviles bajo el sol, Tommy delante del coche, en una posición que parecía que agachándose un poco se lo podría cargar sobre las espaldas.

Nicole bajó las escaleras.

—Aprovéchalo bien —aconsejó a Tommy—. Es muy difícil de encontrar.

Notó el silencio de Dick a su lado, cargado de reproche. Se separó un poco de él e hizo un gesto de despedida con la mano al coche que se llevaba a Tommy con el ungüento especial de alcanfor. Luego se volvió, dispuesta a tomar su propia medicina.

—Ha sido un gesto totalmente innecesario —dijo Dick—. Aquí somos cuatro, y desde hace años, siempre que alguien tiene tos...

Se miraron de frente.

—Siempre se puede comprar otro tarro.

Pero ya no tuvo fuerzas para seguir desafiándole y le siguió al piso de arriba. Dick se tendió en su cama sin decir nada.

—¿Quieres que te suban la comida aquí? —le preguntó Nicole.

Dick asintió y siguió tendido en silencio, mirando al techo. Sin estar muy segura de lo que hacía, Nicole fue a dar las instrucciones pertinentes. Luego volvió arriba y asomó la cabeza en el cuarto de Dick: sus ojos azules parecían proyectarse como reflectores bajo un cielo oscuro. Permaneció un instante en la puerta, consciente del pecado que había cometido contra él, casi sin atreverse a entrar... Extendió la mano como para acariciarle la cabeza, pero él se dio la vuelta como un animal receloso. Nicole no pudo soportar la situación un momento más. Bajó las escaleras corriendo como una criadita asustada, preguntándose temerosa de qué se iba a alimentar aquel hombre que yacía enfermo allá arriba mientras ella tenía que seguir alimentándose de su pecho enjuto.

Una semana después Nicole ya no se acordaba del deslumbramiento que le había producido Tommy: no tenía muy buena memoria para las personas y las olvidaba fácilmente. Pero con los primeros calores de junio se enteró de que estaba en Niza. Les había enviado una nota a los dos y Nicole la abrió en la playa, bajo la sombrilla, junto con otras cartas que habían traído de la casa. Después de leerla se la pasó a Dick, que, a cambio, le lanzó un telegrama que cayó sobre sus pantalones playeros:

Queridos estaré en el hotel de Gausse mañana por desgracia sin mamá cuento con veros.

—Me alegraré de verla —dijo Nicole con expresión sombría.

VII

Pero al ir a la playa con Dick a la mañana siguiente, le había vuelto el temor de que él estuviera tratando de hallar una solución desesperada. Desde la noche en el yate de Golding intuía lo que estaba pasando. Tan delicado era el equilibrio que mantenía entre un viejo punto de apoyo que siempre le había procurado seguridad y la inminencia de un salto que, una vez dado, tendría que cambiarla hasta en la última molécula de su carne y de su sangre, que no se atrevía a llevar el asunto al terreno de lo consciente. Tenía una visión de Dick y de ella misma imprecisa, cambiante, como dos figuras espectrales atrapadas en una especie de danza macabra. Desde hacía meses, cada palabra parecía tener otro significado distinto del más evidente, que sólo se aclararía cuando Dick así lo determinase. Aunque ese estado de ánimo era tal vez más esperanzador (los largos años de mero existir habían tenido un efecto vivificador sobre aquellas partes de su naturaleza que la temprana enfermedad había destruido y a las que Dick no había conseguido llegar, no por culpa suya, sino simplemente porque no hay naturaleza que se pueda extender totalmente en el interior de otra), no dejaba de ser inquietante. El aspecto menos afortunado de sus relaciones era la indiferencia cada vez mayor de Dick, que de momento se manifestaba en lo mucho que bebía. Nicole no sabía si iba a ser aplastada o no le iba a pasar nada; la voz de Dick, vibrante de insinceridad, la confundía. Le resultaba imposible imaginar cómo se iba a comportar de un día a otro: era como una alfombra que se fuera desenrollando lenta y tortuosamente. Y tampoco se podía imaginar lo que ocurriría al final, en el momento del salto.

Lo que pudiera ocurrir después no le inquietaba: sospechaba que sería como liberarse de una carga, como quitarse una venda de los ojos. Nicole estaba hecha para el cambio, para el vuelo, y el dinero eran sus aletas y sus alas. Su nueva situación sería equivalente a la del chasis de un coche de carreras que, después de estar oculto durante años bajo la carrocería de un coche familiar, volviese a su destino inicial. Nicole ya empezaba a sentir la brisa fresca; lo que temía era el momento de la ruptura, y la manera oscura en que iba a llegar.

Los Diver se instalaron en la playa con sus bañadores blancos que parecían aún más blancos sobre sus cuerpos bronceados. Nicole observó que Dick estaba buscando con la mirada a sus hijos entre las formas y sombras confusas de aquella multitud de sombrillas y, sintiéndose libre momentáneamente al saber que no estaba pensando en ella, lo examinó con frialdad y llegó a la conclusión de que no estaba tratando de encontrar a sus hijos para protegerlos sino para sentirse protegido. Probablemente era la playa lo que temía, como un soberano destronado que visitara en secreto su antiguo reino. Nicole había llegado a odiar aquel mundo suyo de bromas sutiles y detalles finos, olvidando que durante muchos años había sido el único mundo al que había tenido acceso. Que viera ahora su playa, que había degenerado al gusto de los que no tenían gusto; podría pasarse el día entero buscando y no iba a encontrar una sola piedra de la muralla china que un día había levantado en torno a ella, ni una huella de un viejo amigo.

Por un momento Nicole sintió que aquello hubiera ocurrido, al recordar el vaso que Dick había sacado con el rastrillo de un montón de basura, al recordar los pantalones y jerséis de marineros que habían comprado en una callejuela de la parte vieja de Niza y que luego, confeccionados en seda, habían puesto de moda los modistos de París, al recordar a las muchachitas francesas que trepaban por las rocas del rompeolas gritando «*Dis done! Dis done!*» como pájaros, y el ritual de cada mañana, la callada y sosegada entrega al mar y al sol; tantas ocurrencias de Dick, que habían quedado más enterradas que la arena en el transcurso de unos pocos años...

Para poder bañarse allí ahora había que pertenecer a un «club», aunque, en vista del tipo de sociedad internacional representada en él, resultaba difícil decir a quiénes no admitían.

Nicole volvió a endurecerse en cuanto vio a Dick arrodillado sobre la esterilla buscando con la mirada a Rosemary. Observó que sus ojos la buscaban entre todas aquellas nuevas instalaciones: los trapecios acuáticos, las anillas, las casetas de baño transportables, las torres flotantes, los reflectores de las fiestas de la noche anterior, el bufet modernista, blanco y con un vulgar motivo de interminables manillares.

El agua fue casi el último lugar en el que se le ocurrió buscar a Rosemary, porque muy pocas personas se bañaban ya en aquel paraíso azul, sólo algunos niños y un criado exhibicionista que era el espectáculo de cada mañana con sus saltos prodigiosos desde una roca a quince metros de altura; la mayoría de los clientes del hotel de Gausse, con la resaca de la noche anterior, sólo se despojaban de los trajes de playa que ocultaban su carnes blandas para darse una ligera zambullida a la una de la tarde.

—Allí está —señaló Nicole.

Vio cómo Dick seguía con la mirada los movimientos de Rosemary de balsa en balsa; pero el suspiro estremecido que se escapó de su pecho era sólo un residuo de cinco años atrás.

—Vayamos nadando hasta donde está ella y la saludamos —sugirió Dick.

—No. Ve tú.

—Vamos los dos.

Nicole trató por un momento de rebelarse contra aquella imposición de Dick, pero finalmente se metieron los dos en el agua y nadaron juntos, consiguiendo localizar a Rosemary por el banco de pececillos que la seguía a todas partes, atraídos por su anzuelo deslumbrante.

Nicole se quedó en el agua, pero Dick se subió a la balsa y se sentó al lado de Rosemary, y los dos, con los cuerpos chorreando, se pusieron a charlar exactamente como dos personas que nunca se hubieran amado ni tocado. Rosemary estaba bellísima y su juventud impresionó a Nicole, aunque a la vez se alegró de ver que era ligeramente menos esbelta que ella. Nicole nadaba cerca de la balsa trazando pequeños círculos y escuchaba lo que decía Rosemary, que fingía estar divertida, feliz y llena de esperanza; mejor actriz de lo que había sido cinco años antes.

—Echo muchísimo de menos a mamá, pero el lunes me voy a reunir con ella en París.

—Y pensar que hace ya cinco años que apareciste por aquí —decía Dick—. ¡Qué graciosa estabas con aquel albornoz del hotel!

—¡Cómo te acuerdas de las cosas! Como siempre. Y siempre de las más agradables.

Nicole vio que volvía a empezar el viejo juego de las adulaciones y se metió debajo del agua; cuando volvió a salir a la superficie, oyó que Rosemary decía:

—Voy a hacerme la ilusión de que todo es como hace cinco años y vuelvo a ser una chica de dieciocho años. Siempre me hacías sentirme, no sé, como muy, o sea, como muy feliz, tú y Nicole. Parece que os estoy viendo como entonces, en esa playa, bajo una de esas sombrillas, la gente más encantadora que he conocido nunca y que probablemente pueda ya conocer.

Mientras se alejaba nadando, Nicole pensaba que, en cuanto se había puesto a coquetear con Rosemary, se había disipado un poco la nube que *abatía* el ánimo de Dick y le había vuelto aquella habilidad que antes tenía para tratar a la gente, que era como un objeto artístico ya deslustrado. Se imaginaba que, si se tomaba un par de copas, se iba a poner a hacer acrobacias con las anillas para tratar de deslumbrarla, ejecutando desmañadamente lo que antes solía hacer con absoluta destreza. Había observado que ese verano por primera vez evitaba lanzarse al agua desde mucha altura.

Más tarde, mientras nadaba de una balsa a otra tratando de esquivarlas, Dick la alcanzó.

—Unos amigos de Rosemary tienen una motora, esa que está ahí. ¿Te gustaría hacer esquí acuático? Pienso que sería divertido.

Acordándose de que antes podía hacer el pino con las manos sobre una silla colocada en un extremo de una tabla, consintió como podía haberlo hecho con Lanier. El verano anterior en el lago de Zug habían practicado aquel agradable deporte acuático y Dick se había subido a los hombros a un hombre que pesaba alrededor de cien kilos y había conseguido enderezarse. Pero las mujeres, al casarse, asumen todas las habilidades de sus maridos y, naturalmente, luego no se quedan tan impresionadas con las cosas que hacen por mucho que lo pretendan. Nicole ni siquiera había hecho la menor intención de mostrarse impresionada, aunque le había dicho a Dick «Sí» y «Sí, yo también lo pensé».

De todas formas, lo que sí sabía era que estaba más bien cansado y que era sólo la presencia de Rosemary y su estimulante juventud lo que le impulsaba a intentar aquel esfuerzo. Era testigo de que los cuerpos de sus hijos, rebosantes de nueva vitalidad, le producían el mismo estímulo, y se preguntaba fríamente si no se iba a poner en ridículo ante toda aquella gente. Los Diver eran mayores que todos los otros que estaban en la lancha y por muy corteses y considerados que se mostraran aquellos jóvenes, Nicole no dejaba de notar que en el fondo se estaban preguntando que de dónde habían salido semejantes vejestorios y echaba de menos la facilidad que tenía antes Dick para hacerse con todas las situaciones y salir siempre airoso. Pero él estaba concentrado en lo que iba a tratar de hacer.

La motora redujo la velocidad a doscientos metros de la costa y uno de los jóvenes se lanzó al agua en plancha, nadó hasta la tabla que se movía a merced de la corriente, la hizo firme, trepó lentamente hasta ponerse de rodillas en ella y se puso en pie en cuanto la lancha empezó a acelerar. Echándose un poco hacia atrás, hizo oscilar pesadamente su ligero vehículo de uno a otro lado, trazando arcos lentos y jadeantes que cabalgaban sobre las estelas de espuma laterales al final de cada balanceo. Aprovechó un momento en que se encontraba directamente en la estela que dejaba la lancha para soltar la cuerda y, tras mantener el equilibrio un instante, se echó de espaldas al agua, desapareciendo como una estatua gloriosa y volviendo a aparecer como una insignificante cabeza mientras la lancha describía un círculo para ir a recogerlo.

Nicole renunció a su turno y Rosemary cabalgó sobre la tabla con un estilo impecable pero sin hacer alardes, entre los gritos jocosos y entusiastas de sus admiradores. Tres de éstos se golpearon egoístamente por tener el honor de ayudarla a subir a la lancha y entre todos se las arreglaron para que se magullara la rodilla y la cadera al darse un golpe contra el costado de la embarcación.

—Ahora le toca a usted, doctor —dijo el mexicano que llevaba el timón.

Dick y el joven que quedaba se lanzaron al agua por el costado y nadaron hasta donde estaba la tabla. Dick iba a emplear el truco que sabía para ponerse en pie y Nicole empezó a mirarle con una sonrisa de desprecio. Lo que más le irritaba era que aquel alarde de destreza física iba dirigido a Rosemary.

Cuando los dos hombres se habían dejado arrastrar el tiempo suficiente para encontrar un equilibrio, Dick se arrodilló y colocó la cabeza en la entrepierna del otro, agarró la cuerda y empezó a alzarse lentamente.

Los que estaban en la lancha, que le observaban con mucha atención, se dieron cuenta de que estaba en apuros. Seguía teniendo una rodilla apoyada y el truco consistía en enderezarse completamente con el mismo impulso con que levantaba las rodillas. Descansó un momento y luego, con el rostro contraído por la intensidad del esfuerzo, empezó a levantarse.

La tabla era estrecha, y el otro hombre, aunque pesaba menos de setenta kilos, no se sentía seguro y se agarraba torpemente a la cabeza de Dick. Cuando, tras dar el último tirón con la espalda, Dick logró ponerse en pie, la tabla se volcó y se cayeron los dos al agua.

En la lancha Rosemary exclamó:

—¡Maravilloso! Por poco lo consiguen.

Pero cuando la lancha volvió a donde estaban los nadadores, Nicole se fijó en la cara que tenía Dick. Como ella se esperaba, se le veía muy irritado, puesto que sólo dos años antes hacía aquello mismo sin la menor dificultad.

La segunda vez tuvo más cuidado. Se enderezó un poco para comprobar el equilibrio de su carga, volvió a arrodillarse y luego, gruñendo «¡Ale hop!» empezó a levantarse, pero antes de que pudiera enderezarse del todo, se le doblaron de pronto las rodillas y le dio una patada a la tabla para que no se golpearan contra ella al caer.

Esta vez, cuando el *Baby Gar* fue a buscarlos, todos los pasajeros pudieron ver claramente que estaba furioso.

—¿Les importa que lo vuelva a intentar una vez más? —gritó, pedaleando en el agua—. Esta vez casi lo habíamos conseguido.

—De acuerdo. ¡Adelante!

A Nicole le parecía que tenía aspecto de estar al borde de la náusea y trató de disuadirle:

—¿No te parece que ya está bien por hoy?

Dick no contestó. Su anterior compañero se había hartado ya y le ayudaron a subir a bordo; el mexicano que conducía la motora se ofreció a ocupar su lugar.

Pesaba bastante más que el otro. Mientras la lancha volvía a ponerse en marcha, Dick descansó un rato, tumbado boca abajo sobre la tabla. Luego se colocó debajo del mexicano, agarró la cuerda y comenzó a hacer flexión con todo el cuerpo para levantarse.

No se podía levantar. Nicole vio que cambiaba de posición y volvía a intentarlo, pero en cuanto tuvo todo el peso de su compañero sobre los hombros quedó inmovilizado. Lo intentó una vez más y logró levantarse un centímetro, luego dos centímetros —Nicole, que estaba haciendo el esfuerzo con él, sintió que se le bañaba la frente de sudor— y ya simplemente se concentró en mantenerse en la posición en que estaba, hasta que cayó de rodillas con un ruido sordo y los dos fueron a parar al agua. Por muy poco no se dio Dick en la cabeza con un ángulo de la tabla.

—¡Dese prisa! —le dijo Nicole al que conducía la motora, y mientras lo estaba diciendo vio que Dick se hundía y lanzó un pequeño grito, pero volvió a salir a la superficie y se puso a hacer la plancha y el mexicano se acercó nadando por si necesitaba ayuda. Parecía que la lancha tardaba una eternidad en llegar hasta donde estaban ellos, pero cuando al fin se acercó y Nicole vio que Dick flotaba agotado y sin expresión alguna, solo con el agua y el cielo, su miedo se transformó de pronto en desprecio.

—Suba, doctor, que le ayudamos... Agárrale el pie... Muy bien. Venga, ahora juntos...

Dick se sentó, jadeante y sin mirar a ningún sitio.

—No tenías que haberlo intentado —dijo Nicole sin poder contenerse.

—Los dos primeros intentos le habían dejado cansado —dijo el mexicano.

—Fue una chiquillada —insistió Nicole.

Rosemary, diplomáticamente, no dijo nada.

Pasado un minuto, Dick, apenas recuperado el aliento, dijo:

—Esta última vez no podría haber levantado ni una muñeca de papel.

Una pequeña risotada relajó la tensión provocada por su fracaso. Todos se mostraron muy atentos con Dick cuando se bajó de la lancha en el muelle, pero Nicole estaba irritada: ya todo lo que Dick hacía le irritaba.

Se sentó con Rosemary bajo una sombrilla mientras Dick iba al bar a por algo de beber. Al instante volvió con unas copas de jerez.

—La primera bebida que tomé en mi vida me la tomé con vosotros —dijo Rosemary. Y, con un arrebato de entusiasmo, añadió—: Estoy tan contenta de veros y saber que estáis bien. Me preocupaba...

Interrumpió la frase y le dio otro sentido:

—... que tal vez no lo estuvierais.

—¿Es que te había dicho alguien que yo estaba en pleno proceso de deterioro?

—Oh, no. Simplemente me había dicho alguien que habías cambiado. Y me alegro de ver con mis propios ojos que no es cierto.

—Pues sí es cierto —replicó Dick, mientras se sentaba junto a ellas—. El cambio se produjo hace ya mucho tiempo, pero al principio no se notaba. La forma permanece intacta durante un tiempo después de que el espíritu decae.

—¿Estás ejerciendo aquí en la Riviera? —se apresuró a preguntar Rosemary.

—Sería un excelente terreno para encontrar especímenes adecuados.

Señaló con la cabeza a uno y otro lado a la gente que se arremolinaba en la arena dorada.

—Excelentes candidatos. ¿Ves a nuestra vieja amiga, la señora Abrams, jugando a la duquesa con Su Alteza Real Mary North? No te dé envidia. Piensa en la larga escalada de la señora Abrams a cuatro patas por las escaleras de servicio del Ritz y todo el polvo de alfombras que habrá tenido que inhalar.

Rosemary le interrumpió.

—Pero ¿es ésa realmente Mary North?

Estaba mirando a una mujer que caminaba hacia donde estaban ellos, rodeada de un pequeño grupo que se comportaba como si estuviera acostumbrado a que lo miraran. Cuando estaba a tres metros de distancia, Mary fijó la mirada una ráfaga de segundo sobre los Diver y luego la apartó. Era una de esas lamentables miradas con las que se quiere indicar a los que son objeto de ellas que se les ha visto perfectamente pero que se va a hacer como si no se les hubiera visto, el tipo de mirada que ni los Diver ni Rosemary Hoyt se hubieran permitido lanzar a nadie en su vida. A Dick le hizo mucha gracia que Mary, al ver que estaba con ellos Rosemary, cambiara de planes y se acercara. Le habló a Nicole en tono agradable y cordial, saludó a Dick sin sonreír, con un gesto rápido, como si tuviera miedo de que pudiera contagiarle —gesto al que respondió Dick con una irónica reverencia— y por fin saludó a Rosemary.

—Había oído decir que estabas aquí. ¿Por mucho tiempo?

—Mañana me voy —contestó Rosemary.

Ella también se había dado cuenta de que Mary se había acercado no por los Diver sino para hablar con ella, y se sintió obligada a recibir su saludo con cierta frialdad. No, no podía cenar con ella esa noche.

Mary se volvió a Nicole y la miró de una manera que parecía demostrar afecto mezclado con lástima.

—¿Cómo están tus hijos? —preguntó.

En ese momento se acercaban y Nicole tuvo que escuchar una petición suya de que impusiera su autoridad sobre la de la institutriz en algo relacionado con el baño.

—No —contestó Dick por ella—. Tenéis que obedecer a mademoiselle.

Nicole estaba de acuerdo en que había que respaldar la autoridad delegada y no accedió a lo que le pedían, por lo que Mary, que, al igual que las protagonistas de las novelas de Anita Loos, sólo hacía frente a los hechos consumados y, de hecho, era incapaz hasta de enseñar a un perrito de lanas lo que tenía que hacer, miró a Dick como si fuera un ser dominante y brutal. Dick, exasperado ya por aquella tediosa comedia, le preguntó con burlona solicitud:

—¿Y cómo están tus hijos... y sus tías?

Mary no respondió. Les dejó, pasando antes una mano compasiva por la cabeza reacia de Lanier. En cuanto se marchó, Dick dijo:

—¡Cuando pienso en todo el tiempo que empleé en ella!

—Yo le tengo cariño —dijo Nicole.

El resentimiento de Dick había sorprendido a Rosemary, que pensaba que era una persona nada rencorosa y muy comprensiva. De pronto se acordó de lo que le habían dicho de él. Mientras conversaba en el barco con una gente del Departamento de Estado —norteamericanos europeizados que habían llegado a una situación en la que ya no parecían pertenecer a nación alguna, o por lo menos a ninguna de las grandes potencias, aunque tal vez sí a algún Estado de tipo balcánico compuesto de ciudadanos similares—, había surgido el nombre de la universalmente famosa Baby Warren y alguien había comentado que a la hermana menor de Baby la había echado a perder un médico disoluto. «No se le recibe ya en ninguna parte», había dicho aquella mujer.

Esa frase inquietó a Rosemary, si bien no le cabía pensar que los Diver se relacionaran en sociedad de una manera en la que el hecho aquel, si es que realmente era un hecho, pudiera tener algún sentido. Pero, no obstante, el eco de una opinión pública organizada y hostil resonó en sus oídos. «No se le recibe ya en ninguna parte.» Se imaginaba a Dick subiendo las escalinatas de alguna mansión, mostrando su tarjeta de visita y oyendo que el mayordomo le decía: «Aquí ya no se le recibe», y luego continuando avenida abajo para escuchar lo mismo de boca de otros innumerables mayordomos de innumerables embajadores, ministros y encargados de negocios...

Nicole estaba pensando en algún pretexto para marcharse. Suponía que Dick, que tenía un estímulo para sentirse animado, se iba a mostrar cada vez más encantador para recuperar su influjo sobre Rosemary. Y, efectivamente, al momento trató de suavizar todas las cosas desagradables que había dicho:

—Mary está muy bien. Ha sabido hacer muy bien las cosas. Pero resulta difícil seguir queriendo a alguien que sabes que ya no te quiere.

Rosemary, siguiéndole la corriente, cimbreó el cuerpo inclinándose hacia él y dijo con voz suave:

—¡Pero con lo encantador que tú eres! Me parece inconcebible que la gente no te lo perdone todo, les hagas lo que les hagas.

Pero luego, al darse cuenta de que con su exuberancia se había metido en un terreno que era propiedad de Nicole, se puso a mirar la arena en un punto situado exactamente entre ambos.

—Quería preguntaros a los dos qué os han parecido mis últimas películas, si es que las habéis visto.

Nicole no dijo nada, puesto que sólo había visto una y no le había parecido gran cosa.

—Voy a tardar un poco en explicártelo —dijo Dick—. Vamos a suponer que Nicole te dice que Lanier está enfermo. ¿Qué haces tú en la vida real? ¿Qué hace la gente? Pues actúa. Con la cara, con el tono de voz, con las palabras que dicen. La cara expresa tristeza, la voz sorpresa, las palabras compasión.

—Sí. Ya comprendo.

—Pero en el teatro, no. En el teatro las mejores actrices han conseguido la fama parodiando las reacciones emotivas reales: miedo, amor y compasión.

—Entiendo.

Pero no entendía nada.

Nicole, que había perdido el hilo de lo que decía Dick, se estaba impacientando cada vez más mientras él seguía.

—El peligro para una actriz está en las reacciones. Vamos a suponer ahora que alguien te dice: «Tu amante se ha muerto». En la vida real, probablemente te quedarías hundida. Pero en el escenario estás tratando de entretener; el público puede «reaccionar» por sí solo. En primer lugar, la actriz tiene que recordar el diálogo y luego tiene que conseguir atraerse la atención del público y hacer que éste deje de pensar en el chino asesinado o lo que sea. De modo que tiene que hacer algo inesperado. Si el público piensa que el personaje es una mujer sin sentimientos, reacciona con ternura, y si piensa que es una mujer tierna, reacciona con dureza. Reacciona de manera distinta al personaje. ¿Me entiendes?

—Pues no del todo —reconoció Rosemary—. ¿Qué quieres decir con lo de manera distinta al personaje?

—Haces algo que no se espera del personaje para que el público deje de pensar en el hecho objetivo y vuelva a concentrarse en ti. Una vez logrado esto, vuelves otra vez a tu personaje.

Nicole no podía soportar ya más. Se puso en pie bruscamente sin tratar de disimular lo más mínimo su impaciencia. Rosemary, que hacía ya rato que se había dado cuenta de que le pasaba algo, se volvió en tono conciliador hacia Topsy.

—¿Te gustaría ser actriz cuando seas mayor? Creo que serías una actriz estupenda.

Nicole fijó en ella una mirada llena de intención y, con el tono de voz de su abuelo, dijo pausadamente y con toda claridad:

—Me parece totalmente inadmisible que se trate de meter esas ideas en la cabeza a los hijos de otros. Recuerda que podemos tener otros planes muy diferentes para ellos.

Y, luego, volviéndose a Dick con brusquedad:

—Me voy a casa en el coche. Mandaré a Michelle para que os recoja a ti y a los niños.

—¡Pero si hace meses que no conduces! —protestó Dick.

—Pero no se me ha olvidado.

Sin ni siquiera mirar a Rosemary, cuyo rostro había «reaccionado» de manera violenta, Nicole se alejó de la sombrilla.

Entró en la caseta para ponerse el pijama de playa con el rostro todavía alterado. Pero en cuanto salió a la carretera de pinos arqueados y cambió el ambiente —una ardilla que saltaba a una rama, la brisa que rozaba las hojas, el canto de un gallo que partía el aire en la lejanía, un asomo de sol a través de la calma y, finalmente, las voces de la playa cada vez más lejanas—, Nicole se relajó y se sintió feliz y como nueva. Sus pensamientos eran tan claros como el límpido sonido de una campana; tenía la sensación de estar curada y de ir en una nueva dirección. Su personalidad empezaba a florecer como una exuberante rosa a medida que volvía a internarse con dificultad por los laberintos por los que había andado errante durante años. Odiaba la playa. Había llegado a aborrecer todos los lugares en los que había figurado como planeta del sol que era Dick.

«Casi he conseguido ya ser yo misma —pensó—. Me estoy manteniendo prácticamente sola, sin su ayuda.»

Y como una niña dichosa que deseara ser mujer cuanto antes, y más o menos consciente de que Dick había hecho todo lo posible para que llegara a serlo, se tumbó en la cama en cuanto llegó a la casa y le escribió a Tommy Barban, que estaba en Niza, una carta breve y provocativa.

Pero eso fue durante el día. Al llegar la tarde, como era inevitable, ya no se sentía con tantas energías, su estado de ánimo sufrió un bajón y las flechas que había lanzado se perdieron en el crepúsculo. Ignoraba lo que estaría pensando Dick y ello le inquietaba. De nuevo tenía la sensación de que la manera de actuar de Dick en esos días estaba inspirada por algún plan y sus planes los temía: siempre funcionaban y había en ellos una lógica exhaustiva que Nicole era incapaz de abarcar. De algún modo se había acostumbrado a que fuera él el que pensara por todos, y cuando Dick no estaba, antes de dar el menor paso siempre pensaba automáticamente en lo que él hubiera hecho; por eso ahora no se sentía preparada para oponer su propia voluntad a la de él. Y, sin embargo, tenía que pensar por sí sola. Por fin se había aprendido el número de la horrible puerta que llevaba al mundo de los sueños, el umbral de una salida que no era tal salida. Sabía que el mayor pecado que podía cometer tanto en aquel momento como en el futuro era engañarse a sí misma. Le había costado mucho aprender aquella lección, pero al fin la había aprendido. Si te niegas a pensar, otros tienen que pensar por ti y les cedes el poder, dejas que perviertan y reglamenten tus inclinaciones naturales, que te civilicen y te esterilicen.

La cena fue tranquila. Dick bebió mucha cerveza y bromeó con los niños en la habitación medio en penumbra. Después tocó algunas canciones de Schubert y unas piezas nuevas de jazz que les habían mandado de

América y que Nicole tarareó a sus espaldas con su voz áspera y rica de contralto.

> *Gracias, padre,*
> *gracias, madre,*
> *gracias por haberos conocido...*

—Ésta no me gusta —dijo Dick, y se dispuso a volver la página.

—¡Venga, tócala! —exclamó Nicole—. No me voy a pasar el resto de mi vida asustándome cada vez que oiga la palabra «padre».

> *¡Gracias al caballo que tiró del coche esa noche!*
> *Gracias a los dos por estar algo borrachos...*

Más tarde se sentaron con los niños en la azotea de estilo morisco y vieron en la costa, a lo lejos, los fuegos artificiales de dos casinos, muy distantes entre sí. Daba tristeza y sensación de soledad no sentir ya nada el uno por el otro.

A la mañana siguiente, cuando Nicole regresó de hacer unas compras en Cannes, se encontró una nota de Dick en la que le decía que había cogido el coche pequeño y se había ido a Provenza a pasar unos días solo. No había terminado todavía de leer la nota cuando sonó el teléfono. Era Tommy Barban, desde Montecarlo, para decirle que había recibido su carta y que salía inmediatamente para allá en su coche. Al decirle que se alegraba mucho de que fuera, Nicole sintió el calor de sus propios labios en el teléfono.

VIII

Nicole se dio un baño y después se untó el cuerpo de crema y lo cubrió con una capa de polvos mientras hundía los dedos de los pies en otro montón extendido sobre una toalla de baño. Examinó minuciosamente la línea de sus costados y se preguntó si faltaría mucho para que aquel edificio hermoso y esbelto comenzara a agrietarse y combarse. «Tal vez unos seis años, pero de momento me conservo perfectamente. De hecho, no tengo nada que envidiar a ninguna de mis conocidas.»

No exageraba. La única diferencia en cuanto al físico entre la Nicole actual y la de cinco años atrás era simplemente que había dejado de ser una jovencita. Pero el culto a la juventud imperante entonces, patente en las películas con sus innumerables rostros de muchachas de aire aniñado a las que insulsamente se quería presentar como portadoras de todos los valores y la sabiduría del mundo, le agobiaba lo bastante como para sentir celos de todas las jóvenes.

Se puso un vestido de calle con la falda hasta los tobillos, el primero de esa clase que se había comprado en muchos años, y luego completó el ritual religiosamente con unos toques de Chanel 16. Antes de que diera la una, que fue cuando apareció el coche de Tommy, había conseguido dar a su persona el aspecto de un jardín cuidado hasta el último detalle.

¡Qué estupendo que le volvieran a pasar cosas, sentirse adorada de nuevo, jugar a la mujer misteriosa! Había perdido dos de los años en que una muchacha bonita se puede permitir el lujo de ser perfectamente arrogante y ahora quería resarcirse de esa pérdida. Saludó a Tommy como si fuera uno más de sus múltiples admiradores y mientras cruzaban el jardín para ir a sentarse bajo la amplia sombrilla caminaba delante de él en lugar de a su lado. A los diecinueve y a los veintinueve años las mujeres atractivas tienen una jovial seguridad en sí mismas; entre esas dos edades, por el contrario, el urgente deseo de ser madres les impide seguir considerándose el centro del mundo. Las dos primeras son las edades de la insolencia, comparable la una a un joven cadete y la otra a un combatiente que se jacta orgulloso de su actuación en la batalla.

Pero mientras que a una muchacha de diecinueve años lo que le infunde seguridad en sí misma es el exceso de atención que recibe, la mujer de veintinueve se alimenta de otras fuentes más sutiles. Cuando siente apetito, sabe discernir a la hora de elegir sus aperitivos y, cuando está satisfecha, saborea el caviar del poder posible. Afortunadamente, en ninguno de los dos casos da la impresión de estar pensando en los años subsiguientes, en los que su capacidad de discernimiento estará velada por el pánico, por el miedo de no poder seguir o el miedo de tener que seguir. Pero a los diecinueve o a los veintinueve años anda por los bosques tranquila, sabiendo que no se va a encontrar al lobo feroz.

Nicole no quería una vaga relación amorosa idealizada; quería una «aventura», un cambio. Si se ponía en el lugar de Dick, comprendía que, considerado superficialmente, era una vulgaridad ceder, sin emoción alguna, a un impulso egoísta que representaba una amenaza para todos. Por otra parte, pensaba que era Dick el culpable de que la situación misma se pudiera plantear y consideraba sinceramente que aquel experimento podía tener un valor terapéutico. A lo largo de todo el verano se había sentido estimulada al ver a la gente hacer exactamente lo que sentía deseos de hacer sin ser castigada por ello. Además, a pesar de su intención de no seguir engañándose a sí misma, prefería pensar que lo que estaba haciendo era meramente tentativo y que en cualquier momento se podía volver atrás...

En la tenue sombra Tommy la rodeó con sus brazos de dril blanco y la atrajo hacia sí, mirándola a los ojos.

—No te muevas —dijo ella—. De ahora en adelante voy a pasar mucho tiempo mirándote.

El pelo de Tommy olía ligeramente a perfume y de su traje blanco se desprendía un vago olor a jabón. Nicole tenía los labios apretados, no sonreía, y durante un rato se quedaron simplemente mirándose.

—¿Te gusta lo que ves? —susurró Nicole.

—*Parle français.*

—Muy bien —dijo ella, y volvió a preguntarle en francés—: ¿Te gusta lo que ves?

La atrajo más hacia sí.

—Todo lo que veo en ti me gusta.

Pareció vacilar un momento.

—Creía que conocía bien tu cara, pero, por lo visto, hay cosas que no conocía. ¿Desde cuándo tienes ojos blancos de bribona?

Nicole se separó de él, sorprendida e indignada, y exclamó en inglés:

—¿Para eso querías que habláramos en francés?

Al ver que se acercaba el mayordomo con el jerez, bajó la voz.

—¿Para poder insultarme con más precisión?

Aparcó bruscamente sus pequeñas posaderas en una silla sobre la que había un cojín de tela plateada.

—No tengo ningún espejo aquí —dijo, nuevamente en francés pero con aire tajante—, pero si mis ojos han cambiado es porque estoy bien otra vez. Y al estar bien, habré vuelto a ser como soy de verdad. Supongo que mi abuelo era un bribón y yo habré salido a él. ¿Ha quedado satisfecha tu mente racional con esa explicación?

Tommy no parecía saber muy bien de qué estaba hablando.

—¿Dónde está Dick? ¿Va a comer con nosotros?

Al ver que él mismo no parecía dar apenas importancia a la observación que había hecho, Nicole se echó a reír para borrar todo su efecto.

—Dick está de viaje —dijo—. Rosemary Hoyt apareció por aquí y, o bien están los dos juntos, o bien lo perturbó tanto que quiere estar solo para poder soñar con ella.

—¿Saber que después de todo eres un poco complicada?

—¡Oh, no! —se apresuró a asegurarle—. No lo soy en absoluto. No soy más que un conjunto de muchas personas diferentes, todas ellas muy sencillas.

Marius les sirvió melón y un cubo con hielo y Nicole, que no podía dejar de pensar en lo de los ojos de bribona, se quedó callada. Este hombre, pensaba, es de los que te da una nuez entera para que la partas en lugar de partirla él mismo antes de ofrecerla.

—¿Por qué no te dejaron en tu estado natural? —preguntó Tommy al cabo de un rato—. Eres el caso más desgarrador que conozco.

Nicole no dijo nada.

—¡Toda esta doma de mujeres! —exclamó burlón.

—En toda sociedad hay ciertos...

Nicole sentía detrás de ella el fantasma de Dick que le apuntaba lo que tenía que decir, pero la voz de Tommy le impidió seguir.

—He tratado brutalmente a muchos hombres hasta conseguir meterlos en cintura, pero no me arriesgaría ni con la mitad de mujeres. Sobre todo este tipo de «suave» intimidación. ¿Qué bien puede hacerle a nadie? ¿A ti, a él o a cualquiera?

El corazón le dio un brinco a Nicole, pero consiguió calmarse un poco pensando en todo lo que le debía a Dick.

—Supongo que tengo...

—Tienes demasiado dinero —dijo él impaciente—. Ése es el quid de la cuestión. Dick nada puede hacer ante eso.

Nicole reflexionó mientras se llevaban los melones.

—¿Qué piensas que debería hacer?

Por primera vez en diez años estaba bajo el influjo de una persona que no era su marido. Cada cosa que Tommy le decía pasaba a formar parte de ella para siempre.

Se bebieron la botella de vino mientras un viento suave mecía las hojas de los pinos y el calor sensual de esa hora de la tarde salpicaba de motas cegadoras el mantel a cuadros. Tommy se colocó detrás de ella y le cubrió los brazos con los suyos y le apretó las manos. Se rozaron las mejillas y luego los labios y Nicole jadeó, en parte de deseo y en parte de la sorpresa que le producía la fuerza de ese deseo.

—¿Por qué no mandas a los niños de paseo con la institutriz?

—Tienen clase de piano. En todo caso, no quiero quedarme aquí.

—Bésame otra vez.

Algo más tarde, cuando se dirigían a Niza en coche, Nicole iba pensando: ¿Así que tengo ojos blancos de bribona? Pues muy bien. Prefiero ser una bribona sana que una puritana loca.

La observación que había hecho Tommy parecía eximirla de toda culpa o responsabilidad y la idea de pensar en sí misma de una manera nueva la hacía estremecerse de placer. Veía ante sí nuevos panoramas poblados de rostros de muchos hombres a ninguno de los cuales tendría que obedecer o incluso querer. Aspiró profundamente, encogió los hombros con un movimiento voluptuoso y se volvió a Tommy.

—¿Es necesario que vayamos a Montecarlo, a tu hotel?

Él frenó tan bruscamente que las ruedas chirriaron.

—¡No! —contestó—. ¡Dios mío, en mi vida he sido tan feliz como lo soy en este momento!

Habían atravesado Niza siguiendo la ruta de la Costa Azul y empezaban a subir a la Corniche media. De pronto Tommy se desvió hacia la costa, llegó hasta el extremo de una obtusa península y detuvo el coche en la parte de atrás de un pequeño hotel a la orilla del mar.

Todo era tan tangible que por un momento Nicole sintió miedo. En la recepción un americano mantenía una interminable discusión con el encargado acerca del tipo de cambio de la moneda. Mientras Tommy rellenaba el formulario para la policía, dando su nombre auténtico y otro falso para Nicole, ella lo observaba todo como a distancia, tranquila en apariencia pero por dentro sintiéndose mal. La habitación que les dieron era típicamente mediterránea, bastante austera y más o menos limpia, oscurecida por el fulgor del mar. Los placeres más sencillos, en los lugares más sencillos. Tommy pidió dos coñacs y, en cuanto el camarero cerró la puerta tras sí, se sentó en la única silla que había, moreno, apuesto y lleno de cicatrices, con las cejas arqueadas y en punta en los extremos, como un combativo Puck o un honrado Satanás.

Antes de acabarse el coñac, ambos, como movidos por el mismo impulso repentino, se pusieron en pie y fueron el uno al encuentro del otro. Luego se sentaron en la cama y Tommy besó las robustas rodillas de Nicole. Debatiéndose aún un poco más como un animal decapitado, Nicole se olvidó de Dick y de sus nuevos ojos blancos, se olvidó hasta del propio Tommy y se entregó con progresivo abandono a esos minutos, a ese instante.

Más tarde, cuando Tommy se levantó para abrir un postigo y averiguar la causa de aquella algarabía cada vez más grande que había debajo de sus ventanas, Nicole vio que tenía un cuerpo más moreno y musculoso que el de Dick; sus músculos resaltaban a lo largo de su cuerpo como nudos en una soga. Momentáneamente él la había olvidado también: casi en el instante mismo en que la carne de él se había separado de la suya, Nicole había tenido el presentimiento de que todo iba a ser distinto de lo que había pensado. Había sentido el oscuro temor que precede a toda experiencia emocional, ya sea feliz o dolorosa, tan inevitable como el rumor del trueno que precede a la tormenta.

Tommy observó discretamente lo que pasaba desde el balcón y le informó:

—Lo único que veo son dos mujeres en el balcón que hay debajo del nuestro. Están hablando del tiempo y balanceándose incesantemente en unas mecedoras.

—¿Y cómo es que arman tanto alboroto?

—El alboroto parece venir de algún otro lugar más abajo. Escucha.

Allá en el sur, en la tierra del algodón,
los hoteles cierran, los negocios quiebran.
Mira allá...

—Son americanos.

Nicole se tumbó en la cama con los brazos extendidos y se puso a mirar el techo; los polvos que llevaba se habían humedecido y formaban una capa lechosa. Le gustaba aquella habitación desnuda, el sonido de la mosca que navegaba por encima de su cabeza. Tommy acercó la silla a la cama y quitó las ropas que había en ella para sentarse. A Nicole le gustó la simplicidad de que se mezclaran en el suelo su ligerísimo vestido y sus alpargatas con el traje de dril de Tommy.

Tommy examinó el torso blanco y alargado al que se juntaban abruptamente la cabeza y los miembros bronceados y dijo, con una risa grave:

—Pareces recién hecha, como un bebé.

—Con ojos blancos.

—Ya me cuidaré de ellos.

—Es muy difícil cuidarse de unos ojos blancos, sobre todo si están hechos en Chicago.

—Me conozco todos los viejos remedios de los campesinos del Languedoc.

—Bésame, Tommy. En los labios.

—Es tan americano —dijo él, besándola de todos modos—. La última vez que estuve en los Estados Unidos conocí chicas que te desgarraban con los labios, que se desgarraban ellas mismas, hasta que se les volvía roja la cara, se les llenaban los labios de toda la sangre que sacaban. Pero no pasaba nada más.

Nicole se apoyó en un codo.

—Me gusta esta habitación —dijo.

—A mí me parece más bien pobre. Cariño, me alegro de que no quisieras esperar hasta que llegáramos a Montecarlo.

—¿Pero por qué pobre? ¡Es una habitación maravillosa, Tommy! Como las mesas desnudas de tantos cuadros de Cézanne o Picasso.

—No sé —dijo él, sin hacer ningún esfuerzo por entenderla—. Otra vez ese ruido. ¡Demonios! ¿Es que ha habido un asesinato?

Fue hasta la ventana y volvió a informar a Nicole.

—Parece que son dos marineros americanos que están pegándose y otros muchos que los están animando. Son de ese barco de guerra vuestro que está anclado cerca de la costa.

Se envolvió en una toalla y se asomó al balcón.

—Están con unas fulanas. Ahora que me acuerdo, me han hablado de eso. Las fulanas los siguen de puerto en puerto, a todas partes adonde va el barco. ¡Pero qué mujeres! Con la paga que tienen bien podrían buscarse otras mejores. ¡Cuando pienso en las que seguían al *Korniloff*! Nosotros, de bailarina de ballet para arriba.

Nicole se alegraba de que al haber conocido a tantas mujeres la palabra en sí misma ya no significara nada para él. Podría retenerlo mientras su persona siguiera siendo más importante que los atributos físicos que le correspondían por ser mujer.

—¡Venga, dale donde más le duela!

—¡Así!

—¡Haz lo que te digo! ¡La derecha!

—¡Venga, Dulschmit, dale!

—¡Eso es!

—¡Así, así!

Tommy se apartó de la ventana.

—Tengo la impresión de que aquí ya no pintamos nada, ¿no crees?

Nicole asintió, pero permanecieron un rato abrazados antes de vestirse, y luego, durante un rato más, la habitación les siguió pareciendo tan perfecta como cualquier otra.

Mientras por fin se vestía, Tommy exclamó:

—¡Parece increíble! Esas dos mujeres del balcón de abajo ni siquiera se han movido de sus mecedoras. Pase lo que pase, les da igual. Han estado ahorrando para pagarse estas vacaciones y ni la Armada norteamericana en pleno ni todas las fulanas de Europa se las van a estropear.

Se acercó a Nicole con delicadeza y, mientras la abrazaba, con los dientes le colocó en su sitio uno de los tirantes de la combinación. De pronto un tremendo sonido retumbó en el aire: ¡CRACK! ¡BUUUM! Era el toque de llamada del buque de guerra.

Debajo de su ventana se organizó un verdadero tumulto, pues el buque partía hacia aún no se sabía qué costas. Los camareros exigían que les abonaran las cuentas en tono vehemente y hubo juramentos y negativas. Les entregaban billetes demasiado grandes y no tenían para las vueltas. La policía naval intervino, ayudando a los marineros a subir a las embarcaciones y dando órdenes rápidas con voces cortantes que se imponían sobre todas las demás. Al desatracarse la primera lancha hubo gritos, lloros, chillidos y promesas, y las mujeres se apelotonaban en el muelle, gritando y agitando los brazos.

Tommy vio una chica que salía precipitadamente al balcón que estaba debajo agitando una servilleta, y antes de que pudiera ver si las inglesas de las mecedoras se rendían al fin y se daban por enteradas de su presencia, llamaron a la puerta de su habitación. Desde fuera, unas voces femeninas que sonaban muy alteradas les convencieron de que abrieran la puerta, y aparecieron en el vestíbulo dos muchachas muy jóvenes, delgadas y alocadas, con aspecto, más que de haberse perdido, de no haber sido encontradas. Una de ellas lloraba convulsivamente.

—¿Podemos decir adiós desde su terraza? —imploró la otra en un inglés americano que resultaba excesivo—. ¿Podemos, por favor? ¿Decir adiós a los novios? ¿Podemos, por favor? Los otros cuartos están cerrados.

—No faltaría más —dijo Tommy.

Las chicas se precipitaron al balcón y se oyeron sus voces estridentes entre el estrépito general.

—¡Adiós, Charlie! ¡Charlie, mira arriba!

—¡Manda un telegrama lista de correos Niza!

—¡Charlie! No me ve.

Una de las muchachas se levantó de pronto las faldas y tirando de las enaguas las desgarró hasta formar una bandera de tamaño regular que, entre gritos de «¡Ben! ¡Ben!», se puso a agitar enloquecidamente. Cuando Tommy y Nicole salieron de la habitación, la bandera seguía ondeando contra el cielo azul (parecía decir: ¿es que no reconoces el tierno color de la carne?) mientras en la popa del buque de guerra se alzaba, como rivalizando con ella, la bandera de las barras y estrellas.

Cenaron en el Beach Casino de Montecarlo, recién inaugurado. Mucho después se bañaron en Beaulieu, a la luz de la luna, en una gruta abierta formada por un círculo de rocas pálidas en torno a un hoyo cubierto de agua fosforescente, frente a Mónaco y las luces difusas de Menton. A Nicole le encantó que la hubiera llevado a contemplar aquella escena tan oriental, aquella visión tan original que creaba el viento jugando con el agua; todo era tan nuevo como lo eran el uno para el otro. Se recostó simbólicamente sobre el arzón delantero de la silla de montar de Tommy con la misma convicción como si huyeran de Damasco, en donde la había raptado, y se encontraran cabalgando por las llanuras de Mongolia. A cada momento se borraba más de su mente todo lo que Dick le había enseñado y cada vez estaba más cerca de volver a ser lo que había sido al principio, el prototipo de aquella oscura rendición de espadas que tenía lugar en el mundo que la rodeaba. Confusa de amor a la luz de la luna, qué feliz era de que su amante se comportara de aquella manera tan anárquica.

Al despertar se encontraron con que la luna había desaparecido y había empezado a refrescar. Tratando de espabilarse, Nicole preguntó qué hora era y Tommy dijo que debían de ser aproximadamente las tres.

—Entonces me tengo que ir a casa.

—Creía que íbamos a dormir en Montecarlo.

—No. Ten en cuenta que está la institutriz. Y los niños. Tengo que regresar antes de que amanezca.

—Como te parezca.

Se metieron en el agua para darse un baño rápido, y, al verla temblando, Tommy la frotó enérgicamente con una toalla. Entraron en el coche con el pelo todavía húmedo y la piel fresca y reluciente y sin ningunas ganas de regresar. Había mucha claridad donde estaban, y, mientras Tommy la besaba, Nicole lo sintió perderse en la blancura de sus mejillas, en sus dientes blancos y su frente fresca y en la mano con la que le acariciaba el rostro. Como todavía estaba habituada a Dick, esperaba una interpretación, un juicio de valor, pero nadie se los ofrecía. Soñolienta y felizmente convencida de que no los iba a haber, se hundió en el asiento y dormitó hasta que cambió el ruido del motor y notó que subían hacia Villa Diana. Ante la verja le dio un beso de despedida casi maquinalmente. Había cambiado el sonido de sus pies sobre la grava del camino y los ruidos nocturnos del jardín pertenecían de pronto al pasado, pero de todos modos se alegraba de haber vuelto. Ese día se habían desarrollado los acontecimientos a un ritmo trepidante y, a pesar de las satisfacciones que el día le había procurado, no estaba acostumbrada a tal esfuerzo.

IX

A las cuatro de la tarde de ese mismo día se paró ante la verja un taxi procedente de la estación y de él salió Dick. Nicole, desorientada ante aquel imprevisto, bajó corriendo a su encuentro desde la terraza, jadeante del esfuerzo que hubo de hacer para dominarse.

—¿Dónde está el coche? —preguntó.

—Lo dejé en Arles. Ya no tenía más ganas de conducir.

—Por tu nota pensé que ibas a estar varios días fuera.

—Me cogió el mistral y también la lluvia.

—¿Te has divertido?

—Todo lo que se puede divertir alguien que está tratando de huir. Llevé a Rosemary hasta Aviñón y allí la dejé en un tren.

Caminaron juntos hasta la terraza, donde dejó Dick su maleta.

—No te lo dije en la nota porque pensé que te ibas a imaginar cosas que no eran.

—Estuviste muy considerado.

Nicole se sentía ya más segura de sí misma.

—Quería saber si tenía algo que ofrecerme, y la única manera era viéndola a solas.

—¿Y tenía... algo que ofrecerte?

—Rosemary no ha crecido —respondió él—. Tal vez sea mejor así. Y tú, ¿qué has hecho?

Sintió que le temblaba la cara como a un conejo.

—Anoche me fui a bailar... con Tommy Barban. Fuimos a...

Dick no pudo evitar una mueca de desagrado y la interrumpió.

—No me lo cuentes. No me importa lo que hagas, pero no quiero saber nada con certeza.

—No hay nada que saber.

—Muy bien, muy bien.

Y luego, como si hubiera estado fuera una semana:

—¿Cómo están los niños?

Sonó el teléfono dentro de la casa.

—Si es para mí, no estoy —dijo Dick, alejándose rápidamente—. Tengo cosas que hacer en el estudio.

Nicole esperó hasta verlo desaparecer detrás del pozo. Luego, entró en la casa y contestó al teléfono.

—*Nicole, comment vas-tu?*

—Dick ha vuelto.

Tommy soltó un gruñido.

—Ven a encontrarte conmigo en Cannes —sugirió—. Tengo que hablar contigo.

—No puedo.

—Dime que me quieres.

Sin decir una palabra, hizo un gesto afirmativo con la cabeza. Tommy repitió:

—Dime que me quieres.

—Oh, sí, te quiero —le aseguró—. Pero ahora mismo no podemos hacer nada.

—Claro que podemos —dijo él impaciente—. Dick sabe que todo ha terminado entre tú y él. Es evidente que ha renunciado ya. ¿Qué espera que hagas tú?

—No sé. Tendré que...

Había estado a punto de decir: «Tendré que esperar hasta que pueda preguntárselo a Dick», pero se contuvo a tiempo y dijo:

—Te escribiré y te llamaré por teléfono mañana.

Anduvo por la casa bastante satisfecha, con la seguridad que le daba lo que había conseguido. Haber infringido las reglas era un motivo de satisfacción: ya había dejado de ser una cazadora de animales acorralados. Lo del día anterior se le volvía a presentar en todos sus innumerables detalles, detalles que empezaban a sobreponerse sobre sus recuerdos de momentos similares con Dick, cuando su amor por él era nuevo y estaba intacto. Empezaba a menospreciar ese amor y estaba llegando a pensar que había estado empañado por una especie de rutina sentimental desde el principio. Con la memoria oportunista que tienen las mujeres, apenas se acordaba de lo que había sentido cuando Dick y ella se habían entregado el uno al otro en lugares secretos en todos los rincones del mundo, durante el mes anterior a su matrimonio. Por eso había podido mentirle a Tommy la noche anterior cuando le juró que jamás se había sentido tan enteramente, tan completamente, tan absolutamente...

Pero el remordimiento por aquel momento de traición, que equivalía a despreciar olímpicamente diez años de su vida, le hizo dirigir sus pasos hacia el santuario de Dick.

Se acercó sigilosamente y vio que estaba detrás de la casita, sentado en una hamaca junto al pretil del acantilado. Lo estuvo observando un momento en silencio. Estaba meditando, sumido en un mundo enteramente propio, y por los pequeños movimientos de su rostro, las cejas que alzaba o fruncía, los ojos que entornaba y volvía a abrir, los labios que apretaba y luego entreabría, los gestos que hacía con las manos, comprendió que estaba pasando revista en su pensamiento, etapa por etapa, a toda su vida, pero a su propia vida, no la de ella. Hubo un momento en que apretó los puños y se inclinó hacia adelante, y otro en que se vieron reflejados en su rostro el tormento y la desesperación que sentía y, cuando pasó ese momento, quedaron impresas sus huellas en sus ojos. Casi por primera vez en su vida, Nicole sintió pena por él. Es difícil que los que han tenido algún trastorno mental puedan sentir pena por los que están bien, y, aunque Nicole muchas veces había reconocido de palabra que gracias a él había podido volver al mundo que había perdido, en realidad siempre había pensado que estaba dotado de una energía inagotable, que no conocía lo que era la fatiga. Había olvidado todos los problemas que le había causado a él en cuanto pudo olvidar todos los problemas que ella misma había tenido. ¿Era consciente él de que ya no tenía ningún poder sobre ella? ¿O acaso era él el que lo había querido así? Sentía tanta pena por él como la había sentido a veces por Abe North y su abyecto destino, tanta como la que le inspiraba la impotencia de los niños de pecho y los ancianos.

Se acercó a él y le pasó el brazo por los hombros, y uniendo su cabeza a la suya, dijo:

—No estés triste.

La miró fríamente.

—¡No me toques! —dijo.

Confundida, retrocedió unos pasos.

—Perdona —continuó él con aire abstraído—. Estaba pensando en lo que pienso de ti...

—¿Por qué no incluyes la nueva clasificación en tu libro?

—Lo he pensado. «Asimismo, aparte de las psicosis y las neurosis...»

—No he venido aquí a pelearme contigo.

—Entonces, ¿a qué has venido, Nicole? Ya no puedo hacer nada por ti. Estoy tratando de salvarme yo mismo.

—¿De mi pernicioso contacto?

—El ejercicio de mi profesión me pone a veces en contacto con gentes dudosas.

Ella se echó a llorar de rabia ante semejante insulto.

—¡Eres un cobarde! Has hecho de tu vida un fracaso y quieres echarme la culpa a mí.

Aunque Dick no replicó, Nicole empezó a sentir, como antaño, el poder hipnótico que tenía sobre ella su inteligencia, poder ejercido a veces involuntariamente por parte de Dick, pero siempre con un substrato de verdad bajo cualquier otra verdad que ella no podía romper o ni siquiera resquebrajar. Nuevamente trató de luchar contra aquello, contra él, haciéndole frente con sus pequeños y hermosos ojos, con la arrogancia del que se sabe en posición de superioridad, con su incipiente transferencia a otro hombre, con su rencor acumulado a través de los años. Luchaba contra él con su dinero y su certeza de que su hermana le detestaba y estaba de parte de ella; con el conocimiento de que se estaba creando nuevos enemigos con su resentimiento; oponiendo su ágil astucia a la lentitud de él provocada por el mucho comer y beber vino, su salud y su belleza al deterioro físico de él, su falta de escrúpulos a la tendencia de él a moralizar. Para aquella batalla interna se valió incluso de sus puntos flacos, y luchó con arrojo y valor utilizando la loza vieja y las latas y las botellas, recipientes vacíos de sus pecados expiados, sus afrentas y sus errores. Y, súbitamente, en el espacio de dos minutos salió victoriosa y se justificó ante sí misma sin necesidad de mentiras ni subterfugios, cortó el cordón umbilical para siempre. Y al andar sentía debilidad en las piernas y sollozaba sin sentimiento alguno, pero se dirigía hacia el hogar que por fin era suyo.

Dick esperó hasta que desapareció de su vista. Entonces apoyó la cabeza sobre el parapeto. El caso estaba concluido. El doctor Diver era libre.

X

Esa noche a las dos a Nicole le despertó el teléfono y oyó que Dick lo contestaba desde lo que llamaban la cama de la intranquilidad, en el cuarto contiguo.

—*Oui, oui..., mais à qui est-ce que je parle? Oui...*

La sorpresa le hizo despertarse del todo.

—Pero ¿podría hablar con una de las señoras, señor oficial? Son señoras de posición muy elevada, muy bien relacionadas, y esto podría acarrear complicaciones de carácter político de la máxima... Es cierto, se lo puedo jurar... Bueno, ya verá.

Se levantó y trató de hacerse cargo de la situación. Se conocía lo bastante como para saber que iba a intentar resolver aquel problema: el viejo deseo fatal de complacer, el viejo encanto irresistible volvían a arrollarlo todo con su grito de «¡Utilízame!». No iba a tener más remedio que ir y tratar de arreglar aquel asunto que no le importaba lo más mínimo simplemente porque se había habituado desde edad muy temprana a que le quisieran, tal vez desde el momento en que había comprendido que era la última esperanza de una casta en decadencia. En una ocasión muy parecida, allá en la clínica de Dohmler junto al lago de Zúrich, al darse cuenta del poder que tenía, había tomado su decisión, había elegido a Ofelia, había elegido el dulce veneno y se lo había bebido. Aun deseando por encima de todo ser valiente y amable, aún más había deseado que le quisieran. Así había sido. Y al oír el tintineo lento y arcaico del teléfono cuando lo colgaba, comprendió que así seguiría siendo siempre.

Hubo un largo silencio y luego oyó la voz de Nicole que lo llamaba.

—¿Qué pasa? ¿Quién era?

Dick se había empezado a vestir nada más colgar el teléfono.

—La comisaría de policía de Antibes. Han detenido a Mary North y a la Sibley-Biers. Parece serio. El comisario no me quiso decir de qué se trataba. No hacía más que decir «*pas de morts, pas d'automobiles*», pero daba a entender que podía ser todo lo demás.

—¿Y por qué diablos te tenían que llamar a *ti*? Me parece muy raro.

—Para cubrir las apariencias las tienen que dejar en libertad bajo fianza. Y sólo alguien que tenga una propiedad en los Alpes Marítimos puede pagar la fianza.

—¡Qué desfachatez la suya!

—No me importa. De todos modos, pasaré a recoger a Gausse por el hotel.

Nicole siguió despierta un rato después de que Dick se hubiera marchado preguntándose qué delito podían haber cometido, y al fin se durmió. Al regresar Dick, un poco después de las tres, se incorporó en la cama totalmente despierta y exclamó: «¿Qué?», como si le hubiera estado hablando a algún personaje de su sueño.

—Es una historia increíble —dijo Dick.

Se sentó a los pies de la cama de Nicole y le contó cómo había sacado al viejo Gausse de su sueño comatoso de alsaciano, le había dicho que dejara limpia la caja y había ido en coche con él a la comisaría.

—No quiero hacer nada por esa inglesa —refunfuñaba Gausse.

Mary North y Lady Caroline, vestidas con trajes de marinero francés, estaban repantigadas en un banco delante de las dos celdas mugrientas. La segunda de ellas tenía el aire ofendido de un ciudadano británico que esperase que de un momento a otro fuera a acudir en ayuda suya toda la flota del Mediterráneo. Mary Minghetti estaba en un estado de pánico, al borde de la postración. Al ver a Dick se había lanzado literalmente a su estómago, como si fuera el punto con el que mejor se relacionara, y le había suplicado que hiciera algo. Entre tanto, el comisario le explicaba a Gausse lo que había ocurrido y éste escuchaba cada palabra que decía con renuencia, dividido entre la necesidad de mostrar que apreciaba debidamente las dotes narrativas del oficial de policía y la de mostrar que, como perfecto servidor que era, aquella historia no le escandalizaba lo más mínimo.

—Fue sólo para divertirnos —dijo Lady Caroline con desprecio—. Estábamos haciendo como que éramos marineros de permiso y nos llevamos a una pensión a dos muchachas completamente estúpidas. Allí se nos pusieron nerviosas y nos hicieron una escena de lo más desagradable.

Dick asentía gravemente, con la mirada fija en el suelo de piedra, como un sacerdote en el confesionario. Por un lado, se sentía inclinado a soltar una carcajada burlona y, por otro, habría ordenado que les dieran cincuenta latigazos y las tuvieran dos semanas encerradas a pan y agua. Le desconcertaba no ver en el rostro de Lady Caroline el menor rastro de culpabilidad; para ella todo el mal parecían haberlo causado unas timoratas muchachas provenzales y la estupidez de la policía. No obstante, había llegado a la conclusión hacía mucho tiempo de que determinados tipos de ingleses tenían en su esencia un desprecio tan marcado hacia el orden social que, en comparación, los excesos de Nueva York parecían algo así como la indigestión que tenía un niño por tomar demasiados helados.

—Tengo que salir de aquí antes de que se entere Hosain —suplicaba Mary—. Dick, tú que siempre lo sabes arreglar todo. Siempre lo sabías arreglar. Diles que de aquí nos vamos a casa. Que pagaremos lo que sea.

—No pienso pagar nada —dijo Lady Caroline con desdén—. Ni un chelín. Pero sí me gustaría saber lo que tiene que decir sobre esto el Consulado en Cannes.

—¡No, no! —insistió Mary—. Tenemos que salir de aquí esta misma noche.

—Voy a ver lo que puedo hacer —dijo Dick.

Y añadió:

—Pero, por supuesto, algún dinero tendrá que pasar de unas manos a otras.

Las miró como si realmente creyera en su inocencia, aunque sabía perfectamente que no tenían nada de inocentes, y movió la cabeza:

—¡Qué historia tan disparatada!

Lady Caroline sonrió satisfecha.

—Usted es un médico de locos, ¿no? Debería poder ayudarnos. Y Gausse *tiene* que ayudarnos.

Dick hizo un aparte con Gausse para que éste le contara todo lo que había averiguado. El asunto era más serio de lo que parecía: una de las chicas que se habían llevado a la pensión pertenecía a una familia respetable. La familia estaba furiosa, o fingía estarlo; tendrían que llegar a algún tipo de arreglo con ella. La otra, una chica del puerto, les planteaba menos problemas. Según las leyes francesas, un delito de aquel tipo podía suponer la cárcel para el que fuera declarado culpable o, en el mejor de los casos, la expulsión del país. Para acabar de complicar las cosas, cada vez había una diferencia más marcada entre la actitud hacia la colonia extranjera de los elementos de la población local a los que la presencia de aquélla beneficiaba y la del resto de la población, descontento por la subida de precios que esa presencia había provocado, cuya tolerancia tendía a ser mucho menor. Una vez resumida la situación, Gausse dejó el asunto en manos de Dick. Éste solicitó entrevistarse con el comisario.

—Usted sabe que el Gobierno francés quiere fomentar el turismo norteamericano. Hasta tal punto que este verano salió una orden en París de que no se puede detener a los norteamericanos salvo por los delitos más graves.

—Éste es bastante grave.

—Pero mire. ¿Tiene usted sus documentos de identidad?

—No tenían ninguno. No llevaban nada: doscientos francos y unos anillos. ¡Ni siquiera unos cordones en los zapatos con los que podrían haberse ahorcado!

Aliviado al ver que no llevaban documentos de identidad, Dick prosiguió:

—La condesa italiana sigue siendo ciudadana de los Estados Unidos. Es nieta de...

Pausadamente y en tono muy solemne improvisó una sarta de mentiras.

—... de John D. Rockefeller Mellon. ¿Ha oído hablar de él?

—Pero claro, pero claro. ¿Por quién me toma?

—Y además es sobrina de Lord Henry Ford y por tanto tiene vínculos muy estrechos con la Renault y la Citroën.

Pensó que tal vez fuera mejor parar ahí, pero como la sinceridad de su tono parecía estar empezando a afectar al comisario, continuó:

—Detenerla sería como detener a alguien de la familia real inglesa. Podría significar... ¡la guerra!

—¿Y la otra, entonces, la inglesa?

—A eso iba. Es la prometida del hermano del príncipe de Gales, el duque de Buckingham.

—Será una excelente esposa para él.

—Estamos dispuestos a ofrecer...

Hizo un cálculo rápido.

—... mil francos a cada una de las chicas... y otros mil al padre de la más «seria». Y, además, otros dos mil francos para que los distribuya usted como crea conveniente —se encogió de hombros al decir esto— entre los policías que las arrestaron, el dueño de la pensión, etcétera. Le entregaré a usted los cinco mil francos para que empiece las negociaciones inmediatamente. Luego se las podría dejar en libertad bajo fianza con alguna acusación, como por ejemplo la de haber perturbado el orden público, y si se les impone alguna multa, será pagada mañana mismo ante el tribunal, por medio de un mensajero.

Antes de que el comisario dijera nada, Dick comprendió por su expresión que no iba a haber ningún problema. Al fin el comisario dijo, en tono vacilante:

—No les he hecho ficha porque no llevan documentos de identidad. Voy a ver si... Venga, deme el dinero.

Una hora más tarde, Dick y el señor Gausse dejaban a las dos mujeres ante el Hotel Majestic, en donde el chófer de Lady Caroline esperaba dormido en el cabriolé de ésta.

—No se olviden —dijo Dick— de que le deben al señor Gausse cien dólares cada una.

—No me olvidaré —dijo Mary—. Mañana mismo le doy un cheque... con algo más.

—¡Pues yo no pienso!

Todos se volvieron sorprendidos a Lady Caroline, que, totalmente repuesta ya, era la imagen misma de la virtud ofendida.

—Me parece todo humillante. Yo no les autoricé de ningún modo a dar cien dólares a esa gente.

El pobre Gausse, de pie junto al coche, echó fuego por los ojos de repente.

—¿No me piensa pagar?

—Claro que le va a pagar —dijo Dick.

De pronto le estallaron a Gausse con una llamarada todas las humillaciones que había tenido que soportar años atrás, cuando era ayudante de camarero en Londres, y avanzó, a la luz de la luna, hasta donde estaba Lady Caroline.

La fustigó con una sarta de epítetos condenatorios y, al ver que le volvía la espalda con una sonrisa gélida, se adelantó, y con un gesto rápido le plantó el piececito en el más famoso de los blancos. Lady Caroline, a la que había pillado desprevenida, extendió los brazos como si hubiera sido herida de un disparo y cayó tendida a lo largo de la acera con su traje de marinero.

La voz de Dick se impuso sobre sus gritos de furia:

—¡Mary, hazla callar u os vais a ver las dos entre grilletes en menos de diez minutos!

De regreso al hotel, el bueno de Gausse no dijo una palabra hasta que pasaron el casino de Juan-les-Pins, que seguía sollozando y tosiendo con la música de jazz. Entonces, suspirando, dijo:

—Nunca había visto mujeres de esta clase. He conocido a muchas de las grandes cortesanas del mundo, y muchas veces me han inspirado gran respeto, pero mujeres como éstas nunca había visto.

XI

Dick y Nicole tenían por costumbre ir juntos a la peluquería y lavarse y cortarse el pelo en habitaciones contiguas. Nicole podía oír perfectamente el ruido de las tijeras, la cuenta de los cambios, los *voilà* y los *pardon* de la habitación donde estaba Dick. El día siguiente al regreso de éste fueron a que les lavaran y les cortaran el pelo bajo la brisa perfumada de los ventiladores.

A la altura del Hotel Carleton, con sus ventanas tan obstinadamente cerradas al verano como si fueran las puertas de una bodega, pasó un coche delante de ellos y dentro iba Tommy Barban. Fue una visión fugaz, pero a Nicole le perturbó el hecho de que, en el instante en que la vio a ella, su expresión taciturna y pensativa se transformó en otra de animada sorpresa. Le hubiera gustado ir a donde él iba. La hora que iba a pasar en la peluquería le parecía uno más de los intervalos vacíos de que se componía su vida, otra pequeña prisión. La peluquera, con su uniforme blanco y su sudor que olía ligeramente a lápiz de labios y colonia, le recordaba a muchas enfermeras.

Dick, en la habitación contigua, dormitaba envuelto en toallas y con la cara enjabonada. En el espejo que tenía enfrente Nicole se reflejaba el pasillo que separaba el salón de hombres del de mujeres, y Nicole se sobresaltó al ver entrar a Tommy, que se dirigió como una exhalación al salón de hombres. Comprendió, con un escalofrío de placer, que al fin se iban a poner las cartas boca arriba.

Le llegaron fragmentos del comienzo.

—Hola. Quería hablar contigo.

—... muy importante.

—... muy importante.

—... totalmente de acuerdo.

Un minuto después irrumpía Dick en el salón de señoras, todavía con la toalla con la que se había tratado de quitar apresuradamente el jabón de la cara. Se le veía disgustado.

—Tu amigo parece muy alterado. Quiere vernos a los dos, así que acabemos con esta historia cuanto antes. ¡Vamos!

—Pero... si tengo el pelo a medio cortar.

—No importa. ¡Vamos!

Irritada, le dijo a la peluquera, que miraba sin entender nada, que le quitara las toallas.

Sintiéndose desaliñada y poco atractiva, salió del hotel siguiendo a Dick. Afuera Tommy hizo un gesto de besarle la mano.

—Vamos al Café des Alliés —dijo Dick.

—A cualquier sitio donde podamos estar solos —dijo Tommy.

Bajo los árboles que en el verano se curvaban formando una bóveda central, Dick preguntó:

—¿Quieres tomar algo, Nicole?

—Un *citron pressé*.

—Para mí un *demi* —dijo Tommy.

—*Black and White* con sifón —dijo Dick.

—*Il n'y a plus de Blackénouate. Nous n'avons que le Johnny Walker.*

—*Ça va.*

> *Aunque no es sonora*
> *silenciosamente*
> *tendrás que probarla...*

—Tu mujer no te ama —dijo Tommy de pronto—. Me ama a mí.

Los dos se miraron con una curiosa expresión de impotencia. Poca comunicación puede haber entre dos hombres que se encuentran en esa posición, pues su relación es indirecta y consiste en saber hasta qué punto le ha pertenecido o le pertenecerá a cada uno de ellos la mujer de que se trate, y, por tanto, sus emociones tienen que pasar por el ser dividido de ella como por una mala conexión telefónica.

—Espera un momento —dijo Dick—. *Donnez-moi du gin et du siphon.*

—*Bien, monsieur.*

—Puedes seguir, Tommy.

—Me parece que está muy claro que vuestro matrimonio ya ha llegado a su fin. Nicole ya no puede seguir. He estado cinco años esperando que llegara este momento.

—¿Y Nicole qué dice?

Los dos la miraron.

—Le he tomado mucho cariño a Tommy, Dick.

Dick asintió con un gesto.

—Tú no me quieres ya —continuó ella—. Es puro hábito. Las cosas nunca volvieron a ser como eran después de lo de Rosemary.

Tommy, al que no le interesaba que se tratara la cuestión desde ese punto de vista, intervino rápidamente:

—Tú no entiendes a Nicole. La tratas siempre como a una paciente porque una vez estuvo enferma.

Fueron interrumpidos de repente por un americano insistente, de aspecto siniestro, que vendía ejemplares de *The Herald* y *The Times* recién llegados de Nueva York.

—Aquí tengo de todo, amigos —anunció—. ¿Llevan mucho tiempo aquí?

—*Cessez cela! Allez ouste!* —gritó Tommy, y luego, volviéndose a Dick—: No hay mujer que pueda aguantar ese...

—Amigos —volvió a interrumpir el americano—. Ustedes piensan que estoy perdiendo el tiempo, pero hay muchos que no piensan así.

Se sacó de la cartera un recorte de periódico grisáceo y Dick lo reconoció al verlo. Era una caricatura en la que se veía a millones de americanos bajándose de trasatlánticos con bolsas de oro en las manos.

—¿Se creen acaso que no me voy a hacer con parte de esto? Pues se equivocan. Acabo de llegar de Niza para la Vuelta a Francia.

En el momento en que Tommy le hacía alejarse con un violento *«allez-vous-en»*, Dick reconoció a aquel hombre: era el mismo que le había abordado en rue des Saints-Anges cinco años antes.

—¿Cuándo llega aquí la Vuelta a Francia? —le gritó mientras se alejaba.

—De un momento a otro, amigo.

Le hizo un gesto alegre de adiós con la mano y al fin desapareció. Tommy volvió a hablarle a Dick:

—*Elle doit avoir plus avec moi qu'avec vous.*

—¡Háblame en inglés! ¿Qué quieres decir con lo de *«doit avoir»*?

—*Doit avoir?* Pues que sería más feliz conmigo.

—Seríais nuevos el uno para el otro. Pero Nicole y yo hemos sido muy felices juntos, Tommy.

—*L'amour de famille* —dijo Tommy en son de burla.

—¿Y si tú y Nicole os casáis, no será también *«l'amour de famille»*?

Un tumulto, que crecía por momentos, le hizo interrumpirse. Al instante lo tenían allí cerca, serpenteando por la avenida, y un grupo de personas, y enseguida un gentío, súbitamente despertado de ocultas siestas, se agolpaba en el bordillo de la acera.

Pasaron velozmente muchachos en bicicleta, avanzaron por la avenida automóviles repletos de deportistas adornados con todo tipo de borlas, sonaron las potentes bocinas que anunciaban la proximidad de los corredores y aparecieron de la nada cocineros en camiseta en las puertas de los restaurantes en el momento en que empezaba a divisarse la caravana. Primero apareció en solitario, como surgido del sol de poniente, un ciclista con jersey rojo, que pedaleaba con dificultad pero con determinación y confianza y pasó saludado por gritos de júbilo y aplausos. Luego aparecieron otros tres en una arlequinada de colores desvaídos, con las piernas como amarillentas por la mezcla de polvo y sudor, los rostros sin expresión y los ojos apagados e infinitamente cansados.

Tommy se volvió a Dick y dijo:

—Creo que Nicole quiere divorciarse. Me imagino que no pondrás ningún impedimento.

A los primeros corredores les seguía como un enjambre un pelotón de unos cincuenta, extendidos en una línea de doscientos metros; unos pocos sonreían, muy pendientes del efecto que causaban, y a otros se les veía claramente exhaustos, pero la mayor parte de ellos parecían indiferentes y muy cansados. Después pasó un séquito de chiquillos, unos cuantos rezagados que miraban insolentes y una camioneta que transportaba a los que habían sucumbido a accidentes o a la derrota. Los tres habían regresado a la mesa. Nicole quería que Dick tomara la iniciativa, pero él parecía contentarse con estar allí sentado con su cara a medio afeitar que hacía juego con el pelo de ella a medio lavar.

—¿Acaso no es cierto que ya no eres feliz conmigo? —continuó Nicole—. Sin mí podrías volver a tu trabajo. Podrías trabajar mejor sin tener que preocuparte de mí.

Tommy hizo un gesto de impaciencia.

—Todo eso no sirve de nada. Lo único que cuenta es que Nicole y yo nos queremos.

—Pues muy bien —dijo el médico—. Puesto que ya está todo arreglado, ¿por qué no volvemos a la peluquería?

Pero Tommy tenía ganas de discutir.

—Hay varios puntos...

—Ya hablaré todo lo que tenga que hablar con Nicole —dijo Dick sin alterarse—. No te preocupes. Estoy de acuerdo en principio y Nicole y yo nos entendemos bien. Habrá menos posibilidades de que haya una escena desagradable si evitamos una discusión entre tres.

Aun cuando no podía por menos que reconocer que lo que Dick decía era muy razonable, Tommy se veía impulsado por una tendencia irresistible de su raza a tratar de conseguir alguna ventaja.

—Pero que quede bien claro —dijo— que a partir de este momento considero a Nicole bajo mi protección hasta que puedan ultimarse todos los detalles. Y te haré a ti solo responsable de cualquier abuso derivado del hecho de que seguís cohabitando bajo el mismo techo.

—Nunca me interesó hacer el amor con un pedazo de hielo —dijo Dick.

Hizo una leve inclinación con la cabeza y se alejó camino del hotel, con los ojos de Nicole clavados en él.

—Ha estado bastante razonable —reconoció Tommy—. Cariño, ¿vamos a pasar la noche juntos?

—Supongo que sí.

De modo que había pasado todo. Y sin que apenas hubiera habido ningún drama. Nicole tenía la sensación de que Dick había adivinado sus intenciones, pues se daba cuenta de que a partir del episodio del ungüento de alcanfor había previsto todo lo que iba a ocurrir. Pero a la vez se sentía feliz e ilusionada, y el pequeño y curioso deseo que sentía de contárselo todo a Dick se desvaneció rápidamente. Pero sus ojos le siguieron hasta que se convirtió en un puntito y se confundió con los demás puntitos de la muchedumbre veraniega.

XII

El día antes de marcharse de la Riviera el doctor Diver dedicó todo su tiempo a estar con sus hijos. Ya no era un hombre joven que pudiera echar mano fácilmente de pensamientos y sueños agradables y quería recordarlos bien. A los niños les habían dicho que iban a pasar aquel invierno con su tía en Londres y que pronto iban a ir a América a ver a su padre. A la institutriz no se la iba a despedir sin el consentimiento de Dick.

Dick se sentía satisfecho de todo lo que le había dado a la niña. Con respecto al chico no se sentía tan seguro: nunca había sabido muy bien cómo tenía que responder ante él, siempre saltándole encima a su padre, aferrándose a él, buscando su protección. Pero cuando llegó el momento de decirles adiós, sintió deseos de arrancarles del cuello las hermosas cabecitas y apretarlas contra sí durante horas.

Le dio un abrazo al viejo jardinero que seis años antes había creado el primer jardín de Villa Diana. Le dio un beso a la muchacha provenzal que tenía cuidado de los niños. Llevaba con ellos casi diez años y cayó de rodillas sin dejar de llorar hasta que Dick la hizo levantarse y le dio trescientos francos. Nicole seguía en la cama, como habían convenido. Dejó una nota para ella y otra para Baby Warren, que acababa de regresar de Cerdeña y estaba también en la casa. Dick se sirvió un buen trago de una botella de coñac de diez litros y un metro de altura que alguien les había regalado.

Luego decidió dejar su equipaje en la estación de Cannes y darse una última vuelta por la playa de Gausse.

En la playa esa mañana sólo había una avanzadilla de niños cuando llegaron Nicole y su hermana. Un sol blanco cuyos contornos no dejaba ver el cielo blanco se cernía sobre un día sin brisa. Unos camareros llevaban más hielo al bar. Un fotógrafo norteamericano de la AP estaba trabajando con su equipo en una sombra precaria y se apresuraba a mirar cada vez que oía a alguien bajar los escalones de piedra. Pero todos aquellos a los que esperaba sorprender con su cámara seguían durmiendo en la oscuridad de sus cuartos de hotel bajo los efectos de los somníferos que habían tomado al amanecer.

Al llegar a la playa Nicole vio que Dick, que no se había puesto el traje de baño, estaba sentado en una roca. Al verle volvió a meterse bajo su toldo. Enseguida se le unió Baby, que le dijo:

—Dick está allí.

—Ya le he visto.

—Creo que podría tener la delicadeza de marcharse.

—Este lugar es suyo. En cierto modo, lo descubrió él. El viejo Gausse siempre dice que todo se lo debe a Dick.

Baby miró a su hermana sin inmutarse.

—Deberíamos haber hecho que se limitara a sus excursiones en bicicleta —observó—. Cuando a una persona se la saca de su ambiente siempre acaba por pasarse, por muy bien que sepa hacer su papel.

—Dick fue un marido excelente para mí durante seis años —dijo Nicole—. Durante todo ese tiempo no sufrí nada gracias a él y siempre hizo lo posible para que nada me hiriera.

Baby levantó ligeramente la mandíbula al decir:

—Para eso fue para lo que estudió.

Las dos hermanas guardaron silencio. Nicole pensaba fatigosamente en todas sus cosas y Baby trataba de decidir si debía casarse o no con el más reciente candidato a su mano y su dinero, un auténtico Habsburgo. Pero *pensar* realmente no pensaba. Todas sus historias amorosas eran tan iguales entre sí, y desde hacía tanto tiempo, que, conforme se hacía mayor, les daba más importancia por servirle de tema de conversación que por sí mismas. No le inspiraban más emoción que la de poder hablar de ellas.

—¿Se ha marchado ya? —preguntó Nicole al cabo de un rato—. Creo que su tren sale al mediodía.

Baby miró a ver si estaba.

—No. Ha subido a la terraza y está hablando con unas mujeres. Pero en todo caso, hay tanta gente ya que no *tiene* por qué vernos.

Pero sí que las había visto, cuando salían del toldo, y las siguió con la mirada hasta que volvieron a desaparecer. Estaba sentado con Mary Minghetti, bebiéndose un anís.

—La noche que viniste en nuestra ayuda volviste a ser el Dick que yo conocía —estaba diciendo Mary—, excepto al final, que estuviste de lo más desagradable con Caroline. ¿Por qué no eres así de encantador siempre? Nada te cuesta.

A Dick le parecía increíble encontrarse en una situación en la que Mary North le podía decir cosas como aquéllas.

—Tus amigos te aprecian todavía, Dick, pero en cuanto bebes unas copas dices cosas espantosas. Este verano me he pasado casi todo el tiempo defendiéndote.

—Ésa es una de las frases más célebres del doctor Eliot.

—Pero es cierto. A nadie le importa que bebas o no bebas, pero...

Vaciló un instante y luego continuó.

—Pero Abe, incluso cuando más había bebido, no ofendía nunca a la gente como tú la ofendes.

—Sois todos tan aburridos —dijo Dick.

—¡Pero somos todo lo que hay! —exclamó Mary—. Si no te gusta la gente bien, prueba a relacionarte con otro tipo de gente y verás. La gente lo único que quiere es pasarlo bien, y si vas y les creas problemas, te quedas sin comer.

—¿Es que me han dado de comer? —preguntó Dick.

Mary lo estaba pasando bien, aunque no lo sabía, pues sólo se había sentado con él por miedo. Volvió a rechazar una bebida y dijo:

—Lo que hay detrás de eso es falta de voluntad. Después de lo de Abe, ya te podrás imaginar lo que pienso. Después de ver cómo un buen hombre se precipitaba hacia el alcoholismo...

Lady Caroline Sibly-Biers bajaba las escaleras a paso rápido con alegría teatral.

Dick se sentía bien. Teniendo en cuenta la hora que era, iba muy adelantado. Había llegado ya al estado en que normalmente se encuentra uno después de una buena cena y, sin embargo, sólo mostraba por Mary un interés de buena fe, lleno de consideración y reserva. Sus ojos, que de momento eran tan puros como los de un niño, le estaban pidiendo que se solidarizara con él, y sintió que se apoderaba de él la vieja necesidad de convencerla de que él era el último hombre sobre la tierra y ella la última mujer.

Y así no tendría que mirar aquellas dos siluetas de un hombre y una mujer, blancas y negras y metálicas contra el cielo...

—Antes me tenías cariño, ¿no? —preguntó Dick.

—¿Que si te tenía cariño? ¡Te adoraba! Todo el mundo te adoraba. Podías haber conseguido a quien hubieras querido sólo con proponértelo.

—Siempre hubo algo entre tú y yo.

Ella mordió el anzuelo con avidez.

—¿Sí, Dick?

—Siempre. Sabía de tus problemas y de la valentía con que los hacías frente.

Pero ya le había empezado la vieja risa interior y sabía que no podría aguantarse mucho tiempo.

—Siempre pensé que sabías muchísimas cosas —dijo Mary con gran entusiasmo—. Sabías más de mí que ninguna otra persona que haya conocido. Tal vez por eso me dabas tanto miedo cuando ya no nos llevábamos tan bien.

La mirada que le dirigió Dick, tierna y amable, sugería que detrás había una emoción; de pronto sus miradas se unieron, se hundieron la una en la otra y se mantuvieron así con cierta tensión. Pero como la risa que había en su interior se estaba haciendo tan sonora que parecía que Mary fuera a oírla, Dick apagó la luz y volvieron a encontrarse bajo el sol de la Riviera.

—Me tengo que ir —dijo.

Al ponerse en pie vaciló un poco. Ya no se sentía tan bien: la sangre parecía circularle lentamente. Levantó la mano derecha y, haciendo la señal de la cruz papal, bendijo la playa desde la elevada terraza. En varias de las sombrillas hubo gente que levantó la cara para mirarle.

—Voy a verle —dijo Nicole, incorporándose.

—No, no vayas —dijo Tommy, reteniéndola con firmeza—. Es mejor dejar las cosas como están.

XIII

Nicole siguió en contacto con Dick después de volver a casarse; se escribieron cartas sobre asuntos de dinero y sobre los niños. Cada vez que decía, y lo decía con frecuencia, «Quise a Dick y nunca le olvidaré», Tommy respondía: «Por supuesto que no. ¿Por qué te ibas a olvidar de él?».

Dick abrió consulta en Búfalo, pero evidentemente sin ningún éxito. Nicole no logró enterarse de lo que había ocurrido, pero unos meses después le llegaron noticias de que estaba en un pueblo llamado Batavia, en el estado de Nueva York, ejerciendo de médico general, y más tarde, de que estaba en Lockport haciendo lo mismo. Por casualidad estuvo más informada de la vida que hacía en esta última localidad de lo que lo había estado antes: que andaba mucho en bicicleta, que las mujeres le admiraban mucho y que siempre tenía un montón de papeles sobre su mesa de trabajo que se sabía que eran un importante tratado sobre algún tema médico que siempre estaba a punto de terminar. Se consideraba que tenía modales muy finos y una vez dio una conferencia muy buena sobre el tema de las drogas en una reunión de salud pública. Pero se lió con una muchacha que trabajaba en una tienda de comestibles y también se vio metido en un pleito sobre alguna cuestión médica; así que tuvo que marcharse de Lockport.

Después de eso ya no pidió que enviaran a los niños a América y no contestó cuando Nicole le escribió preguntándole si necesitaba dinero. En la última carta que tuvo de él le contó que estaba ejerciendo en Geneva,

Nueva York, y Nicole tuvo la impresión de que se había instalado con alguien que le llevaba la casa. Buscó Geneva en un atlas y descubrió que estaba en el centro de la región de Finger Lakes y que se consideraba un lugar agradable. Tal vez, quiso pensar, ya le había llegado la oportunidad de relanzar su carrera, como le ocurrió a Grant en Galena. La última nota que envió llevaba matasellos de Hornell, Nueva York, que está a cierta distancia de Geneva y es un pueblo muy pequeño. En todo caso, es casi seguro que se encuentra en esa zona del país, en un pueblo u otro.